L'Homme des Mille Détours

DE LA MÊME AUTEURE

Les gens heureux lisent et boivent du café, 2013.
Entre mes mains, le bonheur se faufile, 2014.
La vie est facile, ne t'inquiète pas, 2015.
Désolée, je suis attendue, 2016.
J'ai toujours cette musique dans la tête, 2017.
À la lumière du petit matin, 2018.
Une évidence, 2019.
Nos résiliences, 2020.
La Datcha, 2021.
La Déraison, 2022.
L'Homme des Mille Détours, 2023.

AGNÈS MARTIN-LUGAND

L'Homme des Mille Détours

Michel LAFON

Ce livre est imprimé en Italie par
un imprimeur soucieux de préserver l'environnement
à travers des actions d'économie d'énergie, de valorisation
des déchets, d'utilisation de produits moins nocifs
pour la santé des travailleurs.

14, boulevard de la Madeleine
75008 Paris

www.michel-lafon.com

Pour Guillaume, Simon-Aderaw et Rémi-Tariku,
mes plus beaux détours.

« Conte-moi, Muse, l'homme des mille détours, qui tant et tant erra quand il eut saccagé la sainte cité de Troie, qui de tant d'humains vit les villes et connut les pensées, et sur mer tant de souffrances ressentit dans le fond de son cœur, pendant qu'il assurait sa vie… »

Homère
L'Odyssée, Chant I

« Est-il possible de faire le deuil d'un homme dont on ignore la mort ? »

Cléopâtre Athanassiou,
Ulysse… Une Odyssée psychanalytique

G

Gary

La mer m'avait toujours été fidèle, elle ne m'avait jamais trahi. Elle m'avait joué des tours, fait des frayeurs, mais nous nous étions toujours réconciliés. Quarante et un ans que nous nous aimions. J'avais plongé en elle pour la première fois le jour de mes quatre ans. On dit que les enfants de cet âge n'ont pas de souvenirs conscients. Pour ma part, c'est faux. À moins que je fantasme inlassablement ce souvenir. Peu importe, me direz-vous, le principal était ce qui me restait, ce qui me constituait depuis cet instant. Cet instant où mon père m'avait jeté à l'eau, décrétant qu'il était largement temps de m'apprendre à nager. Je ne m'étais pas débattu, je n'avais pas eu peur. À croire que je l'attendais. Que j'étais né pour m'immerger. Mes jambes et mes bras avaient instinctivement bougé, j'avais nagé d'une manière peu conventionnelle, mais j'avançais. Je voulais rester sous l'eau. À chaque fois que mes parents me remontaient à l'air libre, je me faufilais entre leurs mains telle une anguille, et repartais en dessous pour assister au spectacle incroyable des bulles grimpant vers la surface. Je ressens encore mon désir de rester le plus profond possible. Ce profond n'était incroyable que pour moi, mais sur le moment, j'avais le sentiment de toucher les abysses. Je n'étais que plénitude absolue.

Ce jour avait décidé de ma vie.

Ma vie qui était sur le point de se terminer, là où elle avait commencé. La mer, la femme de ma vie, la seule qui me pardonnait mes faiblesses, acceptait mes failles, décidait maintenant de m'engloutir. J'attendais quelque chose de plus grandiose, je m'étais toujours dit que je pourrais partir en apnée, certainement pas harnaché à mes bouteilles d'oxygène. Et pourtant, ce vertige me saisissait alors que je remontais après une plongée apaisante. Je savais pertinemment ce qui m'arrivait, cela aurait dû être anodin, un autre jour. Je n'aurais pas dû plonger aujourd'hui. Je n'étais pas en état. Mes oreilles bourdonnaient. J'étais fatigué, énervé. Pour avoir moins mal, j'avais bu une grande partie de la nuit dernière.

La tête me tournait, mes idées s'embrouillaient. Une seconde plus tôt, je savais encore que je me dirigeais vers la lumière, je savais où était le fond, où était la surface. Et maintenant, je n'avais plus aucun repère. Je ne savais plus où j'étais. Ce matin, j'avais eu besoin d'aller à l'eau, d'être à l'endroit où j'étais le plus heureux, je m'étais accordé ce droit d'être seul, de me passer de compagnie. J'avais sciemment négligé la sécurité que j'imposais à quiconque souhaitait plonger. Sécurité que je connaissais avant même que la plongée devienne mon métier. Mais aujourd'hui, j'avais voulu faire le vide. Oublier. Et parce que je voulais oublier, on m'oublierait bientôt. Si je n'avais pas fait la connerie de plonger seul, j'aurais pu faire signe à mon binôme, attraper sa palme, j'aurais su que ce malaise ne m'emporterait pas. À cause de mon amertume, j'étais seul. Personne ne pourrait me rattraper, me remonter. J'étais pourtant si proche de retrouver l'air. Je savais comment réagir, j'avais déjà vécu cette expérience plusieurs fois. Mais je ne m'en sentais pas la force, peut-être même pas l'envie. C'était si doux de partir ainsi. Je perdrais bientôt connaissance, je ne sentirais plus rien. Je regrettais seulement de ne pas être dans l'obscurité la plus profonde… Si j'avais été au fond, je me laisserais aller dès à présent, je ne serais pas en colère, et honteux de finir de cette façon.

Que m'arrivait-il ?

J'accueillis avec soulagement les prémices de ma perte de conscience, j'arrêterais bientôt de penser. Après tout, je ne laissais personne. Peu de gens me pleureraient. C'est bien pour cette raison que rien ne me bousculait, que rien ne m'incitait à m'accrocher à un détail me permettant de ne plus tanguer. J'espérais simplement que si on me retrouvait, quelqu'un aurait l'idée de disperser mes cendres en mer. Je crois que je pouvais compter sur la responsable de ma colère et de ma fatigue, elle n'était pas loin ; ma mort lui viendrait nécessairement aux oreilles, elle serait triste, mais ça ne durerait pas longtemps, elle ferait uniquement ce qu'il fallait. Une autre vie l'attendait. Elle avait trouvé le moyen de rester hors de l'eau, elle. Moi pas. Elle laisserait quelque chose sur terre. Moi non. Aucune empreinte. Aucun orphelin.

Je ne sentais déjà presque plus rien. Ma vue se brouillait de plus en plus. Ma bouche relâcha le détendeur, bientôt l'oxygène ne me nourrirait plus, c'était aussi bien. Aussi simple. À quoi bon lutter ? Rien ne me retenait. J'étais détendu, j'étais à ma place. L'eau était mon élément, elle m'avait offert ma vie, elle me la retirait, il y avait une certaine logique à finir ainsi. Mon corps ne luttait plus, mon esprit non plus. J'acceptais mon sort, j'en étais l'unique responsable.

Tout ce bleu, ce bleu infini, envoûtant, ce bleu hypnotisant. C'était beau, c'était froid et chaud, c'était habité. Dans le brouillard qui m'enveloppait, émerveillé, le corps de plus en plus lourd, j'observai une dernière fois la beauté marine autour de moi. Mes jambes et mes bras n'offraient plus aucune résistance et se laissaient embarquer. Je me sentais aspiré. Le fond m'appelait. M'attirait inexorablement.

Un bruit sourd et un bouillonnement lumineux empêchèrent mes yeux de se fermer alors que je les sentais rouler sous mes paupières. Une ombre imposante se matérialisa devant moi, cette ombre maintint le détendeur contre ma bouche et serra mon bras avec force. Le regard noir et impérieux de l'ombre me ramena à la réalité. Cette ombre ne tiendrait pas longtemps, l'ombre n'était ni plongeur ni équipée. Je reconnus cette ombre, enfin. Ivan. Il avait eu la gentillesse de m'emmener seul en mer sur son bateau, sans rien demander, sans que je lui fournisse d'explications. Il m'accordait sa confiance. « Si tu veux plonger seul, ça te regarde, si toi, tu ne sais pas ce que tu fais, personne ne le sait. » Sa simple apparition sous l'eau suffit à dissiper le vertige. J'étais stable. Mes jambes se mirent en action. La vie reprenait possession de mon corps. Ivan me lança un dernier regard pour s'assurer que je ne déconnerais pas. Je palmai plus fort en guise de réponse et le poussai en direction de l'air qui lui manquerait bientôt si je restais inerte. Je remontai lentement de mon côté, je venais de retrouver mes réflexes. Je fixais le reflet du visage d'Ivan qui me surveillait depuis la surface. Je m'y accrochais. Lorsque je mis la tête hors de l'eau, je réalisai que mon masque était rempli de larmes. Je m'agrippai au bateau, Ivan m'attrapa et me hissa à bord en usant de toute sa force. Je m'écroulai et bataillai pour me libérer de mon matériel, Ivan, toujours silencieux, me vint encore en aide. Si j'avais pu, j'aurais déchiré ma combinaison, j'étouffais à l'intérieur de ma seconde peau. Je réussis à extraire mon torse, l'air et le soleil sur mon épiderme m'apaisèrent légèrement. Je rampai pour rejoindre le bord du bateau, je penchai mon visage au-dessus de l'eau, je fixai le fond, hypnotisé, happé, et j'eus peur.

Pour la première fois, j'éprouvais la peur. Une peur en rien comparable avec les paniques que connaissent tous les plongeurs. C'était plus profond, plus dangereux encore. Et inconnu. Un spasme épouvantable me saisit. Je vomis durant de longues secondes. Je vomissais ma faiblesse, ma colère.

– Gary, tu sais que j'aime l'adrénaline, me dit calmement Ivan, avant d'exploser. Mais putain ! Qu'est-ce que tu as foutu là-dessous ? Merde ! Tu aurais pu crever !

Et toi avec…

– Ramène-moi à terre, Ivan, s'il te plaît…

Je reculai et me recroquevillai contre le pneumatique du Zodiac, sous le poids du regard soucieux de mon sauveur. Il soupira, dépité par mon mutisme, et poussa l'accélération. Nous étions loin derrière la barrière de corail. Les embruns que son bateau produisait s'écrasaient sur mon visage, sur ma peau. La sensation de l'eau sur moi me blessait à vif.

Lorsque Ivan arrima son bateau au ponton, je bondis, ne sachant d'où me venait ce sursaut d'énergie. Il me suivit et posa sa main sur mon épaule pour me retenir.

– Gary, tu devrais peut-être aller voir un médecin ?

– Pas la peine…

Je lui fis face, il était sincèrement inquiet pour moi.

– Je suis désolé pour ce qui s'est passé…

Il me tendit la main, je la serrai sans le lâcher des yeux.

– Ne t'en fais pas, je ne dirai rien, m'annonça-t-il.

Je le remerciai d'un signe de tête, incapable de prononcer le moindre mot. Incapable de lui expliquer que je venais peut-être de tout perdre. Mon travail. Ma confiance en moi. Ma vie. Je lâchai sa main et tournai les talons.

Gary

Je n'avais qu'une idée en tête : m'enfermer chez moi, tenter de comprendre *l'événement.* Comment nommer autrement ce qui venait de se passer ? Pieds nus, la combinaison ouverte jusqu'aux hanches, je remontai le ponton. Arrivé sur le sable, je m'aperçus que j'avais abandonné mon matériel dans le bateau d'Ivan. J'étais à poil, sans lui. À poil et incapable de rebrousser chemin pour le récupérer. Je longeai la plage de L'Ermitage, le regard perdu au loin, indifférent aux personnes que je croisais et qui me saluaient, sourd – encore pour quelques minutes – au bouillonnement de mon esprit, je refusais de m'effondrer au vu de tous, au vu d'inconnus, au vu d'Ivan qui, à n'en pas douter, devait me surveiller. J'aimais bien ce type, je crois que la réciproque était vraie. Je penserais à lui plus tard et surtout le remercierais comme il se devait. Pour le moment, c'était impossible, j'étais trop perdu. Pour combien de temps ? Étais-je capable de digérer ma faiblesse ? Je me croyais plus fort que ça, après tout ce temps.

– Gary ?

Je ralentis à peine en reconnaissant la voix de Louise.

– Je te cherchais pour qu'on fasse un point pour après-demain, tu as deux minutes ?

– Non ! réussis-je à lui répondre.

Ma voix dure et rauque me surprit tant elle ne me ressemblait pas. Elle dut aussi perturber Louise, car elle m'attrapa le bras et me retint alors que je passais à côté d'elle sans lui accorder un regard. Je stoppai net, n'ayant pas le choix. Je fixai sa main posée sur ma peau, luttant contre les tremblements de dégoût que cette sensation me provoquait. Un goût de bile envahit ma bouche.

– Gary, il faut qu'on se parle, tu t'es limite enfui, hier.

– Pourquoi ? lui demandai-je brutalement, puisant au plus profond de mon être pour affronter son visage, son corps. Pourquoi as-tu fait appel à moi ?

– Je te l'ai dit, tu es le meilleur…

Elle fronça les sourcils, visiblement inquiète.

– Qu'est-ce qui t'arrive ? Tu as vraiment une sale gueule.

– Toujours aussi agréable…

Elle me détailla, de plus en plus suspicieuse.

– Tu as eu un problème sous l'eau ? Il faut que tu me le dises pour…

– Je n'ai jamais de problème sous l'eau, tu as déjà oublié ? Je n'ai pas de temps à t'accorder, là. On se retrouve après-demain au bateau. Tout sera prêt, fais-moi confiance.

Je me dégageai, peut-être un peu trop brusquement, et accélérai le pas, m'éloignant de ses appels, d'elle tout simplement. D'elle et de ce qu'elle représentait.

Quelques minutes plus tard, je poussai la porte de la case que j'habitais à chacun de mes séjours à La Réunion. Déjà trois mois que je m'y trouvais. Trop long, peut-être. Je m'enfermai à double tour, ce qui ne m'arrivait jamais ; je vivais les portes ouvertes – pour ce qu'il y avait à l'intérieur, un frigo, un matelas. Je tirai ce qui servait de rideaux, j'avais besoin d'obscurité, j'avais besoin que l'on comprenne que je voulais être tranquille. La solitude m'était nécessaire.

Je retirai totalement ma seconde peau. J'eus mal partout lorsque ma combinaison me quitta. Depuis combien d'années portais-je cette couche de protection ? Je m'arrachais un organe vital, des lambeaux de moi-même. Tout comme la pellicule de sel sur ma peau qui s'évanouit sous l'eau de la douche. Elle partait d'elle-même, comme si ma peau la rejetait, comme si c'était trop, que j'étais arrivé à un point de non-retour. Cette particule blanche incrustée sur moi depuis près de quarante ans se dissolvait pour disparaître à jamais. Comme un papier important qu'on brûle pour qu'il ne nous nargue plus, pour croire qu'il n'a jamais existé. Est-il possible d'oublier ? J'en doutais.

J'errai dans la pièce qui me servait à la fois de chambre, de séjour, de cuisine. Je finis par exhumer du frigo une bière rescapée de ma beuverie de la veille. Je rouvris tous les rideaux et les fenêtres et m'installai sous la varangue en m'écroulant dans un fauteuil en bois peu confortable. Je ne savais pas être enfermé. Quoi que j'en dise, quoi qu'il se passe sous l'eau ou dans ma vie, j'avais besoin d'air et de voir la mer. Aujourd'hui, j'aurais préféré une mer démontée, sombre, tempétueuse dans laquelle la plongée aurait été interdite. J'aurais eu besoin d'être dans l'hémisphère Nord, en Bretagne ou en Irlande, et surtout en plein hiver. La mer turquoise de l'océan Indien et le lagon réunionnais qui attiraient les touristes par centaines de milliers ne s'accordaient pas à mon état d'esprit ombrageux et angoissé.

J'étendis mes jambes, soupirai profondément à la recherche d'un peu de paix et avalai une gorgée. Si seulement l'alcool pouvait me faire sombrer et oublier… Je me connaissais, j'étais trop résistant.

Pourquoi avait-il fallu que Louise m'attende sur la plage, précisément après *ça* ? Un autre jour, peut-être aurais-je été capable de répondre autrement, de trouver une parade, une phrase gentille, une remarque délicate, ou une réponse professionnelle à propos de ce qu'elle attendait de moi ?

J'aurais voulu être heureux pour elle, j'avais toujours souhaité son bonheur, mais c'était au-dessus de mes forces, son attitude était minable. Comment avais-je pu l'aimer à ce point ? Cette femme m'aurait décidément tout pris. Si elle n'avait pas débarqué ici et décidé de m'embaucher, je ne serais pas allé plonger seul, je ne me serais pas retrouvé dans cette situation. Je ne me serais pas mis en danger, je n'aurais pas mis en danger Ivan, et je ne serais pas totalement perdu, me demandant comment occulter cette envie de rester au fond qui m'avait étreint pour la première fois de ma vie.

Depuis le jour où j'avais véritablement commencé la plongée, pas celle de mes quatre ans qui m'était apparue en songe durant mon vertige, mais la vraie, celle pour laquelle j'avais tout appris, avec laquelle je m'étais mis à écumer tous les spots, celle qui était devenue mon métier. Jamais depuis toutes ces années, je n'avais été saisi par le désir de rester au fond. Avais-je voulu mourir deux heures plus tôt ? Devenais-je fou ? Instable ? Suicidaire ? J'avais déjà vécu des soucis de matériel, des décompressions compliquées, j'avais déjà cru y rester plusieurs fois durant ma carrière, pour autant je n'avais jamais ressenti ce souhait morbide de m'endormir dans l'eau pour l'éternité. J'allais devoir très vite régler le problème. Me confronter à la réalité. Renouer avec la mer ce lien indéfectible que nous avions tissé tous les deux.

La mer était mon grand amour. Sans elle, je n'étais rien. Je n'étais personne. Je devais y retourner coûte que coûte, plonger à nouveau, retrouver l'eau et ces sensations indispensables à mon équilibre. Je devais à tout prix laisser cette faiblesse derrière moi. Je n'aurais pas à attendre trop longtemps. Ma prochaine plongée était programmée le surlendemain, même si j'aurais préféré un autre contexte. Ce job qui m'était confié était sous la supervision de Louise. J'étais vraiment stupide d'avoir pu imaginer ne jamais la recroiser. Et comment avais-je pu songer qu'elle ne réussirait pas à obtenir ce qu'elle souhaitait plus que tout et que je n'avais pas été capable de lui offrir ?

La veille, j'avais débarqué au laboratoire de biologie sous-marine, détendu, serein, sans aucune appréhension du contrat pour lequel j'avais été appelé. J'étais plongeur professionnel depuis plus de vingt-cinq ans, je ne risquais pas de perdre mes moyens à l'idée d'accompagner une équipe de biologistes. Cela n'avait rien d'excitant, les surveiller pendant leurs prélèvements sur les fonds marins ne m'amusait pas outre mesure, mais ce genre de boulot avait l'avantage d'être reposant et de ne pas trop mal payer. La mission du jour était on ne peut plus simple. On m'avait convoqué deux jours avant le début de l'étude terrain pour que je prépare la sécurité, le planning des immersions, et que je prenne connaissance des zones à explorer. Sous l'eau, je n'aurais qu'à faire attention à eux et guider les moins expérimentés. Lorsque j'étais entré dans la salle de réunion, je m'étais attendu à tout, mais certainement pas à ce que la responsable de cette étude scientifique soit mon ex-femme que je n'avais pas revue depuis plus de trois ans.

Que faisait-elle à La Réunion ? Pourquoi son nom n'était-il apparu dans aucun échange ? L'espace d'une fraction de seconde, la seconde suffisante pour être percuté, j'avais hésité à opérer un demi-tour. Le temps m'avait manqué. À l'instant où elle m'avait aperçu, elle avait bousculé les personnes autour d'elle pour me sauter au cou, comme si de rien n'était.

– Gary ! Je suis tellement heureuse qu'on bosse à nouveau ensemble ! J'ai exigé que ce soit toi.

Avait-elle oublié notre divorce éprouvant, décidé dans la colère, pour ne pas dire la rage ? J'étais tétanisé, incapable de prononcer le moindre mot, alors qu'elle me serrait contre elle. Cette fausse étreinte dénuée de sens et d'affection nostalgique me prouva que je n'avais plus le moindre sentiment pour elle. C'était bien l'unique baume qui m'était accordé. Car tandis qu'elle était dans mes bras, je ne pouvais que sentir son ventre, et tout ce que nous avions traversé était remonté à la surface. Mon ex-femme était enceinte, elle allait avoir ce bébé que j'avais été incapable de lui faire. Ce bébé pour lequel nous nous étions déchirés, malmenés, nous étions hurlé des horreurs, ce bébé que je désirais tout autant qu'elle, mais qui, sans même exister, nous avait détruits, avait dissous nos sentiments, annihilé jusqu'à la dernière miette de notre amour. Elle se détacha de moi et attrapa par la main un type qui semblait s'excuser d'exister.

– Je te présente mon mari, nous codirigeons l'étude.

Il me tendit une main molle. Je savais que j'étais ridicule, mais je la broyai. Après tout, c'était lui qui détenait le pouvoir, il était désormais marié à elle, était le père de son enfant, et il était mon employeur. Il n'avait rien à craindre de moi. Je comprenais pour quelles raisons je n'avais pas saisi plus tôt ce qui m'attendait. Louise avait changé de nom et n'avait pas jugé nécessaire de m'avertir de sa présence.

– Bonjour, Gary, me dit-il, j'ai beaucoup entendu parler de toi.

Je me contentai de hocher la tête, ne sachant trop quel message il cherchait à me faire passer.

– C'est lui qui ira à l'eau en binôme avec toi, l'interrompit Louise. Comme tu peux le constater, je ne suis pas en état de plonger…

À croire qu'elle jubilait que j'assiste au spectacle d'elle caressant son ventre rebondi. Cherchait-elle à me briser davantage encore que durant les dernières années de notre mariage ? Louise, du jour où son désir de maternité avait absorbé son esprit, avait perdu toute capacité d'empathie. Elle n'avait plus pensé qu'à elle. Même aujourd'hui alors qu'elle arborait fièrement son ventre, elle ne prenait pas la peine de me ménager, elle ne se préoccupait pas de l'impact de nos retrouvailles sur moi. Elle avait oublié que moi aussi, je désirais plus que tout fonder une famille et avoir des enfants. Elle avait oublié qu'elle m'avait quitté parce qu'elle me rendait responsable de notre infertilité. À juste titre, puisqu'un autre que moi lui avait offert ce dont elle rêvait par-dessus tout.

– Montrez-moi vos cartes marines, exigeai-je sans faire plus de cas de son annonce.

Son mari – brave type – s'exécuta. Ce fut dans le flou le plus total que je jetai un coup d'œil à leurs préparatifs. J'eus la lucidité de paraître professionnel, j'embarquai tout ce qu'ils étaient prêts à me confier pour préparer les plongées et leur donnai rendez-vous sans plus d'explications au bateau à la date dite, avant de tirer ma révérence. Je passai les heures et la nuit suivantes à ruminer la fin de notre histoire, un verre toujours plein à la main. Je n'avais pas fermé l'œil et m'étais pointé au petit matin devant Ivan pour lui demander son Zodiac.

Et ce soir, après avoir eu envie de rester au fond, après l'avoir croisée une fois de plus, j'allais recommencer à ressasser. Une nuit supplémentaire à remonter le fil de notre histoire…

Louise et moi nous étions lancés dans l'aventure sûrs de nous, impatients. Très vite après notre rencontre, ne doutant pas un seul instant, nous nous étions mariés. Nous menions une vie de voyages intégralement tournée vers la mer – elle en tant que biologiste marine, moi en tant que plongeur professionnel touche-à-tout – nous aimions les mêmes choses en nous complétant, elle sérieuse, moi tête brûlée. Nous aspirions au même avenir, élever des enfants, sur et dans l'eau, en leur transmettant notre passion marine. Aussi n'avions-nous pas traîné. Je flirtais avec les trente-cinq ans, et je refusais de me sentir vieux auprès de mes futurs enfants. Louise, malgré ses huit ans de moins, ne voulait pas perdre de temps non plus. Après plus d'un an, nos tentatives se révélèrent toutes infructueuses. Toujours confiants et amoureux, nous nous étions tournés vers la médecine. Ce fut le début de la fin, un début de fin qui s'éternisa plusieurs années. Les examens, les premiers traitements, la PMA, les jours et les horaires imposés pour faire l'amour. Louise m'interdisant les plongées lointaines et trop profondes parce que nous devions « être ensemble en permanence et on ne sait pas quelles répercussions ça peut avoir sur toi ».

Impossible de répertorier le nombre de contrats perdus ou abandonnés. L'attente et la déception chaque mois, déception qui se transforma en chagrin semblant insurmontable, mais que nous affrontions, car nous n'avions pas le choix. « Il faut y retourner, continuer, y arriver », me répétait inlassablement Louise lorsqu'elle constatait que je perdais la foi et l'envie. Notre vie ne tournait plus qu'autour avoir ou non un enfant. Je n'en pouvais plus de voir Louise se piquer le ventre plusieurs jours par mois, de devoir de mon côté avaler des substances censées rendre mes spermatozoïdes plus puissants. Je ne supportais plus qu'elle se fasse ausculter, pénétrer par des objets que je savais violents. J'enchaînais les insomnies lorsque je devais me rendre à l'hôpital pour ces foutus spermogrammes. Étais-je en état de procréer ou non ? D'autant plus que mes résultats n'étaient pas des meilleurs. Je commençais de plus en plus à tenter de lui faire admettre qu'un jour ou l'autre, nous devrions renoncer à moins de nous détruire, nous perdre en cours de route. Je doutais de plus en plus de pouvoir à nouveau faire l'amour à ma femme simplement parce que je la désirais, non contraint et forcé avec la sensation qu'un médecin nous surveillait pour s'assurer que nous faisions correctement les choses. Je dégueulais ce sexe mécanique dénué d'amour. J'éprouvais de plus en plus de difficultés à avoir du désir pour elle, ce qui nécessairement compliquait notre affaire. Quand elle réalisait que je n'étais pas en état, je m'acharnais, en vain, alors elle me secouait – parfois méchamment –, je me braquais, et nous finissions invariablement par nous hurler dessus. Je lui reprochais ce qu'elle me reprochait. Je connaissais ma femme et je sentais qu'elle se forçait aussi, ce qui était insupportable pour elle comme pour moi. « Je ne veux pas avoir envie de toi, je veux un enfant », telle était sa réponse. Accablante. Violente. Louise restait désespérément sourde à ma douleur, elle n'écoutait que la sienne. Au début, j'acceptais, je comprenais, j'endurais, car au bout du compte, elle souffrait dans sa chair, bien plus que moi. Progressivement, je perdis ma patience, ma compréhension, ne supportant plus tous les reproches dont elle m'accablait, et je m'éloignai d'elle. Je n'aimais pas ce que nous étions en train de devenir. Des robots de la procréation. Nous perdions notre humanité.

Je finis par lui suggérer de nous tourner vers l'adoption, je reçus une fin de non-recevoir. J'essayai tant que je pus de l'inciter à réfléchir à ce que nous désirions : être parents et donner tout l'amour que nous portions en nous à un enfant que nous pourrions élever. Elle s'enfonça davantage encore dans ses convictions, me balançant que je ne pouvais pas comprendre, n'étant qu'un homme. En réponse à mes doutes, elle chercha un nouveau spécialiste. Nouvelle batterie d'examens. La sentence tomba : je n'avais aucune chance de réussir « à féconder un ovule », surtout avec la qualité non optimale des cellules de Louise, à l'entendre, nous n'étions pas compatibles. À partir de là, je n'existais plus, j'assistais à la suite de la consultation en spectateur. Il expliqua à Louise que deux solutions s'offraient à elle : changer de partenaire ou faire appel à un don de sperme. Elle ne me laissa pas le choix et se lança dans un nouveau combat pour obtenir le fameux don. Je fus totalement exclu, je posais des questions qui n'obtenaient jamais de réponses. Ma femme me renvoya en plongée – à croire que je la gênais –, aussi fuyais-je de plus en plus loin pour tenter de taire ma douleur, je ne voulais surtout pas exploser au risque de nous provoquer plus de souffrance encore. De son côté, elle ne voyait rien, hermétique à ce que je pouvais ressentir, elle ne faisait appel à moi que lorsque ma présence était nécessaire, j'étais tellement fatigué des dernières années que je venais quand elle me sifflait. C'était tout ce que j'étais en mesure de lui offrir. J'expliquais aux équipes médicales que je n'avais aucun problème à ce qu'elle porte un enfant d'un autre, que c'était une décision de couple dont nous parlions régulièrement. Je refusais d'y réfléchir, sentant que la fin de mes sentiments pour elle n'était pas loin.

Et puis, le premier miracle arriva, Louise traversa le protocole et put recevoir un don. Le second miracle, la fécondation fonctionna et Louise tomba enceinte. J'étais heureux pour elle. Pourtant, je jouais difficilement la comédie du bonheur. Au fond de moi, j'étais détruit, laminé, habité par d'abominables pensées qui ne me ressemblaient pas, qui m'horrifiaient lorsqu'elles me traversaient. Le premier connard avec suffisamment de sperme trouvait le moyen de mettre enceinte ma femme, alors que moi j'en avais été incapable. Je devins sombre, je perdis tout entrain. Malgré la honte et la culpabilité qui me rongeaient, je n'arrivais pas à éprouver le moindre soupçon d'amour pour cet embryon dans le ventre de Louise. Il m'était inconnu, étranger. J'essayais de toutes mes forces, je voulais croire que nous y arriverions, que nous nous retrouverions autour de ce bébé, mais Louise ne m'impliquait en rien. Je n'avais pas le droit de m'approcher d'elle, je ne pouvais plus la toucher, alors que je ne demandais qu'à poser ma main sur son ventre, le caresser pour espérer sentir la vie en elle. Elle parlait de « son bébé », non du nôtre. Au fond d'elle, elle ne le considérait pas comme le mien. Biologiquement, elle avait raison. C'était incontestable, mais j'avais besoin qu'elle me fasse devenir père de cet enfant qui grandissait en elle. Elle ne pouvait pas. Elle ne voulait pas. J'en eus la confirmation lorsque le drame arriva. Louise fit une fausse couche, elle m'en rendit responsable. Tout était de ma faute. Je lui avais déjà fait perdre des années en étant « stérile », me cracha-t-elle au visage. Et maintenant, en lui envoyant des ondes négatives, je n'avais pas incité ce bébé à rester accroché à elle. « Il ne se sentait pas désiré par toi, tu n'en voulais pas, ton ego de mâle n'a pas supporté qu'un autre le fasse à ta place. »

À partir de là, tout s'emballa. Je n'eus même pas le temps de lui proposer que l'on prenne du recul – même si je ne croyais plus depuis bien longtemps à une fin heureuse – qu'elle m'annonça son souhait de divorcer, je ne lui servais à rien, je n'étais bon à rien. Je ne cherchai pas à la reconquérir, à la garder près de moi, mon amour pour elle s'étant effrité avec le temps.

Pour tenter d'accepter que je ne laisserais aucune trace, que je n'élèverais pas d'enfants, que je ne deviendrais jamais père, que peut-être plus aucune femme ne voudrait de moi, je chargeai à nouveau mon sac de voyage et repartis à la recherche de contrats aux quatre coins du monde. Jusqu'à il y a encore deux jours, je croyais avoir trouvé un semblant d'équilibre. Le retour imprévu de Louise dans ma vie me prouvait que je me berçais d'illusions. J'avais laissé le temps filer, sans réagir. Qu'avais-je fait depuis notre séparation ? Qu'avais-je construit ? Avais-je essayé d'une façon ou d'une autre de me reprendre en main ?

Le matin de la plongée, je me rendis au restaurant de plage d'Ivan, dans l'espoir que son propriétaire soit là. Ivan ouvrait quand bon lui semblait, quand il était d'humeur. Depuis deux ans qu'il s'était installé et que je le côtoyais lors de mes séjours à La Réunion, je n'avais jamais cherché à savoir comment il s'en sortait. Chacun ses décisions. C'était mon jour de chance, il était derrière son comptoir.

– Gary ! Je suis heureux de te voir ! Tout va bien ?

Pas besoin de décryptage pour saisir le sous-entendu.

– Je viens récupérer mon matériel.

– Dans le cabanon derrière.

Je le remerciai d'un signe de tête.

Mon sac, mes palmes, mon gilet, mes détendeurs, mes bouteilles, mon ordinateur de plongée… Tout était en bon état. Je restai de longues secondes à les observer.

Ils étaient mes alliés, mon oxygène, ma survie. Je comptais sur leur soutien. Je retrouvai même mon téléphone oublié dans la bataille de mon esprit. Personne n'avait cherché à me joindre. Et je n'avais pas songé à joindre qui que ce soit.

Chargé de mon fardeau, je revins vers le bar. Ivan m'avait déjà servi un café. Il me rejoignit côté client et contempla le lagon, un léger sourire aux lèvres. Le soleil serait implacable aujourd'hui.

– Les conditions sont idéales, commenta-t-il. Tu vas loin derrière la barrière ?

– Trois miles.

– Étude scientifique ?

Il était toujours au courant de ce qui se passait. Peu importait l'endroit sur l'île. Quand j'arrivais à La Réunion pour un contrat, il le savait toujours. J'acquiesçai.

– Plongeurs confirmés ?

– La plupart.

– Ça a un rapport avec l'hystérique enceinte qui m'a harcelé de questions à ton sujet l'autre jour ?

– La responsable de l'étude.

– Tu la connais ?

– Si on veut… C'est mon ex-femme.

Qu'est-ce qu'il m'avait pris de lui dire ça ? Je déraillais totalement.

– Il faut que j'y aille.

J'avalai mon café d'un trait sans lui laisser le temps de me poser davantage de questions et m'éloignai, mon chargement sur le dos, avec l'impression de porter le poids du monde. Pas envie d'y aller.

– Gary ! me rappela Ivan.

Je lui jetai un coup d'œil par-dessus mon épaule.

– Ne fais pas le con, aujourd'hui, O.K. ? Je ne serai pas là.

Je réussis à lui sourire.

– Si je reviens, tu me payes à bouffer ce soir ?

– Je m'y mets maintenant.

Le bateau avançait vite. Très vite. Trop vite. Nous arriverions sous peu sur le secteur à explorer. J'étais à la proue, je fixai l'horizon, rongé par un mal-être indéfinissable. Je laissai le vent m'envelopper. M'envelopper pour me protéger du reste, de l'environnement dans lequel je me sentais prisonnier. De quoi ? Aucune idée. Je n'avais adressé qu'*a minima* la parole aux uns et aux autres, j'avais vérifié le matériel de tous, je m'étais assuré qu'il n'y aurait aucun changement de dernière minute. J'avais été courtois avec Louise, son mari et les membres de leur équipe. D'une certaine manière, j'étais soulagé, car j'avais la confirmation que mon état d'esprit ne concernait en rien mon mariage raté. À tout prendre, j'aurais préféré avoir envie de hurler sur mon ex-femme, lui balancer ma rancœur, j'aurais préféré réaliser que je n'avais toujours pas digéré notre divorce, j'aurais préféré admettre que finalement je l'aimais encore. Tout ça, j'aurais su gérer. J'aurais choisi n'importe quoi plutôt que cette angoisse qui m'étreignait le cœur, qui me coupait les jambes, qui emballait ma respiration, qui me tournait la tête.

Je regardais le ciel pour ne pas affronter la mer. J'étais terrifié à l'idée d'avoir à nouveau envie de m'y endormir. Je risquais de perdre mes moyens et de ne pas pouvoir assurer la mission qui m'était confiée. Si je faisais n'importe quoi en dessous et que quelqu'un avait besoin de moi, je serais probablement incapable de réagir. Inenvisageable. Une heure plus tôt, j'étais pourtant convaincu que j'allais réussir. J'avais tout analysé méthodiquement. L'autre jour, j'avais déconné, mais j'avais des raisons physiologiques, la fatigue, la gueule de bois, et des raisons psychologiques, la contrariété, la nervosité, je n'étais pas concentré, et donc pas en capacité de réagir à un souci de plongée. Tout expliquait mon vertige. En revanche, rien n'expliquait mon manque d'envie et mon inertie pour m'en sortir par moi-même. Mais surtout, rien ne justifiait mon absence d'envie d'aller à l'eau aujourd'hui.

Pourquoi ? Cela ne m'était jamais arrivé. J'étais plutôt du genre à plonger, même lorsque les conditions étaient mauvaises, même lorsque je savais qu'il ne fallait pas que j'y aille. Je prenais des risques, j'en avais toujours pris et je croyais devoir attendre d'être vieux, vraiment vieux, pour devenir sage et ne plus en prendre. J'étais toujours prêt à aller à l'eau, ne serait-ce que quelques minutes. Matériel ou pas – j'aimais l'apnée –, j'y allais tous les jours. Sentir l'eau, m'immerger était un besoin vital, viscéral. Comme si je ne pouvais respirer que dans l'eau, quand on me privait d'air ou que l'air que j'injectais dans mon corps n'était que factice. J'étais appelé. J'étais aspiré. L'eau était ma drogue. Une drogue dont je ne voulais pas être sevré. Des accidents, des incidents arrivaient tous les jours à tous les plongeurs du monde, ils n'arrêtaient pas pour autant. J'étais désarmé par mon indifférence face à cette plongée. Ce n'était pas la peur qui me guidait, c'était quelque chose de plus profond. Comme si mon vertige avait été l'élément déclencheur d'une prise de conscience. Mais de quoi ?

– Gary, tu es prêt ? m'appela Louise.

Nous étions arrivés. Perdu dans mes pensées conflictuelles, je ne m'en étais pas rendu compte, je ne les avais même pas entendus parler. Je me tournai face à eux. Ils étaient tous équipés, combinaison fermée, palmes chaussées, bouteilles sur le dos. Certains étaient déjà assis, n'attendant que mon signal pour partir à la renverse. J'enfilai le reste de ma tenue. J'eus l'impression que l'on me compressait de l'intérieur, je fus saisi d'un coup de chaud. Par réflexe, je me penchai vers l'eau pour m'asperger le visage. Je priai pour que cela me fouette et me remette les idées en place. La douleur, une douleur vicieuse, une douleur de l'esprit m'étrangla.

Qu'est-ce que je foutais là ? À jouer les baby-sitters pour des biologistes ! Je n'allais tout de même pas passer les deux prochaines heures à les regarder faire la pieuvre au fond de l'eau ! Je valais mieux que ça. À une époque, je m'octroyais l'arrogance des meilleurs. Cela me semblait loin, si loin, presque dans une autre vie que la mienne. Aujourd'hui, je prenais ce que je trouvais pour m'occuper, pour manger, sans adrénaline, sans entrain.

Comment me dépêtrer de cette situation ? Je refusais de me forcer, de me sentir encore plus minable. Hors de question de passer pour un trouillard. Il me restait encore un peu de dignité et d'ego. Mais hors de question de plonger, je craignais davantage ceux qui m'entouraient que les requins qui pouvaient se balader en dessous de nous. Je trouvai subitement le moyen de rire intérieurement. Comment réagiraient-ils si je leur annonçais que la plongée était annulée à cause de squales repérés un peu plus tôt ? Je devenais pathétique à me chercher une excuse. Je devais réfléchir vite. Toujours basculé vers l'eau, j'affrontai mon reflet. Il me renvoya un visage fermé, malheureux. Triste. Ce n'était pas moi. En tout cas, celui qui me fixait n'avait rien à voir avec celui que j'avais été à une époque et celui que j'aurais dû être aujourd'hui. Je n'avais pas ma place à cet endroit. À moi de la trouver dorénavant. J'inspirai profondément, comme si je me préparais à une apnée. Je cherchai dans l'air englouti par mes poumons le courage d'affronter la réalité. Pour assumer. Il n'y avait pas de honte à reconnaître sa défaillance, je voulais m'en convaincre.

Quand je me sentis suffisamment sûr de moi, je me redressai.

– Je suis désolé, je ne vais pas à l'eau.

– Quoi ? râlèrent certains. C'est quoi, cette histoire ?

J'étais prêt à les affronter. Bien malgré moi, je croisai le regard de Louise, elle fronça les sourcils, inquiète, alors que je m'attendais à découvrir son mécontentement. J'étais même préparé à ce qu'elle m'enfonce.

– Je ne plongerai pas, poursuivis-je. Je ne suis pas en état. Je croyais que ce serait bon, je me suis trompé, je suis navré. Mon absence ne vous empêche pas d'y aller, vous êtes pour la plupart des plongeurs confirmés. Je vais revérifier votre matériel et m'assurer que les conditions restent bonnes. Je vous guiderai depuis le bateau. Je n'étais prévu que pour vous sécuriser. Vous n'avez fait appel à moi que pour l'intendance.

Sans leur laisser le temps de réagir, je me libérai du haut de ma combinaison et me mis au travail. C'était le minimum. Je reconstituai les binômes, ayant une idée du niveau de chacun, revis l'ordre des immersions et des remontées. Je dus être suffisamment convaincant, car personne ne chercha à me contredire. Je pris entre quatre yeux le mari de Louise, le meilleur plongeur du groupe. À se demander si elle n'avait pas souhaité nous mettre en compétition. Je m'en foutais. Qu'elle s'amuse comme elle pouvait.

– Tu y vas en premier, et tu les guides là-dessous. C'est ton job ! Plonge.

Il était tellement timide qu'il ne contesta pas mon ordre. Il attrapa son nouveau partenaire de plongée, et ils se lancèrent. Quelques minutes plus tard, j'envoyai les suivants, et ainsi de suite, jusqu'au moment où il ne resta plus que Louise, le marin et moi. Sans me préoccuper d'elle, je m'appuyai au bastingage et surveillai le fond. Je les distinguais encore tous plus ou moins, je surveillais mon chrono. Tout se déroulait au mieux. Je n'aurais pas besoin de me forcer, personne ne m'appellerait à l'aide. Retrouver une forme d'autorité me déroutait. J'entendais dans mon dos Louise qui préparait les bacs pour réceptionner les prélèvements. Je luttais contre les larmes – ce qui n'était vraiment pas dans mes habitudes, je pleurais peu, non par pudeur ou par virilité mal placée, plutôt par absence de besoin. Là, je pleurais parce que c'était plus fort que moi, parce que je comprenais à quel point j'avais gâché ma vie. Je sentis une main sur mon épaule nue. J'essuyai grossièrement mon visage.

– Que t'arrive-t-il ? murmura Louise.

J'avais oublié que malgré tout, elle était certainement l'être qui me connaissait le mieux sur cette terre. Ahurissant. L'espace de cette phrase, son ton doux – que je n'avais plus entendu depuis des lustres – réapparut dans sa voix. Était-elle sincère ou non ? Je voulais l'espérer pour me rassurer, pour croire que j'avais aimé quelqu'un de bien. Pour autant, je me détachai de son geste. Je ne cherchais pas de réconfort de sa part. Elle ne pouvait plus rien pour moi.

– Je suis fatigué, c'est tout.

– Je n'aurais peut-être pas dû te demander de nous accompagner.

– C'est trop tard pour y penser… et je crois qu'au bout du compte, ça n'a rien à voir avec toi…

– Que vas-tu devenir ?

– Je vais prendre le large.

– Tu vas fuir… tu as toujours fui, Gary.

Je me redressai et la dominai de toute ma hauteur. Elle ne recula pas. Elle était toute-puissante.

– Il n’y a pas grand-chose qui m’a retenu.

Il n’y a toujours rien qui me retienne.

La même pensée m’avait traversé l’esprit durant ma dernière plongée. Cette pensée qui m’obsédait de plus en plus.

Louise baissa le regard.

– Fais attention à toi, Gary, s’il te plaît.

– C’est à toi de prendre soin de vous deux, lui dis-je en lançant un regard à son ventre. Excuse-moi, je dois surveiller la remontée.

On n’échangea plus un mot jusqu’au retour au port.

E

Erin

Une mélodie stridente m'écorchait les oreilles. Ce bruit me rappelait de vagues souvenirs. Lesquels ? Aucune idée. Un réflexe enfoui dans les tréfonds de ma mémoire m'incita à rabattre la couette sur ma tête. Quel était ce son ? Il me dérangeait et pourtant, je l'accueillais. Je m'énervais malgré tout, essayant de comprendre la provenance de cette nuisance. Je me retournai sous les draps, convaincue que cela cesserait. Non. Cette sonnerie m'appelait, m'arrachait au sommeil…

Le sommeil…

Je dormais ?

Je ne bougeais pas, pourtant j'eus l'impression de me tétaniser. Déroutée. N'importe qui aurait donné un grand coup pour éteindre le réveil. Pas moi. Il jouait enfin son rôle. Aussi l'écoutai-je encore et encore pour m'assurer de sa réalité. Je l'écoutai, émue. Ce son me parut le plus beau, le plus incroyable que j'avais jamais entendu. Plus de sept ans que je ne lui avais pas laissé le temps de se manifester, étant toujours réveillée bien avant lui. Et pourtant, je m'acharnais chaque soir à le programmer. Entretenir certaines habitudes était impératif pour me maintenir la tête hors de l'eau.

Je retins mes yeux de s'entrouvrir. La nuit devait s'étirer encore et encore. Je craignais tellement de découvrir que j'étais en plein rêve. Ce rêve que je faisais consciemment depuis si longtemps. Ce rêve de paix et de sérénité qui m'échappait, qui m'était interdit. Avais-je véritablement dormi d'une traite, sans cauchemar, sans sursaut, sans chercher dans le lit ? Ma respiration n'avait-elle pas été coupée par la sensation de froid de la place vide ? Alors même que mes paupières prenaient le pouvoir et papillonnaient, des larmes coulèrent sur mes joues. J'étouffai de gros sanglots libérateurs et réparateurs dans mon oreiller. Ces pleurs n'étaient que joie, soulagement, émerveillement. Des pleurs de surprise. Je me sentais si légère. Cette angoisse sourde, comme une excroissance de chair enkystée au fond de moi, s'était enfin dissoute. Comme si la nuit dernière m'avait anesthésiée pour permettre que l'on en retire le dernier morceau. Je n'avais jamais été aussi heureuse de subir une opération chirurgicale.

Mon inconscient et moi étions enfin prêts à *le* laisser partir. Nous n'oublierions jamais, c'est une certitude absolue, mais nous pouvions vivre avec. Ou plutôt vivre sans. Sans *lui*. Sans son ombre planant au-dessus de nous. *Il* nous avait marqués. *Il* nous avait tatoués. *Il* avait exigé que l'on entretienne son souvenir, qu'on *le* ressasse, que l'on s'interroge sur *lui*. *Il* avait exigé qu'*il* nous obsède, qu'*il* dirige notre vie et mon sommeil. C'était terminé. La colère ne m'imprégnait plus. Je la sentais s'amenuiser depuis déjà longtemps, même si parfois elle luttait encore. Sans que je m'y attende, elle me piquait, vicieuse. Les échardes avaient perdu de leur puissance. Ma peau était suffisamment cornée pour qu'elles ne la percent plus en profondeur. J'étais plus dure, j'étais devenue méfiante, mais j'étais à nouveau heureuse, je ne pensais plus à ce que j'avais perdu.

On appelle un mort un disparu.

C'est faux.

Un mort ne disparaît pas. Un mort n'est plus en vie, la nuance peut paraître subtile, mais elle est bien réelle. Sept ans que j'y réfléchissais chaque seconde, chaque minute, chaque heure, chaque jour, chaque nuit… Un mort, quand on a de la chance – si tant est que l'on puisse parler de chance dans ce cas –, on peut lui dire au revoir, l'accompagner dans ses derniers instants. Un mort laisse un corps, certes froid et le cœur éteint, mais un corps tout de même. On peut l'étreindre une dernière fois, lui parler, lui crier notre colère de nous avoir laissés et croire que quelque part il nous entend. Un mort ne trahit pas. Un mort, on l'enterre, on l'incinère, on sait où il repose, où sont ses cendres. On peut même lui rendre visite. Un mort existe, et laisse une empreinte, une trace de son passage sur terre.

Un disparu. Non.

Un disparu, c'est comme s'il n'avait pas existé. Comme si son existence était fantasmée, n'avait jamais été réelle. Un disparu devient une chimère. Un être mythologique.

Un disparu, on ne sait plus rien de lui. On ne sait pas où il est, ce qu'il fait, avec qui il est. L'absence d'un disparu vous fera toujours sursauter au moindre claquement de porte. Un disparu vous impose le qui-vive par son absence. On ne saura jamais s'il est encore vivant, ou s'il est mort. Il n'y aura jamais personne pour vous le dire. On ne sait pas pourquoi il a disparu. Un soir, on se couche à côté d'une personne que l'on croit connaître. On fait l'amour avec elle, on s'endort dans ses bras. Et le lendemain, on se réveille seule, dans un lit froid, cette personne n'est plus là. Elle s'est volatilisée, sans laisser de traces. De son propre chef.

On n'est pas veuve d'un disparu.

On est la femme du disparu.

Avec un disparu, on n'a plus rien à quoi se raccrocher. Les souvenirs n'ont plus de valeur, la trahison les a envahis. On est seule, on culpabilise, on est perdue. On est observée, jugée et parfois, plus difficilement, consolée. Encore plus difficilement consolable.

Avec un disparu, il faut apprendre, et finir par accepter de ne rien savoir. Cela prend du temps, beaucoup de temps.

Je craignais que ce soit une vie. Je me trompais.

Mon mari, le père de mes trois enfants, avait disparu sept ans et quelques semaines auparavant. Et je songeais enfin à ce qui pouvait m'attendre de beau, de délicat, de joyeux.

Cette nuit qui s'achevait par un réveil détesté par tous, sauf par moi, mettait un terme à mes insomnies de toutes ces dernières années. En plus de tout le reste, *il* m'avait volé mes nuits, mes rêves, *il* m'avait imposé les cauchemars. J'avais reconquis mes nuits. Je pouvais enfin goûter au repos.

– Maman ?

Je souris à travers mes larmes en entendant derrière la porte de ma chambre la petite de voix de Milo, mon dernier, qui ne m'avait jamais vue rester au lit le matin. Il avait un an lorsque j'avais perdu le sommeil.

– Milo ! Tais-toi, si maman dort, il faut la laisser. C'est une bonne nouvelle…

Ulysse, mon aîné, mon protecteur, mon grand de seize ans, l'homme de la maison, même si je mettais tout en œuvre pour qu'il ne s'impose pas cette responsabilité.

– Maman dort ?

Inquiétude dans la voix. Ma Lou, ma fille chérie, qui s'inquiétait en permanence pour son monde, pour ses repères, ses frères et moi.

Mes trois enfants, mes trois amours, mes trois raisons de vivre, et de tenir.

– Tout va bien, les enfants, tout va bien…

– C'est vrai ? demandèrent-ils en chœur.

– Je vous le promets, juste un peu de mal à me réveiller. Commencez le petit déjeuner sans moi, j'arrive.

En les rejoignant dans la cuisine, je les embrassai plus fortement que d'habitude. Milo profita de ce câlin appuyé sans chercher d'explication. En revanche, Ulysse et Lou m'interrogèrent du regard, stupéfaits de me voir avec un visage que j'imaginais plus reposé – même si je me doutais qu'il faudrait davantage qu'une nuit pour détendre mes traits. Ils n'avaient que très peu de souvenirs de moi traînaillant au lit le matin, je leur souris largement en guise de réponse. Puis, je m'installai à table avec eux. Ma chienne Douce vint se coucher sur mes pieds. Tandis que je buvais mon café à petites gorgées, je les admirais. À les voir ainsi, il était impossible d'imaginer ce qu'ils avaient enduré, ni de quelle manière ils avaient grandi. On pourrait me reprocher de penser que mes enfants étaient plus matures que les autres. Je m'en moquais, je le pensais, je l'assumais. Il suffisait de connaître leur histoire pour s'incliner devant la réalité. Ils étaient devenus adultes alors qu'ils n'étaient encore que des enfants. Je voulais croire qu'ils étaient équilibrés, en tout cas c'était l'image qu'ils me renvoyaient. J'avais bien conscience qu'ils cherchaient à me protéger, à ne pas m'abîmer davantage que je ne l'étais. Mais, je ne pouvais pas tout rêver, tout imaginer. C'était la réalité. Quand je les voyais aujourd'hui, quand je m'étonnais d'avoir pu dormir une nuit complète – je n'y serais pas arrivée si mes enfants avaient encore été au plus mal –, cette certitude s'ancrait au plus profond de mon être.

Ulysse semblait en paix avec son histoire. Il était désormais capable d'évoquer, en de très rares occasions, son père sans colère, sans rage, sans vouloir détruire tout ce qui se trouvait sur son passage. À treize ans, Lou avait enfin cessé de croire au retour de son héros, elle ne défendait plus son père lorsque son frère aîné rappelait cyniquement qu'il les avait abandonnés, elle avait usé ses réserves d'excuses à présenter de la part de l'absent. Quant à Milo, mon bébé de huit ans, il ne me posait plus de questions sur lui, il ne cherchait plus à tout prix à connaître ce père, son père, qui l'avait laissé alors qu'il avait à peine un an, il ne me réclamait plus d'explications à l'inexplicable.

Mes enfants allaient bien. Ils se chicanaient pour des broutilles, ils riaient, ils râlaient. Nous étions une famille normale, banale et bancale, comme toutes les familles, et cela n'avait pas de prix.

Un peu plus tard, comme chaque jour pendant qu'ils étaient à l'école, précédée par Douce qui connaissait le chemin aussi bien que moi, je pris la direction de mon bar, *L'Odyssée*. Il donnait sur l'anse Solidor, de vieux bateaux au mouillage nous tenaient compagnie. Plus au loin, le rocher de Bizeux et sa vierge veillaient sur nous. Et le barrage de la Rance nous liait à Dinard. Nous étions nichés, protégés à cet endroit. J'avais une vue assez extraordinaire depuis mon lieu de travail. Aujourd'hui, la mer était teintée de gris vert et tapissée de moutons. Je redressai le col de mon manteau et enfouis le nez dans mon écharpe. Le temps était exécrable. Qu'importe. Le vent de nord-ouest qui soufflait en rafale et me cinglait le visage me prouvait que j'étais vivante, que je pouvais ressentir. J'accueillis avec délectation les gouttes de pluie sur mon visage, elles finissaient de me laver de tous mes chagrins, elles me rendaient vierge du passé. M'offraient un nouveau départ, du moins l'espérai-je. La tempête hivernale qui s'abattait aujourd'hui sur Saint-Malo chasserait les derniers nuages.

Sur le quai Solidor, mon regard fut instinctivement attiré par mon antre et sa devanture. J'y passais chacune de mes journées, sans la regarder. Sa façade en bois peint d'un vert bouteille délavé par le temps et les éléments, les petits carreaux des fenêtres qui se paraient de lumière à la nuit tombée et qui, je l'espérais, invitaient à découvrir la chaleur de l'intérieur. Depuis quand n'avais-je pas pris une poignée de minutes pour contempler ce lieu ? Tant que je n'aurais pas fait l'ouverture, tout resterait sombre à l'intérieur. Je connaissais chaque détail, chaque éclat de peinture, chaque trou dans la voile d'ombrage, les passages irréguliers sur la terrasse qu'il fallait éviter lorsque l'on était chargé d'un plateau rempli de verres. Chaque signe de vieillesse me ramenait à des souvenirs. Certains merveilleux. Certains nostalgiques. Certains terribles. Il était peut-être temps d'entamer des travaux de rénovation. Mais si je me lançais, il fallait commencer par un élément indispensable, et hautement symbolique. L'enseigne. Cette grande pièce de bois peinte sur laquelle était inscrit en italique *L'Odyssée*. Ce mot, ce nom signifiait tant pour moi. Pourtant, je n'étais plus certaine de m'y reconnaître. Ma nuit m'ouvrait les yeux sur cette étape à franchir, dont j'étais la seule décisionnaire.

Ce nom, je l'avais choisi avec mon mari dix-sept ans plus tôt. La nuit de notre rencontre. Je venais tout juste de reprendre le bar. Il était apparu en pleine nuit au moment de la fermeture. Un homme au regard sombre, aux cheveux bruns, débraillé, avec pour seul bagage un sac à dos. Je l'avais trouvé beau, énigmatique. Il m'avait offert un verre dans mon propre établissement. Il m'avait expliqué son souhait de vivre son aventure. Il se sentait habité par une insatiable soif de découvertes, de rencontres. Il refusait de prendre le risque de se réveiller trop tard. Aigri. Frustré. Malheureux. « Dangereux », m'avait-il précisé. Nous avions parlé en luttant contre un désir réciproque brutal, violent, j'avais mal d'attendre d'être à lui. Et puis, la découverte de notre passion commune pour *L'Iliade* et *L'Odyssée* avait eu raison de nos maigres résistances. Il avait sorti de son sac à dos un exemplaire qui avait été mille fois ouvert. J'étais tombée dans le piège du coup de foudre. Lui aussi. Il avait vu notre rencontre comme un signe des dieux, une étape dans son parcours initiatique, dans sa lutte contre les regrets. « Erin, et si c'était toi mon aventure ? » m'avait-il murmuré à l'oreille avant de me faire jouir. L'innocente que j'étais y avait vu du romantisme.

Pourquoi aujourd'hui conserver ce nom ? Cela n'avait plus aucun sens. Cette simple idée, totalement impensable quelque temps auparavant et qui me traversait subitement l'esprit, me coupa la respiration. Sans traîner, j'entrai dans *L'Odyssée*, je voulais être certaine de me sentir prête. Étais-je enfin arrivée au stade de quitter le passé ? D'avancer vraiment, sans remords, sans regret. Sans désir de regarder en arrière. Sans amertume. Avoir dormi profondément, comme avant, modifiait ma vision de l'avenir. Il s'ouvrait à moi, tout était à écrire. Ma vie pouvait-elle débuter à nouveau à quarante-trois ans, avec trois enfants que j'élevais seule ? Ne me restait qu'un pas à franchir.

Je déambulai dans *L'Odyssée* pour allumer chaque petite lumière ; réunies, elles produisaient un éclairage délicat, chaleureux, enveloppant. Au fur et à mesure de ma balade dans mon deuxième chez-moi, la vie reprenait. Je passai derrière le comptoir et caressai son bois, usé, patiné par le temps, les coudes, les mains, les verres, des années que le vernis avait disparu. Je me tournai vers l'immense bibliothèque où se mêlaient vieux livres, bouteilles de rhum, de whisky, certaines si vieilles qu'elles ne seraient jamais ouvertes, mais elles étaient belles et racontaient une histoire, et puis il y avait les objets oubliés par des clients et jamais réclamés, zippos, carnets d'écriture, trousseaux de clés, cartes postales, passe du facteur, lunettes de soleil. J'allumai la musique ; le matin, j'aimais être accompagnée par de la folk irlandaise, c'était doux et cela ne brusquait pas le réveil. Je contemplai une à une les photos accrochées aux murs, elles racontaient l'histoire de cet endroit, elles racontaient aussi la mienne, celle de mes enfants. Si j'entamais une rénovation, les garderais-je toutes ? Vraiment toutes ? Conserverais-je celles où *il* était présent ? Fallait-il *le* nier ? *Le* renier ? Certains clichés conserveraient leur place. Ne devais-je pas plutôt *l'*assumer ? Je rejoignis le fond et m'approchai de la cheminée, le seul rempart pour lutter contre l'humidité qui régnait en plein hiver. J'aurais beau apporter des changements, elle resterait le cœur de ce lieu. Je lançai une grande flambée ; dès que le feu fut assez fort, Douce vint se coucher devant l'âtre et étira ses grandes pattes. Je caressai sa tête.

– Alors, ma belle, tu en penses quoi ? On se lance ?

– Tu parles à ton chien, maintenant ?

Je ris, sincèrement amusée d'avoir été démasquée par mon frère. Il fallait bien que ça arrive. À se demander comment cela n'avait pas eu lieu plus tôt. Erwan, lorsqu'il était en télétravail, venait tous les matins prendre son café et travailler à *L'Odyssée*. Il savait qu'ici c'était assez calme, les vieux loups de mer dont notre père faisait partie – l'essentiel de ma clientèle matinale – n'étaient pas bruyants lorsqu'ils lisaient leur journal. Il était déjà installé au comptoir. Je le rejoignis, préparai ses trois expressos et mon allongé. Il avala le premier d'un trait. Il reposa sa tasse et m'observa minutieusement.

– Ça va, toi ?

– Oui, pourquoi ?

À sa mine, je compris qu'il était perplexe. Comment en vouloir à Erwan de douter de mon bien-être apparent ? J'avais tant joué la comédie pour le rassurer, lui qui me connaissait si bien.

– Si tu le dis...

Armé de ses cafés, il rejoignit sa place dans le fond de la salle, près de la cheminée et de la chienne, à qui lui aussi parlait.

C'était ma vie, et elle était parfaite.

J'étais persuadée que je n'atteindrais jamais ce stade de lâcher-prise. Un sentiment de liberté – de libération – me submergeait. *Il* ne me hantait plus. J'étais libérée de *lui*. J'étais seule. Dix-sept ans qu'il m'accompagnait violemment, passionnément, terriblement. La foudre s'était enfin éteinte. Il ne régirait plus ma vie. Ni celle de mes enfants. Plus les siens. Non, Ulysse, Lou et Milo n'étaient plus ses enfants, ils étaient les miens. Ils étaient ma vie, mon passé, mon présent, mon avenir. Ils se construisaient sur l'absence de leur père, et sur la présence de leur mère. Je réussissais à les faire avancer, à leur permettre de le mettre de côté. Ils étaient eux sans lui. J'étais moi sans cet homme qui avait été mon monde.

Je quittai mon comptoir et courus jusqu'à la table d'Erwan, je fermai d'un coup son ordinateur, me moquant qu'il soit ou pas en ligne. Il arqua un sourcil, mécontent et curieux à la fois.

– Erin…

Je souris à m'en décrocher la mâchoire.

– Erwan, c'est fini. *L'Odyssée*, c'est fini.

– Quoi ?

– Je vais faire des travaux et changer de nom. Cet endroit ne peut plus s'appeler *L'Odyssée*.

Il s'écroula dans le fond de sa chaise, se frotta le front comme s'il cherchait à dissiper une migraine, alors que moi, je me sentais en pleine forme. J'étais enfin réveillée, après tant d'années endormie d'un sommeil toxique.

– Erin, qu'est-ce que tu racontes ? Changer de nom ? Tu es certaine ? Quoi que tu en dises, ce nom, avant de le choisir avec… avec lui, tu l'avais choisi toute seule, je connais ta passion pour ce livre.

Un soupir de lâcher-prise s'échappa de ma bouche.

– C'est fini tout ça, je lui tourne le dos. *L'Odyssée* représente trop nous deux, notre rencontre, notre histoire. Qui nous étions… Il n'est pas Ulysse, il ne rentrera jamais… Je n'en ai pas envie d'ailleurs.

– Tu le penses vraiment ?

– Je te le promets, Erwan. Qu'il reste où il est… Ulysse, c'est mon fils. Alors cet endroit ne peut plus s'appeler ainsi. Ce bar doit être baptisé d'un nom qui représente ma nouvelle vie, la nouvelle vie de mes enfants. Ma famille. Celle que je forme avec Milo, Lou et Ulysse…

Il posa un doigt sur sa bouche, n'y croyant pas encore totalement. Puis, il se leva si brusquement que sa chaise bascula en arrière. Il ne s'en préoccupa pas et fila derrière le comptoir. Il fouilla dans la bibliothèque, certaines bouteilles tanguèrent. Je savais ce qu'il cherchait. Mon frère revint en face de moi, le regard dur et déterminé, il lança sur la table entre nous deux un livre.

– Ça signifie que ce putain de bouquin va disparaître d'ici ? Il ne te narguera plus ? Il va redevenir un livre comme les autres ?

Mon frère me tendait un piège. Il avait raison de tester ma détermination à aller de l'avant. Trop de fois j'avais cru en être capable, avant de m'effondrer à nouveau. Étais-je enfin capable de rouvrir le monument responsable d'un coup de foudre et du prénom de mon fils aîné ? Si oui, cela signifiait que j'étais véritablement guérie, que je me retrouvais et que j'étais prête à embrasser l'avenir. Sans quitter les yeux de mon frère, tout aussi bleus que les miens, je serrai mon poing, le sentant trembler. Lorsque je me sentis suffisamment forte, je saisis à pleine main mon exemplaire de *L'Iliade et L'Odyssée*. Je maîtrisais ma respiration sans effort. Pas d'emballement. Pas de crainte. Pas d'angoisse. Je feuilletai ce livre jauni, corné, usé, qui n'avait pas été ouvert depuis plus de sept ans. Ce livre qui me passionnait depuis mes dix-huit ans. Pour les péripéties qu'il racontait, pour les défauts terriblement humains de ses personnages mythiques, l'orgueil, la jalousie, la ruse, la violence. Pour les sentiments, l'amour charnel, filial. Pour la mythologie qui me fascinait. Pour tout ce qu'il disait de nous. Je souris, bouleversée de retrouver ces mots, ces phrases, les chants venus de l'Antiquité. Cette Antiquité qui représentait mon passé, je souhaitais qu'elle retrouve sa place, une juste place pour mon présent et mon avenir. Chaque seconde m'apportait davantage de sérénité.

– Homère va trouver sa place dans la bibliothèque de mon salon, annonçai-je à mon frère dans un grand sourire.

Le silence s'installa, entrecoupé de la seule respiration de mon frère, aussi hachée que s'il avait couru plusieurs kilomètres.

– Tu as des idées de nom ? finit-il par me demander, la voix rauque.

– Ça devrait se trouver. Je vais tous vous mettre à contribution !

La porte de *L'Odyssée* s'ouvrit, mon premier « vrai » client entra.

Erin

Mon frère n'arrivait pas à se concentrer sur son travail. L'atmosphère ronronnante de *L'Odyssée* n'était en rien responsable. Le bruit des tasses qui s'entrechoquent, le percolateur qui crache le café, la musique en toile de fond, les habitués qui s'interpellent pour se saluer l'aidaient en temps normal. Des souvenirs de notre enfance et de notre adolescence lorsque nous faisions nos devoirs. À cause de mon annonce, nos réminiscences avaient perdu de leur pouvoir sur lui. Plus d'une heure qu'il levait régulièrement le nez de son écran, rejetant systématiquement ses appels, me lançant de furtifs coups d'œil auxquels je répondais par une interrogation silencieuse. Lorsque je passais près de lui pour servir un client, il se retenait de me parler. Il avait autre chose à me dire, à me demander. Il avait encore besoin d'une preuve de ma détermination. Je devinais laquelle. Le symbole que représentait le changement de nom du bar ne lui suffisait pas, je le savais, je le sentais. J'étais d'accord. J'étais prête à ça aussi… J'avais pourtant besoin de quelques minutes supplémentaires pour être capable de l'assumer à voix haute.

Qu'il s'interroge sur la façon de me présenter cette ultime étape n'avait rien d'étonnant. Toutes les fois où il avait essayé, sans que cela soit sanglant entre nous, nous avions souvent frôlé la rupture fraternelle. Et pourtant, j'avais toujours eu conscience que cette proposition n'était que pour mon bien.

Erwan, dès l'instant où la disparition volontaire de mon mari n'avait plus été remise en doute, avait tout tenté à son échelle de frère pour que je *l*'oublie, pour que j'aille de l'avant, que je ne mette pas ma vie de femme en pause. Pour lui, je n'avais aucune raison de *l*'attendre, *il* ne le méritait pas et moi, je méritais mieux que ma vie gâchée. En avocat qu'il était, deux ans après la disparition du père de mes enfants, Erwan m'avait annoncé que le délai légal étant passé, je pouvais enfin lancer une procédure de divorce, il m'avait bien évidemment proposé de m'accompagner dans la démarche. Je l'entendais encore m'expliquer que nous avions toutes les preuves d'abandon du domicile conjugal, qu'il fallait déposer une requête auprès du juge qui enverrait un courrier au père de mes enfants. Sa dernière adresse connue étant chez nous, il ne la recevrait jamais, il n'y répondrait donc pas, ne se présenterait pas à la convocation, et la procédure serait lancée pour me rendre ma liberté. Ces mots froids, pragmatiques, juridiques, dénués d'affects, avaient été intolérables pour moi. J'étais encore totalement incapable de songer qu'*il* ne reviendrait pas, qu'*il* ne me reviendrait jamais. J'étais sa femme, la femme d'un disparu, mais j'étais encore à *lui*, *il* était encore à moi. Peu importe où *il* était, peu importe ce qu'*il* nous avait fait. Je refusais de briser le seul dernier lien concret que j'entretenais avec *lui*. J'avais encore besoin d'être *elle*, d'être celle qu'*il* avait demandée en mariage. La proposition d'Erwan remettait en cause la seule identité à laquelle j'avais envie de me rattacher. Mon pauvre frère ne s'attendait pas à déclencher une rechute chez moi. Les semaines qui suivirent, je plongeai à nouveau dans une phase de tristesse incommensurable, de pleurs, de colère. Je ressassais le passé et compulsais frénétiquement notre album de mariage. Sur les photos, je caressais le visage de l'homme que j'aimais encore plus que tout et malgré tout.

Lorsque nous nous étions mariés, il n'avait jamais été aussi heureux, aussi épanoui. J'étais enceinte de Lou qu'il avait voulue, désirée, qu'il m'avait réclamée, la seule de nos trois enfants qui avait été conçue en conscience. Quelques mois plus tôt, je voulais pourtant me séparer de lui. Je n'en pouvais plus de ses emportements, de ses silences obscurs et terrifiants, de ses demandes incessantes pour que nous laissions Ulysse à mes parents afin de parcourir le monde tous les deux, et uniquement nous deux. La perspective que je le quitte lui avait été insupportable. Il s'était à nouveau métamorphosé, il était redevenu celui que j'avais rencontré, en plus assagi. Il était prêt à s'engager, à s'installer avec nous. Il m'avait dit : « Marions-nous et faisons un petit frère ou une petite sœur à Ulysse. » Il était tellement gai, il paraissait si sûr de lui, si heureux à l'idée de cette perspective, que j'avais dit oui à tout. Je lui avais offert ma confiance pour l'encourager. Et comme je ne concevais pas ma vie sans lui, j'avais cru en ses promesses d'apaisement, de souhaits de vie « normale », je croyais être encore « son aventure ». Cela n'avait pas duré…

Deux ans après sa disparition, je refusais toujours de demander le divorce. Je refusais de le quitter. Je voulais croire qu'il retrouverait la raison. Erwan, malgré les conséquences sur moi, revenait à la charge plusieurs fois par an. Avec le temps, je m'effondrais de moins en moins, je me contentais de pleurer une nuit ou deux au fond de mon lit avant d'être à nouveau moi-même. En réalité, je n'étais plus moi-même, j'avais fini par endosser cette identité de « femme de disparu », elle était devenue moi, grappillant mon être par petits morceaux. Pour commencer, elle s'était installée bruyamment, puis avait insidieusement creusé son lit à l'intérieur de moi. Paradoxalement, c'était confortable ; cette identité complètement folle me protégeait, me rassurait. Elle avait érigé des remparts autour de moi. D'inatteignable, j'étais devenue inattaquable, lorsque les soupçons des voisins qui pesaient sur moi s'étaient effacés. Je m'étais drapée dans cette image de femme abandonnée du jour au lendemain par son mari, laissée seule avec trois enfants en bas âge. Ce statut si étrange m'avait procuré une position totalement malsaine, mais qui m'avait permis de garder la tête haute.

Aujourd'hui, je me savais suffisamment solide pour être Erin, une femme, la mère de mes enfants, et rien de plus. C'était vertigineux, excitant, libérateur.

Alors que je servais mes premières bières du jour, mon père débarqua à *L'Odyssée*.

– Régis ! On ne t'attendait plus ! l'apostropha un de ses copains de comptoir.

– On est vendredi ! se justifia-t-il.

Jour de marché. Mon père accompagnait toujours ma mère dans ses emplettes culinaires du week-end. En réalité, elle ne lui laissait pas le choix. Je jetai un coup d'œil à ma montre : 11 h 30. Qu'avait-il négocié pour l'abandonner au milieu des étals si tôt ? Avant de venir me voir, il alla embrasser mon frère. Bien que nous soyons adultes, notre père se faisait un devoir de nous embrasser dans les cheveux comme lorsque nous étions enfants. Peu importe où et avec qui nous étions, Régis considérait qu'il avait la priorité sur ses enfants. À de nombreuses reprises, Erwan s'était retrouvé en pleine visio à se faire bisouter par son papa devant des confrères. Inutile de protester, la conséquence aurait été pire. Notre père avait toujours été provocateur et avait toujours assumé qui il était. Un gaillard tendre rouleur de mécaniques à la gouaille et la repartie légendaires. Erwan, totalement à côté de la plaque depuis notre conversation matinale, ne broncha pas. Ce qui ne manqua pas d'alerter mon père sur la santé mentale de son fils. Il m'interrogea sitôt qu'il m'eut rejointe derrière le comptoir. Contre ça non plus, je ne pouvais rien. Il était chez lui, à *L'Odyssée*.

– Bonjour, ma fille, me dit-il la bouche dans mes cheveux. Ton frère a un problème ?

– Non, tout va bien, lui mentis-je à moitié.

– Ta mère arrive bientôt pour son canon de blanc, elle va lui tirer les vers du nez !

Erwan, doté d'un radar à inquisition maternelle, leva immédiatement la tête, affolé. Je réprimai difficilement un rire. Mon père se prépara un expresso serré et contourna le comptoir pour se hisser sur un tabouret, il attrapa *Le Pays Malouin* fraîchement sorti de la veille et l'ouvrit. Derrière lui, je vis mon frère remballer précipitamment ses dossiers et son ordinateur. Il prit à peine le temps d'enfiler son manteau.

– Salut la compagnie ! lança-t-il à la volée.

– Attends deux secondes ! le retins-je.

Il me fusilla du regard. J'avais le sentiment d'être redevenue la petite peste qui lui pourrissait la vie lorsque nous étions enfants. En soupirant avec exagération, il s'approcha du comptoir et se pencha vers moi.

– Je n'arrive pas à bosser à cause de toi aujourd'hui, j'espère que tu as une bonne raison de me retenir et de m'imposer maman…

– J'ai du travail pour toi !

Il fronça les sourcils, curieux.

– Vous êtes libres pour déjeuner dimanche ?

C'était le jour de fermeture de *L'Odyssée*.

– Je vais voir avec Lucille, mais oui, pourquoi ? Quel est le rapport avec le boulot ?

– Avant de trinquer, tu me feras signer des papiers ? Ceux qui sont toujours avec toi… si tu vois ce que je veux dire…

Il éclata de rire nerveusement.

– Putain de merde !

– Mes enfants complotent, intervint notre père qui avait assisté à notre échange.

Erwan tambourina sur le bar comme sur une percussion.

– Papa, tu… tu… non, je ne dis rien… Ta fille… Ta fille… Ma sœur…

Il m'attira à lui par-dessus le zinc et encadra mon visage de ses mains, un sourire victorieux aux lèvres. Il m'embrassa très fort sur le front, puis me lâcha tout aussi vite.

– Au boulot !

Il percuta notre mère en ouvrant la porte.

– Mon chéri ! Tu pars alors que j'arrive !

– J'ai du pain sur la planche, maman. À dimanche !

Il claqua deux grosses bises sur ses joues et disparut en sifflotant. Je riais, je riais tant.

– Erin ! Ton frère est saoul ? me demanda-t-elle. Il est un peu tôt, tout de même !

Je ris encore plus fort.

– Régis ! engueula-t-elle mon père. Que se passe-t-il avec tes enfants ?

– J'en sais foutrement rien !

– Erin ! hurla plus fort ma mère. Tu vas immédiatement m'expliquer !

J'attrapai une bouteille de muscadet, la débouchai sous leurs yeux ronds. Puis je les servis, sans m'oublier au passage. Je levai mon verre dans leur direction. Ils m'imitèrent sans demander davantage d'explications.

J'aurais adoré profiter de leur air médusé – c'était assez rare pour le noter – mais je n'avais aucune patience.

– Vous êtes libres dimanche midi ? Erwan et Lucille, c'est bon de leur côté.

Ma mère redressa les épaules, et retrouva son sourire. J'avais presque l'impression qu'elle sautillait sur place.

– Bien sûr, ma chérie, me dit-elle, venez à la maison… je vais réfléchir…

– Maman ! Je veux qu'on déjeune ensemble, pas chez vous, pas chez moi, pas chez Erwan, mais ici. On va passer la journée en famille à *L'Odyssée.*

Papa siffla son blanc d'une gorgée, maman déglutit bruyamment avant de se reprendre.

– Cela n'est plus arrivé depuis… depuis…

Je lui souris tendrement. Elle prenait mille précautions pour ne pas rappeler ce que nous souhaitions tous oublier.

– Les un an de Milo… oui… c'est la dernière fois qu'on a fêté un événement familial ici. Juste avant… quelques jours avant, même…

Ce jour-là, je n'avais rien pu faire pour dissimuler – atténuer tout du moins – la face obscure et dépressive de mon mari. Lorsque mes parents étaient arrivés à *L'Odyssée* les bras chargés de cadeaux et du gâteau, il n'était pas là. Il n'était pas rentré de la nuit après la fermeture. Je luttais contre le chagrin, en inventant des prétextes pour justifier son absence. Je n'aurais pas dû être étonnée. Depuis la naissance de Milo, la situation ne faisait que se dégrader. J'avais fini par décider de ne pas l'attendre pour nous mettre à table. Il était arrivé en cours de repas, il n'avait adressé la parole ni à mes parents ni aux enfants. Le regard sombre, il était venu m'embrasser. Il puait l'alcool, le bar, la nuit de débauche. Il s'était collé à moi, comme un enfant qui se serait réfugié dans les jupes de sa mère. J'avais serré les dents, me retenant de pleurer et d'exiger de lui qu'il réagisse. Je m'étais abstenue pour préserver les enfants et éviter une scène à mes parents. Dès qu'Ulysse ou Lou s'approchaient de lui, il reculait, il ne répondait pas à leurs appels, à leurs jolis mots qui cherchaient désespérément l'attention de leur père. Et puis, Milo s'étant réveillé de sa sieste, je n'avais eu d'autre choix que de le laisser. Mon rejet et mon manque de disponibilité étaient insoutenables pour lui, il était reparti en balançant « fous-moi la paix » à Ulysse qui lui courait après pour lui demander de rester pour souffler la bougie de son petit frère. Trois jours plus tard, il disparaissait.

– Il y a une raison particulière ? me demanda mon père qui avait recouvré l'usage de la parole et qui, par la même occasion, me ramena au temps présent.

Je retrouvai le sourire qui m'avait brièvement quitté.

– Je divorce.

Je l'avais dit. C'était vrai.

Après un silence sidéré, mon père s'ébroua pour contenir son émotion, ma mère se cacha dans son épaule.

– Je suis fier de toi, déclara-t-il sans me quitter des yeux.

Ma mère restait toujours dissimulée contre mon père, les tressautements de ses épaules parlaient d'eux-mêmes. Papa la serra un peu plus fort.

– Remets-toi, Odile, on savait qu'elle y arriverait. C'est ta fille après tout !

– Triple idiot ! lui rétorqua ma mère d'une voix encore tremblante.

Elle embrassa follement mon père, puis récupéra toute sa superbe.

– Bon, je retourne au marché ! Je m'occupe du déjeuner !

– Maman, je peux le faire !

– Hors de question ! Va plutôt chez le coiffeur ! Fais-toi belle, ma fille !

– Et moi, je gère les liquides ! intervint mon père.

– Papa, il y a tout ce qu'il faut ici, essayai-je mollement de le calmer.

– Aurais-tu oublié que c'est ma partie ?

– Aucun risque, marmonnai-je.

– Allez Régis ! Ne traînons pas !

Ils étaient déjà à la porte, je les laissai à leur enthousiasme. C'était si beau à voir.

– Je vous aime, leur dis-je.

Ils se figèrent. Rares étaient nos démonstrations d'affection.

– Nous aussi, ma petite chérie, me répondit ma mère.

Ils disparurent, je m'approchai de la devanture, désirant les apercevoir jusqu'au dernier moment. Ils étaient dans la rue et s'étreignaient avec une telle force, et pourtant je sentais le poids des années sur leurs épaules. Mes enfants avaient mûri trop vite, mes parents avaient vieilli trop vite. À cause de lui. J'espérais de tout cœur ne pas leur avoir volé leurs dernières belles années, je voulais croire qu'il leur en restait encore de merveilleuses devant eux. Je voulais tant retrouver la démesure de mes parents, démesure qu'ils avaient perdue sept ans plus tôt. Cette démesure dans laquelle j'avais grandi, qui m'avait permis de me découvrir, de vivre, de rire. De mener la vie que je souhaitais. Mes parents étaient extraordinaires, fous, drôles, et si…

Mes parents… Comment définir mes parents ? Un pur produit des années 1980. Avant d'atterrir à

Saint-Malo, nous habitions une ville à la frontière de la banlieue parisienne – dont je me souviens à peine –, avec quelques dizaines de milliers d'habitants, sa bourgeoisie, ses rituels et ses stars. Mes parents comptaient parmi eux.

Mon père était commercial en vins et spiritueux, il sillonnait les routes avec son costume et les cravates colorées en vogue à l'époque. Il avait cette exceptionnelle capacité de jongler d'un interlocuteur à l'autre, il s'adressait avec la même aisance au tenancier d'un horrible troquet qu'à un directeur de restaurant étoilé. À son niveau, ce n'était même plus du bagout, c'était bien au-delà. Il concourait hors catégorie dans la gouaille. Mon père n'était jamais de mauvaise humeur – à la maison en tout cas –, jamais fatigué. Pour satisfaire ses clients, il était capable de se lever aux aurores pour être à l'ouverture du café de la gare, alors qu'il était rentré de discothèque à plus de 3 heures du matin. Dans ces cas-là, il se douchait à l'eau froide, s'aspergeait de Fabergé, avalait un café noir et allumait sa première cigarette de la journée dans sa voiture – toutes fenêtres fermées –, et c'était parti pour vendre des caisses de vin, des fûts de bière, des palettes de bouteilles de champagne. Il connaissait tout le monde, les patrons de bars, de restaurants, de boîtes de nuit. Son coffre était toujours chargé de bouteilles d'alcool qu'il distribuait allègrement après avoir signé des contrats juteux. Mon père était généreux…

Quant à ma mère, peu de temps après ma naissance, elle avait intégré une agence immobilière dont elle était devenue la reine. Ses collègues l'admiraient. Son patron la cajolait à la hauteur des commissions qu'elle rapportait. Elle courait d'un bout à l'autre de la ville, toujours apprêtée, suivant la mode à la lettre – motif léopard, épaulettes et couleurs criardes –, éternellement perchée sur ses escarpins. Quand elle marchait dans la rue, on l'entendait arriver de loin, son sac à main débordant de trousseaux de clés et ses talons jouant un cliquetis de métal digne d'un concert. Elle roulait dans sa Golf décapotable première génération dont elle malmenait le changement de vitesse, klaxonnait les automobilistes qui la mettaient en retard, avant de leur envoyer du bout des doigts un baiser chargé de rouge à lèvres. Le tout avec une cigarette au bec, dont elle lançait le mégot par la vitre avant de mâcher un chewing-gum. Que l'on soit à l'arrière avec mon frère ne lui posait aucun problème, elle n'aurait pour rien au monde – même pas nous – changé ses habitudes. Ma mère était toujours pressée, entre les visites, les compromis, les sorties d'école et nos activités. En revanche, elle avait toujours du temps à consacrer aux potins, elle savait tout sur tout le monde dans les moindres détails. Elle mettait son nez partout, « c'est bon pour les affaires, les miennes et celles de votre père », nous répétait-elle régulièrement à Erwan et moi, alors que nous n'en avions rien à faire. Ces années-là étaient synonymes d'argent facile, les dents rayaient le parquet en fumant, en buvant, en étalant sa réussite. Le plus étonnant était qu'au milieu de leur ambition, mes parents nous consacraient du temps. Ils s'occupaient de nous, s'intéressaient à nous, ils prenaient soin de nous. Leurs réussites respectives n'étaient pas égocentriques, ils voulaient susciter notre admiration et nous offrir le meilleur.

Le week-end, après avoir assisté aux entraînements de foot de mon frère et à mes cours de danse, ils organisaient des dîners dans l'immense pavillon familial. Ma mère s'activait du brushing – encore plus gonflé qu'en semaine –, sortait tous ses bijoux et la gourmette de mon père. Ils régalaient par les plats et les grands crus qu'ils servaient. Ces soirées se finissaient invariablement de la même façon. Mon père ayant logiquement la main lourde, tous les invités étaient saouls, ma mère poussait la table basse dans un coin, montait le volume de la chaîne stéréo dernier cri qu'elle avait achetée, et ils dansaient sur du Jimmy Somerville, Blondie ou Gold. Régulièrement, avec mon frère – impossible de dormir –, on se planquait dans la cage d'escalier en passant le nez à travers les barreaux pour assister au spectacle. Et nous admirions nos parents. Ils étaient beaux, éternellement jeunes, ils s'aimaient à la folie, ça se voyait, ça se sentait. Je ne doutais pas et n'avais jamais douté de leur fidélité. Et pourtant, beaucoup avaient tenté de s'immiscer entre eux. Pour certains, c'était un défi de prendre la place du canif entre Régis et Odile. Mon père était très bel homme, avec de la prestance, de l'humour, toujours galant, il transpirait la réussite, il vivait la nuit une partie de son temps, ce qui saupoudrait sa légende de piment. Ma mère était splendide, elle riait à gorge déployée, jouant subtilement de son charme, de ses yeux de biche, de ses formes, le résultat de ses séances d'aérobic éclatait au visage de quiconque la croisait. L'un et l'autre possédaient l'art d'éconduire les inconvenants. D'un trait d'esprit, ma mère défendait farouchement son territoire. Quant à mon père, si un homme devenait trop insistant, il lui suffisait d'approcher en bombant le torse un peu plus que d'habitude pour faire fuir l'inconscient.

Notre vie était une fête permanente et légère, nous ne manquions de rien, avions même plus que le nécessaire. Elle aurait dû se poursuivre de cette façon. Mes parents auraient dû devenir des vieux beaux que l'on aurait mis au placard, des *has been* suscitant les moqueries dans leur dos. Un événement provoqua le plus grand chambardement jamais imaginé.

Un soir que ma mère avait une signature de compromis, notre père s'occupait de nous et de notre dîner. Nous terminions notre yaourt lorsqu'elle rentra. Sans rien nous dire, ce qui n'était absolument pas dans ses habitudes, elle monta s'enfermer dans leur chambre. Mon père nous laissa bien évidemment en plan. Depuis la cuisine, nous entendîmes les sanglots de maman et la gueulante de papa. Il me fallut attendre des années pour connaître la vérité. Le patron de ma mère – un vieux libidineux – avait dépassé les bornes en la plaquant contre un mur après la signature du compromis. Elle s'était débattue, lui avait envoyé un coup de genou bien placé. Il lui avait rétorqué que pour rester à l'agence « elle devait passer à la casserole ». Quand mon père avait entendu ça, son sang n'avait fait qu'un tour et il était allé dire ce qu'il pensait au vieux dégueulasse. Le lendemain, la nouvelle que Régis était devenu fou pour une blague graveleuse et qu'Odile n'était qu'une allumeuse s'était répandue dans toute la ville. Et le patron de mon père – beau-frère de l'autre – l'avait viré sur-le-champ, en tentant de lui glisser un gros chèque pour étouffer l'affaire. Mon père refusa. Il ne comptait pas en rester là. Mais tous ceux qui se pressaient aux dîners de mes parents, ceux qui se prétendaient leurs amis, leur tournèrent le dos. Mes parents ne reçurent aucun soutien. La situation devint intenable, même pour mon frère et moi. Au collège, Erwan entendait des horreurs toute la journée sur nos parents. De mon côté, je passais désormais les récréations toute seule dans mon coin. Ma mère décréta qu'il fallait accepter le chèque, vendre le pavillon et déménager. Ils décidèrent de nous faire rater l'école et de partir quelques jours en vacances à la mer pour réfléchir aux options. Direction la Bretagne et Saint-Malo. Ils tombèrent sous le charme de la ville, de la côte, et plus précisément du quartier de Saint-Servan. Ils se tenaient la main en permanence, se regardaient encore plus amoureusement qu'avant. Ils nous emmenaient manger des crêpes en face de la Tour Solidor. Mon père aimait les bars et un soir, après dîner, ce fut plus fort que lui, il décida d'aller boire un verre en famille. Il entra dans le premier troquet face à la mer – *Le Bistrot* –, qui tenait debout par miracle. Mais lui adora. Il adora davantage encore quand il s'installa au bar pour discuter avec le patron à qui il proposa d'acheter son affaire.

Ils tinrent ce bar durant plus de vingt ans. Erwan et moi passions nos fins de journée dans la salle à faire nos devoirs, tous nos étés à travailler derrière le zinc et à gérer la terrasse, mon père se contrefichant royalement que nous ayons l'âge légal ou pas. Pour autant, ils nous incitèrent à découvrir autre chose et financèrent nos études. Idée qui nous sembla à Erwan et moi du meilleur goût. L'un comme l'autre criions à qui voulait l'entendre que jamais nous ne remettrions les pieds dans cet endroit. Notre vie était ailleurs. Adolescent, peu importe où l'on habite, on veut partir, s'éloigner de ses parents. Mon frère ouvrit le bal, je le suivis quatre ans plus tard. Erwan trouva ce qu'il cherchait dans des études de droit et l'exercice du métier d'avocat, qui l'épanouissait toujours autant. De mon côté, cela avait été plus compliqué. Après mon bac, j'étais partie pour embrasser à bras-le-corps des études de psychologie. J'avais été passionnée par les cours, je buvais les paroles des professeurs, je lisais de la psychanalyse matin, midi et soir. J'aimais cette idée de décortiquer les mécanismes de l'inconscient, de fouiller ma pensée, la construire, créer des ponts entre certains éléments, laisser la place aux silences. Je me sentais intelligente. La preuve, j'avais écrit mon mémoire de fin d'études sur l'impact psychanalytique de *L'Iliade* et *L'Odyssée*, me concentrant plus particulièrement sur les figures paternelles... Il avait fallu que je pratique quelques années mon métier de psychologue après lequel j'avais couru pendant mes études pour comprendre que je n'étais pas faite pour ça. Je m'ennuyais, je n'avais plus aucun entrain. La culpabilité de ne pas être la professionnelle dont avaient besoin les patients me rongeait.

Durant un week-end que j'étais venue passer à Saint-Malo pour m'aérer, faire le point sur ce que j'attendais de mon avenir, j'avais surpris ma mère en train de se plaindre du manque d'enthousiasme de mon père à prendre sa retraite et à vendre l'affaire. Ce à quoi il avait répondu qu'il préférait crever plutôt que de vendre à un étranger. En quelques secondes, ma décision était prise. Je n'étais jamais aussi heureuse que lorsque j'étais derrière le comptoir. Là, je riais, je souriais, je parlais, j'écoutais, je vivais, je respirais. J'avais compris après quoi je courais. Rentrer à la maison. Voir la mer tous les jours. Servir des cafés, des bières, des diabolos et des cocktails. Discuter accoudée au comptoir, écouter les clients, avec le feu qui crépitait dans la cheminée. Lorsque j'avais glissé que je me proposais pour reprendre, je m'attendais aux cris outrés de ma mère « Tu as mieux à faire que de traîner toute ta vie dans un bar ». Elle m'avait laissée pantoise en me sautant au cou, elle voyait dans ma reprise le seul moyen pour que son mari lâche *Le Bistrot*, elle commençait à craindre de finir son existence à l'attendre pendant qu'il palabrerait avec les poivrots du coin. Lui, après un temps infini de silence – il encaissait sa fin programmée –, m'avait souri et adoubée.

– Tu seras psychologue de comptoir, ma fille !

Deux mois plus tard, je prenais les rênes du bar et rencontrais celui qui allait devenir le père de mes enfants.

C'est ainsi que *Le Bistrot* devint *L'Odyssée*.

Le dimanche matin, je n'étais pas allée chez le coiffeur, mais je souhaitais tout de même faire plaisir à ma mère. Je me préparai, m'habillai, me maquillai et me coiffai – détail de la plus haute importance pour elle – avec plus de soin que d'habitude. Il m'avait fallu un certain temps pour me souvenir que je devais respecter mon corps, pour me respecter moi-même et respecter mes enfants. Après la disparition de mon mari, je m'étais totalement laissée aller. Comment aurais-je pu éprouver l'envie de m'occuper de moi, de ma peau, de mon apparence ? Je m'étais reprise en main pour que mes trois petits soient fiers de leur maman, qu'ils la trouvent jolie. Bien sûr, ce que j'avais vécu avait déposé des traces indélébiles sur mon visage. J'avais vieilli prématurément, l'angoisse et les pleurs impriment des rides qu'aucun soin ni aucun repos ne pourront jamais faire disparaître. Mais je sentais qu'elles s'atténueraient au fil du temps, je me décrispais. Mes cheveux châtains devaient désormais se parer de quelques mèches ensoleillées pour camoufler les cheveux blancs. Je les attachais toujours, bien qu'ils soient relativement rebelles, leur finesse les empêchant de rester en place. Ce jour-là, pour ma mère, je les laissai libres. Pour elle encore, je décidai de me glisser dans une robe en laine noire. Je pris quelques secondes pour me regarder dans le miroir. J'avais retrouvé des formes voluptueuses. Malgré mes trois grossesses, j'étais devenue affreusement maigre. Combien de fois avais-je vu le regard soucieux de mes parents sur moi ? Mon mari m'aspirait de l'intérieur, il dévorait mes réserves, il se les appropriait, et mon inquiétude pour lui brûlait le peu qu'il me restait. Il avait fallu que le temps et la disparition fassent leur œuvre pour que je retrouve des seins, des fesses, des cuisses. Pour que je reprenne possession de ma féminité, que je l'assume et qu'elle me plaise.

Personne n'aurait osé rêver un tel dimanche. J'aurais donné beaucoup pour avoir épargné mes parents, Erwan et sa femme, mais le cataclysme qui s'était abattu sur mes enfants et moi avait eu des conséquences inimaginables sur tous. Aujourd'hui, alors que tant d'autres familles, comme la nôtre, partageaient le poulet pommes de terre haricots verts, tout semblait derrière nous. Nous étions simplement heureux d'être ensemble, de profiter de cette belle journée ensoleillée d'hiver – la tempête était terminée. Les rayons entraient à travers les fenêtres et illuminaient la grande tablée improvisée au milieu de *L'Odyssée* que présidait mon père. Régis était à nouveau exubérant, la réserve qu'il s'imposait depuis sept ans s'était évaporée. Convaincu que je ne remarquais pas son manège, il fournissait en douce des rincettes de champagne – pas si petites – à Ulysse. Pour rien au monde je n'aurais souhaité gâcher ces instants de bonheur complice entre mon fils et son grand-père. Je fermais les yeux et prévoyais de l'aspirine pour mon aîné. Ma mère prodiguait à Lou des conseils vestimentaires et cosmétiques dont il fallait craindre le pire, et pourtant je me taisais. Maman avait forcé sur le blush et sorti tous ses bijoux. Au moindre mouvement, elle cliquetait. Pourquoi avait-elle arrêté de les porter, d'ailleurs ? C'est en la voyant arriver, quelques heures plus tôt, parée comme une châsse, que je l'avais réalisé.

Durant cette interminable période, mes parents avaient été discrets et pourtant omniprésents. Que serais-je devenue sans eux ? Je traversais ces heures de fête comme un enterrement, son enterrement à lui – il était désormais mort à mes yeux – et celui de la femme du disparu. Un enterrement joyeux. À voir mes parents renouer totalement avec eux-mêmes, j'eus le sentiment qu'ils sortaient d'une période de deuil, ils quittaient le noir pour revêtir leur lumière. Ils s'autorisaient, tout comme moi, à être pleinement eux-mêmes et heureux. Ils savouraient chaque instant, avec certainement plus de force encore. À leur manière, mes parents avaient porté le deuil de leur gendre. Ils l'aimaient énormément, ils l'aimaient comme un fils. Mes parents avaient souhaité et tout mis en œuvre pour lui apprendre la famille, lui qui n'en avait pas, n'en avait jamais eu et courait après une quête pathologique d'affection. Oh… bien sûr, mon père n'avait pas été commode lorsque je le lui avais présenté, cela aurait été pareil avec n'importe quel homme. J'étais sa fille ! Mais très vite tous deux s'étaient attachés à lui, à ses failles, ses blessures, ses envies, sa générosité – parce qu'il en avait été capable – et à l'amour qu'il portait à leur fille. Nous y avions tous cru si longtemps. Nos trois enfants en étaient la preuve. J'étais bien consciente qu'ils avaient tout vu, ils avaient dû être rongés d'inquiétude pour moi et la situation dans laquelle j'étais avec mon mari. Ils essayaient bien de temps à autre de m'alerter, de m'ouvrir la porte pour que je me confie, mais ils n'insistaient jamais de peur que je me braque. Grâce à mon divorce, je permettais à mes parents de rompre définitivement avec lui. Je pouvais leur offrir cette liberté que j'avais attendue si longtemps, c'était la moindre des choses, après les années qu'ils avaient consacrées à me soutenir.

Mon regard se dirigea vers Erwan et Lucille, et je m'interrogeai. En rompant définitivement avec le passé, était-ce une liberté que j'offrais à mon frère et ma belle-sœur ? Ils couvaient Milo, le faisaient rire, lui promettaient mille aventures, mille cadeaux. Malgré le profond désir d'Erwan de me voir divorcer, je n'étais pas certaine que mon ouverture vers l'avenir leur convienne véritablement. D'une certaine manière, je n'allais plus avoir besoin d'eux. Leur vie avait radicalement changé après la disparition. Je ne leur avais rien demandé, ils s'étaient investis à mes côtés de leur propre chef. Avant que mon mari se volatilise, ils habitaient dans le cœur de Paris et nous honoraient de leur présence quelques fois par an, rien de plus. Erwan s'était toujours méfié de lui, me mettant régulièrement en garde, je refusais d'entendre, d'écouter, mon amour pour lui m'enfonçait dans une protection destructrice. Je partais du principe que mon frère ne pouvait pas comprendre, Erwan et Lucille menaient une vie à l'opposé de la nôtre. Ils n'avaient pas d'enfants, ne semblaient pas en vouloir particulièrement, ils affirmaient ce désir de rester libres et à deux, c'étaient des carriéristes assumés, ils enchaînaient les mondanités, les expositions et les soirées au théâtre, ils voyageaient dans des clubs luxueux où la présence d'enfants n'était pas tolérée. Quand ils venaient nous rendre visite, ils endossaient à merveille le rôle de Parisiens à la mer, Erwan n'hésitant pas à surjouer. Il nous faisait rire, d'autant plus que mes parents et moi n'étions pas dupes, mon frère et sa femme étaient dans leur élément, ici. Mais à petites doses savamment contrôlées. Lorsque ma réalité avait explosé, tout avait changé. Lucille avait plaqué son travail, était venue s'installer à Saint-Malo pour m'aider avec les enfants, Erwan avait imposé le télétravail à son cabinet bien avant qu'il devienne la norme. Ils avaient bazardé leur vie parisienne pour revenir à la maison, pour être à nos côtés. Ils avaient déversé sur mes enfants un amour insoupçonné. Ils avaient naturellement trouvé leur place dans cette famille brisée, mais soudée. Ils étaient justes, ils connaissaient les mots à employer pour me replacer dans mon rôle de mère lorsque j'étais au plus profond du désespoir, lorsque je ne voulais plus rien, lorsque je ne savais plus m'occuper de mes enfants. Ma renaissance allait-elle les éloigner de nous à nouveau ? Je n'en avais pas envie, c'était si bon de les avoir à nos côtés, cela serait si bon de les garder pour toujours avec nous, maintenant que le temps du chagrin et de la colère était définitivement terminé. Je les voulais dans cette nouvelle vie que je souhaitais construire. Ils étaient bien plus qu'un oncle et une tante pour Milo, Lou et Ulysse. Pour autant, je ne ferais rien pour les retenir, eux aussi méritaient leur liberté. Autour de la table ne manquait que Paloma, mon acolyte à *L'Odyssée* depuis sept ans, ma meilleure amie, débarquée dans nos vies en plein tumulte. Je n'osais imaginer sa réaction à son retour de vacances lorsqu'elle découvrirait mon nouvel état d'esprit, elle qui n'attendait que ça.

– Erin ? m'appela mon frère. Ça va ?

– Tu es bien silencieuse ! renchérit mon père.

– Je vous regarde, cela me suffit. Vous êtes beaux, vous êtes si beaux.

– Moi aussi ? me demanda Milo.

– Tu es le plus beau, mon trésor.

– Je croyais que c'était moi ? brailla Ulysse en riant.

– C'est maman la plus belle, les interrompit Lou.

Je caressai la joue de ma fille, arrivée sans bruit tout près de moi.

– On sert le café dehors ? proposai-je pour m'éviter de céder à l'émotion devant eux.

Nous savions être pudiques dans la famille, tout le monde comprit le message. En moins de cinq minutes, nous avions investi la terrasse, emmitouflés dans nos manteaux. Ulysse s'éclipsa après m'avoir demandé s'il pouvait rejoindre des copains. Je le rattrapai au dernier moment.

– Tu te souviens de ce que j'ai demandé ?

– Oui, je réfléchis à un nouveau nom pour ici ! Tu as raison de changer.

Il me serra dans ses grands bras avant d'enfourcher son vélo.

– Maman, je rentre à la maison, j'ai encore des devoirs, m'annonça Lou. Et je cherche des noms pour *L'Odyssée* !

J'éclatai de rire devant la mine sérieuse de ma fille, je savais qu'elle ferait une étude poussée sur les appellations de bar avant de partager ses propositions.

– Papi m'a autorisé à faire un tour en trottinette, m'apprit Milo qui filait déjà sur le trottoir.

Sourire aux lèvres, je me retournai et découvris mes parents, Erwan et Lucille en plein soleil qui m'attendaient.

– Vous êtes prêts à vous creuser la tête ?

G

Gary

Cette journée en mer s'achevait enfin. Avant de quitter le bateau, je rangeai méticuleusement mon matériel. J'entretenais un mythe. J'étais pathétique. Pathétique et seul. Personne ne m'adressait plus la parole – je n'existais plus pour eux, je n'étais d'aucune utilité, ils échangeaient sur leurs découvertes, sur les analyses qu'ils devraient faire dès leur retour au laboratoire. Je chargeai mes affaires sur mes épaules et lançai un signe de la main pour dire au revoir. Ils me répondirent à peine, mais je croisai une dernière fois le regard de Louise. Elle me sourit délicatement. Je lui répondis de la même manière.

Avant de la revoir, j'étais convaincu de lui avoir fait mes adieux depuis bien longtemps. Je me trompais. C'est maintenant que j'étais véritablement en train de la quitter, que je tournais le dos à notre mariage raté. Je n'avais fait qu'entretenir l'amertume de notre histoire, ces dernières années.

À l'instant où j'enjambais l'espace entre le bateau et le ponton, le temps se suspendit. Je fixai l'eau du port en dessous, cette eau sombre, pas des plus propres, j'entendis le clapotis des vaguelettes sur le bois, et j'eus le sentiment de laisser le passé derrière moi. J'étais dérouté par l'imbroglio de mon esprit. Quelques heures plus tôt, j'étais perdu, abattu, dans l'incompréhension de ce qui m'arrivait. Mais je sentais que j'étais enfin prêt à réagir, à me ressaisir. En tout cas, à tenter de reprendre ma vie en main.

Sur le chemin pour rejoindre ma case, je passai quelques coups de téléphone pour dénicher un remplaçant. En moins de trois appels, le problème était réglé. Sans cesser de marcher, j'envoyai un mail au contact qui m'avait recruté pour prévenir l'équipe de Louise. C'était fini. Je n'avais plus aucun engagement. J'étais libre comme l'air. Certains auraient tué père et mère pour ça. Pas moi. J'aurais tout donné pour être enchaîné à quelqu'un, à un travail, à une vie. Sitôt arrivé, j'allumai mon ordinateur, une antiquité rarement branchée, il rama de longues minutes avant de réussir à se connecter à Internet. Il fallait que je parte d'ici, que je m'éloigne des eaux turquoise, de tout ce qui me raccrochait de près ou de loin à ma vie actuelle. On ne pouvait pas dire que le résultat était brillant. En moins de quelques minutes, je trouvai un vol en direction de Paris pour le lendemain matin, je me moquais du prix, du moment que je partais. Je me devais d'être radical si je voulais provoquer une secousse.

Remplir mes deux sacs de voyage ne fut pas long, je ne trimbalais que le strict minimum, peu importait la durée des missions, des contrats. Du temps de Louise, je pouvais croire que j'avais construit un minimum. Nous possédions une maison en métropole, notre point de chute dès que nous n'étions pas ailleurs, nous y vivions régulièrement lorsque nous essayions d'avoir un enfant. Si je voulais être honnête avec moi-même, je n'avais jamais eu le sentiment d'y être chez moi, je ne vidais jamais mes valises. Cette maison avait été bazardée avec le divorce.

À 19 heures, mes bagages étaient bouclés. Mon matériel de plongée attendait sagement de partir. J'étais assis comme un con sur le fauteuil de bois sous la varangue et je me demandais comment passer le temps jusqu'à 6 heures du matin, heure à laquelle je devais être à l'aéroport de Saint-Denis. Évidemment, rien à bouffer. Rien à boire. Ivan allait encore me sauver. De toute façon, je ne pouvais pas partir comme un voleur.

Quinze minutes plus tard, j'arrivai à son restaurant sur la plage de L'Ermitage. On entendait à des kilomètres à la ronde la musique et les rires qui s'en échappaient. L'énergie de ce mec m'épatait, il n'était secondé que par un commis le week-end, alors que c'était toujours plein. Il jonglait de sa cuisine, où il assurait le spectacle, au bar, aux tables. Il ne fallait jamais être pressé. Personne n'y venait pour l'efficacité, mais tout le monde s'y précipitait pour l'ambiance festive et la qualité de ses assiettes. Il me repéra à la seconde. Il me fit de grands signes, je m'approchai.

– Je t'ai gardé une place au bar et une part de cari d'espadon. Alors, la plongée d'aujourd'hui ?

Je me hissai sur un tabouret.

– Je ne suis pas allé à l'eau…

D'autorité, il me servit un verre, je le remerciai d'un signe de tête, il avait tout compris. Il repartit à son travail.

Je pris tout mon temps pour dîner, en enchaînant les bières. J'observais les gens et l'échec de ma vie me sautait aux yeux. Comme s'il me fallait encore des preuves. Autour de moi, des familles, des groupes d'amis qui riaient, profitaient, partageaient. Il y avait aussi des couples – certains se préparaient à une nuit d'amour passionnée, d'autres s'engueulaient. Même ceux-là, je les enviais. Ils avançaient, d'une manière ou d'une autre.

J'avais vraiment une vie de merde dont j'étais le meilleur et unique artisan. Comment avais-je pu tomber aussi bas ? Comment avais-je pu tout rater à ce point ?

J'avais quarante-cinq ans. J'étais seul. Je ne possédais rien.

Ma famille ? Je n'avais pas vu mes parents depuis plusieurs années. Idem pour mon frère et ma sœur et leurs familles. Nous n'avions pas totalement coupé les ponts, nous nous parlions quelquefois au téléphone, à Noël, aux anniversaires, mais nos existences à des années-lumière avaient créé un fossé. Je manquais de courage pour tenter de le combler. Ça ne m'était pas venu à l'idée de leur annoncer que je rentrais en France. M'attendaient-ils ? Avaient-ils envie de me voir ? En avais-je moi-même envie ? Me manquaient-ils au bout du compte ? Encore une question à laquelle je devrais répondre un jour ou l'autre.

Les amis : je n'en avais pas de véritables. Bien sûr, j'avais rencontré des gens un peu partout dès l'instant où la mer était proche. Mais impossible de les considérer comme des amis, je ne les connaissais pas, ils ne me connaissaient pas, je ne m'étais jamais confié à eux, ils ne s'étaient jamais confiés à moi. On se tapait dans la main quand on se retrouvait, on était dans la même palanquée, on buvait des bières et on se disait « à la prochaine » sans y croire vraiment. Qui appellerais-je en cas de problème ? Aucune idée. Qui m'appellerait en cas de besoin ? Pas grand monde. Je n'étais pas celui sur qui l'on pouvait compter, personne ne savait véritablement dans quelle partie du monde je me trouvais.

L'amour ? À l'époque de mon mariage, j'y avais cru, je l'aimais, elle m'aimait, elle me manquait, je lui manquais – du moins m'en convainquais-je. Nous étions-nous vraiment aimés ? Je n'en étais plus certain.

Toujours est-il que ce temps-là était révolu. Je rêvais encore d'amour, j'en rêverais certainement toute ma vie, mais je n'y croyais plus. Je n'avais pas choisi de devenir plongeur professionnel par envie et fantasme d'une vie nomade et sans attache. La mer avait été ma seule motivation. En réalité, j'étais on ne peut plus banal, j'avais toujours rêvé de construire une vie de famille, d'aimer une femme à en crever, d'être aimé, d'élever des enfants, de m'acheter une bagnole et de contracter un crédit pour la baraque de mes rêves. Mon seul souhait était de pouvoir continuer à travailler sous l'eau tant que ma santé et ma forme me le permettraient.

Ma carrière ? Avant que nous essayions d'avoir un enfant avec Louise, on me proposait des contrats tous plus passionnants les uns que les autres. Quand on veut plonger, on se choisit un métier que l'on pourra exercer sous l'eau. Pour ma part, aucun secteur ne m'attirait plus particulièrement, je voulais tout faire, mais je n'avais pas eu le choix. J'avais donc débuté par une formation de soudeur pour ensuite intégrer l'École nationale des Scaphandriers, je voulais passer quelque temps sur des plateformes pétrolières, sur les constructions de barrages. Comme un gamin qui voulait devenir un superhéros, je rêvais de porter le scaphandre, cette amure reliée à la surface par un tuyau. Le narguilé ou la ligne de vie. Quand j'avais été lassé des travaux publics, je m'étais intéressé à la photo et la vidéo sous-marine. Grâce à mes nombreux voyages – dès que je m'accordais des vacances, j'écumais des spots de plongée paradisiaques –, j'avais rencontré beaucoup de professionnels passionnés, ils avaient accepté de m'apprendre. Cette compétence supplémentaire m'avait permis d'intégrer des missions scientifiques ou d'exploration d'épaves. J'avais également suivi une formation pour être moniteur en eaux profondes. Bref, j'avais acquis une polyvalence qui me valait une belle réputation. Réputation qui m'avait permis de rencontrer Louise. Réputation que j'avais perdue le jour où nous avions dû nous consacrer à faire un enfant. Réputation que je n'avais jamais retrouvée. Des plus jeunes et des meilleurs avaient occupé le terrain. J'étais sorti des écrans radars de la profession. Je n'avais pas trouvé la force ni l'envie de reconquérir mon statut. Depuis trois ans, je végétais, passant d'un contrat à l'autre, de tourisme, de randonnées sous-marines, de remplacements de moniteurs qui prenaient leurs vacances en famille. Qu'avais-je fait de ma passion ? Pourquoi n'avais-je pas été capable de m'investir follement dans mon travail ? Je n'avais plus personne pour m'empêcher de partir des mois durant. Mais n'était-ce pas justement ça le fond du problème ? Personne ne m'attendait. Et finalement, souhaitais-je vraiment partir à l'autre bout du monde des mois durant ?

Je ne m'étais pas rendu compte que l'heure tournait et que la nuit était avancée. Il n'y avait plus personne chez Ivan. À part moi. Il renvoya son commis, encaissa ses derniers clients et vint s'installer à mes côtés avec une bouteille pleine de rhum arrangé de sa confection et deux verres. Il les remplit, en fit glisser un jusqu'à moi et leva le sien dans ma direction.

– Tu traces la route ? me demanda-t-il pour la forme.

À croire qu'il lisait dans mes pensées.

– Il semblerait.

– Tu ne parles pas beaucoup, mais j'aime bien te savoir dans les parages.

– Il te reste une nuit pour profiter de mon excellente compagnie, ironisai-je.

Il éclata de rire, vida son verre d'un trait, puis s'en servit un autre qu'il but tout aussi vite.

– Tu reviendras un jour ?

– Je ne crois pas.

– Tu as des plans ?

Je m'apprêtais à lui répondre par la négative, lorsque je réalisai que j'avais une idée assez précise de ce que je devais essayer.

– Je rentre en métropole, je vais me trouver un coin pour m'installer une bonne fois pour toutes et bosser à nouveau, vraiment. Un vrai job, pas simplement quelque chose pour m'occuper. Je veux remettre les mains dans le cambouis… Je voudrais construire une vie… et pourquoi pas rencontrer quelqu'un…

Je n'en revenais pas de ce que je venais d'affirmer avec détermination.

– Avant de partir, poursuivis-je, je tenais encore une fois à te remercier pour l'autre jour.

– Tu serais remonté comme un grand sans moi, me répondit-il avec un clin d'œil. Tu n'es pas du genre à te laisser crever.

– C'est ce que je croyais jusque-là… enfin peu importe, sans toi, je moisirais peut-être derrière la barrière de corail.

– J'ai fait des conneries dans ma vie, mais je ne suis pas du genre à laisser quelqu'un se foutre en l'air sans réagir. Ça ne me regarde pas, Gary, mais tu n'es pas dans ton état normal depuis quelques jours. C'est ton ex-femme qui t'a foutu par terre ?

– Il y a de ça… mais je commence à penser que c'était nécessaire.

Et voilà que je lui racontais des bribes de ma vie. Sans attendre qu'il s'en charge, je me resservis et bus tout aussi vite que lui. Je ne savais pas pourquoi, mais je n'arrivais pas à envisager cet homme à côté de moi comme tous ceux que j'avais pu croiser durant mes innombrables voyages, il m'inspirait une sympathie sincère, du respect. J'avais l'impression – peut-être fausse – que nous nous ressemblions, que nous nous comprenions sans nous parler. Certes, il était plus drôle et plus ouvert que moi, pourtant, il était tout aussi seul, malgré l'image qu'il pouvait renvoyer. Nombreux étaient ceux qui gravitaient autour de lui, son aura et son charisme y étaient pour beaucoup. Je n'étais pas certain qu'il le recherchait particulièrement. Peut-être se perdait-il dans ce tourbillon ? Il n'avait pas de famille, pas d'amis assumés et visibles à ses côtés, pas de femme – oh bien sûr, j'en avais vu plus d'une lui tourner autour, mais aucune ne semblait avoir réussi à se l'attacher. Ce n'était pas mes affaires. Tout comme je ne fus ni étonné ni vexé qu'il ne se mêlât pas des miennes.

L'absence de curiosité était inhérente à notre mode de vie. Mis à part la période de mon histoire avec Louise, je n'avais côtoyé que des personnes sans attaches. Ces hommes et ces femmes, dont je faisais partie, roulaient leur bosse un peu partout dans le monde – peu importait leur métier –, avaient des aventures dans chaque port, déménageaient d'un endroit à un autre, sans biens matériels, ils laissaient tout derrière eux. Je ne jugeais pas, loin de là, j'avais participé et participais encore à ce système. Lorsque l'on se rencontrait pour le boulot, dans un bar, une salle d'attente d'aéroport, une colocation – à croire que l'on se reconnaissait entre nous, comme une société secrète –, on ne se posait pas de questions sur nos vies et passés respectifs. Personne ne souhaitait créer un malaise, tout le monde était plutôt *carpe diem*, on passe un bon moment, on profite, et on verra demain. Je ne posais de questions à personne, personne ne m'en posait, et je n'avais jamais rien raconté de moi-même. Ça avait été pareil avec Ivan – sauf ce soir –, même s'il m'avait rapidement intrigué. Il m'avait toujours semblé réfléchi, peut-être plus sombre aussi. Avec les années, j'avais acquis une capacité à observer les autres avec patience et en silence. Ivan, quand on le regardait avec un tout petit peu d'intérêt, était différent. Il traversait des moments d'absence à des instants totalement incongrus. Par exemple, durant de nombreuses soirées passées dans son restaurant, la fête battait son plein, ça riait, ça buvait, ça draguait, et brutalement Ivan semblait s'extraire de son corps, de son esprit, un peu comme s'il partait à des milliers de kilomètres grâce à une force télépathique. Il n'était plus là. Quand il revenait parmi nous, il était encore plus déchaîné que d'habitude. Lorsque cela arrivait, je me demandais toujours si c'était provoqué par un son particulier, une voix, une musique, une parole, une expression, ou par un souvenir remonté de très loin. Je devais reconnaître que je m'étais toujours demandé comment il avait atterri là.

Si j'avais bien appris quelque chose de ces années, de ce mode de vie, c'est que l'on ne finissait pas seul perdu au milieu des autres, sur une île à l'opposé de sa terre d'origine, sans cacher quelque chose. Ce n'était pas anodin si l'on ne se confiait rien entre nous, on se jurait qu'on était potes, mais sans jamais partager plus que l'instant présent. Dans notre situation, quitte à fuir, autant choisir le paradis. Un paradis sans prise de risque.

Il but à nouveau, nous resservit et attrapa un paquet de cigarettes qui traînait sur son bar, il en alluma une. Il m'avait posé une question, j'en posai une à mon tour :

– Dis-moi, Ivan, tu as la vie que tu voulais ?

Il planta son regard noir et ombrageux dans le mien, il cracha une énorme volute de fumée.

– En quelque sorte.

Il partit de longues secondes loin dans ses pensées et revint à moi :

– À ton retour en métropole !

Discussion close, ça me convenait. Il leva à nouveau son verre dans ma direction. Il avait compris de quoi j'avais besoin. Dans un éclair de lucidité, il m'apparut que lui aussi cherchait à oublier quelque chose.

Nous étions assis dans le sable. Les paroles échangées étaient restées superficielles. Avec plus de temps, peut-être aurions-nous fini par nous raconter, par lever nos secrets, par nous faire confiance. Nous nous taisions désormais, chacun arrimé à ses pensées embrouillées par l'alcool. La bouteille de rhum était vide. J'étais certain de dormir durant le vol. Le jour ne tarderait pas à pointer. Je jetai un coup d'œil à ma montre. 5 heures. Je me levai d'un bond, surpris par la stabilité de mes jambes.

– J'ai un truc à faire avant de tirer ma révérence, annonçai-je à Ivan.

Sans me préoccuper de lui, je me dirigeai vers l'eau en me déshabillant. Combien de fois y avais-je fini pour dissiper les vapeurs de l'alcool ? La dernière avait bien failli m'être fatale. Cette nuit, ou plutôt ce matin, cela n'avait rien de comparable. Partir d'ici sans être retourné à l'eau par pur plaisir m'enfermerait dans mes angoisses. Cette dernière immersion réunionnaise aurait valeur de purification, j'allais me laver de tout ce que je voulais laisser derrière moi de négatif, ce qui m'avait retenu de réagir, les failles et les blessures qui m'avaient enfermé. Je souhaitais aussi m'assurer que la mer ne m'avait pas quitté, que je ne l'avais pas quittée. Que nous formions toujours un tout. La mer était mon plus grand désir. Mon corps fendit l'eau. Je nageai loin et longtemps dans le lagon, me moquant de ne pas trouver de grande profondeur. Je me contentai – et c'était déjà merveilleux – des trésors que je distinguais dans l'obscurité. Je m'écorchai sur du corail, la morsure du sel sur la plaie me fit grimacer, mais j'aimais ça. Je me sentais vivant lorsque je retenais ma respiration. Je trouvai un peu plus de fond et m'y rendis. Je m'assis sur le sable et regardai le ciel qui s'éclaircissait tranquillement. Malgré le plaisir de cette apnée, de ce silence, de cette apesanteur, je ne ressentis aucune envie de m'endormir, de rester là. Mon vertige ne m'avait pas tué, au contraire, il m'avait réveillé, il m'avait ouvert les yeux. Rien n'était gagné, je ne réussirais peut-être pas à construire enfin ma vie, mais je n'aurais plus le regret de ne pas avoir tout tenté.

Je revins sur le sable avec le sentiment de ne pas avoir été aussi détendu depuis bien longtemps. Je m'essuyai grossièrement avec mon tee-shirt et enfilai mon jean. Ivan n'avait pas bougé, il m'observait tandis que j'avançais vers lui.

– Il est temps que j'y aille, lui annonçai-je. Je ne veux pas rater mon vol.

Il me tendit mon téléphone.

– Il est tombé dans le sable quand tu es parti barboter.

– Merci, lui répondis-je en riant à moitié.

– Je t'emmène à l'aéroport, j'ai eu le temps de dessaouler pendant ta baignade.

Quelques minutes plus tard, nous montions dans son vieux 4 × 4. Sans prononcer un mot, il démarra, fit les quelques kilomètres qui nous séparaient de ma case, s'arrêta en laissant tourner le moteur. Je récupérai mes sacs de voyage qui m'attendaient derrière la porte d'entrée et abandonnai les clés à l'intérieur. Il prit la route de la corniche, je profitai une dernière fois du lever du jour sur l'océan Indien. Ivan s'enfonça dans son siège, je lui jetai un coup d'œil, son attitude nonchalante était trompeuse. Son visage était fermé, ses mains crispées sur le volant, il était nerveux, tendu. Incompréhensible.

En arrivant au dépose-minute, je pensais qu'il me lancerait sur le trottoir comme un colis. Ce fut tout le contraire, il éteignit le moteur et me suivit sans un mot dans le terminal. D'un signe de tête, il me fit comprendre qu'il restait encore un peu avec moi. Voulait-il s'assurer que je partais vraiment ? L'atmosphère entre nous changeait de seconde en seconde, elle devenait lourde, pesante, je n'avais aucune explication à ce revirement. Enregistrer mes bagages prenait toujours plus de temps que pour des passagers lambda – mon matériel exigeait davantage de contrôle – j'eus tout loisir d'observer discrètement Ivan. Son comportement était des plus étrange. Il faisait les cent pas, concentré, particulièrement sombre. Il me surveillait et semblait anxieux. Ce n'était plus le même que quelques heures plus tôt. Je ne l'avais jamais vu dans cet état, rien à voir avec ses absences habituelles. Quand je finis par le rejoindre, il arborait un air hésitant que je ne lui connaissais pas.

– Merci de m'avoir déposé, et pour le reste aussi.

Je lui tendis la main, il la serra fortement, j'avais l'impression qu'il avait quelque chose à me dire.

– À une prochaine, me répondit-il en me lâchant.

À l'instant où j'allais poser le pied sur la première marche de l'escalator me menant aux derniers contrôles de sécurité, il m'interpella. Je ne m'étais pas trompé.

– Gary, attends !

Il me sembla aux abois. Je me tournai vers lui, curieux. Je fus étonné de le découvrir déjà tout près et blême.

– J'ai un service à te demander.

– Je t'écoute, lui dis-je.

Il soupira profondément, fit un tour sur lui-même et passa frénétiquement la main dans ses cheveux.

Puis, il revint à moi en rivant son regard au mien. Un regard de plus en plus noir. Il commençait à m'inquiéter.

– Ne me pose pas de questions, me supplia-t-il.

Rappel du pacte entre nomades…

– Entendu.

Nouveau soupir. Que cherchait-il en expulsant l'air ? Du courage ? Du soulagement ? Évacuait-il de la crainte ?

– J'aimerais que tu ailles à Saint-Malo, en Bretagne. Trouve un bar qui s'appelle *L'Odyssée*, cherche à savoir si c'est une femme qui le tient. Et appelle-moi pour me dire ce que tu as appris.

Il croyait que j'allais espionner quelqu'un pour lui.

– Pourquoi tu ne le fais pas toi-même ? Pas besoin d'aller là-bas pour savoir ce genre de choses.

– Putain, tu fais chier avec tes questions !

Il enfouit son visage dans ses paumes en grognant de frustration. Je posai une main apaisante sur son épaule, il semblait de plus en plus mal.

– Désolé, mais reconnais quand même que ce que tu me demandes est étrange. Qu'est-ce que tu lui veux, à cette femme ?

– C'est ma femme, Gary… Ma femme.

Je le lâchai et reculai de deux pas sous le coup de la surprise. J'aurais pu tout imaginer, sauf ça.

– Quoi ? Mais… pourquoi tu n'en as jamais parlé ?

– Arrête, j'ai bien appris il y a deux jours que tu étais divorcé !

Je balayai sa vérité d'un revers de main.

– Ça fait sept ans que je ne l'ai pas vue, poursuivit-il, sept ans que je ne lui ai pas parlé.

Il déraillait complètement.

– Et tu me demandes d'aller la voir ? Je ne la connais même pas ! Tu n'as qu'à y aller toi-même, lui téléphoner, lui écrire. Démerde-toi tout seul !

Il ricana amèrement.

– Je suis trop lâche... Je l'ai quittée du jour au lendemain. Elle n'a aucune idée de l'endroit où je vis.

Sous le choc, j'écarquillai les yeux. Son aplomb me décontenançait totalement.

– Raison de plus, Ivan ! Ce n'est pas à moi de m'en charger !

Il endossa un air suppliant.

– Gary, tu es le premier en qui j'ai confiance pour en parler, pour parler d'elle...

– Et pourquoi, subitement, tu as envie de savoir ce qu'elle devient ? C'est peut-être un peu tard pour t'inquiéter d'elle.

– C'est ta faute ! me balança-t-il en me pointant du doigt.

– Tu te fous de moi ?

– Non... j'étais peinard et tu as brisé ma tranquillité d'esprit. Tu m'as retourné la tête avec tes histoires de te poser quelque part... Je veux savoir comment elle va... si elle pense encore à moi.

Il perdait la raison.

– Attends, Ivan... C'est du délire !

– Gary, s'il te plaît...

– Tu penses que je vais aller foutre la merde dans la vie d'une femme que je ne connais pas ?

– Tu es un mec bien, Gary, tu trouveras les bons mots.

L'appel pour mon vol retentit.

– Je dois y aller.

Avant que j'esquisse le moindre geste, il me retint par le bras.

– Tu vas le faire ?

On se jaugea de longues secondes. Devais-je m'engager à lui rendre ce service des plus particuliers ? Pourquoi le ferais-je ? Il me manquait l'information la plus précieuse.

– Tu l'aimes ? Enfin, je veux dire… tu l'as toujours aimée ? Tu n'as jamais cessé de penser à elle depuis que tu l'as quittée ?

– À ton avis ? Pourquoi je te demanderais une chose pareille dans le cas contraire ?

– Comment s'appelle-t-elle ?

Il sourit, soulagé et ému.

– Erin… elle s'appelle Erin.

1

Ivan

Que venait-il de faire ?

– Merde ! brailla-t-il.

Les gens autour de lui sursautèrent, il les bouscula, prêt à rattraper le plongeur, à exiger de lui qu'il oublie. Au moment de grimper dans l'escalator à sa poursuite, il se figea. Quoi qu'il dise, il n'oublierait jamais. Quand bien même il le lui ordonnerait. Il empirerait même la situation. Il en avait déjà trop dit. Il avait planté une sale graine dans son esprit. Seule solution pour qu'il oublie, qu'il lui éclate la gueule, qu'il le fasse disparaître. Ses poings le démangeaient. Il recula, s'éloignant de la tentation. Des années qu'il n'avait pas ressenti cette violence sourde. Impossible. Il n'allait pas tomber aussi bas. Il ne retomberait pas dans ses travers. Il devait rester lucide et ne pas oublier son objectif.

Il quitta l'aéroport en courant, il fuyait, il mettait de la distance, crevant d'envie de remonter le temps, de se retenir d'ouvrir sa grande gueule.

Comment avait-il pu être aussi con ? Aussi faible. Il se sentait acculé depuis quelques heures, il n'avait pas eu le temps de réfléchir. Il avait besoin du plongeur. Comment ne pas se demander à chaque instant à partir de maintenant s'il était là-bas, s'il l'avait vue, s'il lui avait parlé, s'il était avec elle ? Comment ne pas songer à la réaction d'Erin ? Serait-elle celle qu'il attendait ? Il devait comprendre. Il devait savoir ce qui se passait là-bas.

E

Erin

Étrange de quelle façon l'esprit pouvait s'accorder de la liberté du jour au lendemain. Les contrariétés n'en étaient plus. Pour preuve, je ne perdais patience ni ne m'énervais alors que mes grandes idées de travaux n'avançaient pas comme je l'aurais souhaité. Le projet était lancé depuis plus de trois semaines et j'étais toujours au point mort. Les artisans n'envoyaient pas leurs devis ou quand ils daignaient s'en préoccuper, ils me précisaient toujours qu'ils ne seraient pas disponibles pour mon chantier avant des mois. Merci les résidences secondaires. Le temps filait, la saison approchait, et il était inenvisageable de fermer à cette époque. Cela devrait attendre l'année prochaine.

Quant au nouveau nom de *L'Odyssée*, le seul bénéfice des recherches consistait à nous offrir des soirées de fous rires. La famille au grand complet se réunissait une fois par semaine à ce sujet. Aucune proposition n'était à la hauteur. Quelque temps auparavant, j'aurais hurlé, rendu le ciel et la terre responsables de mes problèmes. Plus maintenant. Philosophe, je me répétais que rien ne pressait, le principal était la décision, et que je m'y tienne.

Cet après-midi-là, le calme régnait à *L'Odyssée*. Pourtant, le temps était magnifique. Si je n'avais pas travaillé, je me serais enroulée dans mon manteau pour boire des cafés au soleil. Je jetai un coup d'œil en direction de Paloma. Le silence était étranger à ses habitudes. Je la connaissais par cœur, Paloma. Mon double ici. Elle était revenue de vacances une semaine plus tôt. Comme prévu, il ne lui avait pas fallu une minute pour comprendre qu'il y avait du changement dans l'air. Ma tête parlait d'elle-même. Je le notais chaque matin en m'observant dans le miroir. Nous avions beau être en plein hiver, j'avais une mine incroyable, comme si je captais le moindre rayon de soleil. Paloma avait conservé son calme pendant mes explications. Ensuite, elle avait hurlé, m'avait serrée à m'en étrangler, puis elle avait ouvert un frigo pour récupérer une bouteille de champagne. Avant même que j'ouvre la bouche, elle m'avait annoncé qu'elle paierait la note dans la caisse du jour.

– Ce n'est pas le problème, c'est juste qu'il est 10 heures, Paloma, lui avais-je précisé.

Elle avait fait sauter le bouchon en éclatant de rire.

À son expression, il était clair qu'elle complotait.

– Pourquoi ne pas reprendre *Le Bistrot* ? me proposa-t-elle d'un air faussement innocent.

Le nom à l'époque de mes parents ! Depuis son retour, elle participait activement à la réflexion, n'hésitant pas à demander leur avis aux clients.

– C'est mon père qui t'envoie ?

– Pas du tout ! se défendit-elle, un sourire pincé aux lèvres.

– J'ai dit que je voulais dépoussiérer *L'Odyssée*, pas le transformer en musée ! lui rétorquai-je.

– Tu sais bien que je ne peux rien lui refuser, il m'a demandé de te glisser cette suggestion.

Paloma et mon père… une grande histoire. Après la disparition de mon mari, je n'avais aucune énergie pour travailler. Je ne sortais de l'appartement au-dessus du bar dans lequel nous habitions que pour emmener Lou et Ulysse à l'école et acheter à manger. Mon père, sans que je le lui demande, ce dont j'aurais été bien incapable, avait repris du service. *L'Odyssée* n'avait été fermé qu'une journée. Il avait retrouvé son bar – qui n'était plus le sien –, il l'ouvrait tous les jours après être passé voir si je voulais me joindre à lui. Il avait pris des décisions à ma place, m'avertissant de tout pour tenter coûte que coûte de m'impliquer. Mon manque de réaction ne l'empêcha pas de prendre la situation en main. Régis refusait que ce qu'avait construit sa fille à la sueur de son front s'effondre.

La première décision radicale avait été de fermer la cuisine. Mon mari la tenait. Dès qu'il était entré dans ma vie, il avait eu l'idée de servir à déjeuner le midi. Sans lui, la restauration à *L'Odyssée* n'avait plus de raison d'être. La cuisine avait fermé définitivement. Depuis, je n'avais jamais songé à engager un cuistot pour me relancer dans cette aventure. Une page tournée, une page du passé.

Seconde décision radicale : embaucher un étranger à la famille pour m'épauler lorsque je me déciderais à reprendre du service. Mon père n'avait jamais douté que l'appel du travail finirait par être le plus fort. Le temps lui avait donné raison. Il refusait d'être la personne qui travaillerait à mes côtés. Ma mère ne le lui aurait pas permis, et il estimait que ce n'était plus sa place. Il avait vieilli et avait parfaitement conscience que ses petits-enfants exigeraient son attention. Comme il manquait de temps pour écumer les autres établissements de la ville pour savoir si quelqu'un était prêt à lui céder un employé, il s'était résolu à mettre une petite annonce.

Plus d'un candidat avait pris la porte et il avait très vite eu la même idée lorsqu'il avait entendu Paloma lui demander si la place était toujours à prendre. Dans sa tête, il devait trouver un gaillard qui jouerait des gros bras avec les clients difficiles, certainement pas une fille d'à peine trente ans avec ce qui lui semblait de petites mains fragiles. Régis ne possédant aucun filtre, encore moins à cette époque, l'avait envoyé balader en lui affirmant qu'elle ferait mieux de chercher un boulot de vendeuse de vêtements. Je me souviens encore avoir sursauté un étage plus haut en entendant Paloma vociférer après lui. Quand elle s'était calmée, mon père avait éclaté de rire en lui annonçant qu'elle était embauchée. Les semaines suivantes avaient été le théâtre de scènes de ménage entre eux deux. Paloma devait tout apprendre mais ne supportait pas les remontrances de mon père qui, lui, ne tolérait aucune erreur. J'en savais quelque chose, il m'avait appris le métier. Tout en s'écharpant à longueur de temps, ils s'étaient apprivoisés, et Paloma était devenue celle dont mon père rêvait pour seconder sa fille. Depuis, Paloma lui vouait un culte, et après notre rencontre, elle était devenue ma meilleure amie. Ma seule amie, en réalité.

Il m'avait fallu près de six mois pour sortir de mon apathie et renouer avec l'envie d'être à *L'Odyssée*. Je n'avais réagi que pour mes enfants. Eux seuls comptaient. J'avais réalisé qu'ils n'auraient plus qu'une loque en guise de parents si je ne me brusquais pas. Un matin, après avoir déposé Ulysse et Lou à l'école, j'avais débarqué chez mes parents et leur avait confié Milo pour la journée. C'était la première fois que je me séparais de lui depuis que notre vie avait volé en éclats. D'un regard, je les avais enjoints à s'abstenir de tout commentaire. À 10 heures, j'avais ouvert *L'Odyssée* pour la première fois depuis qu'il était parti. Depuis qu'il m'avait quittée. Mes yeux avaient évité de se poser sur la porte – désormais close – de la cuisine. Malgré mes mains tremblantes et mes yeux débordant de larmes, mes réflexes étaient revenus : vérifier la propreté du comptoir, allumer un feu de cheminée, mettre de la musique. Pas pour l'ambiance, comme avant, mais pour me sentir moins seule, pour ne plus avoir l'impression d'être aspirée dans un gouffre. Ensuite, j'avais attendu de renouer avec mes clients. Les premiers étaient arrivés, convaincus de tomber sur Régis, tous avaient eu un mouvement de recul en me découvrant, certains avaient même hésité à tourner les talons, d'autres étaient venus par curiosité – la nouvelle de mon retour s'était vite répandue –, mais tous me fuyaient du regard, personne n'osait s'installer au comptoir de peur de s'approcher de moi. J'entendais les messes basses dans mon dos. Ce n'était pas la première fois que je subissais les ragots. Chaque jour à l'école, chaque fois que je faisais des courses, les regards convergeaient vers moi sans que personne ne daigne me parler. On me plaignait. On se posait des questions à mon propos comme si je n'étais pas là, comme si je ne risquais pas d'entendre ou de réagir : « Pourquoi est-il parti comme ça du jour au lendemain ? » « C'est affreux. » « Y a pas de fumée sans feu, elle a dû lui faire quelque chose d'épouvantable pour qu'il s'en aille ! » « Il aurait pu partir avec les enfants. » « Elle l'a trompé, c'est sûr ! » « Non, c'est lui qui est allé voir ailleurs, c'était un coureur, il traînait dans les bars louches d'après ce que j'ai entendu. » « Qui sait, elle s'en est peut-être débarrassé ! Cet homme était un vrai boulet. » « Il en a peut-être eu marre, elle était tout le temps sur son dos. » Chaque fois que les murmures des rumeurs m'atteignaient, je me retenais de frapper, de hurler, de me défendre, de le défendre lui envers et contre tout. Dans mon propre bar, ils osaient encore médire sur moi ou me fuir, alors même que je les servais. Personne ne m'adressait la parole, si ce n'était pour me réclamer un demi, un café, un verre de blanc. Mais aucun ne prononçait mon prénom. À croire que j'allais les contaminer, que j'étais devenue une inconnue à leurs yeux. Une pestiférée. Régulièrement, je leur tournais le dos, m'accrochant à ma caisse, me contrôlant pour ne pas craquer, ne pas pleurer, garder la tête haute pour mes enfants. Ulysse, Lou, Milo, me répétais-je inlassablement pour me souvenir pour quelles raisons j'avais décidé de me battre.

Et puis, en milieu d'après-midi, la porte s'était ouverte et pour la première fois, j'avais vu Paloma. J'avais découvert cette petite chose au regard dur comme l'enfer, au sourire diabolique. Elle avait traversé *L'Odyssée* d'un pas déterminé, avait contourné le comptoir, m'avait envoyé un clin d'œil complice et un baiser du bout des doigts.

– Salut patronne ! avait-elle claironné. J'ai pris le goûter pour les enfants.

Elle m'avait lancé un sac de viennoiseries, puis elle avait fait le tour du bar et dévisagé chaque client en montrant les dents, prête à mordre. Brusquement, elle avait abattu une main sur une table et les verres avaient tremblé.

– Bande d'enfoirés ! Je vous observe derrière la fenêtre depuis une demi-heure. Cette femme, me désigna-t-elle du doigt, cette femme est une héroïne ! Avant que son connard de mec se tire, vous l'aimiez, vous riiez avec elle, certains d'entre vous fantasmaient sur elle, vous matiez son cul, même si elle a l'âge d'être votre fille, même si son mec était votre pote ! C'est la même ! Elle n'a pas changé. C'est un sale type qui l'a trahie, qui a trahi ses gosses. Je vous préviens, demain, je veux un parterre de fleurs, je veux des pourboires, des sourires, des « t'as bonne mine, Erin », des « c'est un salaud », « on est là pour toi ».

Le bar s'était vidé dans les trois minutes qui avaient suivi. Paloma s'était ensuite assise sur un tabouret.

– Désolée, fallait que ça sorte.

J'avais souri.

– Enchantée, Paloma.

– Maintenant qu'on est tranquilles, et avant que les suivants arrivent, je veux ta version de l'histoire, pas celle de ton père et de ton frère. C'est pour toi que je bosse, pas pour eux, et pourtant, Régis, je l'aime comme une folle. En tout bien, tout honneur, je n'affronterais jamais Odile, elle me terrorise !

Je lui avais tout raconté, tout expliqué dans les moindres détails, sans pudeur, sans retenue, cela m'avait fait un bien fou. Je lui avais demandé de me dire qui elle était, même si mon père m'avait dressé son portrait dans les grandes lignes. Mais j'étais comme elle, j'avais envie de la découvrir par moi-même. D'autant plus que sa simple présence et sa remise à leur place des clients me permettaient d'oublier le reste. Son vent de fraîcheur – pas des plus élégant – me donnait le sourire, pour la première fois depuis des mois.

Paloma avait vingt-neuf ans à l'époque. C'était une casse-cou, une fêtarde, une roublarde, une menteuse, une bagarreuse, une amie, l'amante de plusieurs hommes, une bosseuse. Après des histoires dont elle préféra me taire les tenants et les aboutissants – je compris malgré tout que cela avait un rapport avec les punks à chien de Rennes –, elle avait décidé de se mettre au vert et était tombée par hasard sur l'annonce de mon père. Elle avait occupé un nombre considérable de petits boulots et pourtant elle n'avait jamais travaillé dans un bar. Elle ne pouvait pas se refaire. La nuit et la fête l'attireraient toujours. Aussi n'avait-elle pas hésité à postuler, persuadée que son futur employeur lui mangerait dans la main.

– J'en ai vu des coriaces, mais jamais comme ton père, me précisa-t-elle.

J'aurais pu avoir peur de qui elle était, j'aurais pu me dire qu'elle ne resterait pas longtemps. Ce fut tout le contraire. Je lui accordai ma confiance. Sept ans plus tard, elle était toujours fidèle au poste. Avec les années, elle s'était assagie, même si ses yeux pétillaient toujours davantage lorsqu'elle gérait les soirées. Elle était toujours partante pour s'occuper de ces créneaux, particulièrement le week-end. Son amoureux et sa fille de deux ans ne l'avaient pas calmée à ce point. Elle avait tout de même consenti à ce que nous équilibrions entre nous deux. Mes enfants grandissaient, alors que sa petite n'était encore qu'un bébé.

Il était 18 heures. Je la laissai à la barre. Je ne boudais pas mon plaisir. Durant ses deux semaines de congé, j'avais assuré les journées et les soirées toute seule, et j'avais ma dose odysséenne.

– Bon, sérieux, Erin, il faut qu'on le trouve ce nouveau nom de bar ! insista-t-elle, en revenant près de moi après une commande.

– Je suis d'accord, mais je ne veux pas n'importe quoi. Une fois que ce sera fait, il faudra l'assumer, je ne veux pas regretter. C'est trop important... Je ne suis plus à quelques mois près.

Elle soupira d'impatience. Je levai les yeux au ciel, amusée.

– Continue à réfléchir de ton côté, je rentre chez moi ! Ça devrait être calme, ce soir.

– Malheureusement !

Paloma trouvait que ça manquait d'action depuis son retour de vacances. Je déposai une bise sur sa joue et filai, heureuse de rentrer à la maison retrouver mes enfants.

Je venais de m'assurer que Milo dormait profondément. Ulysse et Lou étaient assez grands pour se gérer, je me contentai d'entrouvrir leurs portes de chambres et de leur glisser « Ne traînez pas trop tard, à demain ». Ils me lancèrent l'un et l'autre un sourire tendre et fatigué. Je redescendis tranquillement au rez-de-chaussée, caressant dans un réflexe la rambarde, jetant des coups d'œil aux photos encadrées qui ornaient la cage d'escalier. Nous étions si bien chez nous, je savourais chaque jour cette chance.

Il m'avait fallu trois ans pour me décider à quitter notre appartement au-dessus de *L'Odyssée*. Il était resté vide depuis. Cela avait été une grande étape. La plus marquante, déterminante. Je m'étais débarrassée de ses affaires, ses vêtements, ses souvenirs, ses papiers, ses bricoles en tout genre, tout ce qu'il avait laissé derrière lui. Bien peu de choses en réalité, mais j'avais le sentiment que cela prenait toute la place. Je ne souhaitais rien emmener qui nous le rappelle dans la nouvelle vie que j'essayais de construire pour les enfants et moi. Cela n'avait pas été sans douleur. J'entendais encore Milo pleurer avec ses mots de petit enfant : « Je veux pas, si on part, papa, il retrouvera jamais le chemin de la maison. » J'entendais encore ma réponse « Mon cœur, ne t'inquiète pas, il nous trouvera à *L'Odyssée* ». Malgré le sentiment de lui tourner le dos, de tirer un trait sur les souvenirs des années passées dans cet endroit où nous n'avions pas été que malheureux, j'avais tenu bon, je sentais que notre salut passerait par ce déménagement. Je ne m'étais pas trompée.

Dès l'instant où nous étions arrivés, j'avais cessé de sursauter au moindre bruit et les enfants n'accouraient plus dès que la porte d'entrée s'ouvrait. Grâce à ses innombrables connaissances – surtout dans le quartier –, mon père m'avait trouvé une occasion en or. Une maison à louer à deux cents mètres du bar et qui donnait sur l'anse Saint-Père. Nous avions cette petite plage comme jardin – il n'y a que les gens du coin qui en profitent – et la protection du marégraphe au loin et de la Tour Solidor au pied de laquelle nous habitions. Les enfants n'avaient qu'à sortir de la maison pieds nus et en maillot de bain, et dévaler la cale pour se baigner. C'était un vrai luxe que beaucoup nous enviaient. J'assumais. Le propriétaire, par pitié j'en avais parfaitement conscience, mais je préférais prendre le bon, avait cédé devant l'insistance de mon père, et m'avait permis par la suite d'effectuer les travaux que je souhaitais. J'avais fait entrer la lumière en repeignant les murs dans chaque pièce, j'avais changé tous nos meubles, il nous fallait du neuf. Les enfants voulant à tout prix rester collés les uns aux autres, j'avais aménagé les combles, posé des cloisons, et ils avaient chacun un grand cagibi en guise de chambre. Je proposais régulièrement à Ulysse de descendre au premier dans la chambre d'amis à côté de la mienne, refus systématique, il préférait rester dans sa chambrette à côté de son frère et de sa sœur. Je souriais toujours intérieurement en entendant sa réponse. J'aimais les savoir dans leur perchoir, ils étaient inatteignables de l'extérieur, j'avais le sentiment de les protéger. Si quelqu'un en avait après eux, il devrait d'abord en passer par moi.

Après être allée marcher une petite demi-heure avec Douce comme chaque soir, je rentrai au chaud et me calai dans les coussins du canapé, une tisane à la main, décidée à comater devant des niaiseries à la télé.

À peine étais-je installée que des pas résonnèrent dans l'escalier. Ulysse.

– Tu as besoin de quelque chose ?

Il secoua la tête et s'écroula à côté de moi.

– Tu regardes quoi ?

– Rien de particulier, je zappe, et je ne vais pas tarder à monter. Tu devrais aller dormir, lui conseillai-je en passant ma main dans ses boucles blondes.

Il haussa les épaules d'un air de dire que j'avais raison, et se leva. Pourtant, il ne prit pas la direction de l'étage. Il déambula dans le séjour. À droite. À gauche. Autour de la table basse. J'éteignis la télévision et le laissai venir. Il finit par se poster devant la bibliothèque. Après quelques minutes sans bouger, il attrapa un livre. Il le feuilleta et revint s'asseoir à côté de moi. Il me tendit mon exemplaire de *L'Iliade et L'Odyssée*. J'attendais le moment où il m'en parlerait. Mon aîné était observateur et n'avait pu que remarquer l'arrivée de l'ouvrage.

– Tu l'as rapporté ici ?

J'acquiesçai et caressai mon livre.

– Et sa lettre, elle est où ?

– Rangée. En sécurité.

– Tu ne veux toujours pas que je la lise ?

Je me tournai vers mon fils aîné. Il était beau, grand, solide, équilibré. Me restait-il une raison de le protéger de la violence des mots de son père, ce que je m'étais acharnée à faire et à taire durant toutes ces années ? J'avais estimé que mes enfants étaient trop petits, pas encore assez mûrs malgré l'épreuve insoutenable de l'abandon de leur père pour encaisser cette lettre. Ils en connaissaient l'existence depuis le début. Milo avait vite oublié, son âge le protégeait encore. Lou craignait trop d'en découvrir le contenu pour m'en parler. Ulysse s'était battu avec moi pour la lire. Je savais pertinemment qu'il cherchait toujours de nouvelles raisons de lui en vouloir. Il n'en aurait jamais assez. Ulysse serait perpétuellement en guerre contre son père, comme son père l'avait toujours été contre lui.

Si ce n'était pas durant notre première nuit, c'était pendant la deuxième ou la troisième qu'Ulysse avait été conçu. Lorsque j'avais compris que j'étais enceinte, j'avais été terrifiée, folle de joie, paniquée, exaltée. Cela n'avait rien de raisonnable, je venais de reprendre le bar, je connaissais son père depuis un mois, et il voulait partir à l'aventure, mais je n'avais pas songé un seul instant à ne pas avoir ce bébé. Je voulais cet enfant plus que tout. Alors que j'étais déjà dépendante de cet homme, malgré le risque qu'il s'en aille, et me laisse, je lui affirmai qu'il pouvait partir, ne pas assumer, je comprendrais. Il n'avait aucune raison de rester, je prenais mes responsabilités. Pourquoi était-il resté ? Parce qu'il m'aimait. Je l'avais cru et le croyais encore aujourd'hui, même s'il m'aimait mal. Plus ma grossesse avançait, plus j'aurais dû m'alerter. Ma fatigue, ma béatitude de future maman le privaient de moi, et j'avais découvert ses accès de colère, sa violence difficilement contenue, sa capacité à se renfermer, à claquer la porte et disparaître plusieurs heures de suite. Le point culminant avait été atteint durant mon accouchement. Il avait refusé de m'accompagner à l'hôpital lorsque j'avais perdu les eaux, il ne voulait pas que ça ait lieu. Comme si nous pouvions repartir en arrière, il y croyait plus que tout, perdant totalement pied avec la réalité. Il ne supportait pas que j'aie mal physiquement, le spectacle de mes contractions de plus en plus douloureuses l'avait tout de même contraint à me conduire aux urgences. J'avais accouché seule, sans lui. Il était resté enfermé dans la voiture sur le parking. Mon père, ma mère étaient allés l'un après l'autre le chercher pour qu'il soit avec moi, je m'entendais encore l'appeler, crier après lui. Il en avait été incapable. Lorsque Ulysse était né, il n'était pas venu nous retrouver, le rencontrer, il ne pouvait pas, c'était au-dessus de ses forces, m'avait-il avoué ensuite. Il avait été rassuré par mon état, et ce fut cette nuit-là qu'il commença à écumer les bars sordides où il fit tout le contraire d'une fête pour la naissance de notre fils. Il ne réapparut qu'à mon retour chez nous, il arriva, lança à peine un regard à notre bébé et m'embrassa rageusement, violemment.

– Tu es à moi, m'avait-il dit. À moi et pas à lui…

– Bien sûr, lui avais-je murmuré, désemparée. Mais regarde quand même comme il est beau… Il est nous deux…

Il avait enfin daigné lui accorder de l'attention. Son regard était noir, dangereux.

– Pour la peine, parce qu'il me prive de mes aventures, il doit s'appeler Ulysse.

Ulysse, dès qu'il avait été en âge de s'opposer, et c'était venu très rapidement chez lui, avait toujours provoqué son père. Je n'avais pas besoin d'avoir été psy dans une ancienne vie pour comprendre qu'il réclamait à cor et à cri son attention et son amour. Il ne les avait jamais obtenus, même si j'avais longtemps cru pouvoir les réconcilier.

– Alors, maman ? Tu ne veux toujours pas que je la lise ?

Ulysse me rappela à la réalité. Il me fixait de ses grands yeux, sans que je saisisse le message qu'il tentait de m'envoyer. Il savait dissimuler ses émotions. J'inspirai profondément pour me donner le courage de laisser mon fils devenir adulte. Il était prêt.

– Tu es fort aujourd'hui. Alors, si tu en as envie, je te la donne maintenant. Après, Ulysse, je ne suis pas certaine que le moment soit bien choisi. 22 heures, en semaine, ton frère et ta sœur qui dorment, mais je te laisse décider.

Il parut décontenancé par ma réponse, il s'attendait à l'inverse, il se tortilla dans le canapé, aucune position ne semblait le satisfaire, il souffla à plusieurs reprises pour masquer son hésitation, il marmonna de manière incompréhensible, se parlant à lui-même. Puis, il se tourna vers moi, déterminé et serein.

– Merci maman, mais je ne veux plus la lire.

Je n'en revenais pas.

Un furtif voile de tristesse traversa son visage.

– Il est mort, maman. Il n'existe plus.

Ma gorge se serra. Nous n'en savions rien. Peut-être était-il en vie ? Peut-être n'était-il plus de ce monde ? Une inconnue qui ne serait jamais comblée. L'horreur qu'avaient vécue mes enfants, l'horreur qu'ils vivaient, l'horreur qui les habiterait toute leur vie s'imposa à nouveau à moi, même si je sentais que je ne me révolterais plus contre. J'avais cessé de dépenser mon énergie inutilement.

– J'en ai marre de lui en vouloir, poursuivit Ulysse, face à mon silence. Si toi, tu es capable de dormir, moi, je suis capable de le laisser dans son coin. Il ne mérite pas mieux… C'est comme ça.

Mes yeux se remplirent de larmes. J'étais si fière de lui. Je n'étais donc pas la seule à avoir franchi le gouffre. Peut-être qu'Ulysse attendait ce cap de ma part pour ranger lui aussi sa colère ?

– Dis-moi simplement où elle est, si jamais je change d'avis un jour.

– Tu en aurais le droit. Cette lettre m'a été adressée, mais elle est à vous trois…

– Je te promets que je ne le dirai pas à Lou et Milo, m'interrompit-il. Ils ne sont pas prêts.

Ulysse, par la force des choses, était extrêmement protecteur envers son frère et sa sœur. D'autant plus quand il était question de leur père. Je savais que je pouvais lui accorder ma confiance.

– Elle est avec nos papiers d'identité, lui annonçai-je.

Il ouvrit la bouche de surprise. Je ris, ce fut plus fort que moi.

– Eh oui ! Je t'ai eu ! Tu crois que je ne sais pas que tu as fouillé jusque dans ma commode. Je l'ai cachée à l'endroit que tu considérerais comme trop gros.

J'avais la preuve de notre guérison. Nous étions capables de passer de la gravité à la légèreté dans la même conversation.

– Tu es un génie, maman.

– Ouais, je sais ! File te coucher, maintenant. Je te demande simplement de me tenir au courant si tu changes d'avis, je veux être là pour toi.

Il m'embrassa et me glissa à l'oreille « promis, je t'aime, maman ».

Erin

Après avoir entendu Ulysse se coucher définitivement cette fois, je rangeai le livre à sa place et fouillai dans le tiroir des papiers importants. Je trouvai la lettre au fond, dans sa pochette. Ulysse ne savait pas qu'il en existait plusieurs copies, à *L'Odyssée*, chez mes parents, chez Erwan et Lucille, et chez le notaire. J'avais paré à toute éventualité, un incendie, un cambriolage, une maladie, ma disparition, pour que quoi qu'il se passe dans nos vies, mes enfants puissent un jour lire les derniers mots de leur père. C'était leur histoire, malgré sa dureté. Je repris ma place dans le canapé, l'enveloppe entre les mains. Des années que je n'avais pas touché cette lettre, ne l'avais pas relue. Sept ans en réalité. Une seule fois m'avait suffi. C'était étrange de redécouvrir son écriture.

L'écriture d'Ivan.

Ivan.

Je pouvais désormais prononcer, penser à son prénom.

Si j'ouvrais l'enveloppe, je renouerais avec cette journée où notre vie avait basculé. J'étais déjà aspirée par les souvenirs, et je ne pouvais pas lutter contre. Je me souvenais de tout, du moindre détail, du plus futile au plus important. J'aurais dû comprendre immédiatement et ne pas attendre de longues heures. Instinct de survie.

Sept ans plus tôt, un matin

La pluie martelait les fenêtres. La lumière naissante du jour peinait à percer les rideaux, tout comme moi qui peinais à ouvrir les yeux. La chaleur des draps m'incitait à ne pas bouger. Je m'octroyai encore cinq minutes avant de lancer le grand chambardement du matin. Je me glissai jusqu'à la place d'Ivan et serrai son oreiller dans mes bras. Mon visage se nicha au plus profond du tissu à la recherche de son parfum. Comment me sentais-je ? Lasse, peut-être. Et paradoxalement aux aguets. Rien ne me paraissait normal ce matin, à commencer par la météo. Un temps radieux était pourtant prévu, l'été jouait les prolongations depuis le début du mois de septembre, il devait continuer quelques jours. Et là, alors que j'étais terrée au fond de mon lit, il était clair que nous venions de basculer brusquement dans l'automne. Le soleil se ferait désormais plus discret, le jour moins long. D'habitude, j'aimais entrer dans cette période qui convoquait la douceur, la chaleur d'un feu de cheminée, les plaids et les gros pulls. Cette année, j'aurais aimé un été interminable. Un sentiment diffus à l'idée d'un hiver difficile m'envahissait. Définitivement, mon humeur était maussade.

La nuit passée avait été tout aussi étrange que l'était mon réveil. Je frissonnai encore aux souvenirs de la peau d'Ivan, de son souffle, de ses caresses et de ses baisers. Pourquoi étais-je décontenancée parce que mon mari et moi avions fait l'amour ? Bien sûr, il m'avait aimée rageusement comme toujours, comme depuis dix ans, mais au moins, il avait été là. Il était rentré chez nous cette nuit, il n'avait pas couru les bars. J'aurais dû être folle de joie, alanguie par l'amour, remplie d'un nouveau désir pour lui.

Rassurée. En réalité, j'étais affolée. Affolée parce que je ne comprenais pas, je ne comprenais pas ses silences, sa tendresse brute des heures passées, je ne comprenais pas ce désir brusque qui l'avait saisi, alors que depuis la naissance de notre dernier enfant, il s'éloignait de plus en plus de moi. Et il n'était pas là pour répondre à mes questions. Tant que je ne croiserais pas son regard à la lumière du jour, je m'interdirais tout espoir. Et pourtant, c'était plus fort que moi, je voulais voir dans cette nuit d'amour les signes d'une descente de crise. Il allait s'apaiser. Je devais y croire, mais je devrais aussi attendre quelques heures pour en avoir la certitude. Pourquoi avait-il fallu que nous soyons le jour du ravitaillement du cellier de notre restaurant ? Pourquoi n'avais-je pas demandé à mon père de s'en charger ? Il adorait lorsque je lui demandais des services pour *L'Odyssée*. Même si cela arrivait trop souvent à mon goût… Pourquoi Ivan s'était-il subitement porté volontaire, lui qui depuis des mois ne s'en chargeait plus ? En revanche, même si j'avais été blottie dans ses bras à cet instant, nous n'aurions pas eu davantage de temps à nous accorder. Les gazouillis de notre bébé n'allaient pas tarder à se transformer en hurlements si je ne bougeais pas.

Je n'avais pas été encore assez rapide pour ma douche, des cris retentissants me parvenaient de sa chambre.

– Maman est là ! La guerre est finie !

Milo me tendait les bras à la limite du désespoir, je l'attrapai et reniflai la peau de son cou rempli de sommeil. Je le calai sur ma hanche en le dévorant de bisous, j'eus un sursaut d'énergie. Et c'est avec le sourire – un peu forcé tout de même – que je partis m'occuper de mes grands. En réalité, surtout d'Ulysse qu'une bombe n'aurait pas réveillé. Je devais être sans pitié si je voulais que nous respections les horaires de l'école. Je tirai les rideaux et me penchai pour déposer un baiser sur son front. Il ronchonna. En me relevant, je tirai sa couette. Je n'eus pas le temps d'arriver jusqu'à Lou. Six ans, et elle était déjà prête. Elle adorait l'école, ouvrait les yeux avant tout le monde et attendait de nous le même entrain matinal.

– Salut maman !

Elle s'enroula autour de mon ventre, en poussant les jambes de son petit frère qui ne trouva rien de mieux que de lui tirer les cheveux. Lou se laissa torturer sans râler, puis elle dénoua avec beaucoup de délicatesse les doigts potelés qui la malmenaient et sautilla en direction de la cuisine. Je déposai Milo dans sa chaise haute. Après avoir pris le temps d'allumer la radio en bruit de fond, je préparai un biberon. Trente secondes plus tard, j'avais la paix. Je sortis du placard les dix boîtes différentes de céréales, le sachet de brioche, les restes de baguette de la veille, la confiture, le miel, le beurre salé, la bouteille de lait, du fromage. Nos enfants changeaient tous les jours de menu pour leur petit déjeuner. Après avoir longtemps pesté après cette non-habitude, j'y avais trouvé mon compte ; ils mangeaient, c'était le principal. Quelques minutes plus tard, Ulysse dormait dans son bol, Lou jacassait, je buvais mon café en luttant contre un poids indéfinissable sur ma poitrine et notre dernier se faisait les dents sur son quignon de pain.

– Papa n'est pas là ? me demanda Ulysse.

Je sursautai malgré moi.

– Non, mon grand, il est parti faire les courses pour *L'Odyssée*.

– Il peut venir nous chercher à l'école ? enchaîna sa sœur.

– Je lui demanderai. Allez vous brosser les dents, on va être en retard !

Si Ivan acceptait sans chercher à y échapper, là, vraiment, je pouvais espérer. Ils décollèrent à toute vitesse. De mon côté, j'avais déjà mon manteau et le porte-bébé sur mes épaules, et j'enfilais mes bottes, plus adaptées au temps. Je m'accordai un instant de futilité en contemplant mes sandales abandonnées sur le sol. Je leur dis au revoir pour de longs mois. En retournant chercher Milo pour l'habiller, mon regard se posa sur la liste de courses pour *L'Odyssée*. Ivan l'avait bien évidemment oubliée, tout comme ses clés. La veille, j'avais pris le temps de tout lui écrire. Je bénis les téléphones portables, et pris une photo que je lui envoyai par texto.

À peine avions-nous mis le nez dehors qu'une rafale nous figea sur place et me glaça le sang. Je protégeai comme je pus Milo avec un foulard embarqué à la dernière minute et entraînai mes grands sans tarder. Devant l'école, il y eut les traditionnels échanges de bisous, les « travaillez bien, à ce soir » et :

– C'est papa qui vient nous chercher !

Ulysse et Lou me lancèrent d'immenses sourires et filèrent. Malgré le mauvais temps, je restai pour les voir jusqu'à la dernière minute. À peine m'avaient-ils tourné le dos qu'ils se comportaient comme s'ils ne se connaissaient pas. Je ne me lasserais jamais de ce spectacle, d'autant plus qu'il possédait la merveilleuse vertu de me détendre et de m'aider à relativiser. Ce dont j'avais particulièrement besoin ce matin. Je refusais de me laisser guider par une angoisse irrationnelle. De toute manière, je n'avais pas le choix. J'avais rendez-vous avec ma mère qui prenait Milo pour la journée. Elle avait un radar à chute de moral et était capable de me passer à la question pour savoir ce qui me trottait dans la tête.

Ma mère m'attendait à l'abri dans sa voiture devant *L'Odyssée*. Je la rejoignis sans traîner. Dès qu'elle nous aperçut, elle sortit dans le grand vent. Nos regards se croisèrent, elle hocha la tête, suspicieuse, je me forçai à sourire. Peut-être un peu trop, car elle secoua la tête de dépit. Puis elle m'embrassa et d'autorité m'arracha Milo des bras pour l'installer dans son siège-auto. Après les gouzi-gouzi et les « viens voir Mamie » de rigueur, elle ferma la portière sans plus se préoccuper de moi.

– Maman, tu permets que je dise au revoir à mon fils ?

– Je n'étais pas si mère poule et ton frère et toi vous en sortez très bien !

Elle leva les yeux au ciel, moqueuse, et s'installa derrière le volant, pendant que j'embrassais mon bébé. À peine avais-je refermé la portière qu'elle démarra. Avant de filer comme le danger public qu'elle était, elle baissa sa vitre.

– Ton père te ramène Milo à *L'Odyssée* en fin d'après-midi.

– Comme c'est généreux de sa part, raillai-je.

On partagea un fou rire et elle fila.

Je découvris un véritable chantier, Ivan n'avait rien rangé la veille au moment de la fermeture. De la vaisselle sale traînait derrière le comptoir. La cuisine n'était pas en meilleur état. Il me restait trois quarts d'heure avant l'ouverture pour m'occuper du ménage.

Des mois qu'en plus de notre famille et de notre couple, il délaissait la cuisine et le bar. Des semaines que nos habitués du midi se faisaient plus rares. C'était pourtant lui qui avait insisté pour tenter l'aventure de la restauration au début de notre histoire. *L'Odyssée* avait toujours été un bar, du temps de mon père, et même avant lui. J'avais découvert le talent culinaire d'Ivan un jour qu'il s'était agacé de me voir sauter des repas. Il m'avait cuisiné un déjeuner, il en avait prévu pour dix ; mes parents, qui passaient dans le coin, avaient goûté et l'avaient encensé. Ivan avait eu une révélation, il avait envie de se lancer dans la restauration du midi. Je l'entendais encore s'enthousiasmer pour l'aventure extraordinaire que cela pourrait être. Aventure, il n'avait que ce mot-là à la bouche. De mon côté, j'étais fatiguée à l'avance, j'étais enceinte d'Ulysse, et cela ne faisait que quelques mois que j'avais pris la succession de mes parents, tout allait tellement vite dans ma vie à cet instant, mais j'avais accepté. Je ne pouvais rien lui refuser, j'étais prête à tout du moment que cela le rendait heureux et apaisait ses envies d'ailleurs.

La situation devenait intenable. S'il voulait arrêter le service de midi, qu'il me le dise. Je n'y étais pas accrochée outre mesure, *L'Odyssée* pouvait très bien s'en passer. J'espérais de tout cœur qu'après cette nuit, nous arriverions enfin à reparler, enfin plutôt lui. Moi, je lui parlais en permanence, je voulais que nous nous retrouvions, je voulais qu'il se trouve, je lui proposais si souvent de changer ce qu'il souhaitait. Rien ne nous obligeait à continuer de travailler ensemble. Rien ne nous y avait jamais obligés.

Très vite, je compris que notre discussion serait remise à plus tard, il était plus de 11 heures, et Ivan n'était toujours pas de retour. J'imaginais parfaitement la scène. Après tant de semaines sans se charger du ravitaillement, il avait dû traîner chez les producteurs, les poissonniers, discuter, donner des tapes dans le dos, montrer sa facette charismatique et joviale. À l'heure qu'il était, il devait être en train de boire des coups avec eux, le coffre plein dont le contenu devrait patienter avant de retrouver nos frigos. Plutôt que de dresser les tables, j'attrapai l'ardoise du menu, écrivis « Pas de service de midi » et l'installai bien en évidence sur la terrasse. Ce n'était pas la première fois. Ce devait être la dernière. Il n'en voulait plus. Je n'avais aucune intention de le lui imposer.

Les heures passèrent sans qu'il donne de nouvelles. Mes espoirs d'amélioration s'amenuisaient à mesure que les minutes silencieuses s'égrainaient. Avant de partir chercher les enfants à l'école, je tentai de l'appeler, juste pour savoir où il en était. Répondeur directement. Trop contrariée, je préférai ne pas lui laisser de message et me concentrai pour présenter aux enfants un visage des plus gai, ce qui ne serait pas aisé.

Ils masquèrent difficilement leur déception en me découvrant devant le portail.

– Papa n'est pas là ? me demanda Ulysse d'une voix chargée de colère.

– C'est à cause des courses pour son restaurant, il a trop de travail, lui rétorqua sa sœur.

Lou défendait toujours son père, quoi qu'il dise, quoi qu'il fasse. Contrairement à Ulysse, Lou avait reçu de l'affection de sa part. « Elle te ressemble tant », me disait-il.

– Je ne sais pas où il est, ma chérie, lui répondis-je sincèrement, mais en évitant son regard et celui de son frère.

Le chemin de retour vers *L'Odyssée* se déroula en silence, un de ces silences pesants qui vous écrasent, qui vous paralysent, qui vous perdent. Je crois que c'est encore pire avec des enfants. Je sentais leurs petites mains qui serraient les miennes par à-coups, comme s'ils recevaient leurs craintes par vagues, ils attendaient l'un et l'autre des réponses à leur question, pour Ulysse des réponses à sa colère, pour Lou des réponses à son inquiétude. Et j'étais impuissante. Je ne servais à rien, je n'avais aucun mot à ma disposition pour les apaiser. Je n'étais pas capable de puiser dans mes ressources pour soutenir mes enfants face à l'absence de leur père.

Une fois au bar, je les installai sur une table, avec leur goûter. Je me cachai dans la cuisine pour tenter de joindre à nouveau Ivan. Répondeur une fois de plus.

– Ivan, c'est moi. Je voulais juste savoir où tu en étais. Je commence à m'inquiéter… rappelle-moi. Je t'aime.

Je venais de passer de la contrariété à l'angoisse. La situation n'était pas normale, Ivan me cachait quelque chose. Il m'avait déjà fait des coups pareils, me promettant de venir travailler à *L'Odyssée*, me laissant l'attendre des heures durant. Mais il répondait presque toujours à mes appels, il se trouvait toujours des excuses, que, la plupart du temps, je n'acceptais pas, mais au moins il répondait, il se justifiait. Ce mutisme ne lui ressemblait pas. Je n'osai imaginer qu'il lui soit arrivé quelque chose. Un accident. Une mauvaise rencontre. Non, ça, ça aurait pu arriver la nuit, lorsqu'il sortait dans les bars glauques. Mais la nuit dernière, il l'avait passée avec moi, il m'avait aimée après tant de mois sans s'approcher de mon corps et de mon cœur. À force d'imaginer les pires scénarios, le malheur allait nous tomber dessus. Je devais arrêter d'y penser. Il me fallait retrouver mon élan, mon sourire pendant l'attente. Mais que pouvais-je dire aux enfants ?

– Mes petits chéris ! entendis-je ma mère s'exclamer.

Mon sourire forcé du matin avait dû l'alerter. Et mon père l'accompagnait, il demandait où j'étais, où était Ivan. Milo, mon Milo, était de retour à la maison, son rire de bébé parvenait jusqu'à moi. Dans quelques minutes, il chercherait Ivan du regard. Depuis sa naissance, j'avais le sentiment qu'il appelait son père en permanence, ses appels restaient sans réponses, même lorsque Ivan était dans la même pièce. J'étouffai un sanglot, traversée de mille pensées plus terribles les unes que les autres. J'aurais beau y mettre tout mon art de la comédie, il m'était impossible de mentir à ce point à mes parents. Ils m'accableraient de questions tant que je n'aurais pas parlé. Avant de quitter ma cachette, je le rappelai. Rien. Pas de tonalité. Ivan n'était pas là. Ne pensait-il pas à moi une seule seconde ? N'imaginait-il pas que je finirais par m'inquiéter pour lui ?

– Erin ? Que fais-tu là ? me demanda mon père. Il y a des clients qui attendent ! Où est Ivan ? Il pourrait s'en occuper !

– Je ne sais pas, papa, je ne sais pas…

C'était sorti tout seul. Il fallait que je le dise pour que cela devienne réel, pour que je réagisse enfin.

– Ça veut dire quoi ?

– Il ne répond pas, je ne comprends pas… Ce matin, il est parti faire les courses, il n'est pas revenu pour le service de midi, je n'ai pas de nouvelles… Je l'appelle, mais je tombe sur son répondeur.

Un masque d'inquiétude obscurcit son visage. Depuis bien longtemps, Ivan avait perdu la confiance de mes parents, et ce n'était pas le spectacle déplorable qu'il leur avait offert quelques jours plus tôt à l'anniversaire de Milo qui avait arrangé la situation. J'avais beau tout mettre en œuvre pour le protéger, pour dissimuler ses défaillances, mon père était trop observateur. Dix ans qu'il le côtoyait, dix ans qu'il assistait à ses hauts. Et à ses bas. Ses nombreux bas.

– Tu es certaine qu'il y est allé ?

– Oui… non…

– Votre voiture était garée où ?

– Aux Bas-Sablons, comme d'habitude.

– Je vais aller voir.

Il me retint d'y aller. Il m'embrassa dans les cheveux.

– N'inquiète pas les enfants, ta mère va s'occuper d'eux, reste là, sers tes clients, fais comme si de rien n'était, même si c'est dur. Ulysse m'a déjà demandé si j'avais croisé son père aujourd'hui.

Dix minutes plus tard, il était de retour, la mine sombre, il murmura à l'oreille de ma mère. J'appelai à nouveau Ivan depuis ma cachette dans la cuisine, je ne comptais plus le nombre de fois où j'avais essayé de le joindre. Et toujours cette même absence de tonalité. Ce même vide sur la ligne. Cette même voix robotique qui répétait le numéro appelé. Ivan avait toujours refusé de personnaliser son répondeur. Je voyais des signes partout. Ne pas entendre sa voix. Comme s'il n'était plus là. Comme si je ne l'avais jamais entendu. Je revins dans la salle. J'attrapai Milo dans un geste de protection, je le serrai fort contre moi et trouvai le courage d'adresser à mes grands un sourire.

– Mes trésors, vous allez monter à l'appartement avec mamie, elle va vous donner votre bain. J'ai oublié de vous dire que papi et mamie mangent avec nous ce soir ! C'est chouette, non ?

– C'est papa qui s'occupe de *L'Odyssée* ? m'interrogea Ulysse.

Mon fils était beaucoup trop perspicace.

– On est fermé ce soir. Allez ! Ne traînez pas !

Je m'arrachai difficilement à mon bébé et le tendis à ma mère, qui me transmit toute sa force par le regard. Dès qu'ils eurent disparu, je me tournai vers mon père.

– Passe-moi tes clés de voiture, je vais aller voir nos fournisseurs, et leur demander s'ils ont vu Ivan.

– Je vais m'en occuper, tu n'es pas en état.

– Si ! Je le suis ! rétorquai-je, cédant pour la première fois à ma nervosité grandissante.

Il secoua la tête de dépit.

– Je n'aime pas ça, je vais appeler ton frère.

En temps ordinaire, j'aurais exigé de lui qu'il ne dérange pas Erwan pour si peu, j'en étais incapable. Le si peu me semblait de plus en plus envahissant.

– Pendant que je suis partie, ferme ici, et s'il te plaît appelle tes copains à la gendarmerie, et l'hôpital, aussi. Ivan a peut-être eu un accident et ils ne savent pas comment me joindre. Tu sais comment il est… il a dû partir sans ses papiers, juste avec du liquide pour payer…

Mon ton sonnait tellement faux. Comme si je ne croyais pas à ces suppositions un seul instant. Pourtant, il ne pouvait s'agir que de ça, me répétai-je.

Je sillonnai la campagne des heures durant. Je n'empruntais que les plus petites routes, les plus cachées, celles que je connaissais et les autres, peut-être qu'en me perdant chez moi, je le retrouverais. Je faisais détour sur détour, pour être certaine de ne rien manquer, pas même le plus infime détail. Je conduisais lentement, mon regard s'agitait de tous les côtés, traquant chaque véhicule croisé, espérant en permanence me retrouver face à notre voiture et à Ivan. Il allait apparaître comme par magie, à l'image du soir de notre rencontre. En roulant, je ne cessai de l'appeler, encore et encore, lui laissant toujours des messages. Je m'énervais sur certains, je pleurais sur d'autres, je lui parlais des enfants, de nous deux. Et puis, brusquement, il me fut impossible de lui parler, sa boîte vocale était pleine, mon désespoir l'avait saturée. Je fis une halte chez tous les maraîchers, les poissonniers, les ostréiculteurs, Ivan les connaissait tous, je frappai à la porte de leur domicile, s'ils étaient déjà fermés. Personne ne l'avait vu. Ceux qui l'avaient attendu toute la journée, depuis très tôt le matin, s'étonnèrent de me voir débarquer aussi tard.

Nos commandes patientaient. Beaucoup commencèrent par m'engueuler, m'annonçant ne plus vouloir travailler avec nous.

– Franchement, vous n'êtes pas sérieux, Ivan et toi ! On ne peut pas vous faire confiance ! Tu m'avais demandé du frais, c'est foutu ! Et parce que c'était toi, je t'avais gardé le meilleur.

Je les laissai dire, tétanisée un peu plus à chaque arrêt. Ils se calmaient face à mon désarroi et à ma pâleur. Plusieurs me firent asseoir, ils me répondirent tous à l'identique. Non, ils n'avaient pas entendu parler d'un accident dans le coin. Oui, eux aussi avaient tenté de joindre Ivan, en vain. Pourquoi ne m'avaient-ils pas contactée ?

– Pourquoi Erin ? Parce que tu nous l'as demandé, parce que tu as promis que l'on pouvait faire confiance à Ivan, quand tu as passé ta commande.

Mon attitude protectrice vis-à-vis d'Ivan se retournait contre moi. Ils avaient raison, j'avais exigé qu'ils laissent Ivan gérer ses achats, j'avais exigé qu'ils ne m'appellent pas en cas de retard, en cas d'oubli. Je ne voulais surtout pas qu'Ivan se sente surveillé, je ne voulais pas l'étouffer alors qu'il semblait reprendre pied au restaurant. La conclusion était toujours la même : « Désolé, Erin, je ne peux rien te dire de plus… ne t'inquiète pas, tu le connais ton Ivan. » Qui pouvait se targuer de véritablement connaître Ivan ? Même moi, je ne revendiquerais plus cette connaissance. Mais ils devaient en avoir conscience, car leur ton à eux aussi sonnait faux.

La lumière baissait de plus en plus. Personne n'avait pu m'apprendre quoi que ce soit sur Ivan. Mon père ne m'avait pas appelée, lui non plus n'avait donc rien appris, et Ivan n'était pas rentré à la maison. Je pilai tandis que je longeai ma plage préférée lorsque j'avais besoin de calme, l'anse du Guesclin. Cette immense plage surplombée par le fort du même nom et nichée sur le sentier des douaniers. Elle était souvent déserte, les vagues s'y écrasaient avec puissance. Elle m'avait toujours hypnotisée. Je me garai n'importe comment sur le bas-côté, sortis de ma voiture et courus. Je m'écroulai dans le sable, perdue devant l'immensité de la mer d'un bleu sombre ce soir-là, face au gouffre qui se formait sous mes pieds, face à l'anéantissement de ma vie. J'étais pourtant incapable de rester immobile, je courus à nouveau, comme si je cherchais à m'échapper d'un pont qui s'effondrait un peu plus à chacun de mes pas. Je fuyais la réalité qui m'apparaissait un peu plus clairement chaque seconde. Je m'arrêtai en réalisant que j'étais prête à entrer dans l'eau, et je hurlai, je hurlai après lui. J'appelai Ivan de toutes mes forces, ma voix se brisait un peu plus à chaque cri, il ne pouvait pas avoir disparu de la surface de la Terre. Pas après nos dix ans d'histoire, pas après nos trois enfants, pas après notre nuit d'amour. Il y avait nécessairement une raison, une explication. Une vibration dans la poche de mon jean me ramena à moi. Fébrilement, j'attrapai mon téléphone. C'était lui, c'était forcément lui. Ma déception m'arracha un nouveau cri. Mon père.

– Où es-tu ?

– Il est là ? Dis-moi qu'il est rentré, je t'en prie papa…

– Je suis désolé, ma petite fille, mais toi, il faut que tu rentres, il est très tard.

Il avait raison. Il faisait nuit. Combien de temps étais-je restée sur la plage ?

– Les enfants ont peur… Ils ne comprennent pas…

Je raccrochai, et sur le chemin du retour je ne vis rien de la route, aucun carrefour, aucun feu, aucun rond-point.

Trente minutes plus tard, je poussai la porte de *L'Odyssée* et eus la surprise rassurante de découvrir mon frère, costume-cravate défraîchi. Je n'eus pas la force de lui demander comment il avait réussi à arriver aussi vite de Paris. En réalité, je préférais ne pas savoir qu'il s'était mis en danger pour moi. Je me blottis dans ses bras.

– On va le retrouver, me dit-il d'une voix peu confiante.

Je ne le contrariai pas.

– Va voir tes enfants, papa reste ici, avec vous. De mon côté, je pars à Intra faire le tour des bars… Qui sait, il y est peut-être depuis hier.

– Il était avec moi la nuit dernière.

– À quelle heure il est parti ?

– Aucune idée, je dormais…

– Il doit forcément être dans un de ces rades où il traîne toujours…

Le soupir railleur de mon frère était éloquent. Lui non plus ne cherchait plus d'excuses à Ivan depuis longtemps.

Je trouvai ma mère dans le canapé, Lou dormait sur ses genoux. Elle esquissa un vague sourire.

– Où est Ulysse ? murmurai-je.

– Avec Milo.

Je pris ma fille dans mes bras, à mon plus grand soulagement elle ne se réveilla pas. Je la glissai dans son lit, et la calfeutrai sous sa couette. Le sommeil la protégeait. Ce fut plus fort que moi, je me rendis dans la chambre de Milo, je trouvai son frère, couché par terre, à côté du lit à barreaux, il était en boule, recouvert d'une couverture que sa grand-mère avait dû déposer sur lui, sa tête reposait sur une énorme peluche. Je me retins de caresser ses beaux cheveux, je ne devais le réveiller sous aucun prétexte. J'étais démunie pour répondre au vide de l'absence de son père. Où trouverais-je la force de penser à ce que je pourrais expliquer à mes enfants ? Je reculai à pas feutrés et refermai la porte en silence. Ils étaient tous les trois à l'abri du chagrin et de la peur pendant quelques heures.

En revenant dans le séjour, je fus saisie d'un réflexe jailli de ma plus tendre enfance, j'avais besoin moi aussi de ma maman, elle dut le sentir, car elle m'ouvrit ses bras, je me calai dans leur creux, et j'attendis. Je ne sais pas ce que j'attendais. Peut-être de me réveiller et que ce cauchemar cesse. À moins que je ne préfère prolonger le sommeil pour que le cauchemar se transforme en rêve. Ivan rentrerait en trombe dans l'appartement, trouvant mille excuses à son silence. Cela serait un beau rêve, mais les rêves ne se réalisent pas. Ou pas très souvent. Dans mon cas, j'avais conscience qu'il ne verrait jamais le jour.

Je n'avais plus aucune notion du temps. Approchions-nous du lever du soleil ? Étions-nous encore dans le cœur de la nuit ? Ma mère me caressait régulièrement les cheveux, remontait un plaid sur mon corps grelottant. Elle ne disait pas un mot. Elle non plus ne les connaissait pas. Doit-on, lorsque l'on est maman, se trouver en manque de mots face à la souffrance de ses enfants ? Toutes les mamans étaient-elles condamnées à assister au chagrin de leurs petits – peu importe leur âge – impuissantes et dépourvues de ce pouvoir magique maternel que l'on croyait invincible ?

La porte d'entrée s'ouvrit doucement et pourtant je sursautai. Venais-je d'être condamnée à être toujours sur le qui-vive ? Je me redressai, n'attendant aucun miracle, mais incapable de retenir un haut-le-cœur de déception devant mon père et mon frère. À l'expression d'Erwan, je compris – si tant est que j'en aie besoin – que ses recherches n'avaient pas été fructueuses. Mon père semblait porter le poids du monde sur ses épaules, j'eus l'impression que ses rides s'étaient creusées en quelques heures. Il vint s'asseoir en face de moi. Il manipulait nerveusement un objet en me fuyant du regard.

– Papa ?

– Pendant que ton frère écumait les bars, j'ai eu besoin de m'occuper. J'ai fait un peu de ménage à *L'Odyssée*. C'est le jour des poubelles demain, j'ai voulu te rendre service. Et en sortant les sacs, j'ai... j'ai découvert... il avait dû préparer... depuis... depuis longtemps... il y avait des bidons d'essence pour votre voiture... il n'a pas dû avoir le temps... et j'ai trouvé... j'ai trouvé ça aussi...

Il tendit la main vers moi. Dans sa paume, le téléphone d'Ivan. Après de longues secondes d'hésitation, je l'attrapai. Je le touchai, je le tournai dans tous les sens, comme s'il pouvait me donner des réponses. J'essayai de l'allumer, je connaissais son code... Jusque-là... Il avait bien pris garde de le changer avant de partir. Il était vraiment parti, alors ? Il nous avait quittés ? Il nous avait abandonnés ? Il avait tout laissé derrière lui ? Il n'avait rien pris ? Comment peut-on partir sans rien ? Ma respiration s'arrêta un bref instant. Si je voulais une confirmation, si je doutais encore de sa disparition, je savais ce qui m'ôterait tout espoir ou le nourrirait. Je me levai d'un bond du canapé, sous leurs yeux stupéfaits.

– Restez avec les enfants, exigeai-je.

– Où vas-tu ?

– Je descends à *L'Odyssée*.

Bien évidemment, les hommes de ma famille me suivirent, malgré l'interdiction de ma mère qui avait compris l'importance et la nécessité absolue de la solitude. Sitôt dans mon bar, je me rendis derrière le comptoir. Je vis d'emblée le trou béant dans la bibliothèque. Son exemplaire de *L'Iliade et L'Odyssée* avait disparu. Dix ans qu'il y avait sa place, à côté du mien. Il n'aurait pas pu partir sans. Moi, j'aimais ce livre pour ce qu'il était. Un chef-d'œuvre, un livre de chevet, celui que j'emmènerais sur une île déserte, celui qui nous avait permis de nous aimer. Ivan, lui, s'y était accroché toute sa vie. Ce livre était son seul bonheur, sa seule lumière, son échappatoire au chagrin et à la douleur. Il était la source de son unique rêve, le rêve de vivre une épopée d'aventures, il voulait se battre, avoir des femmes, et découvrir le monde et des terres inconnues.

Pourquoi n'avais-je pas pensé plus tôt à vérifier qu'il était toujours là ? Pour me protéger, pour gagner du temps sur la réalité. Je remarquai une enveloppe qui dépassait du mien. Sans réfléchir à mon geste, je l'attrapai, il s'ouvrit de lui-même, au Chant I de *L'Odyssée*. Ivan débutait donc la sienne. Mettrait-il vingt ans à revenir ? Je hoquetai.

– Erin ?

– Dehors ! criai-je. Laissez-moi tranquille !

Cette lettre m'était adressée, mon prénom écrit dessus, de l'écriture illisible d'Ivan.

– Erin ? Parle-nous.

– J'ai dit dehors !! Dehors ! Foutez-moi la paix !

Je n'avais jamais crié aussi fort. Un cri animal, un cri que je n'avais jamais poussé. Et que je ne pousserais jamais plus. Ils cédèrent. Lorsque la porte se referma, je m'écroulai au sol, le visage baigné de larmes. Je me berçai d'avant en arrière, reculant le moment où je découvrirais sa lettre d'adieu. Je n'avais pas besoin de lire le contenu pour en connaître le sens. Une petite voix à l'intérieur me murmurait que je l'avais toujours su, que j'aurais dû me préparer à cet instant. Comment peut-on imaginer être quitté par l'amour de sa vie ? Impossible. À moins de vouloir souffrir en permanence.

Aujourd'hui

Sept ans plus tard, j'étais dans ma maison, mes enfants dormaient, ma chienne était à mes pieds. J'avais parlé de cette lettre avec Ulysse sans pleurer, sans flancher. Je n'avais pas ressenti une once de rage en retraversant ces heures infernales, et je me sentais prête à relire la lettre d'Ivan.

Erin,

À l'heure où je t'écris, je me pose une question. Combien de temps t'aura-t-il fallu pour aller chercher L'Iliade et L'Odyssée *? Pas longtemps, j'en suis certain. Tu sais bien que jamais je ne pourrais vivre sans mon livre.*

Enfin, ça veut dire que tu as compris, tu as compris que j'étais parti. Je vais vivre pour moi, Erin. Je vais faire ce que j'ai toujours eu envie de faire. Être libre. Sans attache. Ne pas avoir de regrets. Je n'oublierai jamais ce que je t'ai dit la nuit de notre rencontre, mais mon aventure doit aller au-delà. Mon aventure ne peut pas se résumer à toi. Encore moins aux enfants. Ils sont les tiens, pas les miens. Je ne peux rien leur apporter, je ne sais pas faire, je n'ai pas envie d'apprendre. Une famille, je n'en ai jamais voulu, je n'ai jamais désiré être père, me marier. Si je me suis marié avec toi, c'était pour te garder, ne pas te perdre. Mais ce n'est pas moi.

J'ai essayé, j'ai vraiment essayé d'y croire ces dix dernières années, mais je me sens trop enfermé, je suis emprisonné. Je sais que je te fais du mal, je t'en ai toujours fait. Si je reste, je t'en ferai davantage encore, et j'en ferai aux enfants. Ils n'ont rien demandé. Ils seront bien mieux seuls avec toi qu'avec moi à côté de vous. J'ai toujours été à côté de vous, jamais avec vous.

Je ne tiens plus, je vais exploser si je reste plus longtemps. Je suis arrivé au bout de mes capacités. Il n'y a pas de mots délicats pour te dire ce que je ressens. Je ne supporte plus d'être là, avec vous. Le son de vos voix me… J'étouffe. Vous m'étouffez. Chaque matin quand je me réveille, il y a une bête qui gronde à l'intérieur de moi, prête à vous blesser. Je pourrais devenir dangereux pour assurer ma survie, juste la mienne. Pas la vôtre.

Je n'aurais pas dû te rencontrer, je n'aurais pas dû te parler ce soir-là, j'aurais dû m'enfuir après notre première nuit, je n'aurais pas dû rester, j'aurais dû reprendre la route, celle que je m'étais tracée pour vivre, vivre ce dont j'avais besoin à ce moment. Tu te souviens, je t'avais dit que je ne voulais pas me réveiller trop tard criblé de regrets et c'est pourtant exactement la situation dans laquelle je me trouve. Ce vers quoi tu m'as entraîné. Attention, je me souviens parfaitement que tu m'as dit que tu t'en sortirais, que tu assumerais seule, quand tu as appris que tu attendais Ulysse. Je t'aimais déjà comme un fou, je me suis convaincu que ma place était avec toi… j'ai été trop lâche pour t'abandonner à ce moment. J'ai vraiment été con.

Toujours est-il que si je reste plus longtemps, je sens que je te rendrai responsable de tout ça, je n'en suis déjà pas loin. Et je ne le veux pas. Tu ne mérites pas ça, alors que tu t'es toujours battue pour que je sois heureux. Mais ton image du bonheur ne correspond pas à la mienne. Moi, je voudrais t'emmener dans mes aventures, mais juste toi, pas eux… eux ne sont rien… Mais tu ne veux pas… Tu me refuses la seule chose que j'attendais de toi…

Alors, je décide enfin pour moi. Tu penseras que je suis égoïste, tout le monde le pensera. Je m'en contrefous. Je me contrefous aussi de ce que je vais devenir, parce que je vais vivre. Je vais peut-être crever tout seul dans mon coin. De toute façon, je finirai par crever parce que tu n'es pas là, parce que tu ne m'as pas suivi. Et alors ? Je l'aurai choisi. Aujourd'hui, en étant avec vous, je crève sans l'avoir choisi. On m'impose de crever.

Erin, ne me cherche pas. Interdis aux enfants de le faire, même quand ils seront grands. Encore faudrait-il qu'ils en aient envie ! Ils me détesteront, c'est aussi bien. Mais je me répète, ne me cherche pas. Tu ne me trouveras pas. Je vous exclus de ma vie, pour vivre Mon Odyssée. Je vais disparaître. J'ai déjà disparu. Je suis loin, très loin, à l'heure où tu lis ces quelques lignes.

Une dernière chose avant de te laisser. Je t'ai aimée. Je t'ai aimée et je t'aime au-delà de tout ce que tu peux imaginer, je t'aimerai toujours, je crois que tu n'as jamais bien compris la puissance de mon amour pour toi. Tu as tissé une toile autour de moi dès que tu as posé tes yeux sur moi, aujourd'hui, je la déchire cette toile. Dis-toi une chose, je ne serais pas resté si longtemps, je ne me serais pas acharné, si tu n'avais pas été mon grand amour.

L'amour ne suffit pas.

Ivan.

Ivan, l'amour ne t'a pas suffi à toi. L'amour de tes enfants. L'amour de ta femme. Tu étais trop abîmé, et je n'ai pas voulu le voir.

Je lui avais obéi, je ne l'avais jamais cherché. J'avais la certitude que même si je le retrouvais, il ne reviendrait pas. Son aventure l'avait englouti. Les enfants étaient en âge de le chercher, nous en avions parlé à de nombreuses reprises. Je ne le leur avais pas interdit. Mais ils ne l'avaient jamais fait, même dans mon dos, c'était une certitude. Chacun avait ses raisons. Ulysse, même s'il souhaitait lire sa lettre jusque-là, m'avait toujours affirmé qu'il ne voulait jamais le revoir. Lou, désormais, craignait trop de découvrir un père qui ne ressemblait pas à l'image qu'elle conservait de lui. Milo était encore trop petit et ne le connaissait pas en réalité. Il n'avait aucun souvenir de lui. D'une certaine manière, son père ne lui manquait pas. Je n'étais pas dupe, un jour ou l'autre, mes enfants se lanceraient dans cette quête.

Je poussai un profond soupir de fatigue. Je m'extirpai du canapé et rangeai sa lettre à sa place. La relire après tant d'années était libérateur. Je n'étais plus la femme dont il parlait. Je ne lui ressemblais plus. J'étais bien plus forte désormais, et je réalisais à quel point il m'enchaînait. Lui me reprochait de l'étouffer, mais c'était le contraire. Mon amour démesuré pour lui m'avait asservie à une vie qui ne me comblait pas. Ivan était doté d'un charisme sombre, il m'avait rendue dépendante de lui. Sa présence à mes côtés envahissait tout, je ne concevais plus d'être sans lui. Et pourtant, il m'avait toujours échappé, il avait toujours été fuyant. Il regardait ailleurs, dans le vide, un vide obscur, mais il ne me regardait pas, moi, il ne regardait jamais les enfants. Le traumatisme de sa disparition m'avait fait occulter de quelle manière il m'avait rendue malheureuse. Je m'étais éteinte à ses côtés. J'avais subi mon amour pour lui et le sien pour moi. Le seul cadeau qu'il m'avait fait était mes enfants, qui me nourrissaient du plus beau des amours.

Tant de choses rejaillissaient. Je vivais dans la crainte qu'il soit contrarié, pas heureux, qu'il s'en aille, qu'il revienne. Et la peur m'habitait. La peur pour lui. Mais aussi la peur de lui. Il n'avait jamais levé la main sur moi ni sur les enfants. Aujourd'hui, j'étais prête à reconnaître qu'il n'en avait pas été loin. Il s'était toujours contenu, devinant peut-être que c'était la limite à ne pas franchir. Je me souvenais désormais avoir reculé ou mis les enfants à l'écart à de nombreuses reprises face à ses emportements, ses regards voilés de frustration, ses traits qui se durcissaient, son corps prêt à l'attaque, ses poings serrés. Ivan avait pu susciter de la terreur chez moi. Terreur que je refoulais, et que j'avais refoulée jusque-là. J'étais crispée, tendue en permanence, nouée du ventre, du cœur, de l'esprit. Toujours fatiguée.

Pendant dix ans… dix ans de ma vie, je m'étais acharnée à l'aimer. À le défendre. À croire qu'il y arriverait. Comment avais-je pu mentir, dissimuler à ce point la réalité à mes parents ? Ils ne sauraient jamais l'entièreté de mes souffrances quotidiennes avec Ivan, et c'était tant mieux. Comment avais-je pu rester sa femme si longtemps ? J'avais enduré ses colères, ses absences, ses silences de tueur, sa présence sombre. Je l'avais cru si longtemps lorsqu'il me promettait qu'il allait mieux, qu'il était heureux.

Je l'avais laissé user et abuser de mon corps comme il le désirait. Ivan ne me faisait pas l'amour, il cherchait à me posséder encore et encore, il martelait mon ventre pour que je sois marquée de lui au tréfonds de mes entrailles. Après m'avoir apporté des sommets de plaisir, il m'avait brusquée, il m'avait fait mal, c'était sa façon de m'aimer. En réalité, il ne m'aimait pas, il me violentait. Milo avait été conçu de cette façon, après un acharnement quotidien. Ivan avait besoin de se rassurer, de se convaincre que j'étais à lui, que quelqu'un lui appartenait. Que quelqu'un l'aimait. Il ne m'avait pas écoutée lorsque je lui avais appris que le médecin m'avait demandé de faire une pause de contraception, il s'en était moqué, ne prenant aucune précaution de son côté, oubliant qu'il pouvait me faire ce qui le terrifiait par-dessus tout, un enfant. À cette époque, Lou avait cessé de l'apaiser, elle avait commencé à grandir, à avoir de la personnalité, et elle se tournait vers moi, l'aura de son père avait légèrement baissé en intensité. Moi, bêtement, j'étais heureuse de profiter de ma fille. Ivan s'était à nouveau senti délaissé. Alors j'étais redevenue son obsession. Et son obsession passait par le sexe, par l'expression de son désir de possession. Il m'asservissait.

Pourquoi lui avais-je consacré dix ans de ma vie ? Parce que je voulais le sauver. Le soigner de son enfance. De son enfance volée. Ivan avait été malmené, délaissé, abandonné à lui-même. Ivan ne connaissait pas l'amour, ne connaissait pas la réciprocité, il n'avait jamais été aimé, il ne savait pas comment aimer, il ne savait pas ce que signifiait être parent. Les siens n'en avaient pas été. J'étais sa lumière, m'affirmait-il quand il quémandait mon pardon.

Il m'aimait d'une manière inconditionnelle, exclusive, maladive, il me voulait pour lui tout seul. Comme un bébé réclamerait tout de sa mère. Il attendait de moi ce qu'il n'avait pas reçu. Nos enfants et l'amour que je leur offrais représentaient ce dont il avait été privé. L'image que cela lui renvoyait lui était intolérable. Insupportable. D'eux, il pouvait se passer. De moi, non. J'étais devenue sa mère, son amante, sa femme, sa chose. Je m'étais convaincue que je pourrais le guérir. Il avait eu beau s'enfoncer dans sa violence, sa frustration, j'avais été incapable d'accepter que parfois certaines personnes, certains êtres ne pouvaient pas être réparés, ni sauvés. Je l'avais aimé pour lui apprendre l'amour. Mais pour le plus grand malheur de mes enfants, les siens malgré tout, mon malheur à moi, et le sien, Ivan appartenait à ceux qui souffriraient toute leur vie, qui ne dépasseraient jamais leur traumatisme, qui ne sauraient jamais réceptionner un amour simple, et le donner en retour. J'avais été impuissante. Je n'y pouvais rien.

Si durant une seconde j'occultais mon rôle de mère, je savais que la disparition d'Ivan était certainement la meilleure chose qui pouvait m'arriver. Dans quel état serais-je s'il était encore là ? Combien de temps m'aurait été nécessaire pour partir ? L'abandonner à ses démons pour assurer ma survie et celle des enfants ?

Déroutant de prendre conscience qu'à quarante-trois ans, je n'avais jamais aimé comme il fallait, et que je n'avais jamais été aimée comme il fallait. Quel gâchis…

1

Ivan

Son restaurant était plein à craquer comme chaque soir. Les conversations avinées et animées, les rires, la musique créole l'entouraient, mais il n'entendait rien. Sans cesser d'assurer le spectacle, il fixait la place désormais vide du plongeur. Quatorze heures qu'il était parti. Son avion devait avoir atterri. Où allait-il se rendre ? Lirait-il le message désespéré qu'il lui avait envoyé ? Qui attendait le plongeur au bout de ces quatorze heures de voyage ?

Quatorze heures où lui avait eu le temps de réfléchir. De regretter. D'espérer. D'être dévoré par une envie féroce de tout détruire autour de lui. Quatorze heures qu'il ne faisait que penser à elle. Erin…

Depuis plus de sept ans, pas une journée ne s'était achevée sans qu'il ait pensé à sa femme. Peu importe où il était, ce qu'il vivait à l'instant. Qu'il baise. Qu'il frappe. Qu'il traque le danger. Qu'il crève de faim ou de fatigue. Qu'il séduise. Qu'il manipule. Le visage d'Erin lui apparaissait toujours. Il n'avait jamais été inquiet. Il n'avait jamais été curieux. Il était sûr de lui. De la loyauté de sa femme. Elle était sa Pénélope, après tout. Pénélope avait attendu Ulysse durant plus de vingt ans. Erin ne pouvait que lui rester fidèle.

Il était sûr aussi de sa décision. Tant qu'il ne traverserait pas son aventure, il ne connaîtrait pas la paix, la violence ne pourrait pas le quitter. Il lui fallait côtoyer le danger en permanence. Se mesurer au Monde. Sucer jusqu'à la dernière goutte d'adrénaline. Lézarder son corps de cicatrices. Se sentir vivant en frôlant la mort. Démontrer qu'il n'avait besoin de rien ni de personne pour s'en sortir, pour exister, pour être admiré, pour être envié.

Mais depuis deux jours et pour la première fois depuis son départ, il doutait. Il expérimentait le flou à la simple idée de sa femme… Il voulait savoir. Il devait savoir. C'était impératif. Et tout reposait sur le plongeur !

Un geste incontrôlable le saisit. Il lança violemment un immense couteau de cuisine qui se ficha dans le mur en bois derrière le bar. Autour de lui, il y eut des cris impressionnés, et des applaudissements. Ces connards qui le payaient pour bouffer croyaient qu'il avait voulu les amuser. Il aurait pu en planter un. Ce n'était qu'une expression de sa rage et de son angoisse…

Comment allait-il tenir ?

Gary

Clé dans la serrure. À se demander comment je ne l'avais jamais perdue. La porte grinça et résista. La faute à un amas de courrier derrière. Je le poussai du bout du pied. Je tâtonnai longuement le mur avant de trouver l'interrupteur, je ne savais pas où il était. Je n'avais pas ce réflexe des gens qui rentrent chez eux. Si en trois ans j'y avais dormi plus de vingt nuits, c'était un record. J'étais propriétaire d'une chambre d'hôtel. Ce studio était tout sauf chez moi, même si c'était la seule adresse que je possédais. Lorsque je réussis enfin à allumer, je plissai les yeux à cause de la blancheur froide et clinique de l'ampoule qui pendait du plafond. J'avançai dans la pièce, sidéré de ne rien reconnaître ou presque. Aucun objet, aucun meuble ne m'évoquait de souvenirs. Aucune émotion ne me traversait alors que j'étais censé retrouver mes affaires. Je déposai mon sac de voyage et mon matériel dans un coin. Ça ne ressemblait à rien et sentait le renfermé. Un convertible contre un mur, quelques cartons disséminés à droite à gauche, des murs jaunis sur lesquels je n'avais pas eu l'idée de mettre un coup de rouleau, des vieilles combinaisons, des gilets, des bouteilles vides qui ne serviraient plus jamais.

J'avais excellé niveau décoration intérieure. La fatigue me déclencha un rire. Un rire de dépit. Un rire amer.

Que je sois capable d'autodérision était rassurant sur mon état d'esprit.

J'avais faim. C'était con. C'était trivial, mais je me raccrochai à du factuel pour tenir jusqu'au lendemain. J'y verrais nécessairement plus clair. J'avais ce sentiment, que je détestais et que je connaissais par cœur, à cause des voyages, d'avoir vécu mille journées en une. Et dire que ce matin, j'étais sur une plage de La Réunion, que j'avais nagé une dernière fois là-bas après avoir vidé une bouteille de rhum avec Ivan. Ivan. Lui, je refusais d'y penser pour le moment. À peine avais-je rallumé mon téléphone à l'atterrissage que je découvrais un message anxieux de sa part. Avant de m'occuper de sa vie sentimentale, j'avais mes propres problèmes à régler. Je fouillai dans la kitchenette à la recherche de mon pack de survie. À chaque fois que je passais par ici, je prévoyais de quoi tenir quelques jours à mon retour. Rien de bien affolant. Des pâtes, des conserves, du café, et des packs de bière. Je me préparai donc un semblant de repas en buvant une première bière. Quand ce fut prêt, je mangeai debout en quelques minutes, en tournant le dos au vide et au capharnaüm qui me tenaient compagnie. En lavant mon assiette dans le microscopique évier en inox, je me demandais ce que j'étais : un étudiant sans le sou ou un vieux gars dépressif. Ni l'un ni l'autre, bordel !

Un peu plus tard, je me postai devant la fenêtre, une nouvelle bière à la main. Les lumières de la ville, les tours plus hautes les unes que les autres. La fumée qui s'échappait des cheminées d'usines au loin. Le bruit de l'aéroport tout près. La vue sur le lagon était désormais bien loin, mais elle ne me manquait pas. C'était assez triste de ne la partager avec personne. Jamais je ne m'étais émerveillé de tant de beauté avec quelqu'un.

Quelqu'un que j'aimais ou qui comptait pour moi, du moins. Louise n'avait pas le temps.

J'étais dans une dimension parallèle. Même si j'avais dormi durant le vol, celui-ci m'avait paru interminable et j'étais éreinté. J'avais mal partout, ma carcasse vieillissante supportait de moins en moins l'inconfort des avions. Au final, où étais-je ? J'aurais pu être n'importe où ailleurs, dans n'importe quelle chambre d'hôtel, n'importe quelle ville, n'importe quel pays, je ne me serais pas senti davantage à ma place. Il fallait vraiment que je sois désespéré pour acheter ce studio collé à l'aéroport. Je n'avais pas véritablement réfléchi à l'époque. Je ne voulais pas laisser cet argent dormir à la banque après la vente de la maison que je partageais avec Louise, et je n'avais aucun endroit ne serait-ce que pour me réfugier temporairement. Mes parents, mon frère et ma sœur m'avaient proposé de laisser mes affaires chez eux, et à l'occasion, j'aurais pu y passer quelques nuits, j'avais refusé. J'avais passé l'âge. J'étais trop fier pour reconnaître que j'étais perdu, désemparé après mon divorce et l'acceptation de ma stérilité. Je n'avais donc pensé qu'en termes d'efficacité. Il me fallait un endroit où dormir et entreposer quatre cartons avec des papiers administratifs, et du vieux matériel. La France restait mon port d'attache, Roissy encore plus. L'affaire avait été réglée. Cette réassurance factice n'avait eu qu'une conséquence : m'enfoncer. Entretenir ma fuite en avant. Ma fuite. J'avais mal pris une des dernières paroles de Louise sur le bateau « Tu vas fuir, tu as toujours fui ». Certes, ma réponse contenait une part de vérité, rien ne m'avait retenu, elle n'avait pas pu ou pas voulu me retenir, mais lui en avais-je laissé la possibilité ? Toujours est-il qu'elle avait appuyé exactement là où cela blessait, elle avait pointé ma réalité. Ma réalité que j'étais déterminé à changer. J'étais face à un chantier colossal.

Je devais revenir au monde. Au monde des humains. J'eus l'impression de recevoir une décharge électrique. Hors de question de rester des jours et des jours à moisir ici, à attendre une bonne nouvelle qui n'arriverait jamais.

Avant tout, j'avais besoin d'avertir quelqu'un que j'étais là. Je voulais que l'on sache où j'étais. Je ne voulais plus n'être qu'un point flou sur le planisphère. Personne n'était jamais en mesure de savoir où j'étais. C'était comme si je n'existais pas, j'étais abstrait. On ne pouvait pas m'imaginer, m'incarner quelque part, puisque je pouvais être partout. Comment pouvait-on penser à moi sans savoir où me situer ? Ce sentiment me devenait de plus en plus insupportable, à la limite de l'asphyxie. J'attrapai mon téléphone.

– Allô !

– Bonsoir, maman.

Un blanc qui me parut une éternité traversa la ligne.

– Gary… Gary, c'est toi ?

– Oui.

– Il t'est arrivé quelque chose ? me demanda-t-elle, le souffle court.

Nous n'étions ni Noël ni le jour d'un anniversaire. Si je leur donnais des nouvelles, cela ne pouvait que signifier un drame ou un accident. La voix rude de mon père derrière elle me parvint.

– Non, pas du tout, ne vous inquiétez pas. Je voulais simplement discuter et vous dire que j'étais là.

Nouvel ange.

– Où ? Où es-tu ?

– À Paris, je viens de rentrer de La Réunion.

– Oh… on te croyait en Thaïlande.

C'est exactement ce que je disais. J'étais nulle part et partout à la fois.

– Peu importe, maintenant, je suis là et…

– Tu repars quand ?

– Je ne repars pas, justement, je pensais venir vous voir, bientôt.

C'était sorti tout seul. Et je réalisai que j'en avais envie.

Encore un blanc, du côté de ma mère.

– C'est vrai ? Mais quand viens-tu ? Je vais prévenir ton frère et ta sœur ! Enfin… tu me diras si tu veux les voir, ou mieux, je te laisse leur dire… si tu en as envie, mais ça leur ferait plaisir, tu sais.

Sa voix chevrotante, hésitante et précautionneuse me rendit honteux. Ma propre mère ne savait plus comment s'adresser à moi, et j'en étais l'unique responsable.

– Je passe dans quelques jours, je vous rappelle et je préviens Arthur et Sonia.

– On est tellement heureux à l'idée de te revoir. Mais sinon, tu vas bien ? Tu vas vraiment bien ?

– Oui… bon…

Que pouvais-je lui dire ? Comment ? C'était trop m'en demander. Elle dut comprendre que j'avais déjà atteint mes limites.

– Je t'embrasse, mon chéri. On attend de tes nouvelles, alors.

– Je t'embrasse maman, et embrasse papa.

Gravir une montagne m'aurait absorbé moins d'énergie, mais j'étais assez content d'avoir entendu la voix de ma mère. Ne me restait plus qu'à me préparer à l'idée de passer quelques jours avec eux, et c'était autrement plus compliqué. Je préparai du café fort, récupérai mon ordinateur et installai un carton en guise de table basse devant le canapé convertible. Je consacrai ma nuit à envoyer des mails et des messages à des personnes que je connaissais, susceptibles d'avoir des contrats, des missions que j'espérais le plus longues possibles et en France. Je n'avais aucune envie de repartir à l'autre bout du monde. C'était fini. Je m'y perdrais définitivement, sans espoir de m'en sortir.

Trois jours plus tard, mon téléphone sonna. C'était un type avec qui j'avais travaillé des années auparavant sur des constructions de barrage. Les nouvelles allaient vite. Lui ayant trop souvent fait faux bond, je ne lui avais pas écrit.

– Alors comme ça, tu veux renfiler le scaphandre ?

– Scaphandre ou bouteilles, peu importe, je veux bosser.

Il rit, clairement moqueur.

– J'ai entendu dire que tu étais plutôt branché sur les baptêmes de plongée pour touristes en mal de sensations fortes.

Une réputation se défait plus vite qu'elle ne se construit.

– Touché.

– C'est de bonne guerre, Gary, tu as disparu des radars ! Ça peut être cool que tu reviennes… encore faut-il pouvoir te faire confiance. Si je te trouve un contrat, tu ne vas pas annuler à la dernière minute ou te tirer je ne sais où ? J'hésite à te filer un coup de main. La dernière fois…

– Je sais, je t'ai planté, j'avais mes raisons.

Les rendez-vous médicaux avec Louise.

– Ça n'arrivera pas, tu as ma parole.

– J'ai peut-être quelque chose, mais je te préviens, ça n'a rien d'excitant. Ce n'est ni au large de l'Afrique ni dans le Pacifique. Ça te brancherait de rester en France ?

– C'est parfait.

– Tu te fous de ma gueule, ricana-t-il, parce que franchement, t'enterrer ici ne te ressemble pas trop.

Cette étiquette d'exotisme qui me collait désormais à la peau m'était insupportable.

– Je suis hyper sérieux, je veux aller passer un peu de temps avec mes parents, ils habitent en Bretagne.

Il poussa un profond soupir. Il aurait certainement préféré que je refuse catégoriquement pour lui demander une destination lointaine qu'il ne m'offrirait jamais. J'avais définitivement perdu toute crédibilité.

– Je peux vraiment compter sur toi, Gary ?

– Je ne vais pas mendier, si tu ne veux pas m'accorder une seconde chance, ne te force pas. Je trouverai autre chose.

– On verra…

Le paysage défilait à grande vitesse sous mes yeux. J'étais dans le TGV, en route pour renouer avec mes parents, mon frère et ma sœur. Je n'avais pas attendu d'avoir des nouvelles pour le contrat, je n'y croyais pas de toute manière, mon contact doutait trop de moi pour me recommander. Personne d'autre n'avait cherché à me joindre. Je commençais à accepter l'idée que j'allais devoir repartir de zéro. Ma priorité avait été de prendre le large. J'étouffais dans mon studio. Quatre jours que je n'avais pas vu la mer, c'était déjà trop. Arrivé dans le train, j'avais tenté de m'installer à ma place, mais je m'y sentais trop à l'étroit. J'avais traversé toutes les rames avec mes affaires, pour patienter debout dans le wagon-bar. Depuis, je tentais de me détendre. En vain. Je n'en menais pas large à l'idée de revoir ma famille. Ma mère avait contenu tant qu'elle avait pu sa joie, lorsque je l'avais appelée pour lui annoncer que j'arrivais dans quelques heures. J'étais pitoyable. À quarante-cinq ans, je craignais de me retrouver avec mes parents. Allais-je réussir à leur parler ? Ils ne savaient pas – ou plus – qui j'étais. Depuis mes dix-huit ans, je n'avais été qu'un courant d'air dans leur vie. Et pour être honnête, je m'étais très peu intéressé à eux. À quoi occupaient-ils leur retraite ? Gardaient-ils mes neveux et nièces, que je ne connaissais pas ? Mon père travaillait-il encore de temps à autre avec mon petit frère ? Ils étaient en bonne santé, c'était le principal.

Alors que le train ralentissait sa course, mon téléphone vibra dans ma poche. L'appel que je n'espérais pas. Je connaissais ce type, en cas de réponse négative, il n'aurait pas pris le temps de me prévenir. Mes mains tremblèrent d'incrédulité.

– Gary, tu es toujours prêt à bosser ?

– Que faut-il te dire pour que tu le comprennes ! m'énervai-je.

– O.K., c'est bon. En revanche, ne déconne pas, je leur ai vendu le Gary que j'ai connu. Le pro, l'efficace, le cador, celui qu'on a tous jalousé.

– Arrête ton baratin, j'ai compris, je n'ai pas le droit à l'erreur. Tu peux au moins me dire ce qu'est ce job !

– Tu vas intégrer l'équipe qui va poser un nouveau filin de sécurité dans le chenal du barrage de la Rance. C'est un contrat de plusieurs semaines…

Il fut interrompu par l'annonce du contrôleur, le TGV marquait un arrêt en gare.

– Tu es dans un train ?

– Oui, je pars chez mes parents.

– Ils sont où ?

– En baie de Saint-Brieuc.

– Tu oublies, tu sautes du train, ils t'attendent demain. Je t'envoie les détails par mail.

Il raccrocha. Je creusai mon cerveau fatigué. Barrage de la Rance. Putain, mais c'était où ? Je me retins de gueuler après le contrôleur qui énumérait les correspondances, pour réussir à me concentrer.

– Correspondance pour Saint-Malo par TER, départ 16 h 35. Voie une.

Il était temps que je me secoue. J'étais à Rennes. Le barrage de la Rance entre Dinard et Saint-Malo. À moins de deux heures de chez mes parents. Je devais vraiment être claqué pour ne pas avoir percuté immédiatement. Je récupérai mes affaires en moins de deux secondes et bousculai les passagers. Je lançai sur le quai mon sac de voyage et descendis, chargé de mon matériel trop précieux pour être balancé à la va-vite. La porte du TGV se referma juste derrière moi et repartit en direction de chez mes parents. Je jetai un coup d'œil à ma montre, il me restait moins de cinq minutes pour avoir la correspondance. Ce con aurait pu me prévenir plus tôt. Je courus comme un fou sur le quai, dans le souterrain, et réussis à monter dans le train à temps. Je m'écroulai sur un strapontin et un sourire se dessina sur mon visage, j'avais un boulot. Il s'élargit en découvrant le mail d'explication. J'étais embauché pour deux mois, la mission nécessiterait de la concentration, de l'effort physique, du travail en équipe, de la technique. Je n'aurais pu rêver mieux pour revenir dans la vraie vie et tenter de me relancer. En attendant, je devais parer au plus pressé, j'avais deux points précis à régler : prévenir mes parents qu'ils devraient patienter et trouver un logement disponible le soir même. Ma mère serait affreusement déçue, mais malheureusement pas étonnée. J'étais partagé entre le soulagement de repousser ces retrouvailles qui ne s'annonçaient pas simples et la honte à l'idée de les décevoir encore une fois. Je tentai malgré tout de la rassurer.

– Je suis désolé, mais ce n'est que reporté, et puis, je ne suis pas loin. Je n'ai jamais été aussi près de vous depuis des années.

– C'est sûr, mon chéri. Si tu es libre un week-end, n'hésite pas. Tu es chez toi à la maison.

Ma mère n'avait pas idée de la signification de sa phrase. Naturel pour elle. Question de survie pour moi.

– Je vais venir, ce ne sont pas des paroles en l'air, mais j'ai vraiment besoin de ce travail, c'est important pour moi.

– Ne t'inquiète pas pour nous, Gary. Nous sommes là, nous avons toujours été là. Tu viendras quand tu pourras.

Toutes les mères étaient-elles si confiantes, si compréhensives ? Je pris le temps de souffler de longues minutes après avoir raccroché. Je consacrai le reste du trajet à trouver un logement. Pour la première fois, je cherchais quelque chose de correct, un endroit où je pourrais me sentir bien. Je finis par dénicher un meublé qui donnait sur le port, ce qui me semblait idéal pour rejoindre la plateforme des travaux.

L'appartement correspondait à mes attentes. Je ne manquerais de rien et j'avais même réussi à négocier le prix vu le temps que j'y resterais. Des promeneurs se baladaient sous mes fenêtres. J'avais vue sur le port de plaisance et sur la vieille ville, le fameux Intra-Muros dont j'avais entendu parler, mais où je n'avais jamais mis les pieds. J'avais fait le tour du monde, mais je n'avais jamais été fichu de venir ici, à deux heures de chez mes parents. J'aurais de quoi m'occuper durant mon temps libre. Après le départ du propriétaire, je profitai du coucher de soleil, j'étais à l'ouest. C'était magnifique. Une presqu'île boisée. Un ferry qui patientait avant son départ. Les lumières de la ville qui se reflétaient sur le bassin où attendait une flotte impressionnante de voiliers.

Je me forçai à ranger mes vêtements dans l'armoire. Je fis disparaître mon sac de voyage dans un placard, je ne voulais plus le voir durant les deux prochains mois, j'éviterais ainsi toute tentation de fuite. De la même manière, je m'occupai de ma trousse de toilette, ce dont je n'avais pas été capable dans mon studio. Incroyable comme déposer sa brosse à dents dans un verre pouvait être symbolique. Je m'installais.

Un peu plus tard, je sortis pour découvrir le quartier où j'habitais et surtout trouver de quoi dîner, j'étais prêt à fournir des efforts pour vivre normalement, mais ce soir, je manquais de courage pour remplir le frigo et les placards. Je m'assis en terrasse, les restaurateurs me prirent pour un fou lorsque j'insistai pour dîner dehors. Malgré la fraîcheur de cette fin février, je tenais à être à l'extérieur, j'avais été trop enfermé ces derniers jours. La nuit était claire, le ciel charriait quelques nuages. Je distinguais le fameux barrage pour lequel j'allais travailler. C'était fantastique, partout où j'allais, je voyais la mer. Elle n'était pas près de me manquer. J'appris du serveur que j'étais dans le quartier de Solidor, du nom de la tour à côté de laquelle se trouvait le restaurant. L'atmosphère était calme, reposante. J'aurais pu être dans un petit village en Irlande ou dans les Cornouailles. Ça me changeait des îles, c'était ce dont j'avais besoin. Avoir froid était agréable. Je relevai le col de mon vieux blouson de cuir marron exhumé d'un carton dans le studio. Impossible de me souvenir de quand il datait. Il avait vécu, il était élimé un peu partout, particulièrement les épaules en raison de tous les sacs à dos que j'avais portés. Le principal, il me protégeait de la température. Depuis combien d'années n'avais-je pas connu les morsures de l'hiver ? Cette sensation me réveillait, mettait mes sens en alerte. Je sortais de ma léthargie.

Sur le chemin du retour, j'hésitai à aller boire un dernier verre dans un bar repéré au loin, puis renonçai, sentant la fatigue me tomber dessus, et surtout, je voulais être en possession de toutes mes facultés le lendemain. Je sentais insidieusement que je jouerais gros, peut-être mon avenir avec ce contrat. Je marchais tranquillement les mains dans les poches, sur la digue des Bas-Sablons, mon adresse pour les prochaines semaines. Il n'y avait personne. Pas d'autre bruit que celui des mâts de bateau agités par le vent. J'étais détendu, un sentiment nouveau, mais fragile. Un énorme chien courut dans ma direction. Un splendide beauceron. Il s'arrêta devant moi, me renifla, et se posta à mes pieds. Je caressai sa tête, tout en me demandant pour quelles raisons il attendait à côté de moi.

– Douce ! appela-t-on au loin.

Je redressai la tête, une femme venait vers nous d'un bon pas. Son manteau noir s'ouvrait dans le vent, comme une grande cape dont le tissu flottait autour de son corps.

– Désolée, elle n'est pas méchante.

– C'est sûr !

– Vous avez une tête qui lui revient, me répondit la maîtresse, un magnifique sourire aux lèvres.

– Je suis ravi de l'apprendre, rétorquai-je en riant.

Parler à quelqu'un naturellement était déroutant. Déroutant, mais fantastique. À certains, cela semblerait dérisoire, à moi, cela me donnait le sentiment d'être normal, de mener une vie normale.

– Bonne soirée.

– Vous aussi, merci.

Elle siffla sa chienne, qui me collait toujours, et poursuivit son chemin. Ce fut plus fort que moi, je me retournai pour lui jeter un regard. Elle se retourna à son tour. On échangea un signe de tête et un dernier sourire.

Au moment de m'endormir, la réussite de ces dernières heures fut ternie lorsque la pensée d'Ivan me traversa. Saint-Malo. La ville où il m'avait missionné pour retrouver la femme de sa vie. La plaie. Un sacré coup du destin venait de me tomber dessus. Je n'avais strictement aucune intention de lui rendre ce service totalement tordu. Il n'allait pas tarder à me demander des nouvelles pour savoir si je comptais l'aider. N'ayant aucune envie qu'il me harcèle, il était hors de question de lui faire savoir où j'étais.

Une semaine que je travaillais.

Une semaine que je dormais profondément. Je m'écroulais tous les soirs, l'esprit vide, le corps vermoulu. Je passais quotidiennement trois heures sous l'eau – temps maximum possible –, la technicité du chantier réclamait ma concentration, exigeait de puiser dans de vieux souvenirs. Je n'avais plus pratiqué de travaux publics depuis une bonne dizaine d'années, mes réflexes revinrent plus facilement que je ne l'aurais imaginé. Je m'en sortais plutôt bien. Les chefs d'équipe ne cachaient pas leur soulagement. Dès le premier jour, j'avais compris que mon arrivée de dernière minute ne les enchantait pas. L'équipe d'intervention était constituée depuis très longtemps. Malgré l'ampleur du chantier, ils ne comptaient pas embaucher de bras supplémentaires. Ils préféraient bosser avec des types qu'ils connaissaient et en qui ils avaient totalement confiance. Ils eurent l'honnêteté de m'expliquer qu'ils avaient hésité avant de donner leur accord, ils s'étaient longuement renseignés sur moi, ce qu'ils avaient découvert les avait étonnés et inquiétés, particulièrement ma disparition du métier. Ils avaient fini par céder devant l'insistance de mon ancien partenaire. Encore un coup du destin pour moi. Et dire que je ne l'avais même pas contacté, persuadé que c'était inutile.

Tous les types avec qui je travaillais vivaient dans le coin, avaient la vie banale et merveilleuse dont j'avais toujours rêvé. Je les écoutais raconter leur quotidien, envieux, mais déterminé à construire ce que je pourrais. J'avais parfaitement conscience que je ne rattraperais jamais ce que j'avais raté et gâché, mais il me restait encore des choses à vivre comme je l'entendais. À moi de m'en donner les moyens.

J'habitais à une centaine de mètres du centre de plongée de la ville et de sa fosse de six mètres. J'avais été particulièrement heureux de le découvrir. Je voyais des signes positifs partout. Je n'avais pu m'empêcher d'aller frapper à la porte et de me présenter. Les mecs étaient accueillants. Après avoir vérifié que je détenais tous mes diplômes et plus encore, ils me proposèrent de les accompagner lorsqu'ils recommenceraient leurs sorties en mer au printemps. Je me surpris à penser que j'aimerais bien être encore là à cette époque, et pourquoi pas après. La ville me plaisait. Ni trop grande ni trop petite. Je profitais encore du calme de l'hiver, mais la saison estivale se préparait, c'était palpable dans l'air. Dans quelques mois, Saint-Malo bouillonnerait, ce qui n'était pas pour me déplaire. D'autant plus que je n'habitais pas dans le quartier le plus touristique.

Je me sentais à l'aise dans mon appartement, j'y passais du temps sans avoir l'impression d'étouffer. La vue sur le port n'y était pas étrangère. Toujours est-il que je dînais chez moi, prenant du plaisir à cuisiner autre chose qu'un kit de survie. J'aimais rester au calme, j'écoutais de la musique, je bouquinais grâce au contenu d'une vieille bibliothèque dans le salon. Et puis, j'avais ma distraction avant d'aller me coucher. La femme et sa chienne que j'avais croisées se promenaient sous mes fenêtres presque chaque soir. Je n'avais aucune raison de sortir me balader, je le regrettais. Je n'aurais pas été contre échanger deux mots avec elle, et admirer son sourire. Je restais derrière mes fenêtres, comme un ado trouillard à l'idée de l'aborder.

Seule ombre au tableau. Ivan. Alors même qu'il n'avait aucune idée de l'endroit où je me trouvais, il m'envoyait message sur message. Les premiers se voulaient sympathiques. « Salut, Gary, comment vas-tu ? » Je n'y répondis pas, n'ayant aucune envie d'échanger avec lui. Je commençais juste à prendre mes marques, je ne souhaitais pas qu'il me rappelle la vie que je laissais derrière moi. Il dut s'agacer face à mon silence. Il commença à m'écrire au milieu de la nuit. Après m'être fait réveiller une première fois, je pris l'habitude d'éteindre mon téléphone. Je l'imaginais parfaitement seul avec une bouteille, après la fermeture de son restaurant, ressassant, peut-être même s'énervant, à propos du service qu'il m'avait demandé. La teneur de ses propos se métamorphosa. « Tu ne penses qu'à ta gueule, en fait », suivi dans la foulée par « Désolé, mec, je suis sur les nerfs ». Forcément, il s'excusait, il avait besoin de moi. Je restais sourd. J'espérais qu'il se lasserait ou qu'il passerait à autre chose.

Je me trompais.

Il enclencha la vitesse supérieure en m'appelant en fin d'après-midi, alors que je rentrais du travail. J'hésitai de longues secondes avant de décrocher, puis cédai. Je n'allais pas continuer à le fuir.

– Ivan.

– Bah, Gary, tu avais perdu ton téléphone ? Sérieux, comment vas-tu ? Alors, ton retour en métropole, c'est comment ?

Il se la jouait comme si nous étions les meilleurs amis du monde. Il croyait peut-être que je goberais qu'il s'intéressait véritablement à moi. Jamais depuis que je le connaissais il ne m'avait appelé.

– Pas mal, j'ai des projets qui se dessinent.

– Cool ! Où es-tu en ce moment ?

– Chez mes parents, en baie de Saint-Brieuc.

Je mentais, c'était plus fort que moi. Cette histoire me rendait de plus en plus mal à l'aise. Je ne connaissais pas tout. Personne n'avait besoin de me le préciser pour que je le sache.

– Saint-Brieuc… intéressant. Tu crois que tu… tu pourrais faire un saut à Saint-Malo ?

Je devais gagner du temps.

– Tu es sûr de toi ? Tu veux vraiment renouer avec cette femme ?

– Ma femme, Gary… ce n'est pas n'importe qui ! s'emporta-t-il. Tu ne sais pas ce que ça signifie !

Celle qu'il avait quittée sept ans plus tôt, sans lui donner de nouvelles et pour laquelle il s'inquiétait subitement.

Je levai les yeux au ciel, affligé.

– Alors, je peux compter sur toi ? insista-t-il en réponse à mon silence.

– Je te tiens au courant.

Il lâcha un soupir, excédé.

– Merde, ce n'est pas la lune ! Je t'ai donné ma confiance, c'est la première fois que je parle d'elle à quelqu'un en sept ans ! Je veux savoir ce qu'elle devient !

– Je vais faire ce que je peux.

– Tu as intérêt, me rétorqua-t-il d'un ton rugueux.

Il raccrocha, sans me laisser le temps de réagir à sa pseudo-menace. Que pouvait-il bien me faire depuis le fond de l'océan Indien ? Cet homme perdait la raison. Je n'avais aucune idée de ce qui lui était arrivé, je préférais ne pas savoir. Je n'avais pas décidé de me reprendre en main pour traîner son histoire comme un boulet.

Le lendemain soir, les types avec qui je bossais me proposèrent de boire un verre avec eux. Ils m'intégraient. J'acceptai avec plaisir. On se retrouva en bas de chez moi vers 21 heures. Cinq minutes plus tard, je me figeai devant *L'Odyssée* qui n'était autre que le bar où Ivan voulait que je me rende. Et dire que c'était aussi là que j'avais hésité à prendre une dernière bière le soir de mon arrivée. À croire que les planètes s'alignaient pour m'obliger à y mettre les pieds, quoi qu'il se passe. Je n'allais tout de même pas entrer dans le bar que tenait ou avait tenu la femme d'Ivan ! Moi qui voulais en rester le plus éloigné possible.

– Qu'est-ce que tu fous, Gary ? me demanda un de mes collègues.

J'étais cloué sur place, au pied de la terrasse.

– On va là ?

– Tu n'y es pas encore allé ? Tu manques quelque chose ! C'est une institution.

Impossible de rebrousser chemin ou de me trouver une excuse. Et puis, merde ! Cette histoire d'Ivan n'allait pas me priver de vie sociale alors que j'étais à des milliers de kilomètres de lui. Je franchis donc le seuil du fameux *Odyssée.* Dès la première impression, on avait simplement envie d'oublier le temps et de s'installer ici pour de longues heures. C'était chaleureux, accueillant. Je me sentis instantanément bien. Des odeurs de bière, de feu de cheminée, de poussière du passé embaumaient l'air, une multitude de lumières douces éclairaient chaque recoin. Une immense bibliothèque occupait tout le mur derrière le comptoir, elle contenait un bazar sans nom, dans lequel on avait envie d'aller fouiller. Des livres, des bouteilles, des objets étonnants, des vieux cadres, des photos de soirées trop arrosées se côtoyaient harmonieusement. Les conversations étouffées étaient interrompues par des éclats de rire. Les enceintes diffusaient l'album mythique des Eels, que seuls ceux de ma génération écoutaient encore. Tout le monde se connaissait, se serrait les mains, échangeait des bises.

Ce fut plus fort que moi, je cherchai des yeux la personne qui tenait le bar. Une femme nous tournait le dos. Était-ce la femme d'Ivan ? Je n'avais que son prénom. Pour pouvoir revenir autant de fois que je le souhaitais ici, je priai pour que ce ne soit pas elle.

– Salut, Erin, ça faisait longtemps qu'on ne t'avait pas vue le soir ! lança un de mes collègues.

Et merde ! Erin… la femme d'Ivan. Elle était donc toujours là. Si j'étais généreux avec lui, je pourrais lui annoncer qu'elle n'avait pas bougé de place depuis qu'il l'avait quittée. Elle se retourna.

Le temps s'arrêta.

Je l'avais déjà vue. Je la voyais presque chaque soir lorsqu'elle marchait avec son chien. Je rêvais de son sourire toutes les nuits depuis mon arrivée à Saint-Malo. Je soupirai, dépité par le coup du sort. Le destin faisait davantage que s'acharner sur moi. Il m'enfonçait. Elle balaya du regard l'attroupement de gaillards devant son comptoir, marqua un temps d'arrêt étonné en me découvrant.

– J'ai réussi à reprendre le contrôle en flanquant Paloma à la porte ce soir ! En revanche, du balai, vous vous installez à une table ! Au comptoir, vous allez faire fuir tous les clients !

– À tes ordres !

Quelques minutes plus tard, elle nous servait à chacun une pinte, sans même avoir pris la commande.

– Je vous ai mis la même chose qu'aux autres, m'annonça-t-elle.

– C'est parfait, lui répondis-je en m'efforçant de ne pas la détailler.

– On s'est déjà vus, non ? Vous êtes la tête qui revient à Douce !

Je ris, m'interdisant d'être de plus en plus charmé par sa présence et ses yeux clairs.

– Je crois bien.

– Vous êtes nouveau dans le coin ?

– Gary vient d'intégrer notre équipe, il habite aux Bas-Sablons, répondit à ma place un collègue.

Elle me sourit largement.

– Bienvenue à *L'Odyssée*, Gary, vous êtes ici chez vous !

Elle fit volte-face et partit s'occuper d'autres clients. Impossible de me retenir, je la suivis du regard. Elle était joyeuse, délicate, attentive à tous ses clients à qui elle distribuait attention et paroles gentilles. Elle virevolta d'une table à l'autre avant de repasser derrière son comptoir. Des mèches échappées de ses cheveux châtains ramassés sommairement en chignon caressaient son visage à chacun de ses mouvements. Quelqu'un claqua des doigts sous mon nez, je revins dans la réalité. Ils se foutaient clairement de moi.

– Gary, on préfère te prévenir. Erin est une forteresse imprenable.

Je ricanai, gêné de m'être fait surprendre, mais surtout intrigué par la mise en garde.

– Pourquoi ? Vous avez essayé et elle vous a rembarrés ? leur balançai-je, moqueur.

– Non… c'est plus compliqué que ça. Fais tes preuves, et on te racontera pourquoi on ne touche pas à Erin.

Ivan ferait-il partie de ces révélations si j'en obtenais un jour l'accès ? J'en étais certain. La conversation dévia, cela me convenait.

La soirée s'éternisa. Contrairement aux personnes que je fréquentais dans mon ancienne vie, mes collègues ne s'encombraient pas de manières. Ils me posaient des questions sur ce que j'avais fait ces dernières années, ils me demandèrent d'où je venais, si j'avais une famille qui m'attendait quelque part, en un mot, ils cherchaient à lier connaissance avec moi. Me livrer, me raconter était si déconcertant que j'en bafouillais par moments. Je n'approfondissais aucun sujet, mais je n'esquivais pas non plus. Lorsque la conversation ne portait pas sur ma personne, je puisais dans mes ressources pour ne pas trop observer Erin. Malgré sa discrétion, elle occupait tout l'espace. Elle était un fantasme pour sa clientèle, mais un fantasme respecté et inaccessible. Aucun regard porté sur elle n'était déplacé. Elle se glissait aussi dans la peau de la meilleure amie, ou de la grande sœur taquine et bienveillante à la fois. Elle parlait à tout le monde avec le même charme subtil, le même humour. Ce qui me subjuguait était l'élégance, le raffinement, la douceur de ses attitudes qui tranchaient radicalement avec l'univers rude de son bar. Quand elle ne discutait avec personne ou qu'elle ne servait pas, elle était hissée sur un tabouret derrière son zinc, et elle lisait, en remuant la tête au son de la musique. Régulièrement, elle relevait le visage, fronçait les sourcils, jetait un coup d'œil à son univers, esquissait un petit sourire de satisfaction et se replongeait dans son livre.

Quand il fut l'heure pour chacun de rentrer chez soi, je proposai de régler la note, ce qui ne déplut pas à l'équipe. Je marquais des points d'une manière totalement intéressée. Je voulais pouvoir échanger quelques mots avec Erin. Au-delà de me plaire – fait indéniable –, elle m'intriguait. Son histoire avec Ivan. Comment et pourquoi l'avait-il quittée ? On ne plaquait pas une femme comme elle pour une broutille ! Pensait-elle encore à lui ? Je me surprenais à me poser les mêmes questions que lui. J'étais piégé.

– Filez, personne ne m'attend, leur précisai-je.

– À charge de revanche, Gary !

Ils décampèrent. *L'Odyssée* était presque vide. Ne restait plus qu'une table. Je m'approchai du comptoir et m'y accoudai pour payer l'ardoise. Erin posa doucement son livre, et parut amusée.

– Vous venez d'être bizuté ?

– Je me suis porté volontaire.

Elle me décocha son sourire et déposa un verre devant moi qu'elle remplit de rhum arrangé.

– C'est la maison qui offre pour la peine ! Recette de mon père.

Je hochai la tête en guise de remerciement, incapable de prononcer le moindre mot. Le dernier rhum que j'avais bu, c'était avec Ivan. J'avalai une gorgée. Celui que venait de me servir Erin avait exactement le même goût que celui d'Ivan. À croire qu'il avait volé la recette de son beau-père.

– Alors comme ça, vous venez d'arriver dans le coin ?

– Oui, je suis là pour deux mois.

– C'est tout ? m'interrogea-t-elle, sincèrement surprise.

– À moins que je ne trouve une raison de rester.

Comment avais-je pu sortir une ânerie pareille ?

– Vous êtes comme les autres ? Plongeur ou scaphandrier, je n'ai jamais compris la différence !

– Peu importe la différence, je passe ma vie sous l'eau, dans tous les cas.

Elle s'apprêtait à me répondre lorsqu'elle fut interrompue par les derniers clients qui partaient à leur tour. Je ne la lâchais pas du regard. Elle m'aimantait. Ce n'était pas bon du tout. D'autant plus qu'elle ne se gênait pas pour me surveiller du coin de l'œil.

– Je vais vous laisser fermer et rentrer chez vous, lui annonçai-je quand elle revint vers moi.

Je la payai.

– Si je n'ouvrais pas demain matin, me dit-elle, j'aurais bien pris un verre avec vous, mais franchement, je ne tiens plus.

Pourquoi était-elle si charmante, si accueillante avec moi ? Si elle savait… Il fallait que je parte. Il fallait que je reste éloigné d'elle. Mon regard dévia et fut attiré par des photos accrochées dans le fond de la bibliothèque. Sur l'une d'entre elles, je crus reconnaître Ivan.

– J'espère que je ne serai pas longtemps sans vous revoir, me dit joyeusement Erin.

Je reculai, sonné.

– Oui… je pense…

Elle pencha la tête, déroutée par mon brusque changement d'attitude.

– Bonne nuit, Gary.

– Vous aussi.

Je réussis à lui sourire et filai. Je dus lui donner l'impression de m'enfuir. Peu importe. Si Erin conservait des photos d'Ivan dans son bar, alors qu'il l'avait certainement salement quittée, cela ne pouvait signifier qu'une chose : elle l'attendait toujours. Je rentrai chez moi, désappointé. Je venais de rencontrer une femme qui m'attirait, et elle attendait depuis sept ans le retour d'un autre. D'un autre que je connaissais, et qui m'avait missionné pour que je la lui récupère. C'était l'histoire de ma vie. Rien ni personne ne me retiendrait jamais. Demain, je retournerais à *L'Odyssée* et je donnerais à Erin des nouvelles d'Ivan. À défaut d'attirer son attention, je la rendrai peut-être heureuse, je l'espérais. Je servirais au moins à quelque chose.

E

Erin

Erwan s'encadra dans la porte, ce qui me remplit de joie. Voilà plusieurs semaines qu'il se faisait discret. Il avait dû se rendre à Paris à de nombreuses reprises. D'habitude, cela ne l'empêchait pas de passer prendre son café et de venir aux nouvelles entre deux déplacements.

– Alors le boulot ? Tu es débordé ?

– Ouais, des gros dossiers, je n'en peux plus ! Ils commencent à me courir au cabinet.

– Du genre ?

– Ils se sont mis en tête de me rapatrier à plein temps à Paris. Et c'est bien la dernière chose que je veux ! Lucille, je ne t'en parle même pas. Elle s'effondre en larmes dès que j'aborde le sujet.

Intérieurement, je sautai de joie, mon frère et ma belle-sœur ne voulaient pas s'éloigner de nous.

– À ce point-là ?

– Si je te dis que j'ai songé à démissionner et te demander de m'embaucher, ça te situe à peu près mon degré d'envie de déménager.

J'éclatai de rire, ce fut plus fort que moi. Près de vingt ans qu'Erwan ne m'avait pas aidée au bar, et c'était toujours un carnage. Il n'avait pas hérité de la fibre de papa. Il était infernal avec les clients malpolis, trop généreux avec les gentils et passait plus de temps à payer des verres à ses potes qu'à encaisser les notes. Du haut de ses presque cinquante ans, je pouvais espérer qu'il avait fait des progrès, mais je doutais sérieusement de sa résistance. Il poussa un soupir à réveiller les morts.

– Je suis certaine que ça va s'arranger. Tu peux au moins envisager d'y aller un peu plus souvent sans pour autant déménager ?

Il but son café, sans dire un mot. Puis il fit le tour de *L'Odyssée*.

– Bon, ça n'avance pas tellement tes travaux !

– Comme tu peux le constater. Tu ne veux pas te reconvertir en artisan ?

Ce fut à son tour de rire.

– Ce n'est pas que je m'ennuie avec toi, mais il faut que j'y retourne.

– Tu ne travailles plus ici ?

– Je passe mon temps au téléphone, ce n'est pas l'idéal.

Il fit le tour du comptoir, m'embrassa dans les cheveux comme mon père l'aurait fait et fila.

– Erwan ! Juste avant que tu démissionnes, tu penses pouvoir gérer mon divorce ? Les travaux qui n'avancent pas, ça ne me dérange pas… mais je voudrais me débarrasser d'Ivan une bonne fois pour toutes.

– Je fais ce que je peux, Erin, je te promets, me répondit-il, très sérieux.

Pourquoi cette tête ? Il ne croyait tout de même pas que je le mettais en cause !

– Je sais, je te fais confiance, ne t'inquiète pas. Je suis impatiente, c'est tout !

Il retrouva sa bonne humeur.

– Il était temps, me chambra-t-il avant de partir.

Le reste de la journée fut calme, comme j'aimais. Autant j'appréciais des soirées festives de temps à autre, comme celle de la veille dont je gardais un joli souvenir, autant je préférais l'ambiance de la journée. Quelques habitués, quelques conversations feutrées, une musique plus enveloppante qu'entraînante, Douce qui dormait près de la cheminée. Il faisait un temps radieux, le soleil gagnait en puissance à l'approche du printemps. Les plus courageux ou les plus impatients buvaient leur café en terrasse. J'aimais toujours ce moment où elle reprenait vie. J'hésitai un instant à l'investir, je devais m'atteler à la paperasse. Je dus renoncer, il y avait trop d'air malgré tout, et je n'avais aucune envie que le vent éparpille mes factures. Le comptoir était assez long pour que je m'y installe avec mes papiers autour de moi et une grande tasse de thé, et que les accros au zinc puissent boire leur café ou autre sans que nous nous dérangions. Pour le moment, personne ne m'accompagnait.

La porte s'ouvrit, je levai le nez et découvris Gary, un nouveau client. Je me surpris à être heureuse de le revoir aussi vite. Tout comme j'avais été enchantée de le voir la veille au soir, nous nous étions furtivement croisés deux semaines plus tôt sur la digue. Quelque chose d'assez indéfinissable dans ses yeux m'avait happée. Dès qu'il m'aperçut, il me sourit largement. J'avais immédiatement remarqué la veille à quel point il semblait doux. Doux, mais secret.

– Bonjour, Erin.

– Bonjour, Gary, tu vas bien depuis hier soir ?

Sans réfléchir, je l'avais tutoyé, je ne voulais pas de distance avec lui. Il haussa les épaules d'un air de dire oui – petit oui, tout de même –, puis il avança et s'assit sur un tabouret. Douce vint immédiatement près de lui réclamer des caresses. Après avoir reçu sa dose, elle repartit se coucher. Gary restait silencieux.

– Tu ne bosses pas aujourd'hui ?

– Je viens de terminer… Et j'avais envie de savoir si tu avais réussi à survivre à l'ouverture, me dit-il, amusé.

Je ris, charmée et touchée.

– C'est gentil de penser à moi.

Les mots étaient sortis tout seuls. Il parut surpris par ma réponse, il pouvait, je l'étais moi-même. On échangea un sourire gêné.

– Café ? lui demandai-je pour faire diversion.

Il hocha la tête. Je sentis le poids de son regard sur moi pendant que j'enclenchais le percolateur, cela ne me dérangea pas. Au contraire. C'était déroutant. J'avais plutôt tendance à me dérober au regard des hommes depuis Ivan. Il fallait croire que j'étais enfin prête à me laisser approcher, je ne pensais pas que cela viendrait aussi rapidement et naturellement. Peut-être me l'étais-je inconsciemment interdit ces dernières années ? Tant que je ne serais pas divorcée d'Ivan – je considérais que c'était déjà acté –, je n'étais pas libre. Libre pour le regard d'un autre. Une sensation agréable. Je déposai une tasse devant lui et repris ma place en me retenant de le détailler. J'étais de plus en plus intriguée. Qui était cet homme pour accrocher mon attention de cette façon ? Pourquoi lui et pas un autre ? J'avais oublié que l'attirance pour quelqu'un frappait sans prévenir, c'était peut-être le meilleur, d'ailleurs. La surprise de la rencontre que l'on n'imaginait pas, que l'on n'attendait pas, que l'on ne cherchait pas.

– Tu tiens *L'Odyssée* depuis longtemps ?

Sans traîner, je me rapprochai de lui, heureuse qu'il lance la conversation. Je me sentais affreusement gauche.

– Un peu plus de dix-sept ans, et mes parents tenaient ce bar avant moi. J'ai grandi ici, en réalité.

Il ouvrit grand les yeux, impressionné.

– Sacrée histoire de famille ! Tu n'es pas toute seule, d'après ce que j'ai compris…

Observateur et attentif. Ou curieux à mon sujet ? Cela me plaisait qu'il s'intéresse à moi.

– Paloma bosse pour *L'Odyssée* depuis sept ans maintenant, elle ne va pas tarder, d'ailleurs !

Il jeta un coup d'œil à la porte, comme s'il craignait que nous soyons interrompus. Il secoua la tête, contrarié. Regrettait-il que nous ne soyons bientôt plus en tête à tête ? Je divaguais complètement, interprétant tout dans mon sens. Il m'accorda à nouveau son attention. Je perdis l'usage de la parole quelques secondes, hypnotisée par ses yeux noisette dont l'iris était cerclé d'un fil d'or. Des yeux de chat. Son teint tanné par le soleil et le vent les mettait en valeur.

– Tu viens d'où ? me repris-je, de plus en plus curieuse à son sujet. Tu connaissais Saint-Malo avant d'arriver ?

Il me fuit du regard. Visiblement, il n'aimait pas parler de lui.

– C'est la première fois ici… et te dire d'où je viens, c'est un peu compliqué… j'ai tellement bougé depuis que je travaille…

Il semblait désabusé par sa réponse, un peu comme s'il avait honte de sa vie.

– Tu enchaînes des contrats aux quatre coins du monde ?

– Oui… enfin, jusque-là…

– Ça ne doit pas être évident, tu ne sais jamais où tu vas aller ?

– Tu as tout compris, mais je suis arrivé au bout de cette vie de nomade. J'ai envie de m'arrêter quelque part une bonne fois pour toutes.

Le silence se glissa entre nous. Son regard sur moi était tourmenté, je n'en comprenais pas la raison.

– En attendant, où étais-tu avant d'être ici ? Fais-moi rêver ! Je ne suis jamais sortie de mon trou.

J'échouai à distiller de la légèreté. Il soupira, dépité.

– J'étais à La Réunion ces trois derniers mois.

Je n'arrivais pas à croire qu'il soit blasé. Ça ne collait pas avec le personnage. À moins que je ne sois vraiment plus capable d'analyser les hommes.

– Je n'ai pas l'impression que tu en gardes un bon souvenir, je me trompe ?

Ses traits se figèrent, comme s'il était submergé par la colère. Il jeta encore un coup d'œil à la porte, et marmonna :

– Je n'ai pas le choix…

Il revint à moi, de plus en plus nerveux.

– Erin… comment te dire… par où commencer ? Il y a quelqu'un à La Réunion… qui m'a parlé de toi.

Qu'est-ce qu'il me racontait ?

– Impossible… je ne connais personne là-bas…

Il me fixa, cherchant à me transmettre un message. Comme si je pouvais deviner toute seule ? Où voulait-il en venir ? Pourquoi tant de mystère ? Il se leva brusquement, tourna en rond en passant frénétiquement la main dans ses cheveux déjà décoiffés. J'avais le sentiment qu'il portait le poids du monde sur ses épaules. Ce n'était pas en accord avec l'image qu'il dégageait jusque-là, je le croyais certes mystérieux, mais solide, instinctivement il m'inspirait confiance. Difficile de comprendre son brusque changement d'attitude. Je contournai le comptoir pour être en face de lui. Il semblait livrer une bataille avec lui-même, bataille qui me concernait d'une façon ou d'une autre. J'eus subitement froid.

Il inspira profondément :

– Ivan.

Le gouffre se rouvrit sous mes pieds. Quatre lettres. Deux syllabes. Un prénom qui n'aurait jamais dû interrompre notre conversation. Une ombre qui revenait planer, implacable, au-dessus de moi. Ne pourrais-je jamais m'en détacher ? Ne pourrais-je jamais cesser de craindre que l'on me parle de lui ? Un inconnu me parlait d'Ivan. J'aurais voulu me terrer au fond de mon lit, me réveiller et simplement me dire que j'avais cauchemardé. J'avais mal compris, il ne pouvait en être autrement. J'interrogeai Gary du regard. Sa confirmation silencieuse me donna le vertige. Je chancelai et me rattrapai à mon zinc. Il eut un mouvement inquiet vers moi, prêt à me retenir, je l'arrêtai d'un geste sec de la main. Je revins dans ma réalité défensive.

– Qui es-tu ? Qui t'a parlé d'Ivan ?

Ma voix était devenue sèche, agressive. Je me métamorphosais à sa simple évocation. Évocation qui n'avait rien de comparable avec celles que je partageais avec les enfants ou ma famille. Là, elle était suscitée par un étranger à mon histoire. La portée était tout autre.

– Je ne suis personne, me répondit-il calmement. Je ne te connais pas, en dehors de ton prénom et du nom de ton bar. Ivan m'a parlé de toi… j'étais encore avec lui il y a quelques semaines… il m'a demandé…

J'eus un haut-le-cœur. Ivan ne pouvait pas avoir parlé de moi. Ivan n'existait plus. Je devenais folle. La peur se diffusait dans tout mon corps, comme si on venait de m'y planter une seringue remplie de poison.

– C'est faux ! Ivan a disparu ! Personne ne parle de lui ! Personne ne prononce son prénom ! Tu m'entends ? Qu'est-ce que tu me veux ? Tu es missionné par quelqu'un qui me veut du mal et…

Il leva la main dans un geste d'apaisement.

– Mais non ! Bien sûr que non ! Personne ne te veut de mal, surtout pas moi.

Il fallait que ça s'arrête. Je devais me réveiller. Reprendre ma vie juste avant l'irruption à *L'Odyssée* de ce type venu de nulle part.

– Dehors ! Fous le camp !

– Non, Erin. Je ne partirai pas tant que je ne t'aurai pas expliqué.

Ce dingue conservait son calme.

– Non ! Non ! Et non ! hurlai-je, de plus en plus hystérique. C'est faux ! Tu racontes n'importe quoi !

Malgré ma colère et ma terreur aveuglante, je voyais combien il était désolé, je m'en contrefichais.

– Va-t'en, immédiatement ! lui ordonnai-je.

Il comptait se défendre, il se campa davantage dans le sol. Je courus vers lui et ancrai mon regard dans le sien.

– Fous le camp, maintenant ! Pour qui te prends-tu à débarquer chez moi et raconter n'importe quoi !

Il ne se dérobait pas et m'affrontait.

– J'aurais préféré un autre moment, un autre endroit, m'annonça-t-il d'une voix toujours aussi posée. Je n'avais pas le choix. Je ne savais pas comment aborder… j'ai eu tort. Pardonne-moi et dis-moi quand je pourrais te voir pour que l'on parle plus calmement.

Dotée d'une force qui m'était inconnue jusque-là, je le poussai violemment. Il ne lutta pas.

– Ne t'approche plus jamais d'ici, ni de moi et de mes enfants ! Ne t'avise pas de leur parler de leur père !

Il recula comme s'il avait reçu un coup de poing dans le ventre. Qu'il aille au diable ! Il ne méritait pas mieux. Ses mains se mirent à trembler, il les serra pour les contenir.

– Vous avez des enfants, Ivan et toi ? me demanda-t-il d'une voix pleine de rage contenue.

Un rire mauvais qui ne me ressemblait pas m'échappa.

– Tu n'étais pas au courant ? J'avais raison, tu n'es qu'un malade. Éloigne-toi de nous, éloigne-toi de ma famille !

– Je ne savais pas, Erin, je te promets que je ne savais pas. Sinon…

– Dehors ! Dégage !

Il capitula. Ses épaules s'affaissèrent, il fouilla dans ses poches, et balança sur le comptoir un billet, avant de tourner les talons.

– Je n'ai jamais voulu être mêlé à cette histoire à laquelle je ne comprends rien. Te faire du mal est la dernière chose que je souhaitais. Je suis navré.

Il referma la porte silencieusement.

Quand des clients débarquèrent moins de cinq minutes plus tard, l'angoisse m'essoufflait toujours autant. Je m'efforçai de me reprendre. Je m'occupai d'eux machinalement, dans un autre monde. Je me dissociais. D'un côté, une patronne vaguement souriante, lasse de sa journée, j'étais incapable de plus. De l'autre, une femme qui hurlait silencieusement. Une femme effondrée, perdue à nouveau. Je pratiquais l'art de la comédie depuis longtemps. Un vieux réflexe que je pensais définitivement derrière moi. Impossible d'intégrer ce qui venait de me tomber dessus. Qui était cet homme ? Comment avait-il eu vent de l'existence d'Ivan ? Je pouvais avoir confiance en l'équipe de plongeurs. C'étaient des chics types que je connaissais depuis longtemps, jamais ils ne m'auraient trahie. Quand bien même ce Gary aurait posé des questions sur moi, ils n'auraient rien lâché, ils auraient cherché à savoir pourquoi il s'intéressait à moi, ils m'auraient protégée, quitte à le virer. Moi qui l'avais pris pour quelqu'un de bien. J'avais failli me laisser charmer par son côté secret et ses beaux yeux. J'étais toujours aussi crédule devant un homme. Comme si la première leçon ne m'avait pas suffi ! J'étais prête à me laisser envoûter par le premier qui passait, par le premier qui retenait mon attention. Mais comment oublier le peu qu'il m'avait dit sur Ivan ? Quel intérêt d'inventer une histoire pareille ? Ivan serait donc à La Réunion ?

Et en vie ? Non… Ivan avait disparu de la surface de la Terre… Mais si tout cela était vrai, alors Ivan parlait de moi ? Impossible ! Pourquoi se serait-il préoccupé de moi alors qu'il nous avait abandonnés ? Si je croyais une seule seconde à ces conneries, que me voulait Ivan après toutes ces années de silence ? En avait-il après les enfants ? Voulait-il les récupérer ? Avait-il chargé quelqu'un de me les voler ? Pour me punir ? Non, je n'allais pas me mettre à avoir peur, je le refusais. J'étais enfin libre. Et je voulais le rester. Ne pas replonger dans la spirale infernale. Profiter de ce sentiment de paix après lequel je courais depuis si longtemps. Personne ne pouvait me l'arracher. Personne ne me prendrait mes enfants. Pas même l'ombre de leur père.

Lorsque Paloma arriva pour prendre son service, je m'inventai un prétexte pour ne pas traîner à *L'Odyssée*. Je ne pourrais pas lutter éternellement contre sa perspicacité, elle finirait par découvrir sur mon visage les stigmates de cette conversation. Je devais garder secret ce quart d'heure surréaliste. N'en parler à personne tant que je n'aurais pas démêlé le vrai du faux. Mais comment savoir ? Comment déterminer la part de vérité ? Ce type était un fou. D'où me connaissait-il ?

Rester moi-même avec les enfants me demanda un effort considérable. Je retournais dans le passé, quelques mois après la disparition d'Ivan, lorsque j'avais décidé de me ressaisir pour eux. Du moins avais-je, à l'époque, tenté de leur donner l'illusion que j'allais mieux. Ce soir, je leur mentais en leur présentant un visage en apparence serein. J'aurais pourtant été bien en peine de répéter le contenu de notre conversation à table. Mes mots n'étaient que machinaux, je n'allais pas tenir très longtemps. Je n'avais plus la même résistance que sept ans auparavant. J'étais fatiguée, si fatiguée de ce cauchemar qui ne cesserait jamais. Je croyais pourtant toucher le bonheur du bout des doigts, j'en avais effleuré la douceur. Mais non, j'étais vouée à ce déchirement perpétuel depuis ma rencontre avec Ivan.

En restant la plus maternante possible, j'expédiai la fin du dîner et couchai Milo. Il dut sentir que je n'étais vraiment pas disponible et ne chercha pas à me retenir, ne me réclama ni histoire ni câlin supplémentaire. Je culpabilisais tant de me comporter de cette façon avec lui, mon petit, mais j'étouffais trop chez moi, je voulais crier ma panique.

– Ça va, maman ? s'inquiéta Ulysse, lorsqu'il remarqua mon empressement.

– Très bien, mon trésor, il faut que j'aille marcher avec Douce, je n'ai pas eu le temps aujourd'hui.

Il hocha la tête, perplexe.

– Tu es quand même bizarre.

– Ne t'inquiète pas et n'attendez pas que je sois rentrée pour vous coucher. Douce a besoin d'un bon tour. Je ferme à clé derrière moi.

Je l'embrassai ainsi que sa sœur à qui je fis les mêmes recommandations. Lou parut surprise, impossible de ne pas remarquer le regard inquiet qu'elle échangea avec son frère aîné.

Quelques minutes plus tard, je sortais de la maison suivie par Douce qui partit immédiatement au loin. La nuit était déjà profonde. Sans que je la guide, elle prit la direction du chemin de La Corderie. Ma chienne avait raison, nous avions besoin du grand vent de la Cité d'Aleth. Elle revint vers moi pour rester à mes côtés, elle connaissait sa mission : me protéger. Depuis que je l'avais récupérée quatre ans plus tôt à la SPA, elle m'était loyale et follement attachée. Son port altier et son allure décourageaient les importuns de s'approcher de moi. C'était bien pour cette raison que je ne craignais pas de m'enfoncer dans l'obscurité du sentier. D'habitude, je pouvais toujours me fier à son flair, elle grognait sur les personnes malfaisantes, mais elle avait rendu honneur à son nom avec Gary, quémandant sa compagnie avec insistance. À aucun moment elle n'avait manifesté d'animosité envers lui.

La pluie battante qui s'abattit sur nous ne ralentit pas notre pas commun. Elle fouettait mon visage. En quelques minutes, je fus trempée et frigorifiée. Je redressai comme je pus le col de mon manteau, pour tenter de m'abriter. Mais de quoi ? J'aurais voulu être enveloppée de sécurité et de douceur. Cela m'était refusé. Nous venions de traverser le port. Malgré le temps exécrable, je n'hésitai pas à poursuivre, je n'en avais pas assez, je devais à tout prix me décharger de cette tension qui m'habitait. Alors que j'atteignais le milieu de la digue des Bas-Sablons, prête à pousser jusqu'à la porte de Dinan à Intra-Muros, j'entendis que l'on m'appelait au loin. Je scrutai de tous les côtés, sur le qui-vive. Je reconnus la silhouette féline de Gary qui courait vers moi. J'accélérai le pas, ce ne fut pas suffisant, il attrapa mon bras.

– Erin, attends !

– Lâche-moi ! Tu me surveilles ? criai-je en tentant de me détacher de lui.

Douce se faufila entre nous deux, et battit de la queue, heureuse de le voir. Il me lâcha. Je baissai légèrement la garde.

– Je ne te surveille pas, me rétorqua-t-il, j'habite ici, je t'ai vue passer sous mes fenêtres.

– Qu'est-ce que tu me veux, à la fin ?

– Parler avec toi. Ces malentendus sont insupportables ! J'ai merdé tout à l'heure en te parlant frontalement d'Ivan, je croyais bien faire… Mais comment voulais-tu que je m'y prenne ? Et je suis loin de tout savoir, à première vue. Si j'avais su…

Si je voulais découvrir la vérité, je n'avais d'autre choix que d'accepter de discuter avec lui. Ma santé mentale en dépendait.

– Très bien, je t'écoute.

Il soupira de soulagement.

– Viens te mettre à l'abri.

Mon corps se braqua. Il saisit immédiatement ma réaction épidermique et leva les mains en l'air dans un geste d'apaisement.

– Tu ne me connais pas, tu me prends pour un fou, je l'ai bien compris. Mais ai-je l'air mauvais à ce point ?

Pour être honnête, il n'avait pas l'air dangereux, c'était plutôt le contraire, mais la méfiance avait à nouveau tout absorbé chez moi.

– Douce me suit chez toi.

– Je n'envisageai pas les choses autrement.

Gary

Je tournai les talons, sans attendre sa réponse. Cette histoire commençait sérieusement à me fatiguer. J'avais suffisamment de soucis à régler dans ma vie sans être en plus pris pour un détraqué. Si je n'éprouvais aucune difficulté à reconnaître qu'Erin se trouvait dans une situation intenable, ma patience et ma faculté à encaisser les coups avaient tout de même leurs limites. Je n'avais rien demandé à personne. Elle non plus, d'ailleurs. Si cet imbroglio se poursuivait, mes vieux démons de la fuite allaient se manifester et je risquais d'abandonner mon travail, quitte à ruiner le peu de carrière qu'il me restait. C'était véritablement la dernière chose que je souhaitais, me surpris-je à penser. J'étouffai malgré tout un rire lorsque sa chienne arriva en trottinant à côté de moi. Je n'avais pas tout perdu. Tandis que je montais les marches de l'escalier de l'immeuble deux par deux, je pris sur moi pour ne pas me retourner et m'assurer qu'elle me suivait. Je me fustigeai intérieurement en découvrant mon appartement grand ouvert, je n'avais pas pris la peine de le fermer ni même de claquer la porte – après avoir décidé de lui courir après. Je n'étais plus moi-même depuis que j'avais franchi le pas de lui parler d'Ivan. Je m'attendais évidemment à ce qu'elle soit bouleversée, désarçonnée. Sa réaction violente et angoissée m'avait totalement dérouté. Ce n'était rien comparé à l'instant où j'avais appris que des enfants étaient en jeu. Des enfants… Ce salopard d'Ivan m'avait vraiment pris pour un con. Il était diablement intelligent et avait parfaitement anticipé ma réaction s'il s'était aventuré à m'annoncer qu'en plus d'avoir quitté sa femme sans jamais donner de nouvelles, il avait laissé derrière lui des enfants. N'importe qui le prendrait pour la pire ordure qui soit pour ce qu'il avait osé faire. Chez moi, cela prenait des proportions démesurées. Apprendre leur existence avait réactivé ma plus grande blessure. Il avait renié les siens, je crevais de ne même pas en avoir un.

Erin me suivit de peu à l'intérieur, elle récupéra sa chienne par le collier pour se sentir en sécurité. Ce fut plus fort que moi, je souris, attendri par son geste. Ensuite, elle scruta la pièce, s'arrêta sur mon matériel de plongée et fronça les sourcils, sans que je comprenne pourquoi. Elle était trempée de la tête aux pieds. Ses cheveux mouillés ruisselaient sur son visage.

– Donne-moi ton manteau, je vais le mettre à sécher, lui ordonnai-je en tendant la main vers elle.

À ma plus grande surprise, elle s'exécuta sans rechigner, elle récupéra tout de même son téléphone dans la poche. Elle y jeta un coup d'œil et parut rassurée. Lorsque je revins dans le séjour, elle n'avait pas bougé, je lui proposai une serviette qu'elle refusa d'un signe de tête.

– Assieds-toi.

Pas de réaction.

– Je te sers un verre ?

Toujours rien. Son mutisme m'excédait de plus en plus. J'étais à bout de nerfs, me ressaisir devenait impératif. Sans me soucier d'elle, je débouchai une bouteille de vin, attrapai deux verres que je posai sur la table basse. Je m'en servis un et bus une belle rasade pour tenter de me calmer.

– Nous ne sommes pas là pour sympathiser, Erin, lui annonçai-je. J'ai parfaitement conscience d'être la dernière personne avec qui tu as envie de passer la soirée, et je t'avoue que j'aurais préféré que la mienne prenne une autre tournure. Mais on a des choses à se dire, en tout cas, moi, j'ai deux-trois trucs à t'expliquer. En attendant, cela ne nous empêche pas d'être civilisés. Je ne dirai pas un mot tant que tu ne seras pas assise. Le verre, c'est toi qui vois.

Elle lâcha enfin Douce qui vint se coucher à mes pieds. Erin secoua la tête, dépitée par le manque de fidélité de sa chienne, et finit par s'asseoir sur le bord du fauteuil en face de moi, prête à décamper au moindre faux pas de ma part. Elle tirait mécaniquement sur les manches de son pull, comme si elle traquait le moindre soupçon de chaleur et de douceur. Puis, brusquement elle se décida et se servit un verre de vin d'une main tremblante. Elle en avala une gorgée, ses yeux balayant nerveusement de droite à gauche. Depuis quand inspirais-je de la peur ? Erin craignait-elle tous les hommes ? Difficile d'y croire après l'avoir vue si avenante avec ses clients. Mais justement elle était chez elle, *L'Odyssée* la protégeait. Que lui était-il arrivé ? Que lui avait fait Ivan ?

– Qui t'a parlé d'Ivan ? finit-elle par me demander.

Comment lui prouver que je le connaissais réellement ? Elle résistait à la réalité. En même temps, son mari avait disparu sept ans plus tôt, sans jamais donner de nouvelles, et j'étais un parfait inconnu, qui n'était pas au courant qu'il avait des enfants. À sa place, je me serais comporté de la même façon.

– Lui, Erin. C'est lui.

Elle secoua la tête, des larmes plein les yeux.

– Impossible.

Je restai silencieux, me contentant de la fixer. J'assumai mon affirmation.

– Il est vivant, alors ? m'interrogea-t-elle d'une voix brisée. Je ne peux pas y croire.

Elle se recroquevilla dans le fauteuil, serrant ses mains sur sa poitrine, comme pour contrecarrer une douleur intolérable. Tout son être réclamait des preuves. Je consacrai les minutes suivantes à lui raconter ma rencontre avec Ivan, le peu que je connaissais de lui. Je m'appliquai à décrire ce que j'avais observé ces deux dernières années à chacun de mes passages sur l'île. Son charisme. Son restaurant. Sa réussite. Sa solitude. Ses phases d'absence obscures. Ses silences. Je fouillai ma mémoire, exhumant le moindre détail susceptible d'ôter tout doute. Je fermai les yeux quelques secondes pour me remémorer son restaurant, une particularité qui aurait attiré mon attention. Je percutai.

– Erin… il a un livre posé près de sa caisse, en permanence. *L'Iliade et L'Odyssée.*

Elle étouffa un sanglot dans sa main.

– C'est bien lui, alors…

Sa voix n'était qu'un murmure douloureux. Pâle et désemparée, elle paraissait si fragile à cet instant.

– Quand j'ai aperçu les photos de lui derrière ton comptoir, j'ai pensé que si tu les conservais si près de toi, c'est que tu l'attendais. J'ai mal interprété les signes.

Elle leva les yeux au ciel, affligée.

– Quelle conne… pourquoi je les ai laissées… Comment je peux encore lui être loyale ?

Erin marmonna, ressassant des souvenirs, des questions. Impossible d'interrompre une femme qui réalisait que sa vie s'effondrait. Pour la deuxième fois. Si j'avais su, j'aurais fermé ma gueule, je n'aurais jamais remis les pieds à *L'Odyssée*. J'avais voulu être gentil et je me retrouvais complice d'Ivan. J'étais responsable de son état, et j'étais impuissant. Aucun mot ne pourrait la rassurer, l'apaiser. Je ne la connaissais pas, je n'avais malheureusement aucune idée de ce dont elle avait besoin. Mais de quoi peut-on avoir besoin dans sa situation ? D'oubli ? De se réveiller de ce cauchemar ? De silence ? De compassion ? Je ne savais rien du comportement à adopter pour soutenir quelqu'un qui allait mal. Je payais une fois encore mes choix de vie, mon absence totale de relations amicales profondes.

– Pourquoi t'a-t-il parlé de moi ? me demanda-t-elle brutalement. Je ne comprends pas. Tu me dis que vous n'avez jamais parlé de vos vies !

– Jamais, je te le confirme. Je m'attendais à tout sauf à ce qu'il m'annonce qu'il était marié. Il m'est tombé dessus, à l'aéroport, juste avant que j'embarque… Il m'a supplié de venir te voir. Il m'a donné le nom du bar, ton prénom, et encore j'ai dû le réclamer…

– Mais qu'est-ce qu'il me veut, à la fin ?

Elle paniquait totalement. Ivan était-il dangereux, en plus d'être égoïste ? J'étais passé à côté, ma brillante capacité d'observation et moi en prenions un coup. Pourquoi ne m'étais-je pas davantage interrogé sur ses absences ? Dans ces instants, l'aura sombre qu'il dégageait dissuadait quiconque de s'approcher de lui. Pourquoi lui avais-je toujours trouvé des excuses les soirs où, au moment de la fermeture de son restaurant, il se battait ? Il n'avait aucun problème à jouer férocement des poings avec des clients, et même il le cherchait parfois. Le sang et les coups ne le dérangeaient pas. À bien y réfléchir, il jubilait. Pour autant, impossible de me dérober à la question d'Erin ni de lui mentir.

– Il tient à savoir ce que tu deviens, si tu es toujours là, à *L'Odyssée*. S'il existe encore pour toi…

Elle était horrifiée.

– Il t'a demandé de te renseigner à sa place ? Mais quel lâche ! Le salaud…

Elle le connaissait par cœur, Ivan s'était qualifié de la même façon.

– Et toi, tu as obéi, comme un bon petit soldat ? s'énerva-t-elle. Sans te poser de questions, sans imaginer une seule seconde que tu allais briser des vies ! Merde ! Il a disparu sans jamais donner de nouvelles ! Il t'a dit qu'il s'était taillé en pleine nuit comme un voleur après m'avoir fait l'amour ?

Je reçus un uppercut, cette histoire était vraiment sordide. Erin afficha un sourire ironique, mauvais, malgré les larmes le long de ses joues.

– Non, railla-t-elle, ça non plus, il ne l'a pas précisé. Comme les enfants. Il t'a juste dit qu'il avait quitté sa femme. À aucun moment, malgré tout, tu n'as songé que tu avais affaire à un malade ? Tu n'es pas mieux que lui !

Elle m'avait hurlé dessus. Ça commençait à bien faire. Je pouvais tolérer beaucoup de choses, accepter sa souffrance, sa colère. Certes, j'endossais une part de responsabilité qui restait bien minime, mais c'en était trop. Je me servis un nouveau verre de vin, que je bus d'un trait.

– Tu crois quoi, Erin ? Que ça m'amuse de me retrouver mêlé à cette merde ? Tu crois que je n'ai rien de mieux à faire ? Ce que je vais te dire est cruel, mais tout ne tourne pas autour de vous deux !

Elle écarquilla les yeux, ne s'attendant certainement pas à ma réaction. Moi aussi, je savais me défendre. Et j'étais incapable de m'arrêter.

– Je te l'ai dit, lui et moi n'étions pas amis au sens où tu l'entends. C'est différent. Ne va pas t'imaginer que la première idée qui m'est venue à l'esprit en rentrant en métropole ait été de me dire : « Tiens, pour m'occuper, je vais aller visiter Saint-Malo et pourrir la vie d'une femme que je ne connais ni d'Ève ni d'Adam ! » Non,

Erin, j'ai pensé à ma gueule, j'ai cherché du boulot ! Tu habites au bord de la mer, je ne t'apprends rien ! Et il y a des plongeurs qui travaillent par chez toi, tu en connais même certains. On m'a proposé un job qui m'intéresse, et j'ai dit oui, sans penser à Ivan, sans penser à toi.

Je me levai, incapable de rester en place, j'arpentai la pièce.

– Je t'avoue que lorsque j'ai compris, j'ai été contrarié. Mais qu'y pouvais-je ? Rien ! Rien, tu m'entends. Je n'allais pas m'enfuir à cause de vous deux ! Ce n'est pas pour autant que j'ai cherché à te trouver, c'était même le cadet de mes soucis.

– Mais l'autre soir quand tu es venu à *L'Odyssée*…

– Si j'avais su où les autres m'emmenaient boire un verre, je ne serais jamais venu ! En même temps, quand j'y repense, je t'ai croisée dès le soir de mon arrivée. Tu sais ? La tête qui revient à Douce…

Ce délicieux souvenir qui semblait appartenir à une autre vie me fit baisser le ton. Un petit sourire triste se dessina sur son visage marqué.

– Je me souviens.

– Ce putain de destin auquel je ne crois pas m'a conduit vers toi, Erin ! Je suis désolé. C'est la vérité, je te le jure.

Elle baissa le regard. Chacun partit dans ses pensées. Impossible de deviner les siennes. Les miennes étaient confuses, j'étais traversé par l'inquiétude pour elle, la rage envers Ivan, la lassitude aussi. Je voulais la paix.

– Il ne t'a donc pas parlé des enfants ?

– Pas un mot. Dans le cas contraire, je ne serais pas en face de toi.

– Je te crois…

Son ton était doux et triste à la fois.

– Comment a-t-il pu ne rien en dire ? Ses propres enfants…

– Il s'est protégé. Ivan est manipulateur, tu n'es pas plus bête qu'un autre, Gary, il est suffisamment habile pour ne pas avoir révélé l'entièreté de son égoïsme et de sa saloperie.

– Je m'en fous qu'il m'ait pris pour un con, Erin... Je n'ai aucune espèce d'importance. Quel âge ont-ils ?

L'amour et la tendresse irradièrent son visage fatigué.

– Ulysse a seize ans, Lou treize et Milo huit.

Le calcul était vite fait.

– Ça signifie que ton dernier avait un an... Comment un père peut-il faire une chose pareille ?

– Je me pose la question depuis plus de sept ans. Comment je vais pouvoir leur expliquer ce que tu viens de m'apprendre... comment leur dire que leur père est vivant et qu'il s'est construit une vie au soleil à l'autre bout du monde ?

Je m'éloignai d'elle et de son chagrin, terrassé par la culpabilité et la honte. Je venais de détruire son équilibre sans en avoir conscience. Je me perdis dans la contemplation du port et d'Intra-Muros illuminé. J'aurais pu me plaire ici, mais mon avenir m'importait peu face au cataclysme que je venais de provoquer. Tant pis pour moi.

– Erin, je voudrais remonter le temps, c'est malheureusement impossible. Si tu veux que je quitte Saint-Malo, dis-le-moi, et je partirai dès demain, sans attendre la fin de mon contrat. Peut-être réussiras-tu à oublier ce que je t'ai dit, si je ne suis plus dans les parages.

– Gary ? m'appela-t-elle.

Je me retournai vers elle. Plus aucune trace d'animosité ou de crainte à mon égard sur son visage.

– Ivan t'a utilisé, il s'est servi de toi.

– Oui et je n'en suis pas fier...

– Je me répète, il est très doué pour manipuler les gens, il obtient toujours ce qu'il veut, j'en sais quelque chose. Je n'ai aucun droit de te demander de partir d'ici. Et ton départ ne changera rien, c'est trop tard. Si tu es bien ici, ne te sacrifie pas pour nous.

Après de longues secondes où l'on ne se quitta pas des yeux, elle jeta un coup d'œil à sa montre.

– Il faut que j'y aille, si les enfants se réveillent et que je ne suis pas là, ils vont s'inquiéter. Tu veux bien me rendre mon manteau ?

Je m'exécutai, sans dire un mot.

– Tu permets que je te raccompagne ? lui demandai-je quand elle fut habillée.

– J'ai Douce avec moi.

– Je serais plus tranquille.

J'insistai. C'était stupide, totalement hors de propos, mais Erin continuait à m'aimanter. Les dernières minutes que je passerais en sa compagnie n'avaient pas de prix. Elle accepta d'un signe de tête et appela sa chienne.

Le trajet se fit en silence. La pluie avait cessé de tomber, une brume d'hiver nous enveloppait, créant une atmosphère toute particulière. On ne voyait rien à dix mètres. Les repères n'existaient plus. Pourtant, elle marchait d'un pas déterminé, la tête haute, fière malgré ce qu'elle traversait. Elle avait malheureusement l'habitude des épreuves. Erin était une femme qui encaissait et qui imposait le respect. J'aurais tant aimé la connaître davantage, la rencontrer sans avoir connu Ivan. Elle me conduisit jusqu'à l'anse au pied de la Tour Solidor.

– On est arrivés, m'annonça-t-elle en me désignant de la main une petite maison tout en hauteur.

Elle détailla attentivement la façade plongée dans la pénombre.

– Ils dorment, commenta-t-elle, soulagée. Merci de m'avoir raccompagnée.

Je haussai les épaules, dépité malgré moi.

– Je n'ai pas servi à grand-chose.

Elle inspira profondément, comme si elle cherchait du courage.

– J'ai une dernière question.

Je lui accordai toute mon attention.

– Que vas-tu dire à Ivan à mon sujet ?

L'inquiétude dans sa voix était palpable. Et terrible. Elle tremblait, et pas à cause du froid de la nuit. Comment la réchauffer de cette peur ?

– Ça dépend de toi. Que veux-tu que je lui dise ? Rien, si tu le souhaites.

– Ce serait possible ?

– Il ne sait pas que je suis à Saint-Malo.

Elle arrondit les yeux de surprise. Et de soulagement.

– Je voulais qu'il me foute la paix. Il m'assaille de messages et de coups de téléphone auxquels je ne réponds pas la plupart du temps. Et j'avais décidé que si par le plus grand des hasards je te rencontrais, j'attendrais de voir ce que je découvrirais avant de le tenir au courant… Si sa femme était heureuse, je n'aurais pas endossé la responsabilité de gâcher une vie, quoi que tu aies pu penser. Tu étais heureuse jusqu'à ce que je débarque ?

Elle acquiesça.

– Maintenant, c'est à toi de décider.

– Mais il va te harceler ? Il ne te laissera jamais tranquille.

– C'est mon problème, pas le tien.

Elle soupira à nouveau, de fatigue, de lassitude.

– Je dois réfléchir, parler aux enfants… je ne peux pas leur cacher ce que tu m'as appris. Et je n'ai aucune idée de ce qu'ils vont décider…

– Si tu as besoin de son numéro, que je le contacte pour toi, ou si tes enfants ont des questions sur lui auxquelles je peux répondre, tu sais où me trouver…

Elle hocha la tête, ses yeux rivés aux miens.

Je pris sur moi pour m'éloigner d'elle.

– Bonne nuit, murmurai-je.

La tristesse dans ma voix ne m'étonna pas, impossible de la dissimuler. J'étais triste de la laisser. Elle me retint par le bras, je me tournai vers elle, elle me lâcha comme surprise par son propre geste.

– Gary… merci.

Elle me lança un dernier regard doux et tourna les talons. J'attendis qu'elle ait refermé la porte pour partir.

1

Ivan

Deux semaines. Deux semaines qu'il s'acharnait à convaincre le plongeur d'aller se renseigner sur sa femme. Il n'arrivait pas à trouver la faille pour qu'il cède. De ses sept années d'Odyssée, c'était la première fois qu'il se heurtait à un mur, qu'il rencontrait de la résistance. Il avait toujours réussi à séduire, à manipuler, à ruser pour obtenir ce qu'il souhaitait. Il avait toujours réussi à s'en sortir, même quand il avait été à deux doigts de crever ou été dans une merde noire. Le problème aujourd'hui : c'était aussi la première fois que ce dont il avait besoin lui était vital. Le plongeur devait lui rendre ce putain de service ! Il fallait qu'il sache ce qui se passait là-bas. Il ne comprenait pas ce type, il était beaucoup plus complexe qu'il ne l'avait imaginé. Lui mettait tout en œuvre pour qu'il lui obéisse, il alternait entre politesses hypocrites et menaces à peine voilées. Rien ne fonctionnait. Pourquoi ne comprenait-il donc pas ? Ce type était trop innocent pour songer qu'un danger se profilait s'il ne s'exécutait pas.

Il ne dormait plus. Chaque nuit, il arpentait de long en large la plage du restaurant, une bouteille à la main. Ce soir, il dut immerger son poing dans l'eau. Il avait cogné fort. Un connard l'avait emmerdé à la fin du service et lui avait donné une occasion en or de se défouler. Quand il l'avait frappé, le visage du plongeur s'était superposé. Il savait qu'il le démolirait un jour ou l'autre s'il ne lui donnait pas de nouvelles d'Erin, s'il trahissait sa confiance.

Que faisait-elle en ce moment même ? Avec qui était-elle ? Pensait-elle à lui ? Oui… c'était une certitude. Il était en elle pour toujours. Cette certitude n'était plus suffisante aujourd'hui. Le doute était le pire des cancers. Il voulait des preuves qu'elle lui appartenait toujours, qu'elle n'avait cédé à aucun prétendant. Il ne le supporterait pas. Il poussa un cri de bête dans la nuit noire. Il perdait le contrôle. Il récupéra son téléphone et envoya un énième message au plongeur : « Salut Gary, je t'en prie, va la voir. Dis-moi comment elle va… je vais en crever si je ne le sais pas… Tu as déjà aimé ? Tu sais ce que ça signifie d'avoir une femme dans la peau. J'en suis certain… Je suis rongé de l'intérieur quand je pense à elle. Aide-moi. Sinon… »

Il remonta toute la plage. Il devait baiser. Vite. Fort. Avec le visage d'Erin en tête.

Erin

Le réveil ne pouvait pas être atroce puisque je n'avais pas fermé l'œil de la nuit. Comment aurais-je pu trouver une once de repos après les révélations de Gary ? Seul apaisement, je ne prenais plus cet homme pour un fou. Je ne sais pas comment il s'y était pris, mais je n'avais plus aucun doute quant à sa sincérité. Il disait vrai, il avait régulièrement côtoyé Ivan ces deux dernières années, il le connaissait. Du moins, il connaissait ce qu'Ivan avait choisi de lui livrer de lui.

Ivan était en vie.

À de nombreuses reprises, j'avais imaginé qu'il puisse être mort, mais que nous n'en saurions jamais rien. Pour autant, je n'y avais jamais totalement cru. Ce qui changeait radicalement, c'est qu'aujourd'hui, je savais où il était, ce qu'il faisait. J'étais désormais capable de situer le père de mes enfants sur le globe. Me sentais-je mieux pour autant ? En aucun cas. J'aurais préféré ne rien savoir, ne pas savoir. Il avait disparu, point final. J'avais remporté le combat contre moi-même, contre son souvenir, et j'étais enfin prête à embrasser mon avenir. Ce que j'avais découvert mettait à mal l'ordre fragile des choses que je venais d'instaurer.

À commencer par les enfants. Surtout pour les enfants. Comment leur annoncer que je venais d'avoir des nouvelles de leur père ? Je m'étais préparée au pire, mais certainement pas à leur dire : « Mes chéris, j'ai eu des nouvelles de papa, il va bien, il a ouvert son restaurant sur une plage en plein milieu de l'océan Indien, non, à première vue, il n'a pas une autre famille, il est seul… Alors qu'est-ce qu'on fait de ça ? On l'appelle ? On lui propose une visio pour qu'il voie comme vous avez bien grandi ? » J'étais tentée de prévenir immédiatement mes parents et Erwan, mais je craignais leur réaction. Ne devais-je pas tout d'abord digérer et réfléchir à la manière de leur présenter la nouvelle ? Existait-il une bonne manière ? Ce serait brutal, que j'y mette les formes ou non.

Durant le petit déjeuner, je fuyais du regard Ulysse, Lou et Milo. Ils m'avaient déjà trouvée étrange la veille au soir, je n'améliorais pas mon cas. Je ne parvenais même pas à leur parler de futilités. Les devoirs, les cours, le programme du week-end. J'aurais voulu trouver n'importe quoi, ma bouche restait hermétique, fermée à double tour. Tous les mots que je risquais de prononcer me semblaient dangereux. Un rien aurait pu me trahir et j'avais une certitude, ce n'était pas juste avant de partir à l'école que je pouvais leur révéler ce que je savais.

– Tu étais avec qui, hier soir ? me demanda Ulysse.

Je levai la tête de ma tasse de café et tombai sur le regard inquisiteur de mon fils aîné.

– Personne, enfin de quoi tu me parles ?

– Je ne dormais pas, j'ai entendu des voix, je me suis levé et je t'ai vue parler avec un type.

Je savais que je prenais un risque en acceptant que Gary me raccompagne la nuit précédente, mais sur le moment, je m'en étais moquée. Étonnamment, j'avais eu envie qu'il le fasse, et durant le trajet, sa présence m'avait apaisée.

– Ah, Gary…

Ne pas mentir. Coller au plus près de la vérité. Je n'avais pas le choix.

– C'est un nouveau client. Il est plongeur, il bosse pour le barrage. Je l'ai rencontré sur la digue des Bas-Sablons pendant ma balade avec Douce et il m'a raccompagnée jusqu'à la maison.

Il arqua un sourcil, circonspect. Depuis quand Ulysse se préoccupait-il de mes fréquentations ?

– Ça te pose un problème ?

– Non, non, maman, pas du tout, me répondit-il, amusé. Au contraire, c'est cool que tu aies des amis.

Depuis la disparition de leur père, les enfants ne m'avaient jamais vue avec d'autres amis que Paloma. Je n'avais ouvert la porte à personne, j'avais exclu ceux d'avant qui ne me parlaient que d'Ivan. Je n'avais fait aucune rencontre, épuisée à l'avance de devoir un jour ou l'autre raconter mon histoire. Je m'étais barricadée, ma famille et mes enfants me suffisaient. C'était légitime que mon fils s'étonne de m'avoir vue discuter en pleine nuit avec un inconnu.

– C'est qui ? m'interrogea Milo. On va le rencontrer ?

Mon dernier allait un peu vite, tout de même. Je le chatouillai pour qu'il change au plus vite de sujet et qu'il oublie.

– Pas maintenant, en tout cas ! On va être en retard à l'école ! Allez, hop, hop, hop !

Dans la matinée, en servant mes clients, je ne cessais de penser à Gary. Le recroiserais-je ? Rien n'était moins sûr. Même s'il n'en avait pas l'intention, il avait rempli sa mission. Pas difficile d'imaginer qu'il s'estimait déjà trop mêlé à nos histoires, il ne voulait pas d'ennuis, je le comprenais. La suite ne le concernait pas. Était-ce d'ailleurs une bonne idée de le revoir ? Le souhaitais-je ?

Peut-être bien. Mais en quoi pouvais-je avoir besoin de lui ? En rien, sauf si je voulais contacter Ivan.

Je n'aurais jamais pensé me retrouver dans cette situation. À une époque, j'en rêvais. Il me manquait tellement, au point de me frapper la poitrine lorsque j'étais seule dans notre lit, la nuit. Je tapais pour oublier la douleur de l'absence. Je criais silencieusement après sa voix. Sa voix. La reconnaîtrais-je après toutes ces années ? Après sa disparition, je ne traversais pas une minute, une seconde sans penser à lui, sans que le manque se rappelle furieusement à moi. Je travaillais, il me manquait, je m'occupais des enfants, il me manquait, je parlais à mes parents, il me manquait, je faisais mes courses, il me manquait. Et je m'inquiétais tant pour lui… Mes gestes, mes actions, mes réflexions, tout, en réalité, lui appartenait.

À cet instant, si j'étais prise d'une irrépressible envie de parler avec lui, je n'aurais qu'à aller frapper à la porte de Gary, exiger qu'il me donne son numéro et téléphoner en un claquement de doigts. Ivan était désormais à portée de main, mais c'était trop tard. Il ne me manquait plus. Je ne m'inquiétais plus pour lui. On se remet de tout. Je ne pensais à lui que lorsque les enfants me le rappelaient et que je réalisais que ma vie était encore devant moi. Étais-je curieuse à son sujet ? Je n'en étais pas certaine. Des grands blancs persistaient malgré ce que m'avait appris Gary. Qu'avait-il fait les cinq premières années après sa disparition et avant son installation à La Réunion ? Avait-il eu des problèmes ? Pourquoi avait-il ouvert un restaurant ? Avec combien de femmes avait-il couché ? Combien de fois m'avait-il trompée si je me considérais encore comme la sienne ? Avait-il enfin vécu cette grande aventure, celle qu'il aimait plus que nous ? C'était terrible, mais aujourd'hui, je m'en moquais. Ivan était devenu un étranger. Alors que pourrais-je lui dire si je me décidais ?

Lui déverser mon fiel et ma rancœur. Lui balancer qu'il n'était qu'un salaud, qu'il ne méritait pas que je m'intéresse à lui une seule seconde, qu'il avait foutu la vie des enfants et la mienne en l'air, qu'il n'y aurait jamais de pardon. Lui ordonner de rester où il était. À quoi bon exiger des explications à son comportement ? Cela m'était égal. Je n'avais plus envie de hurler, de pleurer. Mon principal souci était et resterait les enfants. Et Ivan était leur père, quoi que je fasse, quoi qu'il fasse, malgré son désintérêt total pour eux.

– Tu as l'air bien sérieuse, ma petite fille ? me demanda mon père, accoudé au comptoir.

Son débarquement matinal ne m'avait pas empêchée de poursuivre mes ruminations. Je levai la tête vers lui et le dévisageai. Mon père, mon magnifique père, comment réagirait-il si je le lui annonçais maintenant ? Il serait capable de monter dans un avion, en ayant attrapé Erwan au passage, pour aller démolir Ivan sur sa plage paradisiaque.

– Erin ? Vais-je être obligé d'appeler ta mère pour savoir ce qui t'arrive ?

– Rien, papa, il ne m'arrive rien.

Je fis volte-face pour farfouiller dans la bibliothèque, très subtil comme manière d'échapper à son regard suspicieux. Le mien tomba sur les photos d'Ivan que j'avais conservées et qui avaient déclenché les confessions de Gary. Je les décrochai une à une.

– Tu crois vraiment que je suis devenu sénile pour ne pas me rendre compte de ton brusque changement ? insista-t-il. Tout allait bien, avec ta mère, nous te retrouvions comme avant. Et là, tu as repris ta mine chiffonnée.

J'étais d'une telle transparence pour mes parents. Il avait fallu moins d'une demi-heure à mon père pour lire en moi. Pour autant, je poursuivis méticuleusement mon ménage mural.

– Le mieux est que je convoque aussi ton frère.

– C'est une bonne idée, papa, lui répondis-je sans réfléchir. Tu crois qu'on peut déjeuner à la maison, ce midi ? Paloma va me remplacer.

– Erin ! Regarde-moi !

Il avait retrouvé son ton de papa autoritaire et inquiet. Je me retournai enfin.

– C'est sérieux ?

– Oui, papa.

J'arrivai devant chez mes parents en même temps qu'Erwan et Lucille. J'étais soulagée que ma belle-sœur soit présente, je ne l'avais pas précisé à mon père, parce que cela allait de soi. Si je disais Erwan, cela signifiait Erwan et Lucille, ils étaient indissociables. D'ailleurs, elle bouscula mon frère pour m'attraper par les épaules et m'épargner un premier flot de questions de mon aîné.

– Quoi qu'il se passe, je le calme, me dit-elle avec un clin d'œil.

J'embrassai sa joue en guise de remerciements. À l'occasion, pensai-je ironiquement, je pourrais remercier Ivan. Grâce à sa disparition, j'avais appris à connaître la femme de mon frère. Avant, je ne la voyais que quelques fois par an, et encore. Lucille menait une vie tellement à l'opposé de la mienne, elle était élégante, apprêtée, carriériste, hautaine – médisais-je à l'époque. Je me méfiais d'elle, et je la terrorisais, elle me l'avait confessé par la suite. Avant Ivan, j'étais envahissante, à l'aise en toutes circonstances, je connaissais tout le monde, j'avais de la repartie, je faisais la fête, je tenais le bar de mes parents quand ils n'étaient pas là, tous les amis d'Erwan me connaissaient, me considéraient comme des leurs. Elle, alors qu'elle était l'amour de la vie de mon frère, avait dû batailler pour qu'on la considère. Aussi s'était-elle réfugiée dans cette carapace de femme froide et lointaine. Lorsqu'ils avaient débarqué tous les deux pour me soutenir, j'avais découvert une femme d'une délicatesse et d'une justesse incomparables. Elle m'avait avoué avoir un temps jubilé de me voir m'éteindre avec Ivan – elle tenait sa revanche –, puis elle s'était inquiétée, craignant que cela ne finisse mal. Elle avait eu raison. Elle s'en était affreusement voulu. Lucille m'avait soutenue avec un réel dévouement. Son sens de la famille, alors qu'elle ne souhaitait pas fonder la sienne, était ancré au plus profond d'elle. Malgré nos différences flagrantes, nos divergences, j'étais sa sœur par le truchement d'Erwan, et Lucille s'était consacrée à soutenir sa sœur. Ces dernières années, elle avait tout mis en œuvre pour me réveiller, me ramener à moi.

Le calme – apparent – de mes parents me subjugua. Ils se comportaient comme si de rien n'était, attendant que je me livre sur un énième problème. Erwan ne se retenait que parce que sa femme le surveillait. Dès qu'il s'apprêtait à ouvrir la bouche, dans la seconde suivante, il grimaçait et envoyait un regard noir à Lucille qui devait passer son temps à lui envoyer des coups de pied sous la table. Fait rarissime dans la famille : on entendait le bruit des couverts dans les assiettes.

Après le dessert, ma mère finit par craquer et se lança :

– Je n'ai pas la journée devant moi, donc si tu pouvais abréger, ça m'arrangerait.

Elle était unique !

La pensée de Gary me traversa, j'allais m'y prendre comme lui. Direct.

– Ivan.

Pas de réaction. Ils arquèrent un sourcil, perplexes. Effectivement, si un inconnu prononçait son prénom, je montais dans les tours. Si moi, je le prononçais devant ma famille, personne ne s'étonnait, tous mes problèmes le concernant. Je devais franchir un cap supérieur.

– J'ai eu des nouvelles d'Ivan.

Mon père se leva brusquement et partit fouiller dans le buffet de la salle à manger à la recherche de son paquet de cigarettes de secours, il en alluma une, qu'il tendit à ma mère, puis s'occupa de la sienne. Je me retins de lui en demander une.

– Régis, je crois que je ne vais pas aller à la gym. On t'écoute, ma chérie.

Sa voix était montée dans les aigus. J'inspirai profondément pour me donner du courage et attaquai. Je leur expliquai ma rencontre avec Gary, et la journée de la veille avec son lot de révélations. Personne ne m'interrompit. Quand je me tus, on aurait pu entendre une mouche voler jusqu'au coup de grâce d'Erwan.

– C'était donc bien lui.

Avant que j'aie le temps de l'interroger sur la teneur de sa remarque, il alla à son tour chercher une cigarette dans le paquet des parents. Depuis combien d'années n'avais-je pas vu mon frère fumer ?

– Tu veux bien préciser ? lui demandai-je.

– Je ne t'en ai pas parlé parce que je ne voulais pas t'angoisser inutilement. Ça fait bientôt un mois que j'ai des soupçons…

Plus rien ne me surprenait.

Erwan avait enquêté sur Ivan sans relâche durant des années, sans jamais rien m'en dire. En un sens, je n'étais pas étonnée. Il n'acceptait pas que j'obéisse au dernier ordre d'Ivan de ne pas le rechercher. Il avait dépensé des sommes faramineuses en embauchant des détectives privés aux quatre coins du monde, sans succès. Après quatre ans de traque, tandis que je commençais à véritablement aller mieux et que son obsession l'épuisait, il avait décidé de passer à autre chose, résigné à n'obtenir aucune sorte de vengeance ni d'explications au geste de son beau-frère, aucune réparation pour sa petite sœur. Ma demande de divorce quelques semaines auparavant l'avait poussé à entreprendre une ultime recherche. Méfiant et précautionneux de nature, il avait mené une dernière enquête, et cette fois, à sa plus grande stupéfaction, en quelques minutes, Ivan était réapparu comme par magie, sur Internet, en tant que gérant d'un restaurant à La Réunion. Aucune photo sur la Toile et les réseaux sociaux n'avaient pu démontrer qu'il s'agissait d'un homonyme. Pour autant, il ne pouvait pas faire comme s'il n'avait pas retrouvé sa trace ni une autre adresse que celle de *L'Odyssée*. Il avait donc envoyé le courrier de demande de divorce à La Réunion. L'enveloppe ne lui était toujours pas revenue.

Malgré la panique qui m'assaillait, je fus doublement rassurée par la sincérité de Gary.

– Jusqu'à maintenant, ce silence pouvait vouloir tout dire, Erin. Mais avec ce que tu viens de nous apprendre, on a la certitude que c'est lui… Je suis désolé.

– Il sait que je veux divorcer alors… C'est peut-être pour cette raison qu'il a parlé de moi à Gary.

– Oui, on peut l'imaginer… s'il ne se manifeste pas, ça veut dire qu'il accepte, il ne se présentera pas à l'audience. On peut espérer ne plus jamais en entendre parler, c'est ce que tu veux ?

J'acquiesçai.

– Ce qui me dérange, c'est ce type qui t'a parlé de lui…

– On va aller le voir, nous interrompit mon père en remontant ses manches d'un air féroce.

– J'y pensais, lui répondit Erwan.

Ils avaient des têtes de fous, prêts à en découdre.

– Quoi ? Mais non ? Pourquoi vous voulez aller voir Gary ?

Ils me fixèrent, ahuris. À croire que j'avais dit une énormité.

– Ils sont peut-être de mèche. Ce n'est pas net.

– Non, vous êtes dingues ! m'énervai-je. Je vous dis qu'on peut lui faire confiance !

– On a vu ce que ça donnait la dernière fois que tu as fait confiance à un mec sorti de nulle part ! me rétorqua mon frère.

Mon cœur rata un battement.

– Erwan ! braillèrent ma mère et Lucille en même temps.

– C'est tellement bas, lui balançai-je, affligée.

Il se rendit compte qu'il était allé trop loin, il secoua la tête, mal à l'aise.

– Désolé.

Je me levai et m'approchai de lui, déçue. Ce reproche me blessait profondément.

– C'est trop tard, et je ne suis pas près de l'oublier celle-là.

– Erin, ne m'en veux pas ! Avec papa, on veut simplement s'assurer que tu ne crains rien avec ce type qui rôde.

Il s'acharnait.

– Ma petite fille, j'insiste, renchérit mon père. On doit lui parler et savoir à qui l'on a affaire.

C'en était trop.

– Mais ce n'est pas vrai, vous ne pouvez pas me faire confiance pour une fois ! m'emportai-je. Vous ne le connaissez pas, j'ai passé la soirée avec lui hier, j'ai vu ses réactions quand je lui ai parlé d'Ivan, il en était malade ! Il regrette de m'en avoir parlé. Il me protège, Ivan ne sait même pas qu'il est à Saint-Malo ! Fichez-lui la paix. Je vous préviens, ne vous avisez pas d'aller l'emmerder !

Les deux me fixaient, presque amusés par le spectacle que je leur offrais. Cela les détendait, tant mieux pour eux. Mais je préférais qu'ils pensent à l'essentiel, et l'essentiel n'était pas de pourrir la vie de Gary.

– Concentrez-vous plutôt sur Ulysse, Lou et Milo !

Ils se figèrent. Je captais à nouveau leur attention, désormais paniquée. Rien ne me retint de leur rappeler que c'était ça la vraie vie, et pas d'aller jouer des poings avec quelqu'un qui n'était responsable de rien.

– Je leur dis quoi à mes enfants ?

– Rien ! hurla ma mère, affolée.

– Maman, c'est leur père. Comment je pourrais leur cacher une telle nouvelle…

Elle piqua du nez.

– Odile, intervint Lucille, Erin a raison. Ça va être compliqué, même plus que ça, mais elle n'a pas le choix… Les enfants ont le droit de savoir où est leur père… imaginez qu'ils apprennent dans quelques années que nous savions tous. Comment vont-ils réagir ? Ils nous en voudront et ils auront raison.

Puis, elle se tourna vers moi.

– Dis-nous comment on peut t'aider.

– Merci, Lucille… Je ne vous demande rien, je vais me débrouiller toute seule, c'est à moi de m'en charger, sans vous.

Elle semblait comprendre. Mes parents et mon frère, quant à eux, restaient désespérément silencieux. L'inquiétude déformait leurs visages.

– Vous ne dites plus rien ? Les enfants vont surmonter cette nouvelle épreuve, j'en suis certaine.

– Et s'ils te demandent de contacter Ivan ? m'interrogea mon père d'une voix fébrile.

Ma mère étouffa un sanglot.

– J'accepterai. Ai-je le choix ?

J'avais répondu de but en blanc, pourtant c'était la question que je refusais de me poser. Trop violente. Trop juste. Trop injuste.

– Je les protégerai avant tout. Ils ne parleront pas à Ivan, tant que moi je ne me serais pas assurée qu'il se comporte correctement avec eux.

J'étais éreintée. Pourtant, je devais calmer, rassurer ma famille. Malgré ce que j'avais cru la veille au pic de mon angoisse, je réalisais à quel point j'étais plus forte aujourd'hui. J'étais prête à faire face et me battre pour sauver notre vie. Je m'approchai de ma mère, l'embrassai tendrement sur la joue.

– Maman, tout va bien, va à ta gym. Ça va s'arranger, j'en suis certaine. Souviens-toi de ce qu'a dit Erwan, Ivan ne donnera certainement jamais de nouvelles. Il est parti sans intention de revenir. Apprendre que je voulais divorcer après toutes ces années a dû piquer sa curiosité. Rien de plus. Rien de plus.

Je frappai énergiquement dans mes mains, je surjouais, ils le savaient, je le savais.

– Bon, *L'Odyssée* m'attend ! Au fait, toujours pas d'idée pour le nouveau nom ?

Ils secouèrent tous tristement la tête.

– Bougez-vous !

J'allai chercher le baiser paternel dans les cheveux, il fut plus appuyé que d'habitude. Puis j'embrassai Lucille qui m'envoya un clin d'œil rassurant, et serrai Erwan dans mes bras.

– Désolé encore pour tout à l'heure.

– Je sais que tu veux me protéger, mais ta petite sœur est peut-être enfin devenue grande.

Les jours passaient et se ressemblaient. Je travaillais, je riais avec Paloma, je discutais avec mes clients.

Mon père prenait son café le matin, Erwan était aussi revenu s'installer en télétravail à *L'Odyssée*. Il avait déserté parce qu'il ne savait pas comment m'annoncer qu'il avait retrouvé Ivan. J'en profitais pour les rassurer autant que possible sur mon état d'esprit et leur confirmer que je n'avais pas encore parlé aux enfants.

Avec Ulysse, Lou et Milo, je mettais tout en œuvre pour me comporter normalement.

Cela ne devait pas être une très grande réussite.

Les échanges de regards entre mes deux aînés étaient de plus en plus fréquents, à table particulièrement, lorsque ce n'était pas l'un, c'était l'autre qui m'observait, puis ils entretenaient une de ces conversations silencieuses dont les frères et sœurs ont le secret. Je surprenais quotidiennement leurs messes basses. Ils se barricadaient dans la chambre de l'un ou de l'autre chaque soir, ce qui n'était absolument pas dans leurs habitudes, ils avaient plutôt tendance à s'asticoter ou se fuir. Là, ils formaient un tout, mais en prenant bien garde de préserver l'innocence de Milo. Sans même échanger avec eux, j'avais décidé que lorsque je leur avouerais la nouvelle, je maintiendrais à l'écart mon dernier, au moins dans un premier temps. Je ne pouvais pas m'adresser à lui avec les mêmes mots que pour mes grands. Cette terrible conversation ne saurait d'ailleurs tarder, je n'allais pas tenir longtemps à ce rythme. D'autant plus que je me faisais peur. Je m'éteignais à nouveau, je me renfermais. Ivan planait dans notre vie, dans ma vie, du moins dans mon esprit. Je refusais qu'il gagne cette bataille. En gardant tout pour moi sans rien dire aux enfants, j'aggravais mon cas. Certes, mon rôle était de les épargner, mais ce n'était pas en leur dissimulant les nouvelles de leur père que je réussissais. La preuve, je les inquiétais. Sans oublier que ce changement les concernait davantage que moi. Ivan n'était plus rien pour moi, je le savais au plus profond de mon être, au contraire d'eux.

Seul changement dans ma routine immuable, je ne passais plus jamais par la digue des Bas-Sablons pendant ma balade du soir avec Douce. J'évitais Gary. Il devait m'éviter lui aussi, car il n'avait pas remis les pieds à *L'Odyssée*, même quand ses collègues plongeurs avaient débarqué en fanfare. Dès le premier soir, où mes pas m'avaient amenée par réflexe sur le port, je m'étais arrêtée en distinguant au loin son appartement éclairé. J'avais craint qu'il m'aperçoive sous ses fenêtres et qu'il vienne à ma rencontre. En soupirant, j'avais rebroussé chemin, soulagée et déçue à la fois. Soulagée, car je m'épargnais le risque d'une nouvelle conversation à propos d'Ivan. Déçue, parce que je regrettais que Gary soit mêlé à notre histoire. Difficile d'oublier l'attirance immédiate que j'avais ressentie pour lui avant qu'il me dévoile la vérité. C'était d'autant plus compliqué que c'était la première fois que cela m'arrivait depuis la désertion d'Ivan. Pourquoi avait-il fallu que ce soit lui qui réveille un petit quelque chose en moi ? Peut-être cette attirance n'était-elle pas vouée à éclore ? Encore fallait-il qu'elle soit réciproque. Je n'en saurais jamais rien. Ce n'était pas bien important par rapport au reste, ne cessais-je de me répéter lorsqu'il m'arrivait de penser à lui, trop souvent.

Une semaine avait passé, une semaine que devant les enfants je barricadais le flot d'émotions, de questions et d'hésitations qui m'assaillaient. Ce soir-là, je m'arrêtai de marcher comme toujours maintenant à l'entrée de la digue. Douce m'offrit une pause dans le tumulte. Elle n'appréciait pas du tout le changement d'itinéraire ; à chaque fois que je stoppais à la frontière invisible que j'avais instaurée, elle marquait l'arrêt, puis détalait sur la digue, en me jetant des coups d'œil pour m'inviter à la rejoindre. Comme chaque soir, après avoir soupiré de tristesse, je la sifflai en tournant les talons, et elle m'obéit en me rattrapant la tête basse. À elle aussi, Gary lui manquait.

Je riais encore d'elle en arrivant devant la maison où j'eus la mauvaise surprise de découvrir les lumières du salon allumées, les enfants n'étaient pas couchés. Les grands pour être plus précise.

– Vous devriez être au lit ! râlai-je en accrochant mon manteau.

– C'est bon, maman, on n'est plus des bébés, me rétorqua Ulysse. On est vendredi soir !

Il n'avait pas tort, mais lorsqu'ils étaient dans leur chambre, je n'avais pas à lutter.

– Tu veux ta tisane ? me demanda Lou.

Déjà, elle fouinait dans la cuisine à la recherche de mes sachets. La bouilloire fumait. Ils avaient tout préparé pour me forcer à parler. Les prochaines minutes ou heures seraient compliquées, mais je ne les en aimai que plus fort. Assister à leur tandem me bouleversait. Durant quelques minutes, je les laisserais encore croire que je n'avais rien remarqué.

– Vous avez réussi à vous mettre d'accord sur une série ? C'est quoi ?

Je m'écroulai dans le canapé, Douce se coucha à mes pieds. Ma tisane arriva comme par magie.

– On était en train de chercher, me répondit Lou, imperturbable dans son rôle de comédienne.

Elle s'excita sur le moteur de recherche. Ses jolies mains tremblaient en faisant défiler à une vitesse impressionnante les choix infinis qui s'offraient à nous. Ulysse, quant à lui, se renfrognait de plus en plus. Il finit par arracher à Lou la télécommande qu'il lança sur la table basse après avoir tout éteint. Contrairement à ma fille et moi, il n'était pas dans le canapé, mais sur le fauteuil en face. Il ne me lâchait pas des yeux. Le silence était envahissant, annonciateur d'instants que mes enfants n'oublieraient jamais. J'attrapai Lou et l'attirai dans mes bras, elle se blottit contre moi. Je savourai sa douceur, à treize ans, elle ne se dérobait pas aux caresses de sa mère.

– Je sais que vous me trouvez bizarre depuis quelques jours, je suis désolée de vous avoir inquiétés… mais ce que j'ai à vous expliquer n'est pas facile…

Impossible d'aller plus loin. Pourquoi ? Mais pourquoi Ivan nous imposait-il cette nouvelle épreuve ? N'aurait-il pas pu rester introuvable, ne jamais fouler le sol réunionnais ?

– Ça le concerne ? attaqua Ulysse.

La vivacité de mon fils ne m'étonnait pas. Il n'avait que neuf ans au départ de son père, et pourtant était inscrite au plus profond de lui la certitude que lorsque sa mère se perdait, la responsabilité lui en incombait. Je n'eus pas besoin de lui répondre, mon regard suffit, il se leva brusquement et arpenta la pièce. Quand Lou vit la réaction épidermique de son frère, elle se redressa vivement et captura mes yeux.

– C'est papa ? Maman ? C'est papa ?

Elle connaissait Ulysse. La voix désemparée de ma fille oscillait entre l'espoir et l'inquiétude. Tandis que son frère n'était que rage et tension dès qu'il était question de son père, elle n'était qu'attente et amour pour l'image idéalisée qu'elle en avait. Je ne voulais pas que mes enfants se déchirent à cause de lui, se disent des mots trop hauts, ils ne seraient pas d'accord, ils ne l'étaient déjà plus.

– Ulysse, assieds-toi s'il te plaît.

Il m'obéit. J'inspirai profondément à la recherche de courage, de force.

– J'ai eu des nouvelles de votre père.

Cette phrase inimaginable quelques jours plus tôt était si dure à prononcer.

– Il t'a appelée ?

– Non, c'est un peu plus compliqué…

– C'est le type de l'autre soir qui t'en a parlé ?

Pas bien difficile pour lui de faire le rapprochement.

– Oui, Gary le connaît.

– Il est où ?

– On s'en fiche ! Papa est vivant ! Papa va bien, maman ? Hein, il va bien ?

Les larmes dans les yeux de Lou. Son chagrin déchirait mon cœur de maman.

– Je crois.

Elle soupira de soulagement.

– Il va revenir ?

– Jamais de la vie ! hurla son frère.

– Ulysse, t'es vraiment con !

Je la retins alors qu'elle était prête à lui sauter dessus et le taper. Que ma Lou si sérieuse, si studieuse, jure ne pouvait qu'être signe d'une tension folle. Je caressai ses cheveux délicatement pour tenter de l'apaiser. Elle se tourna vers moi, le visage défait, rongé par l'incompréhension.

– Lou, je n'ai jamais dit qu'il voulait revenir. Je n'en sais rien. Je te le promets. Mais je dois être honnête avec toi, si jamais il se décidait à revenir, ce ne serait pas à la maison avec nous. Je refuse qu'il vienne ici.

– Je sais… mais c'est quand même une bonne nouvelle ?

Comment répondre à cette question ? Pour moi, cela n'en était pas une, mais pour elle, oui.

– Alors, il est où ? Il fait quoi ? m'interrompit Ulysse avant que je trouve une réponse pour Lou.

La curiosité est terrible. Cela peut être douloureux d'y céder. Mon fils en posant cette question savait pertinemment que je ne lui mentirais pas, que je lui dirais ce que je savais. Mais mon savoir ne pouvait que les faire davantage souffrir, lui et sa sœur. Au fur et à mesure de mon récit, Ulysse prenait une moue dégoûtée, et Lou tremblait de plus en plus fort. Elle comprenait que nous étions loin du rêve qu'elle gardait enfoui au plus profond d'elle. Non, son héros, son papa ne reviendrait pas à la maison les bras chargés de cadeaux, comme s'il était parti autant d'années pour une mission ultra secrète. Peut-être avait-elle enfin compris, après tout ce temps, que son père n'était pas un homme bien, n'était tout simplement pas un père ? J'avais beau tenter d'adoucir les choses, elles restaient violentes. Ulysse fixait lui aussi sa sœur avec de plus en plus d'inquiétude.

– Il a la belle vie, lui… pendant que tu trimes pour nous, m'interrompit-il. En fait, ça ne change rien.

– Tu te trompes, lui rétorquai-je. Nous savons où il est, ce qu'il fait… nous savons qu'il est en vie… C'est déjà beaucoup… Lui doit savoir que je souhaite divorcer, mais que les choses soient claires, les enfants, cela ne change rien de mon côté. En revanche, vous…

– Nous quoi ?

– Vous… Si vous voulez qu'on essaye de l'appeler pour que vous lui parliez, Gary a son numéro de téléphone, je pourrais lui demander de me le donner, il le fera…

– Pourquoi ce n'est pas papa qui nous appelle ? demanda Lou.

– Parce qu'il ne veut pas, lui balança hargneusement son frère.

– Tu n'en sais rien…

– Ne te fais pas de film, il est parti sans s'occuper de nous… Ne t'attends pas à des miracles… On ne sait même plus qui il est. Tu le reconnaîtrais dans la rue, toi ?

Lou baissa le regard.

– Tu as raison, je ne me souviens presque plus de sa tête…

Elle se releva, brusquement paniquée.

– Qu'est-ce qu'on dit à Milo ?

– Rien ! s'énerva Ulysse. Maman, il ne va rien comprendre… il n'en parle plus… il ne réclame plus de papa… Nous, on ne se souvient pas de sa tronche, mais on a quelques souvenirs, Milo, il n'a rien, rien du tout de lui. Attends, maman, s'il te plaît, attends de voir si pa…

Ulysse craquait à son tour, j'en étais soulagée. Cette ébauche de « papa » signifiait tant. Il faisait le brave, jouait au grand, au chef de famille, mais le manque d'un papa ne serait jamais comblé. Et je souhaitais plus que tout qu'il le dise à voix haute. D'une certaine manière, c'était chose faite, même s'il restait encore du travail pour apaiser mon aîné.

– Ne vous inquiétez pas pour Milo, leur annonçai-je doucement, je ne vais rien lui dire pour le moment, il est trop petit… j'espère que je ne commets pas une erreur, mais je refuse de lui parler de votre père maintenant. Alors, je compte sur vous pour être discrets, je ne peux pas vous empêcher d'en discuter entre vous, mais attention, votre petit frère a les oreilles qui traînent.

– Promis, maman.

Je tendis la main à Ulysse, il finit lui aussi par venir se blottir dans mes bras. Je tenais mes deux enfants contre moi, mes deux enfants silencieux et bouleversés. Nous restâmes une éternité les uns contre les autres, sans prononcer un mot. Puis, Ulysse proposa à sa sœur d'aller se coucher. Elle accepta. Ils m'embrassèrent, montèrent les escaliers, et pour une fois ils ne se chamaillèrent pas au sujet de la salle de bains. Lorsque les portes de leurs chambres se fermèrent, je grimpai jusqu'à eux. Je commençai par Milo, il dormait profondément, entouré de ses doudous, un bras dans le vide. Il était si détendu, inconscient de ce qui venait de se jouer pour son frère et sa sœur. Nous n'étions pas trop de trois pour le protéger. Ensuite, j'entrai chez Ulysse, il était étalé sur son lit, encore habillé, les yeux rivés au plafond. Je m'assis à côté de lui et passai ma main dans sa masse bouclée.

– Tu crois que tu vas réussir à dormir ?

– Je ne sais pas, maman... Finalement, je vais peut-être lire sa lettre.

– Je ne peux pas t'en empêcher, je ne la changerai pas de place... mais ça peut être lourd après ce soir.

– Je ne risque pas de découvrir un type formidable dans sa lettre, alors ?

– Ce n'est pas à moi d'en juger, Ulysse, c'est à toi de te faire ton idée. Je te l'ai dit, tu es assez grand.

J'embrassai son front tendrement.

– Je t'aime, maman.

– Moi aussi, mon trésor. Je suis en dessous si ça ne va pas.

Il me tourna le dos. En quittant sa chambre, je tombai sur Lou en pyjama qui m'attendait sur le palier.

– Je peux dormir avec toi, maman ?

Lorsque je la rejoignis dans mon lit quelques minutes plus tard, elle était enroulée sur elle-même, je me glissai sous la couette et elle vint se nicher dans mes bras.

– Je suis perdue, maman, me murmura-t-elle.

– On va s'en sortir, je te le promets. Dors, ma Lou, dors...

Gary

Quatre semaines que je vivais et travaillais à Saint-Malo. J'entretenais de loin le contact avec ma famille, en attendant de trouver le courage de leur rendre visite. Parce que je m'ancrais quelque part, du moins c'est ce que ma mère se plaisait à penser, l'urgence et l'inquiétude de son côté étaient moins envahissantes. Elle m'avait avoué à demi-mot qu'elle me sentait proche d'eux comme je ne l'avais jamais été. J'avais déjà réussi à la rassurer. Bien maigre satisfaction face au chemin qui me restait à parcourir pour renouer avec eux.

Tout aurait pû être parfait, j'aurais pu commencer à me renseigner au sujet d'un poste permanent ici, mais depuis plus de quinze jours je fuyais Erin, je restais sourd aux appels d'Ivan, j'effaçais ses messages sans les écouter. De lui, je me contrefichais. Erin, c'était différent. Je devais la préserver. Chaque jour en rentrant du travail, j'avançais jusqu'au bout de la digue. Je n'aurais eu qu'à marcher une centaine de mètres supplémentaires pour me rendre à *L'Odyssée* ou chez elle et savoir comment elle allait, la voir tout simplement. J'en crevais d'envie. Je n'arrivais pas à étouffer l'attirance que j'avais pour elle.

Je devais vraiment être en manque d'affection pour être obsédé par une femme que je n'avais vu que trois fois, qui m'avait pris pour un fou et qui craignait les hommes. Chaque soir, je rentrais chez moi sans avoir franchi cette barrière invisible dressée entre elle et moi. Mon envie de m'installer ici en avait pris un coup. Comment poser mes valises dans une ville où je fuyais déjà quelqu'un ? Et pas n'importe qui, la femme dont je rêvais chaque nuit, mais qui ne voulait rien avoir à faire avec moi… Pour preuve, elle qui marchait tous les soirs sur la digue avec sa chienne n'était plus jamais passée sous mes fenêtres. Comment aurais-je pu la manquer ? Je consacrais mes soirées à l'attendre. Bien sûr, la ville ne se réduisait pas au quartier où elle habitait, mais je n'arrivais pas à me sentir légitime pour rester. Son « ne te sacrifie pas pour nous » ne valait que pour deux mois, et elle l'avait prononcé par pure politesse, peut-être pour s'excuser à sa manière de m'avoir pris pour un homme malfaisant.

Ce jour-là, je remontais avec mes collègues la cale du Naye où le Zodiac nous avait débarqués après la journée de travail.

– Salut Ulysse ! Salut Lou ! cria l'un d'entre eux. Qu'est-ce que vous faites là ?

Je n'écoutai pas la réponse et jetai un furtif coup d'œil aux deux adolescents. Les enfants d'Erin. Je pris sur moi pour ne pas m'attarder sur eux, ne pas traquer les ressemblances, ne pas chercher à la voir à travers eux. J'étais ridicule.

– À demain ! lançai-je à la volée.

– À demain, Gary, bonne soirée.

Je les contournai sans leur accorder la moindre attention, fixant un point imaginaire, et fis appel à toutes mes capacités de contrôle pour ne pas m'éloigner d'eux en courant ou me retourner pour les découvrir.

J'étais à mi-chemin de chez moi lorsqu'ils me rattrapèrent.

– Gary ! Attendez ! S'il vous plaît !

Je me figeai, les épaules basses, et lançai un regard au ciel, l'implorant de m'aider à leur faire face. Erin avait dû leur parler, et j'appartenais désormais à l'histoire. Ils s'étaient arrêtés à quelques mètres de moi et me fuyaient du regard, embarrassés d'avoir alpagué un inconnu de cette façon. Lou ressemblait diablement à sa mère, elle avait les mêmes cheveux châtains indisciplinés et la même délicatesse dans les traits. Si Ulysse avait les yeux bleus inquisiteurs d'Erin, sa blondeur bouclée ne venait pas de ses parents, en revanche ses traits étaient ceux d'Ivan, c'était impressionnant comme il lui ressemblait. Mais on sentait d'emblée chez Ulysse une fêlure toute particulière, qui l'adoucissait malgré tout par rapport à son père. Ils restaient désespérément silencieux tandis que je les détaillais. Il fallait que je les aide à se lancer.

– Je peux quelque chose pour vous ?

Lou donna un coup de coude à son frère.

– Vas-y, murmura-t-elle trop fort pour que cela passe inaperçu. Demande-lui.

Ulysse grogna sur sa sœur et bomba le torse. Intérieurement, je souris de le voir jouer au gros dur, alors qu'il ne devait pas en mener large.

– Il paraît que vous connaissez notre père, il s'appelle Ivan.

Sa voix tremblait. Cela lui demandait tellement d'efforts de parler de lui. Jusque-là, j'avais beaucoup pensé au drame qu'avait vécu Erin, excluant volontairement ses enfants, convaincu que leur douleur me serait intolérable. Je ne me trompais pas. Les avoir devant moi – et encore sans le petit dernier – les rendait réels, ils existaient autrement qu'à travers les mots d'Erin. La rage et la colère m'assaillirent. Je me contenais pour ces deux gamins qui n'avaient rien à voir avec mes problèmes personnels. Ils couraient juste après leur père.

– Oui, je le connais.

Le visage de Lou s'éclaira, je reconnus Erin.

– Vous pouvez nous parler de lui ? me supplia-t-elle.

– Votre mère sait que vous êtes là ?

– Pas vraiment, souffla Ulysse, pas très fier de lui.

Je soupirai avec exagération. Comme si je n'avais pas assez d'ennuis avec elle...

– Pourquoi voulez-vous que je vous parle de lui ? Elle a dû vous raconter tout ce que je lui ai appris. Du peu que je connais d'elle, elle n'est pas du genre à vous mentir.

Ils échangèrent un regard ennuyé, je ne leur facilitais pas la tâche.

– Vous ne savez vraiment pas ce qu'il a fait avant d'arriver à La Réunion ?

Ils étaient persévérants.

– Comme je l'ai dit à votre mère, on n'a jamais évoqué cette partie de sa vie ensemble, je vous le jure.

Ulysse parut contrarié.

– C'est bizarre... Vous étiez potes, pourtant ?

Comment expliquer à un enfant, même si celui-ci était bientôt aussi grand que moi, que dans certaines circonstances, les adultes cherchent en permanence à se faire passer pour ce qu'ils ne sont pas. Entretenir un mythe. Ulysse, de ce qu'il me montrait de lui, en serait incapable, je sentais qu'il était direct, franc, l'opposé de son père.

– C'est vite dit... La manière dont je vivais jusque-là et celle dont ton père vit ne nous incitent pas à raconter nos vies.

– Parce que vous avez des secrets ?

Il était de plus en plus suspicieux, je n'aurais pas dû m'étonner. La méfiance avait dû devenir une seconde nature dans leur famille.

– Certains en ont, d'autres non... Ivan en a pas mal, je l'ai compris il y a peu de temps.

Je m'étais laissé embarquer. Implicitement, j'avais taclé son père, j'avais voulu me défendre, je refusais qu'il croie que je lui cachais des choses, que je ne valais pas mieux qu'Ivan. Ulysse était futé, j'allais devoir être vigilant avec lui. Étonnamment, il parut satisfait de ma réponse.

– Donc, vous n'avez vraiment rien de plus à nous apprendre ? insista Lou.

Je secouai la tête. Elle me lança un petit sourire triste en me fixant de ses grands yeux.

– Maman nous a dit que vous aviez son numéro et que si on voulait appeler papa, vous le lui donneriez, c'est vrai ?

– Oui, à elle, mais ni à toi ni à ton frère.

Elle tapa légèrement du pied, mécontente que je ne cède pas.

– On s'en fout de son numéro, s'énerva Ulysse. Tu crois peut-être qu'il veut nous parler ? Tu n'as pas encore compris qu'il n'en a rien à foutre de nous !

– Qu'est-ce que tu en sais ? s'énerva-t-elle.

– Attends, on va voir ! la défia-t-il avant de s'adresser à moi. Il ne vous a jamais parlé de nous ? Hein ? Même quand il vous a parlé de maman ? Vous ne saviez pas qu'on existait ?

La sincérité d'Erin me sidérait. Elle n'avait définitivement rien caché à ses enfants, même le pire. Elle les préservait de déceptions supplémentaires. Elle ne laissait pas de place aux chimères. Elle avait dû tant souffrir en leur apprenant la terrible réalité. Être parents mettait à l'épreuve, je m'en doutais. Mais dans cette situation précise, je l'expérimentais par procuration.

– Je suis désolé, lui répondis-je avec le plus de douceur possible.

Lou échoua à dissimuler ses sanglots, son frère l'attrapa par les épaules, un peu bourru. J'aurais tant aimé pouvoir les soulager, les rassurer, ce n'était malheureusement ni en mon pouvoir ni mon rôle, je n'étais personne pour eux. Je me sentais bête à les fixer dans leur chagrin d'avoir été abandonnés. J'aurais voulu savoir comment réagir, être capable de les prendre contre moi et les protéger, j'aurais aimé connaître les mots justes.

Brusquement, Lou se détacha de l'étreinte de son frère, elle fouilla dans la poche de son jean dont elle extrait son téléphone. Elle écarquilla les yeux, affolée.

– C'est maman ! Ça fait quatre fois qu'elle m'appelle !

Ulysse récupéra lui aussi son portable et grimaça outrageusement.

– Merde, elle est à *L'Odyssée* ce soir, on devait récupérer Milo il y a plus d'une heure ! Elle va nous tuer !

Impossible de retenir mon rire.

– Filez !

– Merci de nous avoir parlé, me dit Lou.

– Vous savez où me trouver si vous avez besoin.

Son frère m'envoya un signe de la tête, puis ils détalèrent. Je poursuivis mon chemin vers chez moi, sans les quitter des yeux. D'un coup, Ulysse opéra un demi-tour rapide et revint vers moi en courant.

– Gary, commença-t-il, essoufflé, si vous voyez notre petit frère, ne lui parlez pas de lui… Maman ne lui a pas dit, il ne peut pas comprendre, il est…

– Trop petit, l'interrompis-je. Ne t'inquiète pas, Ulysse, je ne dirai rien à Milo, je t'en fais la promesse.

Il me sourit sincèrement pour la première fois.

– Merci, vous avez été cool avec nous.

– Je t'en prie, vas-y, maintenant, elle t'attend.

Il leva les yeux au ciel, faussement terrifié, et rit. La perspective d'une engueulade par sa mère le réjouissait, lui rendait sa joie de vivre adolescente. Il devait aimer ses remontrances, elles lui prouvaient qu'elle était là, toujours, pour lui.

– À une prochaine ! me lança-t-il en repartant à toute vitesse.

Vingt-deux heures. J'étais au pied de la terrasse de *L'Odyssée*. Les enfants d'Erin m'avaient offert une occasion que je ne pouvais décemment pas refuser. Il faisait nuit noire, il n'y avait pas un chat sur le quai. La mer était calme et silencieuse. Le halo de lumière qui provenait du bar donnait envie d'entrer s'y abriter. Quelques notes de musique m'appelèrent. Quinze jours que j'attendais de la revoir. J'inspirai profondément et poussai la porte. L'atmosphère me sembla encore plus chaleureuse que le premier soir où j'étais venu. Elle discutait avec des clients attablés. J'aurais pu rester ainsi à l'observer, je m'en serais contenté. Elle ne m'en laissa pas le temps, elle leva le visage dans ma direction. Elle reprit sa respiration, parut décontenancée par ma présence, puis elle s'échappa derrière son comptoir. J'avais peut-être commis une erreur en cédant à mes envies. Incapable de rebrousser chemin, j'attendis sa sentence, qu'elle manifeste très clairement son souhait que je décampe. Je ne la quittai pas des yeux. Détenais-je le pouvoir pour qu'elle comprenne que je ne lui voulais aucun mal, que je n'étais pas comme lui ?

– Bonsoir, Gary…

Je soufflai de soulagement et avançai enfin vers elle. Je m'installai au bar.

– Comme la dernière fois ? me demanda-t-elle sans attendre de réponse.

Quelques secondes plus tard, elle déposait devant moi une pinte, je cherchais n'importe quoi à lui dire, il fallait que je meuble la conversation, car malgré son invitation, Erin paraissait toujours aussi désemparée par ma présence.

– Douce n'est pas là ?

Elle étouffa un rire.

– Tu voulais la voir ?

– Elle ne passe plus sous mes fenêtres.

– Ce n'est pas l'envie qui lui manque.

Je haussai un sourcil interrogateur.

– Quelque chose la retient peut-être ?

– Je crois, mais elle ne sait pas trop quoi, en fait…

On échangea un sourire. Je voulus espérer qu'il était complice.

– Où est-elle ?

– Avec les enfants… quand je suis ici le soir, je préfère qu'elle veille sur eux.

La réalité reprenait sa place. Je me surpris à m'inquiéter pour eux.

– Comment vont-ils ?

– Ils tiennent le coup, en tout cas Ulysse et Lou… Mais tu es déjà au courant ?

Instantanément, je me détendis.

– Je suis soulagé qu'ils te l'aient dit… ils m'ont bien cueilli.

– Je suis désolée, jamais je n'aurais pu imaginer qu'ils viendraient te voir.

– Ce n'est rien, franchement. J'ai été étonné, ça a dû leur demander beaucoup de courage. Heureusement, j'ai très vite compris qu'ils savaient tout, je ne risquais pas de commettre une erreur.

– Tu les as convaincus, je ne sais pas ce que tu leur as dit, mais ils t'ont… ils t'ont… bref… tu sais, ça aurait pu être pire, mon père et mon frère auraient pu débarquer à leur place.

Je fus à deux doigts de m'étrangler avec ma bière, j'étais si à l'aise que les mots sortirent tout seuls.

– Ça fait bien longtemps que je ne me suis pas retrouvé coincé par un père et un frère à cause d'une fille de qui je me serais approché de trop près !

Elle éclata de rire.

– Ça t'est souvent arrivé ? Non… ne réponds pas ! Je préfère ne pas savoir.

Je devais rêver, sinon nous ne partagerions pas une légèreté séductrice ensemble. Elle et moi. Il fallait revenir à la réalité, ne pas me mettre à fantasmer une possibilité de lui plaire. La pente devenait dangereuse.

– Et toi, comment vas-tu ? lui demandai-je, peut-être un peu trop brusquement.

– Euh… je vais bien… si les enfants encaissent, tout va bien de mon côté… et puis, tu sais, je voulais te dire… je n'ai pas eu l'occasion… bon, je ne l'ai pas provoqué, mais mon frère, qui est avocat, a découvert il y a peu de temps qu'il était à La Réunion. Je ne le savais pas quand on s'est rencontrés… et en fait, il a effectué des recherches pour mon divorce… parce que je me suis enfin…

Au milieu de ses explications hésitantes et embrouillées, je retins un mot.

– Tu demandes le divorce ?

– Oui… il m'a fallu sept ans, mais oui… Ivan n'existe plus pour moi… les nouvelles que tu m'as apportées ne changent rien… je veux vivre ma vie.

Elle secoua la tête, comme étonnée par ce qu'elle venait de me confier.

– C'est bien… enfin, j'imagine, répondis-je bêtement.

Elle venait de me donner l'autorisation que j'attendais. Alors j'oubliai tout en la dévisageant ouvertement, sans camoufler mon attirance pour elle. Elle avait des yeux brillants d'un bleu profond, un bleu de mer dans lequel je pourrais plonger encore et encore. Les miens dévalèrent jusqu'à sa bouche sombre légèrement entrouverte, je m'y attardai avant de descendre vers le creux de son cou, puis sa peau fine à la lisière de ses seins suggérés par son décolleté, sa taille, ses hanches que j'aurais voulu saisir, je remontai vers ses mains délicates qui pianotaient nerveusement sur le bois du comptoir. Plus je la regardais, plus je me sentais vivant. Depuis combien d'années n'avais-je pas éprouvé un tel désir ? Je ne comptais plus. Impossible même de me souvenir si j'avais eu envie de Louise avec autant d'intensité.

Elle reprit sa respiration. Je continuai mon apnée d'elle.

– Enfin, voilà, je ne sais pas pourquoi je te raconte tout ça… Excuse-moi.

D'autres clients la réclamaient, j'avais oublié que nous n'étions pas seuls, elle et moi. Il fallait reconnaître aussi que *L'Odyssée* était très calme ce soir, les conversations étaient plutôt feutrées. Je la suivis du regard, incapable de me détacher de sa silhouette. Elle me lançait de furtifs coups d'œil, j'avais le sentiment qu'elle vérifiait que je ne bougeais pas de ma place. Je ne savais plus décrypter les codes amoureux. Était-il possible qu'elle soit dans le même état que moi ? Ou prenais-je mes désirs pour la réalité ? Je ne la connaissais pas et pourtant, je savais au plus profond de moi qu'elle était celle qu'il me fallait. Elle apaiserait mes tourments ou elle serait le pire que j'aurais à endurer.

Lorsqu'elle revint, elle attrapa mon verre vide.

– Tu t'en vas… ou tu restes encore ? me demanda-t-elle d'une voix peu assurée.

Je rivai mes yeux aux siens. J'étais trop troublé pour les déchiffrer, mais j'avais besoin de savoir si je pouvais encore m'accorder la possibilité de rêver.

– C'est toi qui décides, Erin. Tu veux que je m'en aille, je m'en vais et tu ne me reverras plus. Tu veux que je reste, je reste avec toi…

Elle respira plus vite ce qui me sembla une éternité. Puis son visage s'éclaira d'un immense sourire.

– Reste alors.

C'est étrange d'être heureux. Quand on s'y attend le moins. Quand on en crève, persuadé que c'est pour les autres, parce que l'on a tout raté. On ne sait pas comment le gérer, comment le recueillir. Alors on en profite, parce que c'est déroutant de réaliser qu'à quarante-cinq ans cela nous est si peu arrivé.

– Je ne sais pas si tu te souviens, reprit-elle, mais la première fois où tu es venu, j'aurais bien pris un dernier verre avec toi, mais j'étais crevée, c'était la fermeture. Ce soir, il nous reste du temps, tous les clients sont servis, on sera tranquilles tous les deux.

Elle approcha son verre du mien, j'en fis autant. Ils se rencontrèrent dans un léger tintement. Elle avala une gorgée en me dévisageant, puis elle s'accouda à son comptoir, comme pour réduire la distance qui nous séparait.

– Alors, raconte-moi, ton boulot pour le barrage, ça te plaît ? Tu es content ?

– En toute honnêteté, c'est fantastique. Je m'épuise. Ces dernières années, je me suis satisfait de petits contrats touristiques, ou de l'encadrement d'équipes scientifiques, je ne dis pas que ce n'est pas bien, loin de là, ne te méprends pas, mais ce n'était ni rude ni palpitant par rapport à ce que j'ai pu faire avant.

– Pourquoi ? C'était comment avant ?

Elle était véritablement intéressée par qui j'étais. Aussi me lançai-je en confiance. J'avais besoin de parler de moi. Je voulais qu'elle sache qui elle avait devant elle, je ne voulais pas me dérober. Je commençai par ma rencontre avec l'eau le jour de mes quatre ans.

– Quoi ? Tu as dû être terrorisé ?

– À première vue, non !

J'enchaînai sur ma passion obsessionnelle de la mer et de la plongée, mes formations, mes missions toutes différentes, toutes aussi incroyables les unes que les autres.

Je lui expliquai la pause de quelques années que j'avais payée cher par la suite. J'évoquai des problèmes de santé mineurs pour justifier cette absence. Je m'en voulais de lui passer sous silence cette partie de moi, mais je refusais que son regard change, se ternisse. Ce qui me minait depuis si longtemps n'allait pas gâcher cet instant dont je n'aurais jamais osé rêver. Je n'étais pas prêt à ce qu'elle me voie différemment. Mon ego de mâle, comme aurait dit Louise, se préservait. Elle eut la délicatesse de ne me poser aucune question intrusive. Tout comme elle ne creusa pas sur mon mariage et mon divorce. Je poursuivis sur ma prise de conscience d'avoir laissé ma vie me filer entre les mains à courir après le vide.

– Et toi ? m'interrompis-je dans mon récit. Parle-moi d'ici, *L'Odyssée*, cette affaire de famille.

– Moi, Gary ? Tu connais déjà tout ! Mes parents qui tenaient le bar avant moi, mes enfants, tu en connais deux sur les trois, ma vie chaotique depuis sept ans, tu en as fait les frais, et je viens de t'annoncer cette liberté que je m'accorde enfin ! Laisse-moi continuer de m'intéresser à toi, s'il te plaît… depuis la première fois où tu es entré ici, il n'est question que de moi… S'il te plaît, laisse-moi te connaître.

Elle était franche et ne renonçait pas. Comme le triple idiot que j'étais, totalement sous son charme, je cédai, moi qui depuis si longtemps ne laissais personne s'approcher, avec elle j'étais prêt.

– Je comprends mieux d'où vient la ténacité de tes enfants que j'ai expérimentée cet après-midi, dis-je, faussement râleur.

Elle sourit, visiblement fière d'elle. Elle avait une malice dans le regard, maintenant qu'elle était totalement détendue en ma présence.

– Continue de me passer à la question.

Elle jubila un instant, puis fronça les sourcils en se remémorant où nous en étions.

– Donc... du coup, tu ne veux plus voyager ?

– Non... enfin, si, je revoyagerai un jour, mais pas pour le travail. Pour le plaisir... J'ai envie de voyages, de vacances, où je pourrais plonger, tant qu'à faire, mais surtout où je ne serais pas seul... C'est tellement triste de vivre ces expériences sans les partager... Ce serait des projets avec ceux qui comptent pour moi, que j'aime, enfin avec qui je passe ma vie. Je veux construire... je m'y prends un peu tard... mais je me persuade que rien n'est perdu, que j'ai encore une chance...

Je m'interrompis, Erin paraissait particulièrement émue par mes propos. Je l'interrogeai du regard, elle secoua la tête pour me signifier que ce n'était rien.

– Tu m'as dit que ton contrat ici était pour deux mois, reprit-elle d'une petite voix.

– Exact... aujourd'hui, j'en ai déjà fait la moitié.

Ses épaules s'affaissèrent de déception. Du moins, l'espérai-je.

– Le temps passe vite... Tu n'as plus qu'un mois... Tu penses qu'ils vont te demander de rester ?

– On n'en a pas encore parlé.

– Je croise les doigts pour qu'ils te proposent un poste...

Elle se mordilla la lèvre, embarrassée.

– Enfin, si tu en as envie, bien sûr...

– J'aurai peut-être quelque chose ou quelqu'un qui me retient, qui sait ?

Étonnant comme tout pouvait s'accélérer. Deux heures plus tôt, je craignais qu'elle me mette à la porte, et à l'instant elle m'avouait à demi-mot qu'elle souhaiterait que je m'installe à Saint-Malo, et moi, je lui demandais de me retenir. Nous étions tellement gauches, l'un et l'autre. À user et abuser de sous-entendus pour nous dire notre attirance réciproque. Nous réapprenions ensemble la séduction et la recherche de l'autre.

L'Odyssée se vidait tranquillement. Erin me délaissa pour encaisser ses derniers clients, je ne bougeai pas, elle me surveillait de toute manière, et je me laissais faire. Une femme, cette femme, me retenait ne serait-ce que quelques minutes. Nous finîmes par être seuls. Elle commença à éteindre les lumières, se prépara à fermer sans pour autant me congédier. Je patientai près de la porte, elle me rejoignit et s'arrêta tout près de moi, nous n'avions jamais été aussi proches.

– Comme Douce n'est pas là pour t'escorter, tu ne vas pas pouvoir m'empêcher de te raccompagner jusque chez toi, lui annonçai-je.

Elle me regarda à travers ses cils.

– Ne me donne pas de mauvaises habitudes.

– Je suis prêt à me sacrifier.

Il y eut un rire, une gêne à peine dissimulée, un regard lourd de sens.

– Dehors ! me houspilla-t-elle gentiment.

Je sortis, elle m'emboîta le pas, donna un coup de clé et nous prîmes le chemin de chez elle. La mer était haute, haute et calme, comme tout autour de nous. Nous étions comme seuls au monde, personne ne traînait dans les rues à cette heure avancée. Une brume planait dans la nuit et dissimulait la lune. Nous nous frôlions à chaque pas, silencieux. Les mots nous échappaient dorénavant. Je me faisais l'effet d'un ado perdant ses moyens devant une fille inaccessible. Je n'avais qu'une envie, lui attraper la main, la prendre dans mes bras, l'embrasser follement. Je n'aurais jamais pu imaginer à mon âge ressentir ce trouble et cette trouille de me lancer. Peut-on devenir romantique à quarante-cinq ans ? Devais-je me sentir bête ou étais-je tout simplement envoûté par ce qui m'arrivait ?

Nous venions d'arriver devant sa maison. Nous nous fixions, ne sachant toujours pas quoi nous dire. Elle me souriait délicatement, et moi je ne voyais que sa bouche qui m'attirait. Je voulais la toucher, au moins l'effleurer, découvrir la chaleur de sa peau. Ma main se leva, s'approcha de son visage, prête à caresser sa joue, et à saisir la mèche de cheveux échappée de son chignon. Erin tremblait et respirait plus vite, sans pour autant s'éloigner ni baisser les yeux. Elle luttait peut-être contre de mauvais souvenirs, à moi de les étouffer, de la réparer.

Et tout s'effondra.

Une vibration dans ma poche me paralysa. Mon bras retomba. À plus de minuit, il n'y avait qu'une personne pour tenter de me joindre. Celle que j'avais soigneusement mise de côté durant cette merveilleuse soirée. Impossible de l'occulter, de me convaincre qu'il n'existait pas. Après une seconde d'un silence pesant, il rappela dans la foulée. Il devait être bien énervé.

– Ton téléphone sonne, remarqua Erin, d'une voix ennuyée. Ça fait deux fois. Tu devrais peut-être répondre.

Je pris de la distance avec elle. J'attrapai cet objet de malheur en le dissimulant à sa vue, je me retins de l'envoyer valdinguer contre les murs de la Tour Solidor. Il exploserait, et le lien qui m'unissait encore à Ivan serait détruit à jamais. Son nom sur l'écran me glaçait le sang. J'étais incapable de relever le visage vers Erin. Comment aurais-je pu la regarder avec, entre les mains, la possibilité qu'elle réentende la voix d'Ivan, là, maintenant, dans la seconde ? Elle était encore avec moi, mais si je lui donnais l'identité de celui qui m'appelait, elle m'oublierait instantanément. Peut-être, prise d'une furieuse envie de lui parler, m'arracherait-elle le téléphone des mains ? Lui crierait-elle sa colère ou son amour toujours présent ? L'avait-elle réellement oublié ? Peut-être pas, et dans ce cas je refusais d'assister au retour de son amour pour lui, pas après y avoir cru. Pas après m'être dit que je pourrais l'aimer, l'aimer comme je n'avais jamais aimé. Pas après m'être senti capable de m'ouvrir et de tout lui offrir. Quoi qu'il se passe entre nous. Un baiser. Une nuit. Plusieurs nuits. Une vie qui se construit. Ivan serait toujours présent. Je craindrais toujours qu'il revienne, qu'il me la reprenne, qu'elle lui revienne. Erin resterait sa femme, la mère de ses enfants. Qu'ils divorcent ou non, cela ne changerait rien. Leur histoire l'avait marquée au fer rouge. Le tatouage de la nôtre – si tant est qu'elle démarre – la recouvrirait-il ?

– Gary ? m'appela-t-elle.

J'enfouis dans la poche de mon manteau mon téléphone qui vibrait encore et encore. Ne pouvait-il pas me foutre la paix ?

– Ce n'est rien, je rappellerai plus tard, lui répondis-je.

Je la regardai longuement, elle me souriait timidement. Que pouvait-elle se dire alors que je venais sans le vouloir d'ériger une barrière entre nous qui ne pourrait plus être levée ce soir ? Celui que j'étais peu de temps encore auparavant aurait fui à toute vitesse, il serait parti le plus loin possible, il se serait noyé dans la plongée, croyant que sa vie était là, qu'il n'avait pas le droit d'être heureux. Il se serait à nouveau exclu du monde, de l'humanité sous l'eau. Il n'aurait pas affronté l'adversité. Il n'aurait pas combattu l'image d'Ivan dans le cœur et l'esprit d'Erin. Je n'abandonnerais pas après ce qu'elle m'avait offert d'elle durant ces deux dernières heures. Ivan venait de nous gâcher cet instant, ce n'était pas grave, j'en provoquerais d'autres. Et il finirait bien par s'épuiser de mon silence.

Je fus enfin en mesure de lui rendre son sourire.

– Te voilà arrivée à bon port… Je vais te laisser retrouver tes enfants.

Elle acquiesça d'un mouvement de tête délicat.

– Crois-tu que Douce repassera bientôt sur la digue ? lui demandai-je, amusé.

Elle laissa échapper un petit rire.

– Il y a de fortes chances.

Il fallait que je m'en aille, que je la laisse. Ce n'était que pour quelques heures, mais cela me semblait déjà trop long.

– Je vais rentrer, chuchota Erin.

Elle combla la distance qui nous séparait, se hissa sur la pointe des pieds, sa main s'abandonna sur mon torse, et elle déposa un baiser sur ma joue. Je penchai légèrement mon visage vers elle, nos fronts se frôlèrent, nos regards se croisèrent. Comme il était douloureux de résister à la tentation. Elle inspira profondément et s'éloigna. Ce n'était pas le moment.

– Bonne nuit, Gary.

Elle fila vers sa porte d'entrée, et je profitai de sa présence jusqu'au dernier instant. Elle me lança un dernier regard. Je murmurai « Bonne nuit ».

Mon sourire ne me quitta pas du chemin pour rentrer chez moi. J'avais peut-être droit à une seconde chance. Je ne comptais pas la gâcher. Pour cela, je devais passer le message une bonne fois pour toutes à Ivan. Il fallait qu'il m'oublie, il n'aurait pas de nouvelles d'Erin par moi, à moins qu'elle m'en fasse la demande. Je récupérai mon téléphone, déterminé à exiger qu'il me laisse tranquille. Avant de tenter de le joindre, j'écoutai son dernier message : « Tu n'es qu'une merde… Tu vois, je te prenais pour un mec fiable, je te faisais confiance, je te considérais comme un ami, et en fait, on ne peut pas compter sur toi. Si un jour, je te croise, ne t'approche pas de moi, sinon je te démolis. Oublie-moi. Efface mon numéro. Je ne te connais plus. » Ses insultes m'importaient peu, voire pas du tout, je m'en moquais. Il sortait de ma vie, définitivement, de son propre chef, sans que j'aie à le lui demander. Pour ce qu'il avait fait partie de mon existence… Le principal était qu'il ne gâcherait plus de moments avec Erin. Il n'en saurait jamais rien, mais je conserverais son numéro pour le cas où Ulysse ou Lou souhaiterait reprendre contact avec lui.

J'étais libre. Libre de l'aimer. Libre de lui faire oublier le mal qu'il lui avait infligé.

Erin

J'ouvris les yeux naturellement et m'enroulai dans les draps. J'appelai la douceur et la chaleur du tissu sur ma peau. J'étais bien et dans tous mes états, à la fois. Le souvenir de la soirée de la veille m'enveloppait. Magique, enivrant, terrifiant. J'étais vivante. J'étais une femme. J'étais une femme qui avait été regardée par un homme. Je m'étais laissé regarder par un homme, je m'étais laissé approcher par un homme. J'avais renoué avec des gestes, des attitudes, des regards. Je n'avais rien pu maîtriser. Je doutais même d'en avoir eu l'idée, d'ailleurs. Lorsque Ulysse et Lou m'avaient avoué qu'ils étaient allés trouver Gary, j'avais commencé à espérer qu'il vienne à ma rencontre. J'attendais un signe qui justifie mon incapacité à l'oublier. À l'instant où il était entré à *L'Odyssée*, mon cœur avait battu plus vite. La tendresse dans sa voix lorsqu'il avait parlé des enfants avait fini de m'inciter à baisser la garde. Ma raison et la protection érigée autour de moi depuis toutes ces années s'étaient envolées. Le besoin de me laisser porter avait tout emporté. Et Gary m'avait répondu. J'avais aimé chaque seconde du jeu de séduction entre lui et moi, les sous-entendus, les mots prononcés trop vite, les regards appuyés et ceux qui déshabillaient en pensée. Plus les minutes défilaient, plus mon corps se réveillait. Je n'avais qu'à fermer les yeux pour me souvenir de ses cheveux ébouriffés dans lesquels je voulais enfouir ma main, des siennes marquées par le soleil et la mer que je voulais sentir sur ma peau, de ses bras dans lesquels je voudrais être, de son regard hypnotisant, du coin de sa bouche qui se relevait lorsqu'il était gêné ou amusé. Redécouvrir le désir était fascinant. Je m'étais convaincue que je n'aurais plus jamais envie d'un corps, envie de caresser, d'aimer, d'être aimée. La dernière fois que j'avais été touchée, j'avais été quittée dans les minutes qui avaient suivi. Difficile de l'oublier. Depuis sept ans, le sexe rimait avec malheur à venir, et avant il rimait avec brutalité. Mon corps ne pouvait que s'éteindre. Le souvenir de l'amour physique signifiait passion destructrice, foudroyante, éphémère et douloureuse.

La veille au soir, j'avais découvert qu'un corps pouvait appeler le mien.

Malgré ma terreur, j'avais cru, attendu, espéré que Gary m'embrasse, j'aurais été bien incapable de franchir le premier pas. Et puis, ce coup de téléphone avait brisé l'instant. J'avais instinctivement deviné l'identité de la personne qui cherchait à le joindre en pleine nuit. J'avais attentivement observé Gary dans les minutes qui avaient suivi. Ses pupilles s'étaient rétractées, avaient oscillé de droite à gauche dans un mouvement de panique. Son corps s'était arqué dans un geste de défense, ses poings s'étaient serrés. Je m'étais retenue de l'attraper, de le secouer pour lui crier d'oublier Ivan, comme moi je m'y appliquais. Ivan n'avait aucun droit de nous voler ce qui nous arrivait. Ivan n'avait plus de pouvoir sur ma vie de femme. D'autant plus que je restais froide à l'idée qu'il soit là, à l'autre bout du téléphone. Cela ne provoquait en moi aucune émotion, sinon de la colère.

Et puis, en une seconde, Gary s'était redressé, son regard était redevenu doux, mais déterminé. Il m'avait dévisagée de la même manière qu'avant l'intrusion d'Ivan, et il m'avait protégée de lui en ne le convoquant pas entre nous. Je ne regrettais pas que nous n'ayons pas essayé de revenir en arrière, j'étais heureuse de savourer ce qui m'arrivait. La patience. La réalité de ce qui se produisait en moi. Le trouble, les sentiments naissants. Cette montée du désir, cette attente, ce manque alors que je ne le connaissais encore que peu n'avaient pas de prix. N'avais-je pas le droit de me sentir sur un nuage amoureux de désir après ces années de désert ? Je souhaitais vivre chaque seconde avant d'être avec lui. Cette impression d'être broyée de l'intérieur parce que l'on attend, parce que l'on désire, parce que la frustration est synonyme du meilleur à venir. J'avais le sentiment d'être légère, d'être moi-même, d'être l'Erin d'avant Ivan.

– Maman ! On va être en retard ! claironna Milo.

J'éclatai de rire, le retour à la réalité était joyeux.

– Ce n'est pas grave, lui répondis-je.

Durant toute la matinée, j'étais toujours sûre de moi et en confiance. Même lorsque mon père et mon frère passèrent l'un après l'autre vérifier qu'aucun drame ne s'était produit depuis la dernière fois. Je les rassurai encore une fois sur le moral de la troupe. J'en profitai pour leur annoncer qu'Ulysse et Lou ne s'en sortaient pas trop mal depuis qu'ils savaient, mais qu'ils ne s'en fassent pas, je veillais sur mes enfants.

– En tout cas, toi, ça a l'air d'aller, remarqua Erwan, plus que suspicieux.

– Oui ! Ça va ! Ça va même très bien ! Figure-toi que j'ai décidé d'oublier ce qui me souciait, et de vivre. Je te l'ai dit, les enfants encaissent les nouvelles mieux que ce que nous pouvions imaginer, on en parle, ils en parlent d'eux-mêmes…

Je me gardai bien de lui dire avec qui ils avaient évoqué leur père. Je refusais qu'Erwan me fasse brutalement descendre de mon nuage.

– Si tu le dis…

Les heures passèrent, ma belle légèreté s'évapora au profit d'une nervosité grandissante, envahissante, et impossible à contrôler. Elle était à son comble à mon retour à la maison. En préparant le dîner, je brisai deux assiettes et un verre. Mes lasagnes carbonisèrent dans le four, je dus les jeter. Les enfants devraient se contenter de pâtes au beurre. Sans émettre le moindre commentaire, Ulysse en sauva d'ailleurs la cuisson lorsqu'il me trouva perdue, en réalité engluée dans mes pensées affolées.

Et si, finalement, je n'arrivais plus à être une femme comme les autres ? Étais-je vraiment capable de me laisser aller ? De parler le langage du corps et du cœur ? Les traces douloureuses sur ma peau se réveilleraient-elles ? Et puis, pouvais-je lui accorder toute ma confiance ? Ne serais-je pas rattrapée par mon histoire au point de douter de lui régulièrement ou en permanence ? Ne serais-je pas assaillie de questions en le regardant, m'interrogeant sur ses secrets, sur ce qu'il ne m'avait pas raconté de lui ? Ne craindrais-je pas perpétuellement qu'il se transforme, qu'un double maléfique n'apparaisse ? Était-ce ce que je désirais ? La méfiance et la réserve.

Et si lui réalisait que la situation était trop compliquée ? J'étais convaincue qu'il cherchait davantage qu'une aventure d'une nuit, ce qui me convenait parfaitement. Je n'étais pas à la recherche de sexe pour le sexe. Si j'osais faire un pas vers lui, c'était pour tenter un bout de chemin ensemble. Comment oublier sa réaction lorsque

Ivan avait appelé ? Son éloignement immédiat. Peut-être qu'en ce moment même il se disait qu'il préférait renoncer à moi, à un nous, pour s'éviter des ennuis potentiels. J'étais dans l'impossibilité de lui garantir qu'Ivan ne reviendrait jamais, il en savait quelque chose. Je devais apprendre et lui aussi devrait apprendre à vivre avec l'idée qu'Ivan puisse débarquer d'un jour à l'autre. Même si je le redoutais, je refusais d'être envahie par cette peur. Je pouvais simplement promettre à Gary qu'Ivan ne s'approcherait plus jamais de moi. Mais ils se connaissaient tous les deux. Comment savoir ce qu'ils avaient partagé à l'autre bout du monde ? Je n'aurais jamais de certitudes. Étais-je prête à cela ? Pour découvrir la véritable teneur de leur amitié, il faudrait que je les aie tous les deux en face de moi. Ce que je ne souhaitais surtout pas.

Et puis, j'avais mes enfants. Je les regardais attentivement l'un après l'autre. Ulysse. Lou. Milo. Comment prendraient-ils l'arrivée d'un homme dans la vie de leur maman ? J'entendais certains me dire « Tu te prends trop la tête, vas-y, fonce, ne laisse pas le choix à tes enfants ». Peut-être ces personnes avaient-elles raison, mais je ne pouvais pas mettre de côté ma raison de vivre, ceux qui m'avaient sauvée du naufrage absolu. Je n'avais aucune idée de leur réaction, je ne m'étais consacrée qu'à eux ces sept dernières années, et même avant lorsque Ivan nous désertait. Accepteraient-ils de me partager avec Gary ? Lui mèneraient-ils la vie dure ? Seraient-ils indifférents à lui ? Se comporteraient-ils comme s'il n'existait pas ? Ou bien lui offriraient-ils une place dans leur vie ? S'attacheraient-ils à lui ?

Et Gary… Il n'avait pas d'enfants. Peut-être n'en avait-il jamais voulu ? Il avait été marié. Pourquoi n'avait-il pas fondé une famille avec son ex-femme ? Difficile d'oublier avec quelle délicatesse touchante il avait parlé d'eux, mais cela ne signifiait rien de particulier. C'était un homme intelligent, il m'avait vu réagir viscéralement pour mes enfants, il savait déjà qu'ils passeraient avant tout, avant lui. Accepterait-il cette réalité, ma réalité ? Pourrait-il les aimer ? Les intégrer dans sa vie ? Était-il prêt à leur offrir un peu de lui ?

– Ça va, maman ? me demanda Ulysse.

Je relevai un visage souriant vers lui. Après tout, m'interroger sur ma vie amoureuse signifiait que ma vie était normale. Je m'accrochai à cette banalité. Je hochai la tête en guise de réponse.

– Tu as l'air bien perchée, aujourd'hui, remarqua-t-il, narquois.

Mes trois enfants m'observaient, très clairement amusés par mon attitude. Je rougis et commençai à débarrasser.

Ils m'aidèrent à ranger la cuisine comme chaque soir, je me ressaisis et leur parlai enfin de leur journée d'école, des copains, de leurs grands-parents, de notre vie. Ensuite, je montai coucher Milo et je pris le temps de lui lire une histoire. Je ralentissais le temps…

Lorsque je ressortis de la chambre de son frère, Ulysse me tomba dessus.

– Tu sors Douce, ce soir ?

– Évidemment, comme tous les jours. Pourquoi cette question ?

– Oh pour rien…

Je l'embrassai et m'apprêtai à descendre l'escalier.

– Si tu croises Gary…

Je stoppai net.

– Dis-lui merci de notre part, maman.

– Ouais, franchement, il a été gentil avec nous, renchérit Lou arrivée comme par magie à côté de son frère.

Pour eux, Gary les reliait à leur père. Comment mettre ce fait de côté ? Et pourtant, lorsqu'ils m'en avaient parlé la veille au soir, mes enfants m'avaient semblé avoir accroché avec lui. Ulysse m'avait dit « Il est sympa, vraiment, parce qu'on l'a emmerdé avec nos questions, et il a l'air de n'avoir rien à voir avec lui, il m'a bien fait comprendre qu'ils ne se ressemblaient pas ». Si jamais il se passait quelque chose entre Gary et moi, les enfants savaient qu'il savait. Un indéniable poids en moins.

– Si je le vois, mais je n'en suis absolument pas sûre, précisai-je avec précipitation, voulez-vous que je lui demande le numéro ?

Ils échangèrent un regard interrogateur.

– Maman, commença Ulysse, tu sais ce que j'en pense, je ne veux pas en entendre parler… je ne veux pas qu'il foute sa merde… C'est Lou qui décide. Et si elle veut lui parler, rien ne m'oblige à en faire autant, non ?

Je secouai la tête, avant de fixer ma fille. Elle tremblait.

– Je ne suis plus sûre d'en avoir envie… J'ai un peu peur… Et puis, Gary, il habite ici… je n'ai pas besoin de me dépêcher. Tu pourras lui demander quand tu veux.

Je grimpai les quatre marches qui me séparaient d'eux et les attrapai contre moi. Les rôles s'inversèrent, ils me serrèrent dans leurs bras.

– C'est vous qui décidez. Vous allez bien ? Vous tenez vraiment le coup ? Ne me mentez pas là-dessus.

Sans les voir, tandis que j'étais contre eux, je sentis qu'ils se parlaient silencieusement.

– Ne t'inquiète pas pour nous, me rassura mon fils.

– On va bien, maman, tu es là.

Je me détachai d'eux. Ma main droite se posa sur le visage de Lou, la gauche sur celui d'Ulysse, je les caressai tendrement. Ils me souriaient avec tant d'amour. Je voulais décrypter des signes partout. Mais j'avais l'impression qu'ils avaient conscience qu'il se passait un événement important pour moi, et qu'ils me donnaient l'autorisation de franchir le pas.

– Dormez bien, mes trésors.

– Bonne balade, maman.

Je les embrassai une fois encore et dévalai l'escalier, j'enfilai mon manteau, nouai un foulard autour de mon cou, Douce tournait en rond autour de moi, attendant que j'ouvre enfin la porte. Elle patienta encore quelques minutes, je pris le temps de me regarder dans le miroir de l'entrée. Pour la première fois pour ma balade avec elle, je voulais être jolie. J'avais parfaitement conscience de ce qui se passerait si j'allais voir Gary. Je ne savais plus me préparer à l'amour. Alors, je serais naturelle, telle qu'il m'avait rencontrée, telle que je lui avais plu. Mes yeux brillants afficheraient les marques de mes interrogations et de mon trouble. J'attrapai malgré tout l'échantillon de mon parfum qui traînait toujours dans le vide-poches, en fis couler quelques gouttes le long de ma nuque, et inspirai profondément avant de sortir. Douce aboya de joie et choisit son chemin habituel. Ma chienne ne m'épargnait pas, elle prenait le grand itinéraire.

Les fenêtres de Gary étaient allumées. Je suivis Douce qui courait déjà sur la digue. À croire qu'elle avait senti où je me rendais, elle s'arrêta devant son immeuble. Je ne pouvais plus l'éviter, je n'en avais pas envie. Je grimpai jusqu'au deuxième étage et frappai timidement à la porte, sans réfléchir davantage. Une éternité passa. S'il ne se décidait pas très rapidement, je m'enfuirais, submergée à l'idée de ce saut dans l'inconnu que je m'apprêtais à faire. La porte s'ouvrit enfin. Mon cœur s'affola, Gary sourit légèrement, esquissa un mouvement pour s'approcher de moi, puis s'arrêta, m'interrogeant du regard. Avant que nous puissions réagir, prononcer un mot, ma chienne nous bouscula pour entrer. Un rire – nerveux pour ma part – nous échappa.

– Tu la suis ? me proposa Gary.

Je ne lui répondis pas et pris la même direction que Douce. J'avançai dans le séjour, la respiration courte. Son appartement était aussi impersonnel que la première fois où j'y étais entrée, il était de passage, me rappelai-je, il avait toujours été de passage partout où il était allé. Et si je me trompais une fois encore ? J'étais prête à reculer pour me préserver, j'avais trop souffert. Si je tombais follement amoureuse de lui – ce que je pressentais comme plus que probable –, je ne supporterais pas une nouvelle trahison, un nouvel abandon. La peur et l'instinct de survie me dévoraient. Je me retournai vers lui en broyant mes mains, je devais me donner une contenance, canaliser l'affolement de mes sentiments et de mes sens, qu'il réveillait par sa simple présence. Il me donnait le sentiment d'attendre mon verdict. Il me laissait choisir. Ce qui pouvait se passer entre nous dépendait de ma volonté.

– Je suis terrifiée, lui avouai-je, à bout de souffle. Je ne comprends pas ce qui m'arrive. Je suis perdue, je ne croyais pas ressentir ça un jour. Ça fait quoi, un mois que je te connais, et tu as vu tout ce qui s'est déjà passé... Je ne devrais pas être là avec toi, mais je n'ai pas pu me contrôler. Tu m'appelles... Mes enfants viennent tout juste d'apprendre que leur père est en vie. Je n'aurais pas dû les laisser seuls pour venir te voir... Ils sont ma priorité, ils le seront toujours, je veux que tu en aies conscience.

– Je le sais... je n'attends que de les connaître...

Pourquoi prononçait-il toujours les mots que j'avais besoin d'entendre ? À croire que nous étions faits l'un pour l'autre, que nous devions nous rencontrer. Je rêvais tellement à sa sincérité.

– Il n'y a pas que ça, l'interrompis-je de plus en plus fébrile, j'ai peur de ne jamais te faire confiance, de toujours douter de toi, tu vas vivre un enfer avec moi. Je préfère te prévenir.

Il parut amusé par ma mise en garde, et avança d'un pas vers moi.

– Je ne crois pas…

Je l'arrêtai d'un geste de la main, il m'obéit.

– Et il y a Ivan.

Il tressaillit et recula, blessé.

– Je refuse qu'Ivan s'immisce entre nous. Si tu ne crois pas pouvoir t'en détacher, le reléguer aux oubliettes en ce qui me concerne, va-t'en. Ne t'approche plus de moi. Je sais très bien que c'est lui qui t'a appelé hier soir… et tu m'as fuie…

– Je suis désolé, j'ai été surpris…

– Je sais ce que je fais, enfin, là, tu ne dois plus en être très sûr… Je refuse qu'il régente ma vie et la tienne.

Il sourit, clairement soulagé, puis redevint sérieux.

– Je ne lui accorderai pas ce pouvoir, et je l'empêcherai de s'approcher de toi, si c'est ce que tu souhaites.

Il avança à nouveau vers moi. Je ne bougeai plus, nous ne nous quittions pas des yeux. La distance qui nous séparait disparut. Il me regardait intensément. Comme la veille, il leva une main vers mon visage. À l'instant où il allait enfin me toucher, je me recroquevillai, assaillie par une dernière angoisse. Il suspendit son geste, j'étudiai attentivement son expression, traquant une contrariété, un énervement quelconque après moi. Je ne vis rien que du désir tendre. Il attendait que je parle.

– Ne joue pas avec moi. Je ne veux plus avoir mal, Gary… Je ne veux pas avoir mal d'aimer… Je sais déjà que je vais te demander de ne pas partir.

– Tu n'auras pas à le faire, tu me retiens déjà.

Son bras s'enroula autour de ma taille, m'enferma contre lui, je ne luttai plus, mes mains se posèrent sur son torse, je sentais son cœur battre vite et fort, son visage se pencha vers le mien. Nos joues se frôlèrent, se caressèrent, nos lèvres se cherchèrent. Chaque particule de mon être vivait follement cette découverte. Gary s'éloigna légèrement, de sa main libre il effleura mon front, mes cheveux, mon cou, ma bouche. Puis il m'embrassa. Ce baiser ressemblait à un saut dans le vide. Nous nous dévorions comme si notre vie en dépendait, comme si nous n'avions jamais été embrassés, comme si nous n'avions jamais embrassé. Gary m'aidait à reprendre ma respiration, il m'offrait son oxygène. Je me débarrassai de mon manteau, je n'avais pas osé le retirer en arrivant, de crainte de partir en courant. Je le lançai au loin. Sans lâcher ma bouche, Gary m'entraîna vers sa chambre. Son lit nous accueillit et à partir de là, le temps se distendit, se tordit pour vivre chaque geste, chaque baiser, chaque inspiration tandis que nos vêtements disparaissaient l'un après l'autre. Nue contre lui, tout aussi nu, je me blottis dans ses bras de longues secondes, en imprimant sa peau dans la mienne, je voulais m'assurer que j'étais en sécurité avec lui. Il patienta. L'air me manqua lorsqu'il saisit mes seins dans ses mains, qu'il les embrassa, j'avais le sentiment de découvrir cette sensation, ce plaisir intense. Les minutes n'avaient pas de prise, chaque caresse prenait son temps. J'effleurai son corps du bout des doigts, de mes lèvres, lentement, pour savourer la sensation de sa peau, pour l'apprendre, pour décrypter ses frissons, ses soupirs en écho aux miens. Lorsque le désir fut trop fort, Gary ancra ses yeux dans les miens remplis de larmes d'émotion. Il me pénétra avec une lenteur infinie, sa respiration laborieuse répondait à la mienne. Quand le supplice de l'attente s'acheva, un gémissement s'échappa de ma bouche. Il ne bougea plus.

– Erin, ne crois pas que c'est moi qui ai le pouvoir. Si tu me laisses t'aimer…

Je l'interrompis d'un baiser, d'un baiser comme je n'en avais jamais donné. Un baiser d'un désir fiévreux, un baiser d'amour naissant incontrôlable, un baiser de confiance et d'abandon. Il me le rendit avec tout autant de passion. Nos lèvres furent incapables de se séparer jusqu'à la jouissance. La plus troublante, la plus puissante que j'aie jamais vécue. Le sexe pouvait être beau, pouvait être une symbiose.

Nous restions emmêlés. Gary ne cessait d'explorer mon corps, mes mains continuaient à se promener sur lui, nos yeux arrimés.

– Je suis tout aussi perdu que toi, m'avoua-t-il en chuchotant. J'ai peur aussi, mais je crois que c'est parce que je n'ai jamais été aussi heureux. J'ai le sentiment d'être enfin à ma place… Tu n'imagines pas ce que cela représente pour moi… Je ne laisserai personne nous voler ce qui nous arrive. Malgré les épreuves, parce que je sais qu'il y en aura, je ne m'enfuirai pas, je me battrai pour nous, toi, moi, tes enfants.

Mes paupières se fermaient toutes seules alors que j'étais lovée dans les bras de Gary, je ne voulais plus bouger, je voulais rester là, dans la chaleur protectrice de sa peau, pour toujours.

– Erin, murmura-t-il à mon oreille, je te garderais bien avec moi toute la nuit, mais je suppose que si tes enfants ne te trouvent pas demain matin…

Je frottai mon nez dans son cou pour m'imprégner de son parfum iodé pour les prochaines heures où je serais séparée de lui.

Je ne songeai pas à l'empêcher de me raccompagner. Pendant que nous nous rhabillions, le moindre geste était prétexte à nous toucher, à nous embrasser.

Douce nous attendait sagement dans le salon, elle nous arracha un rire. Gary la siffla avant moi pour qu'elle sorte, elle lui obéit sans m'accorder la moindre attention. Nous fîmes le trajet, accrochés l'un à l'autre. Pour la première fois, Gary alla jusqu'à la porte. Il encercla mon visage de ses mains. Comment pouvais-je ressentir des sentiments si forts pour un homme ? Il déposa un baiser appuyé sur mes lèvres.

– Quand es-tu à *L'Odyssée* demain ?

– Jusqu'à 18 heures. Tu finis à quelle heure ?

– Je me débrouille pour passer avant que tu t'en ailles.

– Milo sera certainement avec moi.

Il me sourit largement.

– Tant mieux, j'ai hâte de le rencontrer.

Je l'embrassai encore une fois et ouvris ma porte.

– Dors bien, me dit-il.

1

Ivan

Il tournait en rond dans son restaurant déserté, fermé depuis deux jours. Il ne voulait plus voir personne. Être en pleine possession de ses moyens était impératif pour la suite. Un mois qu'il attendait que l'autre connard de plongeur lui donne des nouvelles concrètes d'Erin. Il n'obtiendrait rien de ce mec. Il ne perdait rien pour attendre, il se chargerait de son cas. Après tout, il était en partie responsable du retour de la bête. Il le retrouverait où qu'il se cache.

Mais un autre avant lui devrait rendre des comptes. Le premier fauteur de troubles n'était autre que son beau-frère. Combien de fois s'était-il retenu de cogner sur ce type qui le prenait de haut, qui lui parlait comme à un imbécile ?

Il avait une idée assez précise de la manière dont les choses avaient dû se passer. Il avait certainement harcelé Erin depuis son départ pour qu'elle divorce en lui sortant son baratin d'avocat. Et au bout de sept ans, elle avait fini par céder aux demandes incessantes de sa famille de se séparer de lui.

Il la pensait plus forte.

Avait-elle oublié qu'elle lui appartenait ?

N'avait-elle pas compris qu'un jour ou l'autre il reviendrait pour reprendre sa place ?

Gary

J'avais toujours rêvé de vivre dans la routine. Je savais que certains la craignaient plus que tout, la trouvaient monstrueuse, destructrice d'amour et de désir, moi, j'étais convaincu du contraire, je l'attendais, l'espérais. Et elle était merveilleuse au-delà de tout ce que j'imaginais.

La nôtre, à Erin et moi, se roda naturellement. Chaque soir, je la rejoignais à *L'Odyssée*. Parfois, elle était avec Milo, comme le lendemain de notre première nuit. La rencontre avec son petit dernier avait été timide, il était resté en retrait, se demandant certainement qui était cet inconnu qui tenait compagnie à sa mère. Deux semaines plus tard, nous en étions toujours au même point, il m'observait du coin de l'œil, il me répondait lorsque je lui parlais, mais d'une petite voix, jamais plus que le strict minimum, je n'insistais pas, lui accordant tout le temps nécessaire pour apprivoiser ma présence. En attendant, je me plaisais à l'observer. Certains jours, Ulysse et Lou étaient présents. Avec eux, c'était beaucoup plus fluide. Leur adolescence leur avait très vite permis de comprendre ce qui se passait entre leur mère et moi, ce qu'ils semblaient bien accepter, me tutoyant même sans difficulté. Je fus touché par la demande d'Ulysse glissée subrepticement un jour où Erin avait le dos tourné et où Lou s'occupait de Milo.

« Ne fais pas souffrir maman. » Je lui avais tendu la main, comme pour sceller un pacte implicite avec lui, il avait accepté. Les grands n'hésitaient pas à me poser des questions sur mes voyages, sur la plongée. Je remarquai très vite l'éclat d'envie dans le regard d'Ulysse. J'attendais encore un peu, mais je m'étais promis, si tout se déroulait au mieux, de lui proposer son baptême. Le contexte ne s'y prêtait évidemment pas, mais à aucun moment ils ne cherchèrent à me parler de leur père. Je restais malgré tout vigilant, sachant pertinemment que le sujet d'Ivan ne serait jamais clos.

Les jours où Erin quittait son bar en fin de journée, je la raccompagnais jusque chez elle, et elle me rejoignait plus tard. Les soirs où elle travaillait, je passais la soirée à *L'Odyssée*, et quand elle fermait, là encore elle venait chez moi. Je n'avais toujours pas franchi le seuil de sa maison, elle n'avait pas l'air décidée. De mon côté je ne la brusquais pas, n'ayant pas particulièrement hâte de me retrouver dans la maison où avait habité Ivan.

Depuis deux semaines, il n'y avait pas eu une nuit dont nous n'avions pas partagé quelques heures. Ma faim d'elle ne serait jamais rassasiée. Sa peau, sa bouche, ses seins, son ventre, ses soupirs, sa sensualité dont elle ne semblait pas avoir conscience, tout en elle m'appelait. Elle était belle, tellement belle pendant l'amour. Mais tellement fragile aussi. Malgré l'intensité de notre première fois et toutes les suivantes, elle avait parfois des sursauts de crainte, de réserve. Dans ces instants-là, ses yeux se voilaient furtivement, comme aspirés par de mauvais souvenirs, plusieurs longues secondes lui étaient toujours nécessaires pour revenir avec moi. J'étais certain qu'Ivan avait été brutal avec elle. Une nuit, j'avais essayé de lui poser des questions, je ne voulais surtout pas avoir un geste qui la blesserait ou qui le lui rappellerait. Lorsqu'elle avait saisi le sens de ma question, elle s'était recroquevillée, fuyant mon regard, je l'avais serrée dans mes bras, contenant difficilement la rage que je sentais monter en moi, mes pires soupçons étaient confirmés, elle m'avait murmuré douloureusement « Pas maintenant ».

Ce non-dit ne ternissait pas le reste. D'autant moins après lui avoir appris qu'Ivan avait décidé de m'oublier. Ce qui était vrai, il n'avait plus essayé de me contacter. C'était un soulagement. Une liberté que je savourais à sa juste valeur, priant pour qu'elle ne soit pas éphémère. Chaque jour qui passait, notre complicité s'approfondissait, nous riions, nous parlions, nous nous provoquions. Le matin en me réveillant, j'hésitais à me pincer pour m'assurer de la réalité de ce qui m'arrivait. Je partageais avec cette femme plus que mon idéal, plus que ce dont je n'aurais jamais osé rêver.

Erin me parlait souvent de ses parents, son frère et sa belle-sœur qu'elle aimait plus que tout au monde. Cette nuit-là, alors qu'approchait l'heure de rentrer chez elle retrouver les enfants, elle tournait en boucle, je l'écoutais ruminer. Elle ne savait absolument pas comment s'y prendre pour leur annoncer mon existence dans sa vie.

– Ils risquent d'être insupportables ! me prévint-elle. Je suis fatiguée à l'avance.

J'éclatai de rire. Puis, je me relevai légèrement, un rictus amusé aux lèvres.

– Je ne dis pas que je suis pressé de m'en prendre une par ton père ou ton frère, mais plus tu recules, pire ce sera. Et puis, tu n'es pas à l'abri que les enfants ou Paloma commettent une gaffe.

Erin n'avait pas eu besoin d'annoncer quoi que ce soit à son associée. Elle avait compris d'elle-même, grâce à son œil de lynx. Pourtant, nous prenions bien garde à ne pas trop nous toucher à *L'Odyssée*. Bien que cela soit extrêmement difficile, nous ne nous embrassions jamais lorsque nous nous retrouvions en fin de journée. Nous attendions toujours d'avoir quitté le bar pour nous attraper par la main, seul geste amoureux auquel les enfants avaient pu assister.

Elle soupira, boudeuse.

– Sans compter que je peux débarquer à *L'Odyssée* et qu'ils soient là, poursuivis-je. Ne compte pas sur moi pour faire semblant de ne pas te connaître.

– Je ne te demanderais jamais une chose pareille !

Je haussai un sourcil moqueur.

– Donc ?

– Tu as raison, concéda-t-elle, mais je te préviens, c'est à tes risques et périls !

Je ris encore.

– Je survivrai…

– Et toi, alors ? m'interrompit-elle, taquine.

– Quoi ?

– Parle-moi de ta famille !

J'aurais voulu réagir autrement, j'en fus incapable. Je sortis du lit et me rhabillai à toute vitesse.

Sans prononcer le moindre mot, je filai dans le séjour, la laissant seule.

Ma famille. J'évitais méticuleusement le sujet depuis deux semaines. J'étais face à une femme qui entretenait une relation fusionnelle avec les siens, ils se voyaient tous les jours ou presque, ils formaient un tout. Si j'insistais pour qu'elle assume notre rencontre devant eux, c'était purement égoïste, j'attendais à travers cette annonce une preuve de ses sentiments pour moi, même si je craignais qu'ils soient envahissants et qu'ils la fassent douter de moi. J'étais prêt à me battre pour lui prouver qu'ils avaient tort. Ce qui ne réglait en rien le problème de ma famille. Qu'allait-elle penser de l'état déplorable de ma relation avec mes parents, mon frère et ma sœur ? Pour qui me prendrait-elle lorsqu'elle apprendrait que je n'avais fait aucun effort pour les voir depuis plusieurs années ? Comment lui expliquer le pourquoi du comment sans passer pour un minable ? Comment lui dire que je revenais progressivement vers eux après une si longue absence ? Même si je continuais à profiter de leur éternelle patience envers moi pour être prêt à aller les voir.

– Tu vas t'enfuir à chaque fois qu'il y a quelque chose qui te contrarie ? m'assena-t-elle en me rejoignant dans le séjour.

Elle était en colère. À juste titre. Mais sa remarque ne me calma pas pour autant. Elle venait de dire ce qu'il ne fallait pas, je m'enfermai dans mon silence.

– Il n'y a rien à dire sur ma famille !

Elle secoua la tête, affligée par ma réponse, puis elle attrapa son manteau, noua son foulard autour de son cou. Ensuite, elle tapa légèrement sa cuisse pour appeler Douce qui dormait étalée de tout son long et prit la direction de la porte d'entrée. Je la retins au dernier moment en l'attirant contre moi.

– Erin, attends.

– Si tu n'es même pas capable de m'expliquer ce qui se passe avec ta famille, je me demande ce que je fais là…

– Je te raccompagne.

– Je suis une grande fille, je n'ai pas attendu que tu arrives dans ma vie pour marcher dehors en pleine nuit.

D'un mouvement brusque, elle se détacha de moi, ouvrit la porte et dévala l'escalier.

Je dus prendre sur moi pour que mon travail ne pâtisse pas de notre dispute, ayant à peine fermé l'œil après son départ. Je m'en voulais de m'être renfermé de cette façon et je lui en voulais de ne pas accepter que je puisse avoir besoin de temps pour lui raconter certains pans de ma vie. Pour autant, rien n'aurait pu me retenir d'aller à *L'Odyssée* après le boulot. Il fallait que je la voie, et il ne fallait pas que, d'une façon ou d'une autre, je m'embourbe dans mes travers, je n'allais pas la perdre si vite.

Il faisait beau, la terrasse était pleine en ce vendredi soir, ensoleillé. Pas de trace d'Erin dehors, je la découvris à l'intérieur. Lorsqu'elle me vit, elle soupira de soulagement et esquissa un sourire embarrassé que je lui rendis. Ses trois enfants étaient installés au comptoir. Elle me désigna son dernier d'un mouvement de tête, et leva les yeux au ciel, agacée. Je m'approchai d'eux avec Douce dans les jambes, elle ne me lâchait pas d'une semelle lorsque j'étais là.

– Salut Gary ! chantonna Lou.

– Tu tombes bien, m'annonça Ulysse.

– Ah bon ? Pourquoi ?

Il me fit un clin d'œil dont je ne saisis pas le sens.

– On a un problème avec Milo.

Effectivement, rouge de larmes, il tenait sa tête entre ses mains.

– Je peux t'aider ? lui proposai-je.

Il se renfrogna davantage.

– Milo, tu pourrais dire bonjour à Gary, quand même ! le gronda Erin.

Je lui fis comprendre que ce n'était rien. Elle parut encore plus exaspérée. Je n'arrangeais pas mes affaires. Je verrais plus tard, trop intrigué par la remarque d'Ulysse.

– Tu m'expliques ?

Il se frotta les mains sans demander son reste. Milo avait appris à l'école que les cours de natation allaient bientôt démarrer. Or, il ne savait pas nager et réclamait à sa mère un mot d'excuse pour être dispensé de piscine, ce qu'elle lui refusait. De ce que je compris, tout le monde avait essayé de lui apprendre, du grand-père à la sœur, en passant par l'oncle et même Paloma, mais personne n'avait réussi ne serait-ce qu'à lui faire décoller un pied du sable. Et encore, quand il acceptait d'entrer dans l'eau. Je saisis immédiatement ce qui allait me tomber dessus, Ulysse me donnait un coup de main avec son petit frère.

– En te voyant arriver, poursuivit-il satisfait de lui-même, je me suis dit qu'il n'y avait pas meilleur que toi pour le mettre à l'eau.

– Calme-toi, lui dit sa mère, Gary est occupé et a certainement mieux à faire qu'apprendre à nager à Milo, qui peut y arriver avec l'école !

– Je vais passer pour un nul ! râla le concerné.

– Erin, je n'ai pas dit non.

Je fuis son regard ému pour me concentrer sur Milo, qui brusquement m'accordait de l'attention, il pencha sa tête vers moi et me fixa, curieux.

– Tu sais nager ? me demanda-t-il.

Je retins un rire, ne voulant surtout pas qu'il s'imagine que je me moquais de lui. Erin, quant à elle, dut se retourner pour dissimuler son amusement.

– Oui, je nage tous les jours, c'est un peu mon travail. Je vais même sous l'eau.

Il ouvrit les yeux en grand, impressionné et terrifié à la fois.

– Tu n'as pas peur ?

– J'ai eu peur des fois, mais ça ne m'empêche pas d'adorer ça et d'y retourner. Pour être honnête avec toi, Milo, la plupart du temps je m'amuse. Tu veux que je te montre ?

Il haussa les épaules, indécis, puis il lança à sa mère un regard perdu, comme pour lui demander son avis. Elle lui sourit avec tout son amour.

Il me dévisagea à nouveau, inquiet. Le problème n'était pas qu'il ne sache pas nager, il était effrayé, en réalité.

– Tu sais quoi, Milo, je te montre comment on peut s'amuser en nageant, mais tu n'es pas obligé de venir dans l'eau avec moi. Et tu décideras si tu as envie de me rejoindre, je ne te forcerai pas.

Il hocha la tête, légèrement rassuré.

– D'accord.

Erin, Ulysse et Lou poussèrent un grand soupir de soulagement. À se demander s'ils n'avaient pas comploté tous les trois.

Erin ne travaillait pas ce soir-là. Je les raccompagnai donc tous les quatre jusque chez eux. Les enfants marchaient devant nous et jouaient avec Douce, Erin entrelaça ses doigts aux miens, et cala son visage sur mon épaule.

– Merci pour Milo. Mais tu es certain que ça ne t'ennuie pas ?

– Je te promets que non… ça me tue qu'il ait peur de l'eau ! m'énervai-je, tout seul.

– Je m'en doutais, me répondit-elle en riant avant de redevenir sérieuse. Désolée pour hier soir.

– C'est moi qui m'excuse, j'ai réagi comme un con… Je te parlerai de ma famille, je te les présenterai, mais j'ai besoin d'un peu de temps…

Je voyais bien qu'elle était en partie déçue par ma réponse, à la limite de l'inquiétude.

– Erin, rassure-toi, je n'ai pas de cadavres dans le placard, pas de drames, pas de guerre fratricide, juste deux trois problèmes relationnels, que je m'emploie à régler. Et là, tu vois, en ce moment, j'ai juste envie de profiter de ce qui nous arrive. En plus, aujourd'hui est un grand jour, Milo m'a adressé la parole.

Elle retrouva son sourire alors que nous arrivions devant chez elle, ses enfants étaient déjà rentrés.

– Que dirais-tu de rester dîner avec nous pour fêter ça ?

Elle m'ouvrait sa porte, mais étais-je prêt à entrer chez lui ? Je me perdis dans la contemplation de la façade pour gagner du temps. Avant même que je puisse répondre, elle franchit la distance qui nous séparait et déposa un baiser léger sur mes lèvres.

– On habite ici avec les enfants depuis quatre ans. Il n'a jamais mis les pieds dans cette maison, si c'est ce qui te gêne.

Je devais être bien transparent pour qu'elle lise de cette manière dans mes pensées.

– Reste, s'il te plaît… et puis, tu me diras comment tu comptes t'y prendre avec Milo.

– Tu ne vas pas être déçue !

Dès que je franchis le seuil de sa maison, je fus saisi par l'atmosphère lumineuse et chaleureuse. Comme si, en investissant cet endroit, elle était passée de l'ombre à la lumière. Et puis, il y avait cette vue sur mer, extraordinaire, une échappée vers le large. Je distinguai la barge où je travaillais, ça me plaisait de savoir que je passais mes journées en face de chez elle. Les enfants étaient montés dans leur chambre. Je pris de longues minutes dans le séjour à détailler son environnement, un univers délicat, raffiné, à l'opposé de celui, brut, de *L'Odyssée*. Des souvenirs souriants et ensoleillés aux murs. Un joyeux bazar régnait dans tous les coins. Grâce à elle, je découvrais ce qu'était l'intérieur d'une famille avec des enfants qui semaient leurs affaires à droite à gauche. C'était tellement vivant. Tellement gai. J'aurais pu rester des heures à admirer ce désordre.

Erin arriva dans mon dos et noua ses bras autour de ma taille, se hissa sur la pointe des pieds et m'embrassa dans le cou.

– Tu visiteras plus tard le reste de la maison, ronronna-t-elle, viens m'aider en attendant.

Elle m'entraîna d'autorité dans la cuisine, me tendit une bouteille de vin et le tire-bouchon.

Pendant que nous préparions le dîner tous les deux, comme un vieux couple avec des habitudes et des manies communes, elle me raconta le déménagement, le vide qu'elle avait fait en se débarrassant de tout ce qui pouvait leur rappeler Ivan. J'étais curieux de tout ce qu'elle acceptait de me confier à propos de cette période de sa vie. Les objets et les meubles que je découvrais n'appartenaient qu'à elle et aux enfants. Ivan avait disparu, mais elle l'avait effacé. Elle avait créé une nouvelle vie, totalement vierge – du moins en apparence – de l'existence d'Ivan.

– Tu n'as vraiment rien gardé ?

– Il reste la lettre qu'il m'a écrite en me quittant, mais aujourd'hui, elle est plus aux enfants qu'à moi, ça fait partie de leur histoire. Sinon, je n'ai plus rien... j'ai même jeté mon alliance... À la poubelle, pas à la mer, je ne voulais pas polluer, me précisa-t-elle avec ironie.

Comme par réflexe, elle se mit à masser frénétiquement son annulaire, puis elle afficha une mine gênée.

– Tu vois, après je faisais ça pour que la marque disparaisse plus vite.

Elle frottait sa peau violemment. J'attrapai sa main pour qu'elle arrête et la caressai doucement.

– On ne voit plus rien, Erin, c'est comme si tu ne l'avais jamais portée.

– Je suis désolée, ne va pas imaginer que c'est parce que je pense à lui... ce sont surtout les mauvais souvenirs de cette période. Je veux que tu saches tout, même si c'est compliqué, même si certaines réponses seront plus longues à venir. On n'ira pas loin tous les deux si c'est tabou.

– Tu veux continuer à en parler ?

Elle s'échappa et alla remuer le contenu de sa cocotte. Puis, elle but doucement plusieurs gorgées de vin avant de se retourner vers moi.

– Pas ce soir, ne lui accordons aucune espèce d'importance alors que pour la première fois, tu es à la maison, avec les enfants et moi.

Le naturel du dîner fut déconcertant. Nous étions tous les cinq autour de la table, nous parlions de nos journées respectives, du programme du week-end qui débutait, nous riions de broutilles. La spontanéité avec laquelle j'échangeais avec Ulysse et Lou me remplissait de joie. Les regards complices avec Erin me faisaient de plus en plus basculer vers l'amour. Elle m'offrait une place dans sa vie, dans son cœur. Elle me permettait de me glisser doucement à ses côtés. Pourquoi ? Méritais-je vraiment cette seconde chance que je n'aurais jamais cru possible jusque-là ? Je m'empêchais de penser à certains mots, j'éloignais les sentiments violents qui m'assaillaient. Tout allait vite, très vite. Je craignais de m'y brûler les ailes, mais je prenais le risque.

– Milo, je ne travaille pas demain, lui annonçai-je. Si tu veux qu'on aille nager, enfin moi en tout cas, on peut y aller.

– À la piscine ? me demanda-t-il d'une petite voix inquiète. Ou dans la mer ?

– Non pour les deux, la mer est trop froide pour toi en ce moment, on va attendre un peu. Mais j'ai envoyé quelques messages, je viens d'avoir la réponse. Tu seras tout près de ta maman. On a la fosse de plongée pour nous deux tout l'après-midi.

– Hein ? s'inquiéta Erin.

Je rivai mes yeux aux siens. Je tentai d'avoir une conversation silencieuse avec elle. Je lui demandai de m'accorder sa confiance. Milo ne risquait rien avec moi. Quelque chose me disait qu'une piscine bondée un samedi après-midi était la dernière chose dont il avait besoin. Elle soupira profondément et d'un signe de tête me dit oui.

– Attends, Milo, trop la classe ! s'exclama son frère. Tu ne veux pas m'apprendre à nager, Gary ? Je ne suis plus sûr de savoir.

Son petit frère lui lança un regard époustouflé.

– Je m'occuperai de toi plus tard ! lui répondis-je. Alors Milo, on y va ?

– Je veux bien, accepta-t-il avec un sourire timide.

– Je vais être jalouse de mon fils, m'annonça Erin.

J'étouffai mon rire contre sa peau. Après la balade de Douce, elle m'avait proposé de poursuivre la visite de sa maison par sa chambre, je n'avais pas dit non.

– Bah quoi ? Moi aussi, je veux te voir t'amuser dans l'eau.

– Je te proposerais bien de venir demain, mais je me dis que Milo va peut-être plus facilement oser me rejoindre si tu n'es pas là.

Elle me dévisagea longuement.

– On plongera un jour tous les deux, lui promis-je.

En réalité, je n'attendais que de l'avoir avec moi sous l'eau.

– Tu m'apprendras ?

– Dès que le printemps est bien installé et que l'eau s'est réchauffée, je te baptise ! En attendant, il est tard, tu travailles demain, je vais te laisser dormir.

Cinq minutes plus tard, elle me raccompagnait à la porte. Le baiser que l'on échangea me bouleversa.

Tout en la serrant dans mes bras, je me répétais « impossible ». J'avais raison depuis le début. Erin avait le pouvoir de me soigner de tous mes tourments. Alors que j'allais m'éloigner d'elle, elle me retint encore.

– Gary… C'est bien, non ? Enfin… nous… ce qui nous arrive… J'ai du mal à y croire…

– On est deux…

Gary

Milo n'ouvrit pas la bouche entre *L'Odyssée*, où je l'avais récupéré, et le centre de plongée. La digue des Bas-Sablons que nous devions emprunter sur toute sa longueur me semblait interminable. Je ne savais pas quoi lui dire ni comment me comporter. À commencer par ne pas marcher trop vite, pour ne pas le distancer. Difficile de caler mes foulées sur ses petits pas timides et réticents à l'idée d'approcher de l'objet de sa terreur. Je me sentais si maladroit. Maintenant que j'étais en tête à tête avec lui, je faisais moins le malin. Non pas que je regrettais d'avoir proposé de l'aider, mais je craignais de mal m'y prendre, je ne m'étais jamais retrouvé dans cette situation. La veille, tout à mon bonheur, je m'étais dit qu'il n'y avait rien de mieux que la fosse. Je commençais à saisir l'inquiétude d'Erin. Une piscine de six mètres de fond conçue pour appréhender la plongée n'était peut-être pas une si bonne idée pour un enfant qui avait peur de l'eau… Si je le traumatisais encore plus, ce serait une catastrophe, il me détesterait, et sa mère ne me le pardonnerait pas.

La salle de la fosse était baignée de soleil. L'odeur de chlore saturait l'atmosphère. La vue sur le port de plaisance, les pontons et la Cité d'Aleth était superbe. Je distinguais même mon appartement. C'était étonnant de voir les gens se promener, alors que nous étions prêts à sauter dans le grand bassin, enfin surtout moi. Lorsque je refermai la porte derrière nous, Milo eut un mouvement de recul. Il claquait des dents dans son petit maillot de bain. Ses yeux se remplirent de larmes. Je m'accroupis devant lui et posai délicatement mes mains sur ses épaules frêles.

– Je ne te forcerai pas à y aller, Milo. Je te l'ai promis. Tu vas t'asseoir sur le banc ou au bord, et c'est moi qui y vais. Pas toi. On s'approche doucement ? Juste pour que tu voies à quoi ça ressemble.

Il hocha la tête. Je me relevai et avançai. Je jetai un furtif coup d'œil dans mon dos, il prit sur lui et me rejoignit. Il se colla à moi en tremblant, il murmura un « oh » à peine perceptible, et eut un geste que je n'attendais pas, il glissa sa main dans la mienne.

– Tu ne vas pas me laisser tomber ?

Je la serrai fort, sans réfléchir. Je voulais le rassurer, je voulais tellement lui permettre de vaincre cette peur irrationnelle.

– Jamais.

– C'est profond ?

– Assez, comme si on mettait à peu près six toi les uns au-dessus des autres.

Ma comparaison lui arracha un petit sourire.

– Elle est belle la couleur de l'eau.

– Il y en a des plus belles encore dans la mer. Tu les verras peut-être un jour, quand tu seras grand.

Il haussa les épaules, abattu.

– Tu as toute la vie pour apprendre à nager.

Il soupira, peu convaincu. Puis il se mit à tout observer autour de lui. La salle de la fosse était assez petite. Autant la profondeur de la piscine pouvait sembler impressionnante, autant sa largeur était étroite. Un cylindre d'une douzaine de mètres de diamètre.

Les larges baies vitrées aidaient à ne pas se sentir étouffé. Du moins j'espérais que cela aiderait Milo.

– C'est quoi tout ça ?

– Du matériel de plongée, des gilets, les bouteilles d'oxygène, des détendeurs…

Il fronça les sourcils, comme sa mère.

– Un truc que tu mets dans la bouche pour respirer sous l'eau, quand tu restes longtemps, lui précisai-je. Tu essaieras un jour.

Quand il en eut assez d'observer tous ces objets qui devaient lui sembler étranges, il leva son visage vers moi.

– Tu me montres comment tu joues ?

Jouer, il n'était qu'un enfant. Il fallait juste qu'il découvre le plaisir de l'eau, rien de plus. Juste ce qu'il fallait pour qu'il comprenne que la mer pouvait être un terrain de jeux merveilleux. Je fus assailli par des souvenirs de ma plus petite enfance après que mon père m'eut lancé à l'eau. Je réclamais d'y aller, en permanence, j'avais dû les épuiser à force de caprices, à force de rester dedans, même quand il faisait froid et mauvais. Je n'avais jamais été sensible au climat. Mais Milo avait besoin de temps. Je n'avais aucune idée de comment les uns et les autres avaient essayé de lui apprendre à nager et à aimer l'eau. C'était un échec en tout cas. À moi de trouver la méthode pour qu'il découvre un monde qu'il n'imaginait pas. J'avais le devoir de partager avec lui ce qui m'animait à chaque instant de ma vie.

– Tu verras mieux si tu restes au bord, mais rien ne t'oblige à mettre les pieds dans l'eau. Je vais descendre par l'échelle.

Il s'assit et croisa ses jambes en tailleur pour ne pas prendre le risque d'être mouillé. De mon côté, je descendis tranquillement, sans le quitter des yeux, je m'appliquai à lui sourire. Une fois dans l'eau, je m'approchai de lui en nageant, deux mouvements calmes de brasse pour ne pas l'impressionner inutilement. Je m'accoudai au bord.

– Tu es prêt ? Je vais en dessous.

Il remua la tête. Et je me laissai couler. Je soufflai pour qu'il voie les bulles à la surface et le rejoignis immédiatement.

– Ça va ?

Il acquiesça. Je nageai jusqu'au milieu de la fosse en gardant le visage à l'air libre, puis je me retournai, lui lançai un clin d'œil et plongeai. Je descendis tranquillement vers le fond, sans aller jusqu'au bout et remontai le long de la paroi. Je sortis la tête de l'eau tout près de lui. Il éclata de rire.

– Je ne te voyais plus ! Tu es allé tout en bas ?

– Presque. Tu veux que j'y retourne ?

– Oui !

– Si tu veux mieux voir, assieds-toi sur l'échelle. Tu te tiens aux barreaux et tout se passera bien. L'eau est assez chaude, tu n'auras pas froid.

Il se leva, ses petites jambes ne semblaient pas bien solides, mais sa curiosité lui permettait de tenir bon. Il s'assit à une bonne distance et glissa sur ses fesses pour s'approcher. Il tendait les mains pour attraper la rampe, je le rejoignis au moment où ses pieds s'enfoncèrent enfin dans l'eau. Il prit appui sur un barreau et m'observa attentivement. Je ne disais rien, attendant qu'il se manifeste.

– Comment tu fais pour ne pas couler ?

– Je bouge les jambes.

Je pris un peu de distance pour qu'il voie.

– Et si je m'allonge, je flotte.

– Non, c'est pas vrai !

– Si. Tu veux voir ?

Je n'attendis pas sa réponse et lui fis une démonstration de la planche. Intérieurement, je riais. Depuis combien d'années n'avais-je pas fait ça ? Cette légère propulsion pour lancer son corps en l'air et profiter de la flottaison, les bras en croix. Savoir s'abandonner à l'eau en confiance. Si j'avais été seul, j'aurais pu rester un temps infini dans cette position. J'avais toujours aimé le bruit ouaté de ces instants, ce faux silence, le calme, et la sérénité que cette position m'apportait. La présence de Milo m'obligeait à m'occuper de lui, plutôt que de moi. Il était ma priorité. J'évacuai ce sentiment fort qui m'envahissait.

– Je n'y arriverai jamais.

– Je te promets que tu en es capable.

Il secoua la tête.

– Tu retournes au fond ?

Je rejoignis les profondeurs de la fosse en faisant de multiples détours, en tournoyant encore et encore. Une fois en bas, je levai la tête vers la surface, je distinguais Milo penché, agrippé au barreau, il était dans la lumière, son reflet était si beau, entouré d'un halo vert bleuté. Je repartis vers lui en ondulant le corps outrageusement lentement, et soufflai autant que possible pour provoquer un bouillon autour de moi.

– Waouh ! On dirait un poisson !

Il riait, il riait tellement. Il était si heureux qu'il lâcha enfin la rambarde. Je le surveillais de crainte qu'il perde l'équilibre. Je voulais que rien ne gâche l'instant, il était enfin détendu et il profitait de ce qu'il vivait. Ses pieds battaient l'eau tant il était excité, il ne se rendait pas compte qu'il ne se tenait plus à rien, ni qu'il s'éclaboussait lui-même, et moi par la même occasion. Il s'amusait, et il n'y avait rien de plus beau à cet instant. Je ris tout autant que lui. Une bouffée de bonheur me submergea. Elle était brute, naturelle, spontanée, rien de prémédité. J'amusais un enfant rien qu'en jouant à Flipper quelques secondes.

– Gary, je peux venir avec toi ?

Je mesurais cette responsabilité et vivais une émotion incroyable. Il m'accordait sa confiance pour rencontrer cet élément qui était ma vie et qui le terrifiait.

– Mais je ne vais pas au fond !

– On va attendre pour ça, peut-être la prochaine fois.

Je comblai la distance qui nous séparait. Son visage se crispa. Je posai mes pieds sur le barreau le plus profond, m'agrippai d'une main à la rambarde. Il ne bougeait pas.

– Accroche-toi à moi, Milo.

L'angoisse le submergea à nouveau, des larmes perlèrent au coin de ses yeux.

– Je te promets que je ne te lâcherai jamais. Tu ne crains rien.

Il noua ses bras autour de mon cou, ses jambes s'enroulèrent autour de ma taille, comme un koala. La sensation de l'eau l'entourant de plus en plus fort lui coupa la respiration un bref instant. Je pris tout mon temps pour me laisser aller en arrière, et nous immerger au maximum dans l'eau, en prenant bien garde que nos visages restent au-dessus de la surface. Je luttais contre mes réflexes d'immersion. Milo me serrait de plus en plus fort, il nicha son visage dans mon cou, il s'accrochait à moi comme si sa vie en dépendait. J'étais sa bouée de sauvetage.

Son petit corps d'enfant blotti contre le mien entravait mes mouvements, mais ça, ce n'était rien comparé à la découverte de ce sentiment d'avoir la responsabilité de sa vie entre mes mains, il dépendait de moi, je puisais dans toutes mes ressources pour ne pas être submergé par un flot dévastateur. Un flot qui me rappelait ce que je ne vivrais jamais. En réalité, je me trompais, je vivais à l'instant même un rêve. Milo m'offrait le plus beau des cadeaux, il me permettait l'espace de quelques instants de traverser cette intimité entre un enfant et un adulte, l'intimité la plus pure, la plus désintéressée qui soit. Je lui offrais la sécurité et la confiance, je lui apprenais ce qui me tenait le plus à cœur, et il s'abandonnait à moi. Je n'étais pas père, je ne le serais jamais. Je comprenais pourquoi je désirais plus que tout l'être, pourquoi j'avais été prêt à tout accepter pour le devenir. Cette terreur viscérale de mal faire mêlée à une plénitude absolue. Et cet enfant, ce petit garçon me permettait d'effleurer ce sentiment plus fort que tout, ce sentiment qui nous fait nous oublier en tant que personne. C'était lui, lui avant tout. Sa sécurité. Son bonheur. Son épanouissement.

Le temps s'étira, je nous déplaçais dans le bassin sans dire un mot, une de mes mains restait collée à son dos en permanence pour le rassurer, je ne le lâcherais pas tant qu'il ne me le demanderait pas. Son corps se détendit progressivement, il se laissait porter.

– On est bien, là, murmura-t-il.

Il se décolla légèrement et je réussis à croiser son regard, il pétillait.

– Ça te plaît ?

– Parce que tu es là. Je n'ai pas peur avec toi.

– Tu veux essayer d'aller sous l'eau ?

– Comment je fais ?

– Tu retiens ta respiration ? Tu sais faire ça ?

Il acquiesça. Il se décala dans mes bras à tel point que nos fronts se frôlaient.

– À trois. Un. Deux. Trois.

Je mimai l'inspiration, il m'imita. Et je nous plongeai. Il ferma les yeux. Je gardai les miens ouverts pour ne rater aucune miette de lui. Ce fut bref. Subtil. Mais son visage se détendit. Je n'abusai pas et nous fis remonter.

– Encore Gary ! Encore !

– Attends, je sais ce qu'on va faire. Mets-toi sur mon dos.

Je l'aidai à basculer. Il s'accrocha, toujours à la manière d'un koala. J'échangeai un regard complice avec lui.

– On va nager, d'accord ? Quand je dis trois, tu retiens ta respiration.

Je le tractai en tournant en rond dans la fosse, il nous aurait fallu une piscine olympique pour le satisfaire. À chaque fois que je disais « trois », je nous entraînais sous l'eau. Au fur et à mesure, ses jambes lâchèrent ma taille, il se laissait porter par l'eau. Il découvrait l'apesanteur. Dès que nous revenions à l'air libre, il riait. De plus en plus. Je perdis la notion du temps, m'épuisant à tourner en rond. Après ses jambes, ses bras desserrèrent leur emprise autour de mon cou et s'accrochèrent à mes épaules. Je finis même par sentir son impulsion quand nous plongions. Il collait à chaque mouvement de mon corps. Il aimait ce qu'il vivait.

À un moment, j'aperçus la couleur du ciel, le soleil était moins puissant. Depuis combien de temps étions-nous là ? Je jetai un coup d'œil à ma montre, il était plus de 17 h 30. Erin devait s'inquiéter. Nous étions partis depuis plus de trois heures.

– Milo, il faut que tu ailles annoncer à maman que tu es allé dans l'eau.

– Je ne veux pas partir.

– Elle va être contente d'apprendre que tu as réussi.

– On reviendra ? Tu me ramèneras ?

– Si tu essayes d'attraper l'échelle tout seul !

Je risquais gros, mais j'étais certain qu'il en était capable, d'autant plus que nous étions à moins de deux mètres.

– D'accord !

Il était si volontaire.

– Tu remues les jambes et les bras, tu regardes où tu veux aller. Je serais toujours à côté de toi.

Une de ses mains me lâcha, il m'envoya un regard effrayé, mais déterminé. Je lui souris autant que je pus. Son autre main glissa autour de mon cou avec une lenteur infinie. Il était seul, il ne paniquait pas. Puis il se mit à pédaler, à brasser l'eau et l'air, il tendait la tête le plus haut possible pour ne pas boire la tasse, mais il avançait. Une vraie nage du petit chien. Il y arrivait, il était tellement concentré sur son objectif. Sa volonté était de fer, il se battait contre lui-même, contre son angoisse. Je ne le quittai pas d'un centimètre, non parce que je ne lui faisais pas confiance, mais parce que je ne voulais manquer aucune seconde de cette étape importante. J'étais si fier de lui. Il s'en souviendrait toute sa vie. Moi aussi. Il s'agrippa à l'échelle et se tourna vers moi, un sourire victorieux aux lèvres.

– J'ai réussi ! J'ai réussi, Gary !

– Tu es un champion, Milo !

– Maman, elle va être contente !

Une demi-heure plus tard, nous sortions du centre de plongée. Milo attrapa ma main dans la sienne. Son geste était naturel, spontané, généreux. Ma réponse fut identique.

– C'est qui qui t'a appris à nager ? me demanda-t-il.

Je craignais cette question et espérais qu'il ne la poserait jamais.

– Mon papa.

Il s'accrocha à moi encore plus fort.

– Ah... maman t'a dit ? J'en ai pas de papa, enfin, le mien, il est parti, je le verrai jamais.

J'étais désarmé, n'ayant aucune réponse à lui apporter. Il se colla à moi plus étroitement encore.

– Mais c’est pas grave, tu es là et toi, tu m’as appris à nager.

Ma respiration se coupa. J’aurais voulu m’enfuir, me terrer, me cacher, pleurer de chagrin, de bonheur, d’amour pour ce petit garçon qui n’avait aucune idée de ce qu’il me disait.

Erin

Le temps était radieux. Le printemps générateur de bien-être était là. Synonyme de beaux jours à venir. Heureuse d'être en week-end et impatiente à l'idée de découvrir comment l'après-midi s'était passé entre Milo et Gary, je confiai à Paloma *L'Odyssée* et sa terrasse joyeuse peuplée de lunettes de soleil. Trois minutes plus tard, j'arrivai sur la digue des Bas-Sablons et rejoignis les promeneurs qui profitaient des rayons à l'ouest. Au bout de quelques mètres, je m'arrêtai. La journée était définitivement exceptionnelle.

Deux silhouettes au loin. Une grande et une petite qui se tenaient fermement par la main. Impossible. Lequel s'accrochait à l'autre ? Les deux tout autant. Je devais rêver. Des larmes perlèrent au coin de mes yeux. Je ne bougeai pas, doutant de la réalité de la scène à laquelle j'assistais. Puis mes jambes se remirent en marche, comme si j'étais appelée. J'accélérai de plus belle. Plus j'approchais, plus je les découvrais, Milo n'arrêtait pas de parler à Gary qui le couvait du regard, sourire aux lèvres. Ils partageaient une telle proximité, ils étaient collés l'un à l'autre comme… Non. Trop vite. Trop fort. Trop tôt. Mon esprit et mon cœur s'emballaient vers des rêves inaccessibles. Pourtant, n'importe qui les croisant sans les connaître les aurait pris pour un père et son fils. On aurait presque pu voir des ressemblances entre eux.

Ils avaient la même couleur de cheveux, un châtain peu franc pouvant tirer sur le blond foncé dès que le soleil les approchait. Un rayon les frappait, les éblouissait, et ils ne s'en rendaient pas compte, leur complicité les rendait indifférents au reste du monde. Ils étaient dans une bulle. Que s'était-il passé dans cette piscine gigantesque qui devait donner le vertige ? Quel vertige avaient-ils partagé ensemble ? Mon petit garçon que j'aimais plus que ma propre vie, mon petit garçon qui mettait tout en œuvre pour paraître fort, lui qui était perclus de fragilité. Mon petit garçon terrifié par l'eau et impressionné par Gary. Et cet homme… Cet homme entré dans ma vie sans crier gare, débarquant avec le pire des bagages… Cet homme doux et secret qui chaque jour faisait un peu plus partie de moi. Cet homme qui cicatrisait mes plaies les plus profondes. Cet homme qui ne connaissait rien aux enfants et qui s'était trouvé désemparé devant les rebuffades de Milo. Ils n'étaient plus les mêmes. Un lien invisible et puissant les enveloppait désormais. Il était palpable malgré la distance qui me séparait encore d'eux. La joie qui se dégageait de mon fils. Le regard admiratif qu'il posait sur Gary. Milo n'avait jamais rien partagé avec un autre homme que son grand-père et son oncle, Gary était le premier qu'il approchait, et après s'être montré méfiant, il semblait avoir succombé à un coup de foudre. Et Gary, la tendresse et la protection qu'il déployait instinctivement autour de mon fils faisaient vibrer tout mon être.

– Maman !

J'essuyai rapidement mes joues humides, et tentai de canaliser les soubresauts de mon cœur. Milo de sa main libre m'envoyait de grands signes joyeux. Gary l'incitait à me rejoindre, mon fils refusait de le quitter et l'entraînait avec sa petite force vers moi. Dans un élan incontrôlable, je courus vers eux. Milo sourit et rit davantage encore.

L'espace d'une seconde, je me demandai si je l'avais déjà vu aussi léger. Il se détacha de Gary au dernier moment et me sauta dans les bras. Je le fis tournoyer.

– Maman ! Maman ! J'ai réussi ! Je suis allé dans l'eau !

Je le serrai de toutes mes forces.

– Mon trésor ! C'est fantastique !

Il me fixa de ses grands yeux pétillants de bonheur.

– C'est Gary, maman ! Il est trop fort !

Il chercha à l'attraper, celui-ci se laissa agripper. Et Milo le prit contre lui. Contre nous. Les bras de Gary nous encerclèrent instinctivement, comme s'il nous avait toujours protégés, comme si ce geste lui appartenait. Il enfouit son visage dans mes cheveux.

– Tu peux être fière de ton fils, murmura-t-il.

Je cherchai à capturer son regard dissimulé derrière ses lunettes de soleil et qui se dérobait sans cesse. Que lui arrivait-il ? Il était troublé, ému. Perdu. Mais indéniablement heureux, son sourire était d'une délicatesse bouleversante.

– Merci, mimai-je.

– Ne me remercie pas, surtout… c'est à moi de te remercier.

S'il n'avait pas eu cette impulsion, je m'en serais chargée, ne supportant plus de me retenir dans mes gestes, assumant totalement et plus encore ce que je ressentais. Il déposa un baiser appuyé sur mes lèvres. Milo éclata de rire.

– Tu fais des bisous à maman ?

Gary ne chercha pas à paraître gêné.

– Ça m'arrive.

– Tu es son amoureux, alors ?

– Si elle veut bien.

Les deux me dévisagèrent, amusés. Leur complicité me chavira.

– Maman ! Dis oui ! réclama Milo qui devait trouver que je mettais trop longtemps à répondre.

J'embrassai Gary. Mon fils rit davantage encore. Avait-il déjà été aussi heureux ? Aussi insouciant ? Il s'échappa de mes bras et nous attrapa l'un et l'autre par la main. Gary et moi nous touchions à travers mon fils.

– On rentre à la maison ! Je veux trop raconter à Ulysse et Lou.

Il n'imaginait pas un seul instant que Gary ne nous suive pas. La métamorphose par rapport aux deux dernières semaines était stupéfiante. Jusque-là, Milo n'ouvrait quasiment pas la bouche en présence de Gary, et il était comme doté d'un sixième sens pour m'éloigner de lui. Les soirs où je rejoignais Gary dans son appartement pendant la balade avec Douce, Milo, qui ne faisait jamais de caprices pour se coucher, enchaînait les demandes d'histoires, de bisous et de câlins supplémentaires, il s'appliquait à me retenir le plus possible auprès de lui. Mon fils sentait que je lui échappais. Après ces quelques heures, il avait compris qu'il gagnait à mes côtés quelqu'un d'important dans sa vie.

Gary eut un mouvement d'hésitation, attendant mon invitation plus que celle de mon fils.

– Je ne pensais pas avoir à te dire de me suivre, ça me semblait très clair, lui annonçai-je amusée. Après tout, tu es mon amoureux.

Il soupira doucement, me fuyant du regard. Je contins, assez difficilement, ma déception. Il n'allait pas venir.

– Enfin, tu as peut-être eu ton quota pour la journée…

À ma grande surprise, il caressa doucement ma joue.

– Non, Erin, je n'en ai pas eu assez, je n'ai pas l'intention de vous laisser…

Sa voix n'était plus qu'un murmure, je m'approchai de lui, prête à l'embrasser encore une fois, mon fils entre nous.

– On y va ! insista Milo interrompant mon geste par la même occasion.

– C'est parti ! répondit Gary en lui ébouriffant les cheveux.

Difficile d'interrompre le flot de paroles de Milo sur le chemin du retour. Il était si fier de lui. Je n'en revenais pas de ce que j'apprenais. Gary l'avait guéri de sa peur de l'eau.

– On va y retourner, maman !

– Attends, Milo, Gary ne va pas pouvoir tout le temps t'emmener nager.

– Bah, il m'a promis.

Je lançai un coup d'œil au principal concerné. À son sourire radieux, j'eus ma réponse.

– Et puis, maman, je veux devenir un poisson comme lui.

J'éclatai de rire, suivi par Gary.

– Gary est un poisson ?

– Moi, je l'ai vu, pas toi ! me répondit mon fils, fier de lui.

– Tu n'imagines pas à quel point Ulysse va être jaloux de toi !

– Bien fait !

– On pourra emmener ton frère et ta sœur avec nous, une fois ? lui proposa Gary.

Milo arbora une moue mécontente, il voulait Gary pour lui tout seul.

– Pour leur montrer ce que tu sais faire avec moi ! précisa Gary, avec un clin d'œil.

Nous étions presque arrivés chez moi, lorsque j'entendis un klaxon effroyable que je ne connaissais que trop bien. Je regardai de tous les côtés et découvris sans surprise la voiture de ma mère garée de travers en haut de la cale, à vingt mètres de chez moi. Nous nous jetions littéralement dans la gueule du loup. Je ralentis légèrement. Je l'entendais, d'où nous étions, brailler après mon père. Tout portait à croire qu'elle était passée près de nous, elle ne pouvait pas ne pas nous avoir reconnus, Milo et moi. Je craignais les prochaines minutes et pourtant j'étais soulagée. Le hasard nous rendait service. Je me sentais incapable de provoquer un cérémonial pour leur annoncer ni un rendez-vous de rencontre. Gary et moi avions passé l'âge. Je ne me trompais pas, ma mère nous avait bien repérés, ils remontaient tous les deux vers nous. Ils complotaient, ma mère en tenue de gym retenant par le bras mon père qui avait adopté sa démarche de boxeur sur le retour.

– On n'est pas au bout de nos émotions, annonçai-je à Gary.

– Tu me réserves quoi, maintenant ? me demanda-t-il, étonné.

– Mes parents.

Il contint difficilement son rire, ce qui me détendit immédiatement.

– Milo, regarde, il y a papi et mamie là-bas.

Il nous lâcha et fila comme une flèche vers ses grands-parents en hurlant « J'ai nagé avec Gary ! ». Il se chargeait des présentations. Gary le suivit des yeux et les découvrit. Il conserva son sourire et hocha la tête, curieux.

– Ils ressemblent à des parents, commenta-t-il. Tout va bien se passer, fais-moi confiance.

Eux me paraissaient étrangement calmes pendant que leur petit-fils leur expliquait son après-midi à coups de grands mouvements de bras, d'ondulations bizarroïdes et de nez bouché. Sans oublier, au milieu de sa démonstration, de nous désigner du doigt.

– On y va ? me dit Gary.

J'attrapai sa main désormais libérée de Milo. Il arqua sa bouche, touché par mon élan. On marcha vers eux, d'un même mouvement. Étonnant à quel point je me sentais bien, finalement. Bien, normale, adulte. J'assumais mes désirs, mes choix devant mes parents. Ce n'était pas si difficile, tant j'étais sûre de moi et de Gary. Ma mère continuait à tenir mon père par le bras, non plus pour l'empêcher de rouler des mécaniques, mais parce qu'il chancelait. Et si elle le tenait, c'était, elle aussi, pour ne pas perdre l'équilibre. Ils n'écoutaient plus Milo, concentrés sur le couple qui avançait vers eux. Comment n'y avais-je pas pensé plus tôt ? Je m'étais bornée à craindre une réaction excessive de possessivité, de protection de leur part, sans songer au choc qu'ils vivraient en me voyant à nouveau avec un homme, en découvrant ce même homme lié aux enfants, mes enfants, leurs petits-enfants qu'ils s'appliquaient depuis toujours à entourer d'un amour débordant. Mes parents avaient oublié que je pouvais avoir une vie amoureuse et créer une nouvelle forme de « famille ». Je crois qu'à cet instant, le fait que Gary connaisse Ivan leur importait peu. Leur fille redevenait grande et adulte. Je lâchai à regret la main de Gary devant eux, et pris mon temps pour les embrasser tendrement.

– Bonjour papa, bonjour maman.

Ils restaient silencieux. C'était si rare qu'ils soient privés de paroles, de commentaires en tout genre.

– Milo vous a plus ou moins présenté Gary. Gary, mes parents, Régis et Odile.

Après avoir retiré ses lunettes de soleil, il leur serra la main à l'un et l'autre.

– Je suis ravi de vous rencontrer, Erin m'a beaucoup parlé de vous.

Mon père se ressaisit.

– Nous aussi, elle nous a parlé de vous à propos d'I…

– Je sais, l'interrompit Gary, vigilant.

Mon père était suffisamment intelligent pour ne pas se vexer de cette mise en garde de Gary. Bien au contraire, il inclina la tête en le défiant, d'un air satisfait.

– Et depuis, notre fille s'applique à nous fuir, on se demande bien pourquoi !

– Régis, je te rappelle que tu étais prêt à aller frapper ce garçon ! Je la comprends ! intervint ma mère en levant les yeux au ciel.

Ensuite, elle s'appliqua à détailler ouvertement Gary en poussant des gloussements appréciateurs.

J'étais au comble de la gêne pendant que le sujet d'étude de ma mère se laissait passer aux rayons X.

– Qu'est-ce que vous faites là ? finis-je par leur demander pour qu'elle cesse.

– Je sors de la gym, je suis mieux habillée d'habitude, précisa-t-elle à Gary, et ton père voulait que je le retrouve ici, on comptait passer te voir. On commençait à s'inquiéter, tu t'es transformée en courant d'air, maintenant je sais pourquoi, tu as mieux à faire.

Elle me lança un clin d'œil, complice. Mon père grogna, mal à l'aise. Je le comprenais, je l'étais moi-même. Le seul dans l'affaire qui semblait s'amuser était Gary, qui ne lâchait pas son sourire.

– Alors, comme ça, vous travaillez pour le barrage ? lui demanda mon père.

– Exactement, je passe mes journées en face, sur la barge, en réalité, je suis plutôt en dessous.

Il désigna la plateforme au large.

– C'est bientôt fini, je crois ?

– Vous avez raison, il reste deux semaines de travaux.

Ses yeux nous enveloppèrent, Milo et moi. Impossible de me retenir, je me rapprochai de lui. Il posa sa main dans le creux de mes reins, dans un geste rassurant. Il voulait rester ici. Avec moi. Avec nous.

– On rentre à la maison ? râla Milo.

Il était fatigué.

– Oui, on y va.

J'échangeai un regard avec Gary, il acquiesça à ma question silencieuse.

– Vous voulez venir prendre l'apéro avec nous, ou dîner ? proposai-je à mes parents.

Ma mère s'apprêtait à répondre, prête à sauter sur l'invitation, mon père l'interrompit.

– Non, c'est gentil. Rentrez, les enfants, profitez de votre soirée. Mais une prochaine fois avec plaisir.

Il tendit la main à Gary de lui-même, le visage détendu. Ma mère, après avoir soupiré de déception – sa curiosité n'était pas étanchée –, embrassa Gary comme du bon pain. Je donnai les clés de la maison à celui-ci, il comprit le message et attrapa Milo par l'épaule.

– Je vous raccompagne à la voiture.

Je fis ces quelques mètres entre eux deux, silencieux.

– Je suis désolée, je ne savais pas comment vous le dire… mais vous pouvez lui faire confiance.

– On te croit, me dit mon père. Il a l'air d'un homme bien.

– Il l'est, papa.

– Et joli garçon avec ça, ajouta ma mère en me donnant un coup de coude.

Je ris et rougis en même temps.

– Erwan et Lucille viennent déjeuner demain midi, ça va peut-être faire un peu trop, mais vous êtes les bienvenus tous ensemble si jamais…

– Plus tard, maman, je te le promets. Là, j'ai envie qu'on passe un dimanche au calme tous les cinq.

– Vous avez raison, me répondit mon père. On prépare le terrain avec ton frère.

– Merci, papa. Je ne veux surtout pas qu'Erwan s'inquiète pour moi.

– Il s'est toujours inquiété pour toi, on ne le changera pas, précisa ma mère. Mais ne tarde pas à lui parler et à lui présenter Gary. Je suis certaine qu'ils ont tout pour s'entendre.

– Je crois aussi.

Je les attrapai contre moi.

– Je vous aime.

Ils montèrent en voiture, claquèrent leur portière et m'envoyèrent un baiser de la main. Je reculai de quelques pas. D'autorité, mon père avait pris le volant. À juste titre, il n'accordait aucun crédit à la conduite de sa femme. Pourtant, il cala deux fois de suite et piqua une gueulante. Je voyais ses mains crispées sur le volant. Ma mère s'approcha de lui, caressa sa joue et l'embrassa doucement. Il pencha la tête vers elle, et poussa un profond soupir. Une fois encore, je leur avais infligé un gros coup au cœur, mais celui-ci, je ne le regrettais pas, je ne m'en voulais pas. Il valait plus que la peine. En regardant leur voiture s'éloigner, je souriais. C'était fait. Gary avait rencontré mes parents et n'avait pas semblé avoir envie de prendre ses jambes à son cou. Et mes parents avaient rencontré Gary et avaient été eux-mêmes, drôles, aimants et accueillants.

J'avais toujours pensé que la banalité et la normalité étaient extraordinaires et possédaient leur part de magie. Malheureusement, je ne les avais jamais expérimentées. Ivan m'en avait privée à coups d'insatisfactions, de pics d'agressivité, de contrariétés, d'absences répétées inexcusables. Combien de soirées et de nuits avais-je passées seule avec les enfants ? Il me fuyait, il nous fuyait en quête de mauvaise adrénaline. Je m'étais battue avec lui pour que *L'Odyssée* soit fermé le dimanche. C'était une des rares fois où j'avais tenu bon, où il n'avait pas écrasé ma volonté, même s'il ne l'avait jamais respectée. Je demandais une journée et une soirée en famille par semaine. Je n'avais pas le sentiment d'abuser. Pour lui, oui. Car je le privais de liberté. Lorsqu'il fermait – c'est-à-dire tous les jours –, il ne rentrait jamais à la maison après, il partait en quête de plus, en quête d'aventures, d'alcool, de danger, de bagarres, de femmes – avais-je toujours pensé – et il revenait au petit matin, lorsque je me levais pour les enfants. Vingt-quatre heures en tête à tête une fois par semaine avec sa famille lui était insupportable.

Pour le deuxième soir consécutif, nous nous retrouvions en famille, osai-je penser, avec Gary. Nous étions tous les cinq autour de la table, en train de partager le dîner que nous avions préparé Gary et moi en buvant un verre de vin. Pendant que nous cuisinions, au-dessus de nos têtes, il y avait eu le chahut de Milo, déchaîné après son après-midi dans la fosse et qui ne laissait pas une seconde de répit à son frère et sa sœur. Pour beaucoup, rien d'extraordinaire dans cette soirée de samedi, mais pour moi, elle était parfaite. J'en souhaitais des milliers comme celle-ci. Je traquais sur le visage de Gary le moindre énervement, agacement vis-à-vis de ce quotidien, envers les enfants qui nous coupaient la parole, qui prenaient de la place, beaucoup de place. Et rien. Je ne voyais rien, si ce n'était la joie sur son visage et les regards amoureux qu'il me lançait. Je n'entendais rien, si ce n'était son rire et sa voix chaleureuse. Nous n'avions rien de jeunes trentenaires libres et insouciants, mais j'avais tout de même craint qu'il soit insatisfait du peu de temps que je lui accordais. Nous écrivions le début de notre histoire avec les mots du quotidien, et pas ceux du seul plaisir. Comment lui qui n'avait connu que la liberté, les voyages, les rencontres incessantes pouvait-il se contenter de ce que je lui proposais ? Cela m'effrayait de faire des parallèles, mais Gary avait mené la vie qu'Ivan aurait rêvé d'avoir. Pas d'attache. Pas d'entrave. Lui seul comme préoccupation. Et pourtant, il n'y avait pas plus opposés que Gary et Ivan.

Gary était enchanté par cette normalité et n'attendait rien d'extravagant.

Plus je le connaissais, plus je m'interrogeais sur ses choix de vie. Comment était-ce possible que, du haut de ses quarante-cinq ans, il n'ait pas construit une vie de famille ? Pourquoi avait-il toujours vécu entre deux voyages, deux valises, deux aéroports, deux mers ? Cela semblait si peu lui correspondre. Il était naturellement à l'aise dans ma vie de famille, comme s'il était né pour occuper cette place. Et pas une autre. Pourquoi en était-il là ? Pourquoi avait-il divorcé ? Pour le moment, je devais me contenter de vagues désaccords que ni l'un ni l'autre n'avait réussi à dépasser. Pourquoi n'avait-il pas rencontré une autre femme depuis son divorce ? J'étais la preuve vivante que son charme opérait, et il avait dû en croiser plus d'une qui aurait rêvé de s'enchaîner à lui. Je n'avais aucune idée de ce qui l'en avait empêché. Il ne me donnait aucune piste de compréhension. Gary avait l'art et la manière d'éviter ce qu'il n'était pas prêt à me confier. Malgré ses silences et ce qu'il me taisait, je ne doutais ni de lui ni de sa sincérité. Il ne jouait pas un rôle, contrairement à Ivan. Je m'estimais suffisamment solide et perspicace aujourd'hui pour m'en rendre compte. Si cela avait été le cas, il n'aurait pas été en ce moment en train de rire avec Ulysse, de répondre à Lou et d'aider Milo avec son couteau. Gary avait besoin de temps. Il ne savait pas parler de lui, il avait été tellement seul, il avait eu très peu d'amis d'après ce qu'il m'avait confié, il était distant avec sa famille. La vie lui avait imposé de régler ses problèmes seul, sans jamais s'appuyer sur qui que ce soit en dehors de lui-même. Cela devait apprendre la réserve et à passer sous silence ses blessures. Je les connaîtrais un jour lorsqu'il serait prêt.

Avec la permission de minuit, Ulysse nous abandonna après dîner pour retrouver des copains. Lou monta lire dans sa chambre, et Milo dormait debout après toutes ces folles émotions.

– Il est l'heure d'aller au lit.

Il n'essaya pas de lutter. Il se leva et tituba jusqu'à Gary. Il noua ses bras autour de son cou et s'abandonna à un câlin. Je ne l'avais jamais vu se laisser aller de cette façon dans d'autres bras que les miens. La confiance de mon fils était saisissante. Gary, après la surprise, l'étreignit en fermant les yeux. Ils profitèrent de longues secondes l'un de l'autre.

– Merci, murmura Milo.

– J'ai adoré ce qu'on a fait tous les deux. Je suis très fier de toi.

Mon fils se nicha plus étroitement encore contre lui.

– Tu veux bien me coucher ?

Gary, toujours les yeux fermés, reprit sa respiration. Puis, son regard ému se posa sur moi, il me demanda l'autorisation. Je lui souris délicatement. Il se leva, Milo accroché à lui comme un koala. Ils étaient faits l'un pour l'autre, l'un pour être porté par l'autre, l'autre pour porter l'un. Ils étaient si naturels dans leur étreinte, aujourd'hui ils s'étaient rencontrés pour ne plus se laisser. Malgré mes jambes fébriles, je les suivis dans l'escalier. Sur le palier du deuxième, on croisa Lou.

Elle caressa la joue de son petit frère et déposa un bisou sur celle de Gary.

– Bonne nuit, nous dit-elle à tous les deux avant de disparaître dans sa chambre.

Gary reprit encore sa respiration. J'allumai la veilleuse dans la chambre de Milo et ouvris sa couette. Gary le déposa délicatement dans son lit, Milo lâcha son cou à regret, Gary embrassa son front, mon fils sourit, à moitié endormi.

– À demain, Gary.

Celui-ci se releva et recula de quelques pas, sans quitter Milo des yeux. Son émotion était aussi incompréhensible que bouleversante. Il releva la tête vers moi.

– Je vais sortir Douce.

Il recula encore pour atteindre le palier. Je le rattrapai alors qu'il s'apprêtait à dévaler l'escalier. Que fuyait-il ?

– Gary ?

Il se retourna vers moi, la pénombre dissimulait ses traits.

– Ça va ?

– Oui, je te promets, me dit-il précipitamment.

Il revint vers moi, encadra mon visage entre ses mains et écrasa ses lèvres sur les miennes.

– Ne t'inquiète pas, je reviens.

Il disparut. Je l'entendis appeler Douce, attraper le trousseau de clés. La porte se referma, et je retrouvai mon fils enroulé dans ses draps. Je m'assis à côté de lui, le cœur battant à tout rompre d'émotion, de bonheur et d'amour.

– Alors, mon Milo, me repris-je, tu es content de ta journée ?

Il dodelina de la tête.

– Maman, Gary, il ne va pas partir ? Il va rester avec nous ?

– Ça va dépendre de son travail, mon trésor, mais j'espère comme toi, tu sais. Et je crois que Gary n'a pas envie de nous laisser.

Il soupira de soulagement, se cala plus étroitement encore dans son oreiller, et ne tarda pas à s'endormir.

Gary mit plus d'une heure à revenir. J'étais dans le canapé, une tisane à la main, lorsqu'il poussa la porte. Douce vint s'écrouler à mes pieds. Il déposa son manteau sur un fauteuil et vint s'asseoir à côté de moi. Son visage était fatigué, mais plus serein que jamais. Il m'embrassa, il portait sur lui la fraîcheur de la nuit. Il attrapa le verre de vin qui traînait sur la table basse. Il but tranquillement quelques gorgées, sans dire un mot. Puis il me dévisagea longuement en caressant mes cheveux.

– Aujourd'hui, c'est un jour parfait, me dit-il. Je ne sais pas si j'en ai déjà vécu comme celui-ci.

Plus je le regardais, plus je le connaissais, plus je découvrais ses failles, plus je l'aimais. Je n'allais pas me mentir et me dire que j'étais simplement en train de tomber amoureuse de lui. Non, Gary était devenu mon indispensable en quelques semaines.

– Reste cette nuit… toute la nuit. Je veux me réveiller avec toi, demain matin.

Je voulais m'endormir avec lui, dormir dans ses bras et ouvrir les yeux à ses côtés. J'étais terrifiée et heureuse à cette idée. La dernière fois que j'avais dormi avec un homme, c'était avec Ivan, et il m'avait quittée. J'avais reconquis mon repos, je voulais reconquérir mon sommeil d'amour. Je ne serais totalement avec lui qu'après ça, et je le souhaitais plus que tout.

– Alors, allons-nous coucher.

Cette nuit était différente. Aucun mauvais souvenir ne m'assaillait alors que l'amour se faisait, rien ne nous perturbait, Gary n'avait plus besoin de prendre des précautions de peur de me blesser. Nous aimions prendre notre temps, là, nous surpassions toutes les limites du supportable. Des mots murmurés s'échappaient de nos bouches à chaque caresse, chaque baiser, chaque coup de reins, ils nous imposaient la lenteur, la patience, mais ils devaient être dits. Malgré l'ivresse du plaisir et du désir, nous n'avions jamais été aussi conscients de ce que nous nous déclarions. « Ça va vite entre nous. » « Très vite. » « Trop ? » « Non. » « Non. » « On ne peut pas se retenir. » « Impossible. » « C'est incroyable. » « J'ai peur de rêver. » « Je t'aime. » « Je t'aime. »

Dans l'obscurité de ma chambre, je souriais, Gary était dans mes bras, le visage niché sur mes seins, ma main se baladait dans ses cheveux. J'étais bien, si bien. Avec le sentiment que tout était à sa place. Au loin, nous entendîmes Ulysse. Difficile de passer à côté de son retour, il rata une marche dans l'escalier et étouffa un juron. Étant tout sauf discret, il frappa deux petits coups à la porte de ma chambre. Gary releva la tête vers moi.

– Bonne nuit, maman, bonne nuit, Gary.

– Bonne nuit, mon chéri, réussis-je à prononcer.

Je donnai un coup de coude à Gary.

– Dors bien, Ulysse.

On partagea un rire faussement gêné.

– Cool, ricana joyeusement mon fils avant de monter dans sa chambre.

À l'instant où je m'apprêtai à m'endormir, un sursaut me traversa.

– Si tu te lèves, et que je dors encore, réveille-moi.

– Mais, non, enfin ! Si tu dors, je te laisse dormir.

– Gary, ne me laisse pas ouvrir les yeux sur un lit vide.

Il comprit, et m'embrassa avec force.

– Je te réveillerai, je te le promets.

– Tous les matins ?

– Tous les matins.

Il m'enveloppa dans ses bras, et je m'endormis contre sa peau.

1

Ivan

Son sac sur le dos, il tapota sa poche intérieure. Son *Iliade et L'Odyssée* était en sécurité. C'était le principal. Il conserverait un bon souvenir de son restaurant. Cette pause dans son aventure à La Réunion avait été intéressante. Il était satisfait de lui-même, il avait été capable de se poser deux ans au même endroit. Il avait assuré le spectacle, marqué les esprits. On parlerait encore de lui quelque temps. Il s'appliquait à laisser un souvenir impérissable partout où il passait. Cette contrariété du divorce n'était pas si grave finalement, il n'aurait pas pu rester plus longtemps. Il avait fait le tour des gens, il commençait à s'ennuyer. Il s'était amusé. Il avait amassé un peu d'argent pour survivre jusqu'à la prochaine étape. Il avait baisé. Il devait maintenant trouver un autre terrain de chasse. Il avait quelques idées en tête pour la poursuite de son Odyssée. Elle n'était pas finie. Il en était convaincu. Il ne laisserait pas les messagers de malheur décider à sa place.

Mais avant tout, il devait effacer toute trace de son passage. Disparaître. Ce qu'il aimait par-dessus tout. Ces derniers instants d'existence quelque part l'excitaient toujours. C'était un rituel, mais ici, c'était indispensable. Il avait toujours su qu'il risquait gros en s'installant sur le territoire français, même à l'autre bout du monde.

À l'autre bout de la métropole. Ce connard de plongeur n'avait que ce mot à la bouche, il le lui ferait bouffer jusqu'à l'étouffer. Combien de temps tiendrait-il, lui qui savait si bien retenir sa respiration ? Pas assez. Sa patience serait infinie. Il traquerait le plongeur. Il avait commis une erreur monumentale en lui apprenant où habitaient ses parents. Sans en avoir conscience, il lui avait donné une clé pour assouvir sa vengeance. Il devrait payer pour avoir bafoué la confiance qu'il avait mise en lui. Le traître devrait rendre des comptes et ployer.

Plus tard.

Une étape après l'autre.

Sa méthode lui imposait des obligations, ne pas la respecter diminuerait l'intensité de sa jouissance.

Il engloutit un premier long jet de rhum, puis un deuxième, un troisième, un quatrième. Il craqua une allumette et il tira profondément sur sa cigarette bien calée entre deux doigts. Il lança la bouteille de rhum, le bruit du verre brisé lui arracha un grognement de plaisir. Une seconde allumette. Il fixa la flamme, sourit et la jeta sur les feuilles de bananier séchées. Cela crépita, il jubila. Il fit tomber au sol son téléphone, et l'écrasa d'un violent coup de pied. Il récupéra les miettes, s'assura que la carte SIM n'était plus qu'un souvenir et se débarrassa des déchets dans ce qui deviendrait sous peu un immense brasier. Il éclairerait la nuit noire.

Sans état d'âme, il tourna le dos à cette étape de son aventure.

Il avait un avion à prendre.

G

Gary

Mon contrat s'était achevé quelques heures plus tôt. Je venais de fermer mon sac de voyage, mon matériel était rangé, prêt à partir ailleurs. En attendant le propriétaire pour lui rendre les clés, je profitai une dernière fois de la vue de mon appartement. Elle était magnifique, d'autant plus au soleil couchant. Je n'oublierais jamais la première fois que je l'avais admirée. J'étais perdu, mais déterminé à reprendre ma vie en main, sans aucune idée de la manière dont j'allais pouvoir m'y prendre. J'avais avancé à l'instinct. Deux mois. Huit semaines. Court pour certains. Long pour d'autres. Pour moi, intense. Incroyable. Irréel. Déroutant. Bouleversant.

Cet appartement représentait une étape. J'avais voulu m'y sentir bien, m'y installer ne serait-ce que temporairement, apprendre à vider mes valises. J'avais réussi. J'étais pincé par une petite nostalgie, mais pas triste pour autant.

Plonger dans une mer inconnue ne m'effrayait pas. Je savais comment gérer. Plonger dans une vie inconnue était autrement plus vertigineux. Serais-je à la hauteur de mes engagements ? Je vivais les derniers instants de ce qui avait constitué mon existence depuis mes dix-huit ans. Je tournais le dos aux avions, à la solitude, à l'absence d'attaches, au nomadisme.

J'accédais à ce dont je rêvais depuis toujours. Je ne doutais pas d'y trouver ma place.

Je me sédentarisais enfin.

Dans mon travail pour commencer. Le patron avait attendu l'avant-veille pour m'annoncer qu'il était prêt à m'embaucher sur le long terme. Le bougre avait usé mes nerfs, mais c'était un test. Je l'avais passé avec brio en conservant mon calme, en travaillant avec le même sérieux, en ne le plantant pas avant la fin. Je restaurais tranquillement ma réputation professionnelle. J'allais être salarié, avec des fiches de paie, des congés payés, un planning, des collègues permanents, cela ne m'était jamais arrivé depuis que je travaillais.

Ensuite, et c'était là mon plus grand, mon plus beau vertige, dans moins d'une heure, je m'installerais chez la femme que j'aimais et ses enfants. Lorsque nous avions réalisé que ma location touchait à son terme, Erin et moi avions songé à ce que je prenne un autre appartement. Nous nous étions fixés, nous interrogeant silencieusement, comme cela nous arrivait de plus en plus souvent. Et puis, nous avions été saisis d'un incroyable fou rire, sachant pertinemment que je n'y mettrais jamais les pieds. Depuis la première nuit complète passée chez elle deux semaines plus tôt, je n'avais plus jamais dormi dans l'appartement. Alors, louer une pseudo-garçonnière n'aurait servi qu'à tenter de nous convaincre que nous ne brûlions pas les étapes. Mais qui souhaitions-nous convaincre ? Personne. De notre côté, nous n'avions aucun doute ni aucune envie de ralentir. Nous avions l'impression d'avoir du temps à rattraper, à récupérer sur un passé commun que nous n'avions pas partagé et que nous souhaitions créer.

Malgré ce que représentait cet engagement puissant, nous avions décidé de nous lancer. Erin, et j'avais insisté pour qu'elle le fasse, avait demandé leur accord à ses enfants. J'avais parfaitement conscience de bouleverser la vie d'Ulysse, Lou et Milo. Elle n'avait été qu'à eux ces dernières années, et même si chaque jour ils me manifestaient un attachement naissant, je restais encore un intrus. Le soir où cette conversation avait eu lieu, je les avais laissés entre eux. J'avais tourné en rond comme un con dans mon appartement, terrifié et préparé à l'idée qu'ils me rejettent. Les trois enfants m'avaient appelé pour me demander de venir les rejoindre. Eux aussi allaient vite et étaient aussi incontrôlables que nous.

Je restai cinq minutes sans bouger sur la digue des Bas-Sablons, mes sacs aux pieds. Le soleil m'éblouit. Je chaussai mes lunettes de soleil, je souris, comme je crois n'avoir jamais souri auparavant. Puis, je chargeai mes affaires sur mon dos et pris le chemin vers chez moi. Chez nous.

1

Ivan

Il avait mis plusieurs jours à rallier Saint-Malo. Il y était enfin. Il fut soulagé de découvrir que *L'Odyssée* était toujours *L'Odyssée*. La devanture n'avait pas changé. Le soleil lui offrait l'excuse dont il avait besoin pour porter sa casquette. Il ne devait pas se faire remarquer. Avant d'aller remettre de l'ordre, il devait observer, appréhender cet environnement qui avait été le sien, mais qu'il peinait à reconnaître. Son Ithaque n'était plus celle qu'il avait connue. Il rôdait dans les rues alentour, revenant fréquemment devant pour ne pas la rater. Il tremblait d'impatience à l'idée de la revoir. Il canalisait difficilement les soubresauts de son corps. Il s'inquiétait de plus en plus, ce n'était pas elle qui s'occupait de la terrasse, mais une inconnue. Erin se serait-elle séparée de *L'Odyssée* ? Impossible. Elle y tenait trop. Ses abrutis de parents aussi.

Il s'apprêtait à reprendre sa ronde dans le quartier pour éviter d'être repéré lorsqu'il la vit enfin.

Sa femme.

Elle quittait le bar. Comme lorsqu'il l'avait vue pour la première fois, il dut se contenir pour ne pas la kidnapper et la prendre sur-le-champ. Elle était encore plus belle que dans son souvenir, plus désirable. D'où lui venaient ses nouvelles formes voluptueuses ? Ses mains les posséderaient dans peu de temps. Il n'aurait pas la patience d'attendre. Peut-être assouvirait-il son envie d'elle après la fermeture, comme le soir de leur rencontre. Elle serait seule, seule et à sa merci. Ils se retrouveraient. Enfin.

Pourquoi souriait-elle de cette façon ? Était-elle heureuse ? Ne lui manquait-il pas ? Il n'y croyait pas, à cette histoire de divorce. Il était convaincu que sa famille lui avait forcé la main. Il s'approcha pour tenter d'entendre sa voix.

– À demain Paloma ! chantonna-t-elle.

L'autre lui lança un clin d'œil complice. Il n'aimait pas ça. Où allait-elle ? Il ne comprenait pas. Elle devait rester là, à *L'Odyssée*, chez eux.

– Douce ! appela-t-elle. On est attendues !

Un chien, presque un molosse, sortit du bar en aboyant joyeusement. Quelle imbécile, elle avait cédé à ses gosses et adopté un clébard ! Il s'en débarrasserait le moment venu.

– Bonne soirée !

La voilà qui riait d'un air rêveur ! Que cela signifiait-il ? La rage montait en lui. Il avait eu raison de venir. Elle prit la direction de la Tour Solidor. Pourquoi ?

Oubliant sa vigilance, il la suivit. Il devait savoir où elle se rendait. Et puis, sa silhouette délicate et dansante le faisait bander comme il n'avait plus bandé depuis sept ans.

Elle entra dans une maison devant l'anse Saint-Père.

– Je suis rentrée à la maison, les enfants ! Vous êtes prêts pour…

La porte claqua. Il recula comme si on venait de le boxer. Il était K.-O. Il chancela un bref instant, se redressa, bouscula violemment un promeneur, et s'enfuit en courant.

Gary

Le trajet entre mon ancien appartement et chez Erin ne m'avait jamais paru aussi long. Je marchais rapidement malgré mes sacs sur le dos. Pour une fois, je ne pris pas le temps de lancer des regards vers le barrage, vers l'anse Solidor et *L'Odyssée*. La mer n'existait plus à cet instant. Seul mon objectif m'animait, m'appelait.

J'y étais enfin. J'inspirai profondément pour bien savourer ce moment. Cette étape si importante. Je récupérai mon trousseau de clés dans la poche de mon jean. Erin me l'avait donné plusieurs jours auparavant. Mais là, le symbole revêtait toute son ampleur. J'avais ma clé, la clé de chez nous. Je souriais comme un idiot. Je jetai tout de même un coup d'œil à la mer et à la barge où j'avais passé les deux derniers mois.

Puis, j'ouvris la porte. Immédiatement, j'entendis les enfants au deuxième étage, mon sourire s'élargit, si tant est que ce soit possible. Douce se propulsa sur moi, je caressai sa tête. Un chien m'accueillait chez moi. Incroyable…

– Je suis là ! annonçai-je, pour la forme.

Erin était déjà devant moi, avec son sourire, son sourire qui me mettait à terre.

– Je suis partie un peu en retard de *L'Odyssée*, m'expliqua-t-elle. La terrasse était pleine. J'ai été soulagée quand j'ai vu que tu n'étais pas encore arrivé, je voulais être là…

Sans me décharger de mon fardeau, je refermai la porte derrière moi et franchis la distance qui nous séparait pour l'embrasser.

– Je suis là, lui répondis-je. Avec toi. Avec vous.

Elle s'éloigna légèrement, observa attentivement ce que je portais. Elle fronça les sourcils, étonnée.

– C'est tout ? Tu n'as rien d'autre ?

Je l'avais pourtant préparée, elle n'avait pas besoin de prévoir de la place pour mes affaires. Seule ma personne les envahirait.

– Bah oui…

– Il va bien falloir que tu mettes ta patte ici !

Je laissai lourdement tomber mon matériel au sol.

– Voilà !

Elle éclata de rire.

– Je n'ai rien d'autre en stock, désolé.

Son rire s'évanouit, elle recula, son visage parut brusquement triste. J'enjambai mon bazar et la pris contre moi.

– Gary… tu vis ici, à partir de maintenant ?

– Oui…

– Il faut trouver une solution… Je ne veux pas rentrer après le boulot et avoir le sentiment que rien n'a changé, que je vis toujours toute seule avec les enfants. Cette maison, ça doit être chez toi, chez nous. Je veux te voir partout.

– Je t'ai expliqué que je n'avais rien de plus… je n'ai pas de souvenirs ni d'objets fétiches que je traîne avec moi.

– Je sais… mais, je ne pensais pas que c'était à ce point… Là… je vais avoir l'impression que tu…

Elle camoufla son visage contre mon torse, je le lui relevai.

– Quoi ? Que je quoi ?

– Que tu peux disparaître du jour au lendemain… et ce sera comme si tu n'avais jamais existé.

– Je ne partirai pas, je te le répéterai tous les jours s'il le faut… c'est toi qui finiras par me mettre à la porte.

Elle leva les yeux au ciel, agacée par ma réponse.

– Pas de danger…

– Je vais essayer d'arranger ça, de trouver quelque chose… mais je vais avoir besoin de ton aide, je ne sais pas faire… je n'ai jamais été chez moi quelque part.

Elle parut perplexe.

– Même avec ton ex-femme ?

– Même avec elle… je n'ai jamais rien eu de plus que mon sac de fringues et mon matériel que je ne mettais jamais dans les placards. Avec toi, ce n'est pas pareil, ne t'inquiète pas, je vais vider mes valises, mettre ma brosse à dents dans la salle de bains. J'ai envie de m'installer ici, avec toi, avec les enfants… Je ne serai pas un courant d'air…

Elle soupira profondément. Puis, avec un petit sourire en coin et un mouvement de tête moqueur, elle désigna mon tas d'affaires.

– En attendant, dégage-moi ça du chemin !

Je ris, mais ne rangeai rien du tout, Milo arriva comme une bombe et voulut que je lui explique à quoi servait chaque objet, chaque cadran, chaque sangle. Je lui montrai mon ordinateur de plongée. Il enfila un de mes masques, mon gilet dans lequel il flottait, joua avec le bouton du stabilisateur, et voulut tenter l'expérience de mes palmes dix fois trop grandes pour lui. Avant qu'il se casse la figure, je lui demandai de s'asseoir à côté de moi et j'allumai mon appareil photo. Je prenais un immense plaisir à tout lui apprendre, malgré son accoutrement des plus comique. Erin posa son menton sur mon épaule pendant que je faisais découvrir à son fils quelques clichés pris je ne sais où.

– Tu vas commencer par de beaux tirages et tu les mettras au mur.

– Si ça peut te faire plaisir ! lui répondis-je.

Le dîner fut joyeux, festif même. Des rires. Des sourires. Des regards. Notre nouvelle vie commençait. Pour moi, la vie dont j'avais toujours rêvé sans oser imaginer pouvoir l'atteindre. Pour Erin, Ulysse, Lou et Milo, une vie avec un homme à qui ils offraient une place toute particulière et importante.

Erin s'apprêtait à monter voir Milo qui se couchait.

– Je sors Douce.

J'avais décidé de m'autoproclamer responsable de la balade de la chienne. J'ouvris la porte d'entrée, prêt à partir, Douce sortit en aboyant, Erin me retint au dernier moment. Elle déposa un baiser délicat sur mes lèvres.

– J'ai vraiment eu une merveilleuse idée de te proposer de venir habiter ici, me dit-elle avec un œil malicieux.

– Tu vois, je ne suis peut-être pas arrivé avec le fauteuil de la grand-mère, mais je peux avoir mon utilité.

Elle rit, j'aimais tant la voir rire et en être à l'origine.

– Ne traîne pas trop quand même !

Ivan

Il avait été furieux – blessé – de découvrir qu'elle avait déménagé. Pourquoi avait-elle quitté leur appartement au-dessus du bar ? C'était eux. C'était à cet endroit qu'ils s'étaient aimés pour la première et la dernière fois. Il avait mal réagi en s'enfuyant, il aurait pu être démasqué, il aurait pu attirer l'attention, il espérait que ce n'était pas le cas. Se fondre dans la masse était impératif pour le moment. Pour se remettre les idées en place, il était parti en quête d'une chambre, il n'avait pas cherché bien loin, il en avait trouvé une près des bassins de la criée. Il n'aurait pas à trop s'éloigner lorsqu'il devrait se reposer. Il s'était regardé dans un miroir moucheté. Il avait changé en sept ans, mais il devait malgré tout s'assurer de sa nouvelle apparence.

Avant de prendre son poste d'observation, il se paya un luxe chargé d'adrénaline en allant boire un verre à *L'Odyssée*. Personne ne le reconnut. Il était comme un fantôme qui rôdait chez lui. La salope qu'elle avait embauchée tenait correctement le bar, elle ne tilta pas lorsqu'il commanda sa pinte, pas de regards appuyés qui demandaient s'ils ne s'étaient pas déjà rencontrés. Il était extrêmement aimable avec elle, ça l'excitait. Il remarqua immédiatement que sa cuisine était fermée. C'était bien, Erin ne s'était pas amusée à mettre quelqu'un à sa place. Elle était toujours à lui. C'était comme s'il était toujours là. Il était rassuré. Leur *Odyssée* n'avait pas changé, Erin avait tout laissé en l'état. Il retrouva les mêmes cadres défraîchis aux murs, il entendit la même musique, flaira les mêmes odeurs. Cela ne devrait pas être si compliqué de lui rappeler le pouvoir qu'il avait sur elle. Il réalisa subitement qu'il n'avait pas vérifié la bibliothèque. Dissimulés derrière son verre, ses yeux en scrutèrent chaque recoin. Impossible, il ne pouvait pas y croire. Il recommença à tout détailler. Il dut se résoudre à l'évidence. Erin avait retiré son *Iliade et L'Odyssée*. Pourquoi ? Où était-il désormais ? Peut-être l'avait-elle apporté dans sa nouvelle maison pour garder quelque chose d'eux à ses côtés ? C'était ça. C'était forcément ça. Elle gardait son livre près d'elle pour lui.

En quittant le bar, il laissa un pourboire.

Il enfonça plus profondément sa casquette et prit la direction de l'anse Saint-Père. Erin avait toujours été romantique, il n'était pas étonné qu'elle ait déménagé près de la Tour Solidor. Elle devait admirer chaque jour l'albatros de bois qui indiquait la direction du vent. À une époque, il lui avait fait croire qu'il trouvait ça fascinant, elle y avait cru. En réalité, elle n'aurait pas pu trouver mieux comme endroit pour vivre. Il pourrait la surveiller tant qu'il le souhaitait. En passant devant chez elle, il se retint d'aller frapper à la porte. Trop tôt. Il voulait l'observer, découvrir si elle avait de nouvelles habitudes, de nouveaux amis. Il devait savoir si sa famille était toujours aussi envahissante. La nuit était enfin tombée, noire et implacable, il s'installa dans les rochers sous le chemin de la Corderie. Le point de vue était parfait.

Il guettait tel un prédateur. Il comptait apprendre tous les rituels de sa proie pour mieux la serrer.

Brusquement, il vit du mouvement devant sa porte, il se redressa. Il hocha la tête, mécontent. Une silhouette d'homme se découpa dans la lumière de la porte. Le chien sortit de la maison. La silhouette d'Erin se profila. Elle l'embrassa. La fureur le traversa de part en part. Elle avait osé faire entrer dans leur lit un autre que lui. Elle devrait payer pour cet outrage. La curiosité le dévora. Qui était ce type qui tentait de prendre sa place ? Il n'aurait pas à le suivre. Il venait à lui. Il promenait le clébard, le larbin.

Il s'enfonça plus profondément dans la pénombre pour ne pas être repéré. Mais plus cet homme avançait vers lui, plus il devait lutter contre lui-même. Il connaissait ce type qui venait d'embrasser sa femme. Le plongeur. Le plongeur s'était bien foutu de sa gueule. Le traître. Il avait osé lui mentir. Lui dire qu'il ne viendrait pas à Saint-Malo, il lui avait menti pour lui voler sa femme. Le plongeur était guilleret, il sifflait le chien. Pour qui se prenait ce connard ? Il croyait peut-être pouvoir lui voler sa vie ? Il le suivit durant toute sa balade. Cet imbécile faisait le tour de la Cité d'Aleth et lui offrait une occasion en or de s'en débarrasser. Malgré la nuit noire, il dut se cacher à de nombreuses reprises dans des bosquets. Le chien avait senti sa présence et grognait en regardant derrière lui. Malgré tout, il continuait sa traque. Cela serait si simple de le pousser vers le précipice. C'était trop tôt. Il allait continuer à jouer avec eux. Il ferait durer le plaisir. Sa jouissance n'en serait que plus grande quand il verrait le plongeur se fracasser sur les rochers. Qu'Erin continue à s'attacher à lui, elle méritait de souffrir. Elle aurait pourtant dû savoir qu'il ne fallait pas le provoquer.

Il suivit le plongeur jusqu'à son retour chez Erin. Il ne put s'empêcher de s'approcher des fenêtres. Il le vit lancer son manteau sur un fauteuil, comme s'il était chez lui.

Qu'il en profite.
Qu'il profite de ces derniers instants.
Il était condamné.

G

Gary

En rentrant avec Douce, je lançai mon manteau sur un fauteuil et trouvai Erin dans le canapé, sa tisane à la main. Je la rejoignis et l'attrapai dans mes bras, en soupirant de bien-être. Je n'en revenais pas d'être là…

– Si mes parents me voyaient, ils n'y croiraient pas…

Vu ma réaction la dernière fois qu'elle avait abordé le sujet, elle ne releva pas, mais elle ne put contrôler le sursaut de son corps. J'étais prêt. Prêt à prendre le risque que son regard sur moi se ternisse.

– Quand j'ai eu l'appel pour le boulot du barrage, j'étais sur le chemin pour aller les voir.

– Tu ne me l'avais jamais dit. Tu n'y es pas allé depuis ?

– Non, j'ai sauté sur l'occasion pour continuer à les fuir.

Elle ne disait rien, elle attendait, calée tout contre moi. Ne plus être seul, sentir que j'existais pour quelqu'un était une sensation incroyable, mais cela m'imposait des responsabilités. Des responsabilités de sincérité et surtout de vérité. D'autant plus avec une femme telle qu'Erin. Ce qu'elle avait vécu, le mensonge, la trahison, la dissimulation, m'obligeait à être honnête et ne pas la mettre dans une situation où elle pourrait douter de moi. Elle m'avait demandé de ne pas jouer avec elle, ce qui bien évidemment ne m'effleurait pas l'esprit, mais en lui cachant des pans entiers de ma vie, n'était-ce pas ce que je faisais ? Elle m'ouvrait les portes de sa maison, avec tous les symboles que représentait cet endroit pour elle, la renaissance, le combat, et moi, je me comportais comme un enfant peureux et honteux à l'idée de lui raconter comment j'avais pu en arriver là où j'en étais avec ma famille. Ce n'était pas sérieux, ce n'était pas à la hauteur de ce qu'Erin et moi essayions de construire.

– Je comprends que tu veuilles que je sème mes affaires dans la maison, et compte sur moi pour m'en charger, mais être capable de te parler de ma famille, et surtout en avoir envie, me semble plus important. Après, ça n'a rien d'extraordinaire ni de sordide, mais ça a conditionné une grande partie de ma vie. Ça explique aussi pourquoi j'en étais là avant de te rencontrer.

Elle se releva et caressa ma joue.

– Je t'écoute, alors.

J'embrassai la paume de sa main et m'extirpai du canapé. Je me croyais sûr de moi, sous son regard curieux cela me semblait moins évident. Je partis dans la cuisine me servir un verre, j'en avais besoin. Erin m'attendait, patiente.

– Je n'ai pas vu ma famille depuis plus de cinq ans, lui lâchai-je de but en blanc. Et j'ai dû les voir quoi… cinq, six fois en vingt ans…

Elle ouvrit la bouche de surprise.

– Ah oui… tout de même…

– Même quand j'ai divorcé, alors que j'étais en France à cette époque-là, je ne suis pas allé les voir… j'ai continué à ne compter que sur moi-même… Et puis, je ne voulais pas entendre encore les reproches de mon père… je l'ai toujours déçu… je ne suis pas le fils aîné dont il rêvait… Mon petit frère est devenu celui que j'aurais dû être, mais mon père ne m'a pas pardonné…

– Pardonné quoi, Gary ?

J'avalai une nouvelle gorgée, et essuyai mon visage comme si je venais de pleurer.

– Que je ne sois pas lui… que je n'aie pas la même vie que lui…

Je la suppliai du regard de m'aider. Elle me sourit doucement.

– Et c'est quoi sa vie ?

Je pris une profonde inspiration et repartis des décennies en arrière, prêt à remonter le temps. Je me servais de son regard bleu pour rester ancré, pour ne pas m'enfuir ni tout foutre en l'air.

Mon père avait consacré son existence à son petit chantier naval – son garage à bateaux, comme il l'appelait. Ma mère, dès son premier enfant, avait mis au monde un garçon. Du jour de ma naissance, mon père avait rêvé de travailler avec moi, de m'apprendre le métier. Le bateau, la mer, les marins étaient une passion familiale. Il avait été élevé à la dure, il m'avait élevé à la dure, même si ma mère avait consacré sa vie à adoucir la nôtre à mon frère, ma sœur et moi. En tant qu'aîné, j'avais subi le pire et c'était tant mieux pour mon frère et ma sœur, j'avais pris pour eux. Il n'y avait qu'à voir de quelle manière mon père m'avait fait découvrir la mer. L'expression d'horreur sur le visage d'Erin lorsque je lui avais appris qu'il m'avait lancé à l'eau à quatre ans pour m'apprendre à maîtriser la peur me l'avait rappelé. Pourtant, c'était le plus beau souvenir que je partageais avec lui. Il n'avait pas idée à ce moment qu'il m'offrait ma vie et ruinait ses propres rêves. S'il avait su, il aurait évité de manquer de me noyer. Toujours est-il qu'il était trop tard. À partir de là, je n'eus plus qu'une obsession : passer ma vie sous l'eau et certainement pas à terre à réparer ou construire les bateaux des autres. Mais mon père ne l'entendait pas ainsi. J'avais passé mon enfance et mon adolescence à compenser chacun de mes cours de plongée par des travaux sur le chantier, par simuler un intérêt quelconque pour la menuiserie marine, la mécanique, la lasure, le convoyage, la voile. Ayant le même caractère que lui, j'avais du mal à me soumettre à sa volonté et je me rebellais ouvertement. Nous nous affrontions violemment. Pour épargner ma mère, mon frère et ma sœur, j'étais devenu de plus en plus taiseux à la maison. Et j'avais continué à mener les deux de front, je plongeais, passais mes niveaux dès qu'il me laissait quartier libre, et j'entretenais un mythe sur le chantier. Le pire était que je n'étais pas mauvais, je ne ménageais pas ma peine, mon père recevait régulièrement des félicitations sur mon travail. Ce qui ne pouvait que l'inciter à poursuivre. Je réussis à lui faire croire que ma formation de soudeur n'avait qu'un seul but : gagner en crédibilité et en compétence pour le chantier naval. Il m'avait cru enfin docile. Jusqu'au jour où j'avais appris que j'avais été admis à l'École nationale des Scaphandriers. Fou de joie, convaincu qu'il serait fier de son fils, je le lui avais annoncé, et il avait voulu m'empêcher d'y aller. Je m'étais enfui à dix-huit ans et m'étais débrouillé pour obtenir les subventions et payer ma formation. J'étais revenu quelques mois plus tard galvanisé par ma réussite, j'avais fini avec les meilleurs résultats de ma promotion. Il m'avait craché les pires insultes, j'avais répondu. Et, sans scrupule, j'étais reparti, j'avais déjà du boulot à l'autre bout du monde. Je lui avais tourné le dos, laissant ma mère, mon frère et ma sœur gérer sa colère après moi. Pourtant, je m'étais acharné les années suivantes à lui prouver qu'il pouvait être fier de moi. C'était devenu mon obsession. Je m'appliquais à donner des nouvelles, leur expliquant les chantiers exceptionnels sur lesquels je travaillais, les constructions de barrages tous plus impressionnants les uns que les autres, l'entretien de plateformes pétrolières pour les plus grosses entreprises. Je leur envoyais régulièrement mes succès, mes plongées de plus en plus profondes, mes missions toutes plus extraordinaires les unes que les autres. Rien à faire. Mon père continuait à me prendre pour un déserteur, un feignant, un touriste, un lâche qui avait abandonné sa famille, qui ne construisait rien. Il avait raison, pendant que je m'acharnais à le rendre fier de moi, je laissais filer ma vie. Je n'avais pas de temps pour rencontrer quelqu'un, m'installer quelque part, créer une vie, comme la plupart des collègues que je fréquentais. Nous n'étions finalement qu'une poignée de nomades irréductibles, tous hors système et désespérément seuls. Quand mon petit frère s'était décidé à reprendre le chantier naval, je n'avais plus existé pour mon père. Il avait enfin un fils digne de lui. J'avais cessé de me fatiguer à tenter de remonter dans son estime, j'avais changé de voie, me consacrant à la photo, à la vidéo sous-marine et aux explorations d'épaves. Ce qui n'avait fait qu'aggraver mon cas auprès de lui. Nous avions totalement cessé de nous adresser la parole, même lors de mes rares passages.

– Un homme charmant, ton père…

Son ironie réussit à m'arracher un sourire fugace.

– Après le portrait que je viens de te brosser, je comprends que tu penses ça… mais je ne suis pas blanc dans l'histoire, j'ai ma part de responsabilités…

Elle secoua la tête, ahurie, et alla se servir un verre à son tour. Elle marmonna toute seule dans son coin et s'écroula à nouveau dans le canapé. Elle avala une gorgée et me dévisagea, de plus en plus boudeuse.

– Vu ce que tu viens de m'apprendre sur lui, je suis curieuse de savoir ce que tu as pu lui faire et qui te fait culpabiliser.

M'aimait-elle au point de croire que je n'avais jamais rien fait de mal ? Elle allait vite déchanter, elle qui avait un tel respect pour ses parents.

– Au fil des années, je suis devenu con, Erin, très con, et très fier de moi… L'arrogance est un vilain défaut…

Elle haussa les épaules, comme si ce que je venais de lui annoncer n'était qu'une platitude.

– Tu as répondu à la blessure qu'il t'a infligée.

J'allais arrêter de me faire passer pour un saint…

– Peut-être, mais ça n'excuse pas mon comportement… Je l'ai pris de haut, je l'ai regardé comme s'il ne valait rien, j'étais dédaigneux, tu n'imagines pas à quel point. Pour l'enfoncer, je me vengeais en parlant des chantiers navals que j'avais la chance de visiter et qui eux étaient à la hauteur, et pour lesquels il m'arrivait de travailler… Je voulais lui faire mal, lui montrer ce qu'il avait perdu en jouant au père tout-puissant avec moi. Alors que c'est tout le contraire, il a toujours été dur, mais pas pour me briser… Erin, mon père a trimé toute sa vie pour sa famille, pour ses enfants, dont moi…

Il avait bien failli y laisser sa peau durant la crise des chantiers navals dans les années 1990. Il avait cru tout perdre, lui compris par la même occasion. C'était à ma mère qu'il devait son salut. Il n'avait jamais cessé de travailler, il y consacrait ses journées, ses nuits. Mon père était un bosseur acharné, courageux, dur au mal. Même quand il se blessait, il y retournait. Pas de jours de congé, pas de vacances.

– Il ne m'a jamais empêché de plonger, il m'a payé tous mes cours, mes premiers matériels… la seule chose qu'il attendait de moi, c'était que je travaille avec lui… Son rêve était que je perpétue ce qu'il avait créé, il s'était battu pour pouvoir me le léguer, il voyait que j'aimais ça, il n'avait pas tort, mais ce n'était pas pour moi.

Moi, je rêvais de plonger, d'être sous l'eau... je n'ai pas été capable de lui parler sans le provoquer, sans m'opposer à lui comme le petit con que j'étais, et lui, vautré dans sa stature de père de famille autoritaire, n'a pas été capable d'écouter et d'accepter mes choix.

Un grand silence nous absorba. Je n'avais aucune idée de ce qu'Erin allait me répondre. Elle semblait hermétique, perdue dans ses pensées. Puis, brusquement, elle releva le visage vers moi, concernée.

– C'est quand la dernière fois que vous vous êtes parlé tous les deux ?

– Je ne sais pas... six ans ou peut-être plus...

Elle était effarée. Comment pouvait-elle comprendre une telle situation alors qu'elle vivait tout le contraire avec sa famille ?

– Lui et moi, on s'est enfoncés dans le silence, dans nos caractères de merde. Et l'échec de mon mariage ne m'a pas aidé à remonter dans son estime. Pour lui, je dois être encore moins qu'un homme...

– Quel est le rapport ?

J'avais parlé trop vite. Je ne pouvais pas lui expliquer le reste, pas maintenant. Bientôt, mais pas ce soir. Mes parents savaient. Louise avait exigé que je me renseigne auprès d'eux pour savoir si quelqu'un dans la famille avait déjà rencontré des difficultés à avoir un enfant. Après de longs mois de résistance, et en quête moi aussi de réponses, j'avais cédé et j'en avais parlé à ma mère, qui avait dû être incapable de ne pas lui en parler.

– Si tu ne peux pas garder ta femme, tu ne vaux rien pour mon père, lui répondis-je par une pirouette qui signifiait tout et son contraire.

– C'est du délire ! Il te l'a dit ?

– Non... on ne se parle plus, je te l'ai dit... Jusqu'au bout, je le décevrai... c'est comme ça...

Elle parut sceptique.

– Ton ex-femme n'a jamais rien essayé ? Enfin pour t'aider à renouer avec eux ? Elle s'en fichait ?

– Erin, j'ai dit à Louise que je m'étais engueulé avec ma famille, qu'ils n'étaient pas d'accord avec mes choix de vie, elle s'est contentée de ça, elle n'est pas allée chercher plus loin. Je ne lui en ai pas donné l'occasion, d'ailleurs. Je me suis protégé, mais de toute manière, c'était le cadet de ses soucis, si tu veux tout savoir…

– Comment c'est possible ?

– Peu importe… tu es la première personne à qui je raconte ça…

– Aujourd'hui, de quoi as-tu envie ?

– Aucune idée… Tout ce que je sais c'est que mes parents vieillissent… J'ai un frère et une sœur dont je ne connais pas la famille, et je trouve ça terrible. J'ai honte de moi, Erin. Je leur dois des excuses…

– C'est à peine à deux heures de chez nous, Gary, va les voir ! Tu attends quoi à la fin ? On peut y aller demain, si tu veux ? Tu es en week-end, je demande à Paloma de venir plus tôt à *L'Odyssée* et le problème est réglé.

J'étais soufflé.

– Attends, attends… tu veux venir avec moi ?

– Je suis là pour toi, Gary… Et je te dis que demain, tu ne réfléchis pas, tu vas les voir, et si tu veux que je sois à tes côtés, j'y serai…

Erin était là. À côté de moi. Dans la voiture.

Incroyable comme certains trajets ne s'oublient pas. Marqués au fer rouge dans l'esprit. Je trouvai le chemin à l'instinct, sans réfléchir, sans devoir convoquer de souvenirs. Plus nous nous rapprochions, plus je me renfermais, j'avais beau lutter, je n'y arrivais pas, malgré le regard enveloppant d'Erin sur moi.

Et puis, je me garai.

Devant chez mes parents. Devant la maison où j'avais grandi. Devant le chantier naval. Devant ce qui aurait dû être ma vie si j'avais obéi à mon père.

J'avais vu des endroits dans le monde tous plus extraordinaires les uns que les autres, des endroits que peu de gens avaient la chance de découvrir dans leur vie. J'étais un privilégié. Je connaissais la beauté. Celle qui coupe le souffle, celle qui provoque des larmes tellement on se sent petit face à la nature. La beauté que l'on veut enfermer à tout jamais dans ses yeux. La beauté que l'on n'arrivera jamais à expliquer. La beauté qu'aucune photo, même captée par le meilleur, ne pourra retranscrire. La beauté qui se vit durant un furtif instant. Pourtant, jamais, face à ces merveilles, je n'avais ressenti l'émotion qui, là, me transperçait. J'étais à terre, j'étais heureux, j'étais perdu, j'étais paralysé. Comme si je voyais cet endroit pour la première et la dernière fois de ma vie, avec la conscience qu'il possédait une partie de mon être. Alors ce n'était pas beau, au sens où la plupart des gens l'entendent. Pour moi, c'était magnifique. Tout était réuni. La mer. Le travail. La force. Le sang. La sueur. L'effort. Les larmes. L'amour. Un terrain ruiné par la boue et les traces de roues des remorques. D'un côté, l'immense longère en pierre de mes parents éclairée. Ma mère s'était toujours appliquée à ce que cela ne ressemble pas à une annexe du chantier. La maison avait toujours été lumineuse, blanche, chaleureuse, malgré l'étroitesse des fenêtres. Elle avait apporté de la douceur dans la vie rude qu'ils menaient, mon père et elle. De l'autre côté, le chantier. Un immense hangar central en bois et en tôle encadré par deux plus petits, la peinture avait été bleu marine à une époque. Aujourd'hui, le bleu marine avait presque disparu au profit de traces noires, de rouille et d'une saloperie de lichen vert.

Erin posa sa main sur les miennes, crispées sur le volant, je n'avais même pas réalisé que j'essayais de le broyer.

– Vas-y. Va les voir, va le voir…

Je me retournai vers elle.

– Ne t'inquiète pas pour moi, anticipa-t-elle. Je vais me balader sur la plage. Appelle-moi quand tu seras prêt. Je viendrai te rejoindre ou je resterai où je suis… Je suis là, Gary.

Je réussis à lui sourire. Puis, je l'embrassai.

– Je t'aime.

Je quittai la voiture, sans me retourner. Je marchai quelques mètres dans le pré bouillasseux que j'avais tant emprunté gamin. Puis me figeai. Je passai ma main dans mes cheveux, sur mon visage, pour me réveiller, pour me souvenir que j'existais, que j'étais là. À quelques mètres de ma famille. Mes familles. Celle qui m'avait créé. Celle que j'essayais de construire avec cette femme que j'aimais déjà à en crever et ses enfants que je portais déjà au plus profond de mon être. Celles devant lesquelles je ne m'enfuirais pas. J'inspirai profondément à plusieurs reprises comme pour entrer en apnée. Puis je fis un pas, un deuxième et un troisième, et ainsi de suite jusqu'à m'approcher du chantier. Plusieurs bateaux attendaient d'être entretenus. Des bouts traînaient au sol. Certains enroulés, d'autres usés serpentaient en attendant de disparaître. Des remorques. Des moteurs. Sur ce qui servait de parking, je m'arrêtai à nouveau. À l'abri du vent et de la pluie, éclairées par plusieurs spots, deux silhouettes s'affairaient autour d'un rafiot vieux comme le monde. Un rafiot que je connaissais déjà gamin. Une carcasse de bateau que mon père avait récupérée à l'époque où il m'avait balancé à la flotte. Un bateau sur lequel il voulait que l'on navigue un jour en famille. Un bateau sur lequel il travaillait à ses heures perdues, c'est-à-dire jamais. Mon frère avait l'intelligence que notre père n'avait pas. Prendre du temps pour des choses qui comptaient.

Deux silhouettes. Moi en vieux. Moi en plus jeune. C'était déroutant de se reconnaître. De se voir.

Je fis encore quelques pas et marquai à nouveau un arrêt. Mon regard fit le tour, je reconnaissais chaque objet d'accastillage, chaque outil, chaque type de voiles entreposé. Mais j'étais surtout saisi par les odeurs. L'huile moteur. La lasure. Le décapant. Le vernis. Le bois pourri par la mer. La ferraille rongée par le sel. Les parfums de mon enfance et de mon adolescence. Les effluves dans lesquels j'avais grandi et que j'avais voulu fuir. Aujourd'hui, ils m'appelaient. Ils me rappelaient d'où je venais. Partout où mes yeux se posaient, un souvenir remontait. Je ne pourrais jamais être en paix si je ne renouais pas avec eux. Je ne serais pas l'homme dont avait besoin Erin si je n'étais pas capable de reprendre cette place. Je m'approchai sans dire un mot, sans faire de bruit. Ils ne m'entendirent pas. J'attrapai au passage un rabot qui traînait, je me débarrassai de mon manteau en le lançant sur un tréteau ; là, ils sursautèrent et s'arrêtèrent de travailler. J'étais incapable de les regarder, de les affronter. Ils restèrent silencieux. Je me mis au travail en face de mon père et de mon frère. Je connaissais ces gestes par cœur, ils m'appartenaient. Ils se remirent à l'ouvrage, silencieux. Les yeux baissés sur ma tâche, je ne voyais que les brisures de bois qui volaient, et les mains de mon père. Ses mains de travailleur, ridées, tachées par l'âge et le travail, ses ongles noblement noircis. Elles étaient magnifiques. Elles m'avaient manqué. Celles de mon frère prenaient tranquillement le même chemin. Les miennes étaient aussi abîmées, à la différence qu'elles étaient décapées par l'eau de mer. On travailla sans s'adresser la moindre parole pendant ce qui sembla durer une éternité. Mais je m'en moquais.

Eux aussi. Le temps n'avait plus d'importance. Nous partagions le même objectif. Nous retrouver et avancer sur la restauration du bateau. Nous changions d'outils régulièrement, si je ne trouvais pas ce que je cherchais, mon frère m'aidait sans dire un mot, il savait d'instinct ce dont j'avais besoin. Quand il me le tendait, il me lançait un clin d'œil complice et tendre. Mon frère ne m'en avait jamais voulu, il m'avait toujours pardonné. Et je me délitais un peu plus. Je craquais en me retrouvant. Plus je me déchargeais de la tension qui m'habitait en travaillant à leurs côtés, plus je pleurais. De soulagement. De tristesse. De joie. De réconciliation avec eux et avec moi-même. J'étais incapable de mettre des mots sur ce que je ressentais. Mais chaque larme versée m'apportait un peu plus de paix.

La nuit était tombée. Arthur s'éloigna le premier du bateau, il partit dans le fond du hangar. Il gueula sur le bordel qu'il ne rangerait jamais. Je souris furtivement, reconnaissant les intonations de notre père et les miennes. Puis, il s'éclipsa. Je poursuivis mon travail, accompagné par le son de la respiration concentrée de mon père qui ne lâchait pas lui non plus. Nous entretenions une guerre des nerfs. À moins que nous ne prenions notre temps. Comment doit-on se comporter lorsque l'on ne s'est pas adressé la parole depuis très longtemps, lorsque l'on n'a rien d'autre à partager que colère et ressentiment, lorsque l'on s'aime encore envers et contre tout ?

Il finit par arrêter, il fit le tour du bateau, en l'observant dans ses moindres détails, il grognait parfois, il marquait un arrêt devant ce qui le préoccupait. Il arriva enfin près de moi. Il resta de longues secondes dans mon dos, sans esquisser le moindre geste. Puis il abattit sa main sur mon épaule et la serra longuement, fortement, il tremblait, je ne bougeai pas. Je ravalai un sanglot. Il renifla bruyamment. Sans me lâcher, il caressa le bois que je m'étais appliqué à entretenir.

– Beau travail…

Le silence encore. Il serra mon épaule, plus fort.

– Je suis fier de toi, mon fils…

Je croulai sous le poids de ces mots. Jamais il ne les avait prononcés. Et je savais qu'il ne parlait pas de ce que je venais d'accomplir. Je me relevai enfin. Nous nous défiâmes pendant ce qui me sembla une éternité.

– Pardon, lui dis-je.

Il secoua la tête, son regard redevint dur.

– Tu n'as pas à t'excuser. Tu es là.

Nous nous regardions, nous nous détaillions. Mon père serait toujours aussi puissant, aussi fort, aussi dur. Pourtant, la tendresse était palpable dans ses yeux. Mon père m'aimait. J'aimais mon père. L'échange que nous avions rattrapait tous les manques, réparait les mots durs, comblait nos incompréhensions mutuelles.

– Viens dire bonjour à ta mère.

Je hochai la tête, souriant. Il me répondit.

Nous étions au milieu de la cour quand Arthur nous rejoignit, il venait de la maison. Il m'attira contre lui et m'envoya une bourrade dans le dos. Notre père nous observait.

– Frérot, je ne peux pas rester, mais c'est bon de te voir. Sonia va être folle, une vraie furie quand je vais lui annoncer qu'elle t'a raté.

Je l'étreignis plus fort encore.

– Dis à notre petite sœur que je reviens bientôt, très vite même, et plus longtemps.

Il se détacha et tapota affectueusement ma nuque, un rictus amusé aux lèvres.

– Tu as intérêt à revenir avec elle.

Il me fallut moins de deux secondes pour percuter.

– Erin est avec maman ?

Il acquiesça en riant, et disparut. Qu'avaient-elles pu se raconter ? Mon père et moi reprîmes notre chemin. Avant que nous rentrions à l'intérieur, il m'arrêta.

– Tu as eu des problèmes à La Réunion ?

Immédiatement sur le qui-vive, je l'attrapai par l'épaule et l'éloignai de la maison.

– Non, pourquoi ?

– Un type de là-bas a appelé ici, il y a quelques semaines, il te cherchait. J'ai oublié son nom, je ne sais même plus s'il me l'a donné.

Je me sentis blêmir.

– Il voulait te parler, tu lui devrais un service…

– Tu lui as dit où j'étais ?

– Non, il m'a semblé louche.

Je jetai un coup d'œil en direction des fenêtres, je distinguai les silhouettes d'Erin et de ma mère discutant ensemble. Pourquoi Ivan venait-il gâcher ce moment si important, si fort ?

– Pas un mot à Erin, ordonnai-je à mon père.

Son visage se durcit.

– Vous avez des ennuis ?

– Je ne sais pas, mais j'ai peur qu'il en ait après elle et ses enfants.

Il eut un mouvement de recul. Il ne s'y attendait pas. Il regarda longuement à son tour à l'intérieur.

– Gary, nous sommes là pour elle, pour eux, si tu as besoin. Tu l'as amenée jusqu'à nous, elle est ta famille, donc de la nôtre.

E

Erin

La porte-fenêtre s'ouvrit. Le père de Gary, à n'en pas douter, entra dans le séjour. Il me dévisagea longuement, attentivement, avança vers moi et me tendit la main, je la saisis, il la serra avec force en me regardant droit dans les yeux, je lui rendis et son regard et sa poigne. Cet homme était dur, exigeant, mais il dégageait de la sincérité, une rudesse touchante, à sa façon, il était aimant, j'en étais certaine. Toutes mes réserves à son encontre s'envolèrent. Malgré ses erreurs, il avait fait de Gary celui que j'aimais.

Pendant ce temps-là, Gary était entré à son tour, il alla vers sa mère qui contenait difficilement son émotion. Elle retrouvait son fils. Quand ils furent face à face, elle l'attrapa par les épaules, en réalité elle s'accrochait à lui comme si elle craignait qu'il ne disparaisse dans un nuage de fumée.

– Bonjour, mon chéri, lui dit-elle en l'embrassant.

– Bonjour, maman.

Sa voix était si douce pour elle, saturée d'affection. Ils échangèrent un sourire bouleversant. Puis il vint vers moi.

– Tu es là…

Il paraissait éreinté comme s'il avait enchaîné plusieurs nuits blanches, mais il était tellement plus serein. Différent. Plus sûr de lui. Plus fort, même si je ne pensais pas jusque-là qu'il manquait de force. Très vite, il parut soucieux.

– Ça va ?

Les deux heures avec sa mère devaient être imprimées sur mon visage. Il avait très vite su décrypter mes expressions. Je ne pouvais jamais rien lui cacher, et c'était pour le mieux. Sauf maintenant. Ce n'était pas le moment. Je soufflai deux secondes et lui souris tant que je pus. Il n'y crut pas totalement, il pencha la tête d'un air de dire que l'on en reparlerait. Il posa sa main dans le creux de mes reins et se retourna vers ses parents qui n'avaient rien manqué de la scène. Sa mère semblait si heureuse, et son père devait l'être à sa manière. Elle jeta un coup d'œil à sa montre.

– Vous voulez rester dîner ?

Elle n'attendait que ça.

– On a de la route pour rentrer, et les enfants d'Erin nous attendent…

– Je peux appeler Ulysse, l'interrompis-je, tu le connais, il sera ravi de commander une pizza.

Il rit. Puis m'interrogea du regard. Il en avait envie, mais ne m'imposait rien.

– Avec plaisir, merci, répondis-je à sa mère.

Elle fila dans la cuisine. Je la rejoignis sans traîner.

– Je peux vous aider ?

Elle se retourna vers moi, caressa délicatement ma joue.

– Erin, tu as l'air bouleversée, je peux te tutoyer ?

Je hochai la tête.

– Il a compris, je crois ? me demanda-t-elle.

– Oui…

Elle parut ennuyée.

– Ça ne change rien, je vous le promets, précisai-je précipitamment. Je suis simplement en colère contre la vie, ce n'est pas juste…

– Ne le sois pas, vous vous êtes trouvés. En moins de cinq minutes, j'ai vu à quel point il était heureux, et pour être honnête avec toi, je ne l'avais jamais vu comme ça.

Deux heures plus tôt, Gary était sorti de la voiture sans attendre ma réponse à sa déclaration d'amour. Cela avait été plus fort que moi, j'étais sortie à mon tour, je l'avais suivi sur quelques mètres sans qu'il s'en rende compte. Puis il s'était figé. Je m'étais arrêtée. Ses épaules s'étaient affaissées, il avait ébouriffé ses cheveux, frotté son visage avec force comme s'il cherchait à se réveiller. Brusquement, il s'était redressé, étonnamment fier. Que s'était-il dit à cet instant ? Il avait avancé droit devant lui sans hésitation. Il affrontait ses démons, ses remords, ses regrets peut-être aussi. Sa silhouette qui se découpait dans le soleil couchant m'avait remuée au plus profond. Je n'avais plus besoin de preuve de mon amour pour lui et pourtant il m'en avait offert une nouvelle sans en avoir conscience. Il avait disparu de ma vue, je m'étais sentie seule sans lui, sans sa présence. J'étais retournée vers la voiture. J'avais appelé les enfants pour savoir si tout allait bien. Après m'avoir rassurée, ils s'étaient inquiétés pour Gary, ils avaient bien remarqué qu'il n'était pas dans son état normal au moment de notre départ. C'était assez spectaculaire d'assister à leur rencontre. Les enfants accordaient une forme d'autorité et de respect à Gary, alors que je n'avais rien demandé, que je n'attendais rien de particulier sinon de la paix entre eux. Ils s'étaient trouvés. Les enfants l'entouraient déjà d'amour. Et Gary le leur rendait au centuple.

À l'instant où je m'apprêtais à m'installer derrière le volant, une voix de femme m'interpella :

– Mademoiselle, attendez !

Je me retournai et découvris une femme d'un certain âge qui courait vers moi, dynamique. Elle était belle, naturelle, une peau marquée par les éléments, pas fardée, de grands yeux humides et étincelants.

– Vous accompagnez Gary… Je suis sa mère.

– Bonsoir, madame, je suis Erin.

Pourquoi m'étais-je présentée de cette façon, alors qu'elle n'avait aucune idée de qui j'étais ? Elle me sourit délicatement.

– Vous partez, déjà ?

– Euh… oui… je comptais aller me promener en attendant… je ne sais pas trop, en fait.

– Ça peut être long, en tout cas, moi je l'espère, ce serait bon signe… Venez attendre avec moi au chaud.

Je la suivis sans me poser de questions. Si cela se passait mal, je serais tout près de lui pour le récupérer, le soutenir. Pour le ramener. Je me retins de chercher un détail qui m'en apprendrait davantage sur Gary. Pourtant, impossible de passer à côté du contraste saisissant entre la rudesse du chantier et la chaleur de ce foyer. Tout était simple, l'ameublement, la décoration, mais lumineux, confortable et accueillant. C'était une maison dans laquelle on avait envie de se reposer au coin du feu, un bon livre entre les mains, devant les fenêtres d'où l'on apercevait au loin la mer. L'atmosphère était réconfortante, apaisante. La douceur de Gary trouvait-elle son origine dans cette maison où il avait grandi ?

– Erin, je vous sers un grog ? J'en bois toujours un quand mon mari et mes fils s'affrontent, ça fait quarante ans que ça dure… Je ne vous connais pas, mais je sens qu'avec vous, ça passera.

Je lui souris, sincèrement amusée.

– Avec plaisir.

– Mettez-vous à l'aise.

Elle disparut. Ce fut plus fort que moi, je m'approchai de la fenêtre qui donnait sur le chantier naval. Je distinguai deux silhouettes semblables à celle de Gary, mais ce n'était pas lui, il était caché par un vieux bateau. Il s'était mis au travail avec son père et son frère. Que pouvait-il ressentir ?

Une tasse chaude et odorante se matérialisa dans ma main. Sa mère était à côté de moi, elle les couvait du regard.

– Merci, merci de l'avoir ramené à la maison.

– Je n'y suis pour rien, c'est lui… C'est Gary.

Elle secoua délicatement la tête, indulgente.

– Je connais encore un peu mon fils, s'il n'avait pas été soutenu par quelqu'un qu'il aime, il ne serait pas là. Vous devez en valoir la peine pour qu'il se bouscule.

– Il ne veut plus souffrir, il veut être en paix.

– Pour vous.

– Pour lui, j'en suis certaine.

– C'est bien, alors… Ils en ont pour des heures, ils ne bougeront pas de là. Venez vous asseoir.

L'heure suivante, entre deux anges, on parla de la pluie, du beau temps, de Saint-Malo, de chez eux. Et puis, les sujets de conversation s'épuisèrent. Elle fixait la porte-fenêtre, attendant de découvrir qui entrerait en premier. Son mari. En colère, peut-être. Son deuxième fils. Ou son aîné tant attendu, tant espéré.

– Vous savez, Erin, ça fait plus de deux mois maintenant qu'il nous dit qu'il va venir… Depuis qu'il est rentré de La Réunion, enfin, il aurait pu être ailleurs, on n'en savait rien, il essaye de nous parler un peu plus, mais c'est toujours difficile. Et là, même si je ne le vois pas, si je ne le touche pas, je suis heureuse. Mon fils est rentré à la maison…

Mes enfants étaient encore jeunes. Je ne concevais pas de ne pas les voir pendant des années, même lorsqu'ils seraient adultes. La souffrance de cette mère était palpable, et je la comprenais. Fatalement, je pensais à Ivan, même s'il n'avait pas sa place ici. Ivan n'était pas un père. Il avait quitté ses enfants sans regret, il les avait oubliés…

– Comment avez-vous fait ? Enfin, je veux dire pour tenir sans voir votre fils, avec si peu de nouvelles… Avec cette déchirure…

– J'ai attendu… Je croyais en lui… J'ai eu raison.

– Je ne sais pas si je tiendrais le coup.

Elle s'interrompit alors qu'elle était prête à me répondre. Elle m'observa longuement.

– Vous avez des enfants, Erin ?

– Oui. Trois.

Elle me parut démesurément heureuse en apprenant l'existence d'Ulysse, Lou et Milo.

– C'est une bonne nouvelle, me dit-elle. Vous ne lui en demanderez pas.

– Pardon ? l'interrogeai-je, pas sûre de comprendre sa remarque. Je ne lui demanderai pas d'enfants ?

– Oui.

Où voulait-elle en venir ? Bien malgré moi, je rougis. J'avais parfaitement conscience que je m'emballais, mais l'idée m'avait traversé l'esprit en voyant Gary avec mes enfants. Je savais que je l'aimais trop vite, trop fort, mais si je l'avais rencontré plus jeune, et moins abîmée, j'aurais désiré avoir un enfant de Gary. La réaction de sa mère me perturbait. Elle mettait le doigt sur une de mes plus grandes interrogations. Pourquoi Gary n'avait-il pas fondé de famille avec son ex-femme ?

– Pourquoi dites-vous ça ? Gary ne veut pas d'enfant ?

Je n'étais plus certaine de vouloir savoir. Si jamais ce qu'elle m'apprenait était à l'opposé de l'image que j'avais de lui. Elle blêmit, se leva subitement.

– Suis-je stupide ! s'emporta-t-elle. Comment j'ai pu imaginer une seule seconde qu'il vous en avait parlé !

– Quoi ? m'énervai-je à mon tour. De quoi parlez-vous ?

– Il vous a dit qu'il avait été marié ?

– Oui !

– Vous savez, on ne l'a jamais rencontrée… Contrairement à vous… j'espère que ça vous prouve à quel point il vous aime.

Elle était très gentille de m'expliquer que son fils qu'elle n'avait pas vu depuis des années devait m'aimer, mais ce n'était pas la question.

– Et donc ? m'énervai-je.

Attristée, elle soupira profondément.

– Ils n'ont jamais réussi à avoir d'enfant… et… elle l'a quitté pour cette raison… Il n'a jamais eu besoin de me le dire pour que je le sache, Gary a toujours souhaité fonder une famille… mais il ne peut pas… Il n'a jamais su pourquoi… Il a cherché des raisons, c'est pour ça qu'on est au courant… Mais… il n'y a pas d'explications… Il ne peut pas et il ne pourra jamais… Alors comme vous avez déjà des enfants, je me dis que peut-être vous ne quitterez pas mon fils…

– Non ! Bien sûr que non…

Je l'aimais encore plus fort. L'injustice, la colère, l'amour m'envahirent avec force. Ces dernières semaines repassèrent en accéléré dans mon esprit. La rage de Gary envers Ivan quand il avait appris l'existence des enfants, son regard sur eux, incrédule, admiratif, protecteur, aimant, instinctif, animal. Le respect qu'il avait vis-à-vis de mon statut de mère. Son souhait permanent de ne pas les bousculer. Sa mélancolie lorsqu'il les regardait. Sa vive émotion après avoir réussi à apprendre à nager à Milo… Le fait qu'il pensait que son père le considérait comme moins qu'un homme à cause de son divorce parce qu'il ne pouvait pas faire un enfant… J'étais certaine que c'était tout le contraire, son père n'avait pu que souffrir pour son fils. J'avais atrocement mal pour lui. Pour cette blessure et ce rejet qu'il avait affrontés seul. Je le comprenais tellement mieux maintenant. Sa solitude. Sa discrétion. Son mystère. Son refus de me raconter… Comme il avait dû douter de lui, alors que…

– Erin ? Je vous en prie… ne le voyez pas différemment maintenant que vous savez, je ne me le pardonnerai jamais si…

– Ne vous inquiétez pas… Je ne vais pas moins l'aimer maintenant, ni ressentir de la pitié, bien au contraire… Je l'admire plus que tout… Je comprends qu'il ne m'ait rien dit après ce qu'il a vécu, il doit imaginer que je ne le verrais plus tel qu'il est…

Elle parut soulagée. Brusquement, elle tendit l'oreille, en direction de l'extérieur.

– Ils arrivent, remettez-vous.

C'était juste son frère. Arthur. En moins de quelques secondes, il comprit qui était cette inconnue avec sa mère, il m'embrassa comme si nous nous connaissions depuis toujours, me dit « À une prochaine, et merci de l'avoir ramené à la maison », et repartit comme il était arrivé. Son intrusion inopinée me permit de me recomposer un semblant de visage avant que Gary et son père nous rejoignent pour de bon.

Le dîner fut simple, pudiquement joyeux. Gary et son père parlèrent bateau et plongée dans un langage qu'eux seuls maîtrisaient. Sa mère me posa de multiples questions sur les enfants. Et puis, ce fut l'heure de repartir. Ils nous raccompagnèrent jusqu'à la voiture. Gary et son père échangèrent une poignée de main virile, mais un regard d'une tendresse brute infinie. Gary prit sa mère dans ses bras. Son père m'embrassa et murmura un merci à peine audible. Sa mère m'étreignit.

– À très bientôt, Erin. Et la prochaine fois, venez avec les enfants, surtout. On a de la place ici pour tous vous accueillir.

– On les emmènera en mer, avec Gary, me dit son père.

– Ils adoreront, lui répondis-je. Mais ne leur dites pas trop, sinon, ils voudront tout le temps revenir !

– Vous êtes ici chez vous.

Cette déclaration n'était pas à prendre à la légère. Je la savourai à sa juste valeur. Je n'aurais pas cru ça possible un jour, mais je venais de gagner une nouvelle famille.

Le début de la route se fit sans un mot. Gary et moi étions incapables de parler. Je pris sur moi et brisai ce silence qui n'avait pas lieu d'être.

– Tu es soulagé ? Vous vous êtes pardonnés avec ton père ?

– Oui… c'était simple, finalement.

– Vous étiez prêts…

– Tu as certainement raison.

Le silence nous absorba à nouveau longuement. Je me contorsionnai et calai mon visage sur son épaule. Je le respirai.

– Ma mère t'a dit ? chuchota-t-il.

Je me rapprochai encore plus étroitement de lui. Je regrettai que nous soyons en voiture, à l'instant j'avais besoin de me nicher dans ses bras, de me fondre dans sa peau.

– Gary, murmurai-je, concevoir des enfants ne fait pas de toi un père… Les porter, les regarder comme tu le fais instinctivement avec Ulysse, Lou et Milo est bien plus fort.

Sa main sur le volant se crispa, et il enfouit ses lèvres dans mes cheveux.

Ivan

D'où revenaient-ils, comme ça en pleine nuit ? Ils jouaient au petit couple parfait, serrés l'un contre l'autre. Il ne supportait pas de voir les sales pattes du plongeur sur sa femme. Sa femme. Elle l'avait toujours été et le resterait. Elle était à lui. Elle lui appartenait.

Il avait été extrêmement contrarié de les voir filer tous les deux aujourd'hui. Il s'était calmé en comprenant que cela lui laissait le temps d'observer les enfants. Il avait été à deux doigts de les rejoindre dans leur maison. À eux aussi, il fallait rappeler qu'il existait, il devait faire avec… L'aîné, Ulysse, avait toujours été rebelle à son autorité. Il était celui dont la naissance avait tout déclenché, celui qui lui avait volé sa femme en premier. Mais celui dont la beauté l'avait toujours saisi. Sa fille, Lou, la seule de ses trois enfants qui, un temps, l'avait apaisé, elle ressemblait tant à sa mère. Quant au dernier, Milo, il ne le connaissait pas. Ses trois enfants lui avaient toujours inspiré de la crainte. Ils avaient été ses adversaires.

L'absence d'Erin et du plongeur avait été l'occasion de moments très intéressants. Des cadeaux inestimables. Lou avait quitté la maison et retrouvé des amies, il avait commencé à la suivre, il l'avait détaillée, observée, écoutée en s'approchant au plus près. Elle avait l'air très heureuse. Il avait rebroussé chemin et n'avait eu que quelques secondes pour se cacher dans un recoin. Les deux frères partaient se promener à leur tour, l'un à vélo, l'autre en trottinette, ils riaient. Ses trois enfants allaient bien. Sans lui.

Il décida d'attendre leur retour. Deux heures passèrent. Puis il les vit tous les trois au loin, ils s'étaient retrouvés. Ils étaient beaux, très beaux. Deux dieux et une déesse. Ils discutaient, riaient, s'amusaient. Il prit le risque de les voir de plus près, il enfonça sa casquette sur sa tête. Ils le virent sans le reconnaître, à l'image de Télémaque face à son père. Ils le frôlèrent, il aurait pu les toucher, les attraper, les embarquer. Il se retint. Le téléphone d'Ulysse sonna. C'était leur mère. Il s'approcha encore, il voulait capter des bribes de la conversation. Les enfants la rassurèrent et lui demandèrent très vite des nouvelles du plongeur. Ses enfants s'inquiétaient pour le plongeur. Qu'est-ce que cela signifiait ?

Le dernier ne rentra pas immédiatement à la maison, il alla jouer sans surveillance sur la plage devant chez eux. Il ne risquait pas de le reconnaître, il n'avait qu'un an quand il était parti. Il s'était donc approché sans crainte. Il s'était assis sur la cale près de son fils. Il l'avait longuement observé, sans le reconnaître, sans se reconnaître. Il avait fini par lui dire bonjour. Le petit avait sursauté et répondu poliment d'une voix fragile. Lui avait souri et s'était levé, il s'en était approché, sans le quitter des yeux. Il s'était arrêté devant lui et l'avait dominé. Son corps avait masqué le soleil et l'ombre avait englouti le garçonnet. Il lui avait demandé ce qu'il faisait tout seul sur la plage.

Il avait lu la peur sur le visage de son fils. Pourquoi ? Lorsque le petit s'était enfui en courant, il s'était retenu de lui courir après pour demander ce qui n'allait pas.

Il était retourné se terrer dans les rochers sans traîner, de peur d'être repéré par les aînés. Il avait décidé de ne pas quitter son poste d'observation de la soirée. Il avait lutté pour ne pas céder à sa pulsion. Il avait l'occasion de reprendre le pouvoir dans cette maison. Ils étaient seuls et à portée de main. Mais c'était Erin qu'il devait posséder. Les enfants suivraient, ils n'auraient pas le choix.

Pourtant, en voyant les lumières de la maison s'éteindre sur le plongeur et sa femme, quelque chose se fissura en lui.

G

Gary

On me secouait doucement. Je n'avais aucune envie de me réveiller. La journée de la veille avait été intense, inespérée, mais elle nous avait vidés, Erin et moi. Nous étions tombés de sommeil dans les bras l'un de l'autre. J'avais le vague souvenir que nous parlions encore en nous endormant. Lequel de nous deux n'avait pas fini sa phrase le premier, impossible de m'en souvenir. Toujours est-il que je sentais une petite main sur mon épaule. J'entrouvris un œil et découvris le visage de Milo souriant au-dessus du mien.

– Tu es rentré ! s'exclama-t-il.

Erin remua.

– Chut, maman dort encore, chuchotai-je. Mais oui, je suis rentré, pourquoi ? Tu croyais que je n'allais pas revenir ?

Il hocha la tête, penaud. Il avait vraiment eu peur.

Je posai un doigt sur ma bouche pour lui demander de se taire et lui désignai sa mère d'un signe de tête.

– Viens, on va prendre le petit déjeuner tous les deux.

Il mima des applaudissements et quitta la chambre. Je m'apprêtai à refermer la porte derrière nous lorsque je me souvins de ma promesse. Je revins près d'elle et m'accroupis devant son visage endormi.

– Erin, chuchotai-je à son oreille, je me lève.

Elle sourit doucement et papillonna des yeux.

– Je sais, j'étais réveillée avant toi.
– Tu n'as rien dit…
– Il est venu pour toi, pas pour moi.
Je l'embrassai follement.
– Oust ! Je compte bien faire la grasse matinée.
– Autant de temps que tu veux.

Au fil de la journée, je découvris avec stupéfaction que les enfants s'étaient inquiétés pour moi la veille. Il faut dire qu'au moment de partir chez mes parents, je n'avais pas été très loquace et beaucoup moins enjoué que ce qu'ils connaissaient de moi jusque-là. Le soulagement de Milo de me voir de retour me bouleversa, et me fit prendre conscience que je devais à tout prix leur épargner mes états d'âme. J'avais bon espoir de ne plus trop en avoir à partir de maintenant. Je me sentais tellement plus léger. Les retrouvailles avec mes parents avaient été au-delà de tout ce dont je rêvais et terriblement simples. Il nous restait encore du chemin à parcourir, mais c'était un bon début. Nous devions réapprendre à nous connaître, réapprendre à passer du temps ensemble. Le temps perdu ne serait jamais rattrapé. Mais j'étais convaincu que nous pouvions vivre de beaux instants ensemble. Je m'étais senti si bien chez eux, un peu chez moi, j'y avais encore ma place. Avoir été accompagné par Erin avait certainement aidé, et savoir que mes parents la connaissaient, l'avaient vue telle qu'elle était, m'apaisait. J'avais déjà le sentiment qu'ils connaissaient Ulysse, Lou et Milo. Mon père nous prenait tous les cinq sous son aile. Et ma mère m'avait rendu le plus beau des services en parlant à Erin. Je ne lui avais pas demandé les détails de leur conversation, cela ne me regardait pas, finalement. Le principal était que, désormais, Erin connaissait tout de moi, mes blessures, mes chagrins, mes joies, mes manques.

Et elle les comblait. Ulysse, Lou et Milo les comblaient. Ils m'offraient une place particulière dans leur vie.

C'était incroyable, deux mois plus tôt, mon univers se résumait à ma petite personne rongée par ses regrets, aujourd'hui, je m'effaçais pour eux. Pour eux quatre.

L'amour est vraiment un sentiment étrange. Il se décuple, se démultiplie, il naît sans que l'on en ait conscience et sa réalité vous percute. Je n'aimais pas Erin pour ses enfants. Je l'aimais elle. Je l'aimais pour la femme merveilleuse, forte, blessée qu'elle était. Je l'aimais pour ses yeux, ses rires et ses sourires. Sa peau et ses soupirs. Je l'aimais quand elle boudait, qu'elle faisait semblant d'être contrariée. Je l'aimais quand elle tenait son bar d'une main de fer dans un gant de velours. Je l'aimais quand les larmes la saisissaient et qu'elle essayait de les cacher. Je l'aimais quand elle me bousculait et me remettait à ma place. Je l'aimais pour l'attachement qu'elle avait à sa famille. Je l'aimais parce qu'elle était généreuse, et qu'elle m'avait accordé sa confiance en me présentant ses enfants qu'elle protégeait comme une louve.

J'étais assez lucide pour avoir en tête qu'il valait mieux pour nous deux que je m'entende avec ses enfants. Si nous ne nous étions pas supportés, si instinctivement, ils m'avaient rejeté, je n'aurais pas été là avec eux. J'aurais pu me contenter de les apprécier. Je crois qu'Erin s'en serait satisfaite.

La réalité était tout autre. Je n'aurais jamais la prétention d'être leur père, de prendre sa place, même s'il ne l'occupait plus et ne l'occuperait plus jamais. Je ne m'attendais pas à qu'ils m'aiment comme tel. En revanche, sans qu'ils en aient conscience, je découvrais, en les aimant plus que tout, le sentiment d'amour paternel. Je pourrais tuer pour eux, mourir pour eux. Et pourtant, je les connaissais si peu. À croire qu'ils étaient nés pour que je les aime.

J'aimais Ulysse pour son ironie, sa joie de vivre fragile et fêlée. Je l'aimais pour le halo de protection qu'il déployait au-dessus de sa mère, son frère et sa sœur. Je l'aimais pour son enthousiasme permanent. Je l'aimais pour son humour, sa franchise, sa présence absolue, sa manière d'être ancré.

J'aimais Lou pour son sérieux, son œil malicieux qui disait qu'elle n'était pas si studieuse qu'elle le prétendait. Je l'aimais pour sa délicatesse, son envie permanente d'apprendre et de parler avec les autres. Je l'aimais pour son terrible chagrin que rien ni personne ne pourrait jamais consoler. Je l'aimais pour sa capacité à garder la tête haute. Je l'aimais pour son charme innocent.

J'aimais Milo parce qu'il me bouleversait. Je l'aimais parce qu'il avait peur de grandir et qu'il luttait pour être plus grand tout de même. Je l'aimais pour son insouciance et priais pour qu'il en conserve toujours une petite part. Je l'aimais pour sa gaîté, pour ses rires, je l'aimais pour ses bouderies et ses caprices. Je l'aimais parce qu'il ne contrôlait pas ses émotions et qu'il me disait ce qu'il pensait, ce qu'il ressentait.

Je les aimais tous les quatre parce qu'ils étaient tout simplement beaux ensemble. Je les aimais, parce qu'ils m'imposaient d'être responsable.

D'être fort, de ne plus me mentir. De prendre ma place. D'être qui j'étais. Je les aimais parce qu'ils devenaient ma famille. Les miens.

Le soir, alors que je m'apprêtais à sortir Douce, Erin me retint.

– Attends, Milo veut te voir.

Il ne m'avait pas lâché de la journée.

– Tu n'es pas obligé d'y aller, Gary, tu ne vas pas céder à tous ses caprices.

– Est-ce que c'est vraiment un caprice ?

Elle secoua la tête avec une mine attendrie.

– Je crois qu'il apprend, il apprend à t'avoir près de lui, il apprend à t'aimer, mais il a peur, et il aura toujours peur… Ulysse et Lou aussi. Tu es prêt à devoir les rassurer en permanence ?

Je déposai un baiser sur ses lèvres et grimpai jusqu'au dernier étage.

– Qu'est-ce qui se passe, Milo ?

– Tu ne repartiras jamais ? Tu ne nous laisseras pas ?

Je passai ma main dans ses cheveux.

– Des fois, je devrai peut-être partir quelques jours pour mon travail, mais je reviendrai. Toujours. Tant que toi, ton frère, ta sœur et ta maman surtout voudrez de moi, je resterai avec vous.

Il bondit de sa couette et se jeta dans mes bras.

– Tu pourrais m'emmener à l'école et venir me chercher un jour ?

Je n'avais encore jamais fait ça, mais j'en avais très envie.

– Si ta maman veut bien, j'en serai très heureux. Maintenant, il faut que tu dormes. Sinon, elle ne va pas être contente.

Il rit et se réinstalla dans son lit. J'embrassai son front.

– Fais de beaux rêves.

Ulysse et Lou me tombèrent dessus à leur tour sur le palier.

– C'est vrai ce que tu as dit à Milo, que tu ne nous laisseras pas ? me demanda Lou.

– Tous les deux, je comprends que vous ayez du mal à me faire confiance, mais je ne vous lâcherai pas, et je ne lâcherai pas votre mère. Je suis là. Pour elle. Pour vous. Pour chacun d'entre vous.

– Tant mieux, c'est tout ce qu'on veut, me répondit Ulysse, soulagé.

1

Ivan

Comme chaque soir, le plongeur sortit le chien d'Erin. Il avait déjà ses habitudes. Il rejoignait la Cité d'Aleth, sans réfléchir, en sifflotant.

Il lui offrit une vingtaine de mètres d'avance avant de le prendre en chasse. Durant toute la journée, il avait assisté à un dimanche en famille. Il n'en avait jamais voulu, lui. Il les rejetait. Il les fuyait. Et même lorsqu'il se croyait assez stable, il les gâchait au bout du compte. Le plongeur, lui, les vivait. Ça avait commencé par le tour à la boulangerie le matin, il avait embarqué Milo, ils étaient revenus tous les deux avec le pain frais et les croissants. Dans la matinée, le plongeur, accompagné d'Ulysse cette fois, était allé courir. Ils avançaient ensemble d'une même foulée, échangeant régulièrement des paroles complices. Dans l'après-midi, c'est à cinq qu'ils étaient sortis. Il les avait suivis. Épiés. Lou n'avait pas arrêté de parler avec le plongeur, elle l'admirait, lui était attentif, répondait toujours, paraissait intéressé et concerné par son débit de paroles. Régulièrement, sans s'en rendre compte, il rapprochait Erin de lui, l'embrassait dans les cheveux ou attendait qu'elle se blottisse dans ses bras.

Et lui, il rôdait, il tentait le diable trop souvent en s'approchant de plus en plus près. Il jouait avec la distance pour surprendre des bribes de leur conversation.

Son attention faiblissait. À de nombreuses reprises, il crut être repéré. Le plongeur était vigilant, il jetait régulièrement des regards dans son dos. Erin, sa femme, était heureuse, elle souriait, elle regardait le plongeur avec un désir mordant et tendre. Elle était en confiance quand elle se tournait vers lui. L'avait-elle déjà regardé de cette façon ? Il n'en était pas sûr. Avait-il oublié ? Non. Il n'avait jamais cessé de penser à elle. Il l'avait cherchée dans toutes les femmes qu'il avait prises ces sept dernières années. Il était parti pour vivre son aventure, pour éviter le chaos par lâcheté, pour ne pas la détruire, mais il n'avait pu s'empêcher de la traquer à travers d'autres.

Et puis, il y avait eu le moment où ils étaient tombés par hasard sur le frère d'Erin et sa femme. Que faisaient-ils là, eux ? Quand il était parti, ils habitaient à Paris. Ils étaient allés boire un verre tous ensemble, il s'était camouflé dans un recoin pour les observer. Le plongeur avait réussi à embobiner son beau-frère. Ils parlaient tous les deux, sérieux, mais c'était flagrant, ils s'entendaient, ils se respectaient.

Tandis qu'il suivait à la trace le plongeur et le chien, un élan de rage l'assaillit. Il devait se débarrasser de lui. Le tuer. Le faire disparaître. Il devait l'empêcher de lui voler sa vie. Il n'allait quand même pas le laisser un soir de plus faire l'amour à sa femme !

Le chien partit en courant devant. Le plongeur n'avait plus sa protection. Il accéléra le pas, il avait sa brèche, celle qu'il attendait pour lui régler son compte une bonne fois pour toutes. Il arriverait par la gauche et le pousserait de toutes ses forces dans le vide. Quand bien même il ne serait pas mort en arrivant dans l'eau, ses capacités d'apnée ne lui permettraient pas de survivre à ses blessures, il se serait trop fracassé sur les rochers. Il souffrirait, il penserait à elle, aux enfants, il était certain qu'il s'inquiéterait pour eux.

Plus il avançait, plus il était obsédé par les images enregistrées ces derniers jours. Les enfants en quête d'un père qu'il était incapable d'être, qu'il n'avait jamais voulu être d'ailleurs, les regards d'amour d'Erin pour le plongeur. Le plongeur tel qu'il l'avait toujours connu – mis à part son élan de faiblesse sous l'eau une fois – avait toujours été un type bien, un type sain, sympathique. Il n'avait jamais compris pourquoi il était si seul, pourquoi il avait des accès de tristesse. Un temps, il avait cru qu'ils étaient pareils. Il avait compris qu'il se trompait durant son laïus sur son envie de s'installer quelque part. La preuve, il l'avait envoyé vers Erin…

S'il se débarrassait de lui maintenant, il prenait le risque qu'Erin devienne inaccessible, qu'elle lui glisse entre les mains. Erin était une femme qui aimait avec toute son âme. Il le savait. Elle lui avait tout offert, bien avant le plongeur. Aujourd'hui, il n'existait plus pour elle. Il n'existait plus pour les enfants. Sa femme et ses enfants vivaient à travers le plongeur.

Qui souhaitait-il faire souffrir ?

Ceux qui l'avaient privé d'elle.

Avec qui souhaitait-il finir sa vie ?

Avec Erin, cela avait toujours été avec elle.

Il ralentit son pas et se laissa distancer par le plongeur.

Il était brisé.

Erin

Sans raison, j'avais froid depuis mon réveil. La présence de Gary sur le chemin de l'école me réchauffa. Pour la première fois, il m'accompagnait pour déposer Milo. Demain, je les laisserais sans doute y aller en tête à tête. Je parlais à demi-mot pour ne bousculer personne, ni mes enfants ni Gary. Sans en avoir conscience, Ulysse, Lou et Milo découvraient en lui un père, un papa. Cela les rendait fébriles, heureux, inquiets aussi. Ils craignaient de souffrir à nouveau. Je les comprenais. Il nous faudrait à tous du temps pour être totalement sereins.

Je le laissai à regret pour sa journée de travail sur le port. Les plongeurs nous sifflèrent, je ris. Dès qu'il s'éloigna de moi, le froid me saisit à nouveau. Je décidai de ne pas traîner avec Douce, elle n'aurait droit qu'à la petite balade ce matin. On fila directement vers Solidor. Je lançai un regard mécontent au ciel. Il commençait à faire vraiment beau depuis plus de quinze jours, le soleil et le printemps étaient installés. Pas aujourd'hui, le temps était de mauvaise humeur et le vent s'était levé. En grimpant les marches de la terrasse de *L'Odyssée*, je resserrai mon manteau autour de moi et jetai un coup d'œil à la mer, agitée, menaçante ; mon regard parcourut tout le quai, j'avais le sentiment d'être épiée. J'étais sûrement trop fatiguée pour réagir ainsi, me sermonnai-je.

Je croyais les feux de cheminée éteints jusqu'à l'automne prochain, et pourtant, à peine arrivée, je lançai une flambée. Me réchauffer était impératif. Dès que les flammes volèrent, Douce vint se coucher devant l'âtre, mais elle restait aux aguets. À croire que Gary lui avait demandé de me surveiller. Je poussai un profond soupir, il fallait que je me concentre sur mon bar que j'avais délaissé ces dernières semaines. Paloma et moi ne faisions que nous croiser. Gary n'y était pour rien, il était le premier à me dire de prendre mon temps pour le retrouver, ou lorsqu'il me rejoignait, mais j'étais incapable de me raisonner, je voulais profiter de lui, rattraper le temps que nous avions déjà perdu.

J'avais eu raison de venir bien avant l'ouverture à dix heures. Du travail m'attendait. De la paperasse à finir. Les devis pour les travaux à signer. Sans oublier la recherche d'un nouveau nom qui devenait de plus en plus indispensable. Je me préparais un café lorsque la porte s'ouvrit. Je pestai intérieurement. Les touristes avaient débarqué, et certains venaient tôt pour réclamer un petit déjeuner. Douce grogna méchamment.

– On est encore fermé ! lançai-je sans me retourner.

Le silence me répondit. La porte se referma. Je tendis l'oreille pour m'assurer de ma solitude. Des pas sur le parquet. Douce se leva en grognant de plus en plus fort. Sans que je puisse trouver une raison rationnelle, l'atmosphère devint lourde, pesante, étouffante. Une sueur froide dégoulina le long de mon dos. Une salve de tremblements me parcourut de la tête aux pieds. Je devais me retourner, je le savais. Je n'avais pas le choix. Un client dont la tête ne revenait pas à Douce était dans *L'Odyssée*. Je devais expliquer à cette personne que j'étais encore fermée, que je ne la servirais pas, qu'elle pourrait revenir plus tard. Ou jamais. Il fallait que je me retourne. Douce grognait de plus en plus fort.

J'aurais dû lui demander d'arrêter, ou l'appeler pour qu'elle vienne près de moi. Je n'arrivais pas à ouvrir la bouche. À croire que j'avais perdu l'usage de la parole. Je devenais folle. Pourquoi avais-je peur ? J'étais ridicule. Que pouvait-il m'arriver, ici ?

– Excusez-moi, commençai-je en me retournant. Revenez…

Mon cœur manqua un battement.

Au plus profond de moi, j'avais toujours su que cet instant arriverait.

Il avait vieilli. Il avait changé. Ses traits plus marqués. Taillés dans la pierre. Son visage paraissait plus émacié, la barbe grisonnante qui le rongeait désormais accentuait sa dureté expressive. Mais il était toujours aussi beau. Magnétique. Dangereux. Attirant. Il me paralysait toujours autant. Il me fixait de ses yeux d'un noir profond et troublant. Plus il me dévisageait, plus je me sentais petite face à lui. Comment avais-je pu oublier le pouvoir qu'il avait sur moi ? Sa simple présence dans la pièce me courbait. Je luttai pour ne pas baisser le regard et réussir à le défier. Je refusais de renouer automatiquement avec mes réflexes. Ils étaient derrière moi. Je les avais combattus. Je les avais tués en sept ans. Chaque seconde qui passait faisait ressurgir l'emprise qu'il avait sur moi.

Son ombre, son aura s'étendait au-dessus de moi, et j'avais beau tout mettre en œuvre pour me mesurer à lui, il n'était pas désarçonné. Pire, il s'amusait. Il souriait de ce sourire que j'avais trouvé séduisant, séducteur, et cru enveloppant. J'étais désemparée. Comment réagir face à lui ? Si je combattais, je lui lançais un défi qu'il était certain de remporter. Si je rendais les armes, il serait victorieux plus vite. Mais dans tous les cas, il gagnait. Comment était-ce possible ? Comment pouvait-il être si puissant ? Et pourtant, après tant d'années, le revoir me bouleversait, tant de sanglots versés à cause de lui et pour lui. Encore à cet instant, j'étais incapable de retenir les larmes qui coulaient sur mes joues. Il était là, devant moi. Il était en vie. J'avais beau le savoir, expérimenter son existence, sa réalité, n'avait rien à voir. C'était puissant. Dévastateur. Tout ressurgissait. Mon amour pathologique. Ma terreur. Mes chagrins. Ma dépendance. Mon inquiétude permanente. J'avais tout accepté de lui durant dix ans. Il était le père de mes enfants. Je l'avais aimé à en mourir. J'avais cru ses belles paroles, ses excuses, j'avais eu peur pour lui. Malgré sa brutalité, je l'avais désiré de tout mon corps et de toute mon âme. J'avais craint ses colères, ses emportements. J'avais voulu l'aider. Le soutenir. Le guérir. J'avais échoué. J'avais cru mourir quand il m'avait quittée. Je ne savais plus vivre sans son regard nocif. C'était fini, aujourd'hui. Je refusais que cela recommence.

Plus je le regardais, plus je découvrais des ressemblances infimes et refoulées avec mes enfants. Ulysse avait emprunté sa carrure à son père, ils se tenaient de la même manière. Lou avait son charme subtil et Milo ses moues boudeuses.

Le cauchemar ne cesserait jamais.

Pourquoi n'était-il pas mort ? Maintenant qu'il était vraiment devant moi, je prenais conscience que je ne serais jamais en paix tant qu'il serait en vie. Comment pouvais-je souhaiter la mort de cet homme que j'avais tant aimé ? Il était le mal. Il était mon mal. Que m'était-il arrivé pour que je sois piégée de cette façon ?

Douce, en s'approchant de lui, babines retroussées, me permit de reprendre pied l'espace de quelques secondes. Il lui lança un regard mauvais. Je craignis pour ma chienne. Je ne sais pas comment, mais je réussis à tapoter ma cuisse et à émettre un sifflement à peine audible. Je refusais qu'il lui fasse du mal.

– Couché, Douce.

Elle gémit, me fixa de ses yeux de feu, et m'obéit.

– C'est bien, dit-il.

Sa voix grave, autoritaire. Toujours la même qui m'avait fait tressaillir et trembler. De désir – au début – et de peur – ensuite. Sans me lâcher du regard, il recula vers la porte. Je respirai plus vite. Il n'avait pas oublié. Il était trop intelligent pour ça. Il actionna un loquet qu'il était le seul à utiliser lorsqu'il était encore là. Pourquoi ne l'avais-je pas démonté ? Il nous enfermait à clé. Je n'avais pas encore allumé les lumières, il était trop tôt, et je voulais être tranquille. Il se souvenait de tout, de mes habitudes, de mes manies. *L'Odyssée* resterait fermé tant qu'il le jugerait bon. Il avança d'un pas lent et mesuré. J'étais tétanisée. Il arriva tout près de moi, il me dominait. Il approcha son visage du mien, sa bouche effleura ma tempe, mes joues, mes lèvres, puis descendit vers ma nuque. Il s'y nicha. Je frissonnai. Il respira profondément.

– Tu as changé de parfum.

Dans un geste de défense, je reculai, il suivit mon mouvement, jusqu'à ce que je me retrouve coincée contre la bibliothèque, lui collé à mon corps. Il épousait mes formes.

– Erin… laisse-moi encore un peu t'avoir, te posséder.

Il se redressa et riva ses yeux aux miens. Je connaissais ce regard. Son regard trouble, rongé d'un désir de possession, d'exclusivité. Il avait envie de moi. Non, je ne voulais pas qu'il recommence. Où était Gary ? Sous l'eau. J'aurais beau l'appeler de toutes mes forces, il ne m'entendrait pas, il ne pourrait pas surgir pour l'éloigner de moi. Je venais de découvrir l'amour véritable avec lui. Un amour dont j'avais toujours rêvé. Pourquoi n'existait-il pas une force télépathique qui le ramènerait à moi immédiatement ? Seul soulagement, mes enfants étaient à l'école, ils étaient protégés de la fureur, de la folie de leur père. Sa main parcourut mon visage, mon corps, il souriait tristement. Il me détaillait attentivement. À moi de convoquer ma force intérieure pour lutter, pour ne pas céder face aux souvenirs. Je ne m'en remettrais pas s'il arrivait à ses fins, ici et maintenant. J'étais devenue plus forte. Il n'avait plus de pouvoir sur moi. Son amour toxique non plus. Je connaissais désormais le beau. L'extraordinaire. Sa bouche fondit sur la mienne, sa langue força le barrage de mes lèvres. Il m'embrassait violemment, rageusement. Je restai inerte, le laissant s'acharner sur moi, sans réagir. Il ne provoquait en moi aucune réaction, si ce n'est du dégoût et une infinie tristesse. À une époque, je me dissolvais sous l'assaut de ses baisers, je croyais que leur souvenir m'avait marquée à vie, je me trompais, je ne vivais désormais que pour ceux, passionnels, de Gary.

– Ivan, le suppliai-je en le repoussant.

Prononcer son prénom en m'adressant à lui était si douloureux.

– Ivan, s'il te plaît.

Je fus étonnée qu'il cesse de lui-même, ce n'était pas dans ses habitudes. La respiration courte, il enferma mon visage dans ses mains. Son regard avait à nouveau changé. C'était celui des jours sombres et tristes. Des jours où il revêtait sa face obscure que moi seule connaissais.

– Pardon… mais tu m'as tellement manqué…

Il caressa mes joues délicatement, il tremblait.

– C'était long sept ans sans toi, je t'ai cherchée dans toutes les autres.

Il me lança un regard d'excuse. S'il savait comme je m'en moquais.

– Que fais-tu là, Ivan ?

– Tu veux divorcer ? Tu veux rompre notre lien ?

– C'est toi qui l'as rompu. Tu es parti... tu m'as laissée... tu as abandonné les enfants... Tu n'existes plus... tu es mort pour nous... Pourquoi es-tu là ?

Son visage se décomposa. J'avais le sentiment qu'il se décharnait sous mes yeux.

– Je croyais que... mais non... Tu es... tu as... et... lui...

– Ivan ? Je ne comprends rien... Explique-moi.

Il me sourit à nouveau, toujours habité par ce regard trouble qui m'inquiétait à l'époque, et qui m'inquiétait encore. Il allait très mal. Je ne l'avais jamais vu dans cet état. Son corps était agité de spasmes qu'il ne contrôlait pas. Je luttai contre ce sentiment que je n'avais que trop connu : j'avais peur pour lui.

– Tu ne vas pas avoir besoin de divorcer...

Il m'embrassa furieusement. Il me malmena, ses mains se crispèrent sur mon corps, mon dos, mes cuisses, mes bras, mes seins, elles se faufilèrent sous mon pull, elles étaient glacées, dures, sèches. Il mordit mes lèvres. Je gémis de douleur. Il lécha la perle de sang. Il se recula, ses doigts palpèrent ma bouche puis la sienne, comme s'il souhaitait encore les lier, par nos salives, par mon sang.

– Tout se passera bien, Erin...

Il caressa encore mes joues, déposa un dernier baiser sur mes lèvres endolories, plus il s'éloigna et prit la direction de la sortie, les épaules basses.

– Ivan ? le rappelai-je.

Il déverrouilla la porte. La panique me saisit, il ne pouvait pas partir de cette façon, sans rien me dire de plus, sans m'expliquer les raisons de sa présence. Que voulait-il ? Qu'attendait-il ? Les enfants ? Il se retourna vers moi.

– Je t'aime, me dit-il. Je t'ai toujours aimé. Je t'aimerai toujours. J'aurais voulu te garder pour moi tout seul...

C'est impossible. L'univers, ou les dieux, s'obstine à mettre des obstacles entre toi et moi. Ulysse, Lou, Milo et lui… j'en suis l'unique responsable… Ne t'inquiète pas, ne t'inquiète de rien.

– Que veux-tu ?

– Préviens Gary que je vais venir le voir…

Gary ? Comment savait-il ? Depuis combien de temps était-il là ?

– Quoi ? Gary ?

Je chancelai. Il n'allait pas lui faire du mal à lui non plus. Gary n'était pour rien dans notre histoire.

– Laisse-le. Laisse-le tranquille, je t'en prie…

Il me dévisagea, victorieusement triste.

– N'oublie jamais que c'est grâce à moi que tu le connais.

Il disparut. Quelques secondes me furent nécessaires pour réagir. Je courus vers la sortie, Douce me suivit, je traversai la terrasse. Je regardai de tous les côtés, il s'était volatilisé.

1

Ivan

Je m'arrachai à elle. Avec son sang et son goût dans la bouche. Son parfum dans le nez, la douceur de sa peau sous mes mains. Elle ne m'appela pas. Elle ne me retint pas. Agité de tremblements, je titubai, cherchant un endroit où me terrer pour patienter jusqu'à la prochaine étape.

Depuis sept ans, j'étais convaincu d'avoir pris la bonne décision. Je n'en étais plus sûr. Erin me rejetait. Erin n'était pas Pénélope. Ma lâcheté de l'époque était-elle en train de me priver de tout ?

Sept ans plus tôt.

Je venais de mettre à la porte le dernier client, je n'en pouvais plus d'attendre. *L'Odyssée* était enfin fermé. J'étais libre. Ou presque. Un plus sentimental aurait fait le tour des lieux. Pas moi. Je n'allais tout de même pas perdre de temps à dire adieu à cet endroit qui participait de mon emprisonnement et du sien depuis une décennie. Ce bar. Sa cuisine dont j'avais pris les rênes sur un coup de tête, parce que je voulais lui faire plaisir. À elle. Parce qu'à l'époque, j'avais besoin de m'occuper pour oublier qu'un piège venait de se refermer sur moi. Terminé tout ça. Je déchirais la muselière. Je me libérais. Et cette libération passerait par le chaos. J'allais tout détruire.

Je jetai un coup d'œil à la pompe à bière, me retenant de m'en servir une. J'étais sobre, je devais le rester. Tous les clients de la soirée s'en étaient d'ailleurs étonnés. J'avais besoin de toutes mes capacités. Je devais être maître de mes gestes, ne pas douter de ma décision. J'avais le sentiment étrange de n'avoir jamais été aussi serein. Pourtant, je m'apprêtais à commettre l'irréparable. L'irrémédiable. Je me sentais tout-puissant, doté d'une force qui m'était inconnue jusque-là. Pourquoi ne l'avais-je pas trouvée plus tôt ? Pourquoi avais-je attendu si longtemps ? Si longtemps pour ne l'avoir qu'à moi.

Je m'assurai que toutes les portes étaient bloquées. Il faudrait lutter pour pénétrer à l'intérieur de *L'Odyssée*, d'autant plus lorsque le brasier flamberait. Les bidons d'essence m'attendaient sagement derrière la porte de la cuisine. Je n'en aurais pas pour longtemps à les vider aux quatre coins. Les bouteilles d'alcool exploseraient les unes après les autres pour assurer le feu d'artifice.

Et nous brûlerions tous.

Je quittai le bar par l'arrière pour monter chez nous. Une dernière fois. Je devais m'assurer qu'ils dormaient profondément. Ni les enfants – surtout pas eux – ni Erin ne devaient m'entraver. C'était pour notre bien à elle et moi. J'ouvris la porte de l'appartement en silence. Toutes les pièces étaient plongées dans l'obscurité. Ce fut plus fort que moi, je déambulai à droite, à gauche. La photo de mariage aimantée sur le frigo m'hypnotisa. Elle était parfaite. Lumineuse. Joyeuse. Amoureuse. Comment avais-je pu être capable de jouer la comédie ? Je ricanai de dépit. À l'époque, j'y croyais. Je n'avais pas le choix. Je m'étais convaincu que je tiendrais ma place et que mon bonheur se situait là. Il se situait là, parce que Erin était là. Pourquoi ? Mais pourquoi me refusait-elle mon bonheur ? Elle et moi à l'aventure… Notre Odyssée.

Je détournai les yeux, affligé. Pourtant, je n'arrivais pas à lui en vouloir, je l'aimais trop. Je me dirigeai vers les chambres des enfants. Je commençai par mon fils aîné, Ulysse. Mon premier geôlier. Il était allongé, détendu, beau comme un dieu. Ma main fut appelée par ses cheveux blonds, bouclés comme ceux d'un ange. J'incrustai leur douceur au plus profond de ma chair.

Je détournai les yeux, blessé par son existence. Puis, j'entrai dans la chambre de ma fille. Ma princesse. Ma Lou. Belle et espiègle comme sa mère. Elle aussi avait fini par m'enfermer, par me priver de sa mère. Au moins, j'éviterais qu'elle gâche l'existence d'un homme emprisonné par son charme, le charme envoûtant de sa mère. Mon doigt glissa sur sa joue, je savourai la pulpe de sa peau.

Je détournai les yeux, consterné. Dernière chambre. J'approchai à pas de loup du lit à barreaux. Mon dernier enfant. Milo, ce bébé que je ne connaissais pas et que je ne connaîtrai jamais. Celui qui en s'imposant m'avait prouvé à quel point je ne supportais plus d'être enchaîné. Ma grande main se posa sur son crâne, la chaleur de son duvet me fit tressaillir.

Je détournai les yeux, terrifié. Je pénétrai enfin dans ma chambre. Ma femme dormait. Je franchis la distance qui me séparait d'elle. Son visage trahissait toute la tension qui l'habitait. Ses sourcils étaient froncés. Je craignais de m'autoriser à la toucher une dernière fois. Elle avait tellement de pouvoir sur moi. Le problème résidait bien là. Je me penchai doucement. Elle me sentit. Ses yeux papillonnèrent. Elle esquissa un sourire endormi. Lorsqu'elle bougea, le drap glissa et son corps se dévoila. Elle était nue. Elle aimait dormir nue. Comment avais-je pu occulter cette habitude que j'avais tant aimée ? L'amour et le désir me percutèrent avec violence. Je ne m'étais pas préparé à avoir envie d'elle.

Cela faisait tellement longtemps que je me privais de sa peau, de ses gémissements. Si longtemps que je doutais de m'en souvenir encore. Elle attrapa ma main.

– Ivan, viens te coucher, murmura-t-elle.

Avant que nous mourions par le feu, j'allais être une dernière fois son prisonnier. La prendre. Lui montrer qu'elle m'appartenait. Je la ferais jouir pour son dernier souffle conscient. Je me déshabillai dans l'obscurité. Elle soupira de contentement. Elle n'aurait pas dû. Je me glissai près d'elle, dans son dos. Mes mains tracèrent des chemins sur ses cuisses, son ventre, ses fesses, ses seins que je saisis au creux de mes paumes. Elle gémit. Je la tournai vers moi. Elle se laissa emporter si facilement. Je voulais la voir. Voir son visage dans le plaisir. Et elle répondait à mes demandes. Je refusais de penser au reste. Pas maintenant. Mon envie d'elle me malmenait. Je maltraitai sa bouche tant je souhaitais la posséder une dernière fois. Elle m'appela avec ses hanches. Je ne résistai pas plus longtemps et la pénétrai avec force. Elle ouvrit les yeux en grand sous l'impact du plaisir. Elle se crispa d'émotion. Elle noua ses bras autour de mes épaules et m'attira plus près d'elle encore. Des mois que nous n'avions pas vécu ce paroxysme de jouissance.

Je la tenais contre moi, je sentais qu'elle se retenait de tomber à nouveau de sommeil.

– Dors, Erin, chuchotai-je.

Elle m'embrassa avec passion et douceur mêlées. Puis, elle frotta son visage dans mon cou, avant de caler son dos contre mon torse. Elle attrapa mon bras pour que je l'enferme. Elle était confiante.

– On va s'en sortir, Ivan. J'en suis certaine.

J'enfouis mon visage dans ses cheveux sans répondre et attendis que sa respiration s'apaise. Ce qui ne tarda pas. Les tremblements me saisirent. Ma folie me percuta.

Faire l'amour à Erin me bouleversait au point de remettre ma décision en cause. J'étais assailli par des flashes des visages des enfants. J'entendais déjà leurs hurlements, les siens à elle lorsque les flammes lécheraient leur peau. La peau d'Erin que je venais moi-même de lécher, d'embrasser, de mordre. Le feu prendrait ma place sous mes yeux. Je serais jaloux du feu. Je ne pouvais pas la faire disparaître. Je ne pouvais pas la tuer. Mais si je restais à leur côté, je finirais par la briser, la faire souffrir. Ma violence finirait par exploser. Par la détruire. Un jour, je ne me contiendrai plus. Un jour, faire l'amour à Erin ne suffirait plus à me rendre un minimum de lucidité. Je ne pouvais plus rester là. J'étais trop lâche, trop faible pour les emmener dans les flammes de l'enfer. Elle, pas eux. Eux, je m'en moquais, ils ne m'avaient apporté que du malheur. Ils m'avaient privé de ma raison d'exister. La raison qui m'avait enchaîné.

Je devais disparaître. En disparaissant, je resterais puissant, ils ne pourraient jamais m'oublier.

Elle ne m'oublierait jamais. Elle se souviendrait que je lui avais fait furieusement l'amour avant de partir. Elle serait marquée, tatouée. Je la hanterais toute sa vie. C'était encore plus fort, finalement. J'éprouverais le manque dévorant de ma femme, et elle le mien. Je mordis délicatement une dernière fois la peau fine de son cou. Elle sentirait les marques de la morsure demain à son réveil. Je me rhabillai mécaniquement. Je lui jetai un ultime regard, elle était détendue et ne fronçait plus les sourcils. Elle dormait profondément, apaisée.

Je détournai les yeux, dévasté. Quand la reverrais-je ? Quand reprendrais-je ma place ? J'étais certain qu'elle me la garderait. Elle nous protégerait. Je quittai notre chambre qui, à partir de cet instant, ne m'appartenait plus. Je traversai l'appartement sans me retourner, sans penser. Avant de franchir le seuil, je récupérai dans mon jean mon trousseau de clés que je déposai sur l'étagère de l'entrée. Et enfin, je sortis. La porte resta silencieuse lorsque je la fermai.

Je repassai par *L'Odyssée*, déverrouillai les portes. J'attrapai une feuille de papier qui traînait. Je pris le temps de lui écrire une longue lettre. Elle la conserverait religieusement, j'en étais certain. Je fouillai la bibliothèque, et glissai la lettre dans son exemplaire de *L'Iliade et L'Odyssée*. Au Chant I. Elle comprendrait la signification. Je repris le mien. Je n'aurais jamais dû le ranger là, et il n'aurait jamais dû quitter mon sac à dos dix ans plus tôt. Si nous n'avions pas partagé ce livre, nous n'aurions pas lié nos vies, et je ne me serais pas retrouvé chargé du fardeau d'une famille. Je ne serais pas rongé par l'amertume et esclave de mon amour pour elle.

Trop tard.

Mais elle m'attendrait.

Je partais en guerre contre mes regrets et reviendrais un jour reprendre ma femme lorsque je serais prêt.

Quelques minutes plus tard, je mis le contact, démarrai sans traîner et quittai la ville tous feux éteints.

Je ris. Je pleurai. Je hurlai. Mais je ne regardai pas en arrière.

Aujourd'hui

J'avais interrompu mon Odyssée pour venir mettre de l'ordre ici, sans imaginer que ma décision de l'époque pouvait être remise en cause. Erin ne me laissait plus le choix. Je devais aller jusqu'au bout. Revenir à cet instant où j'avais failli. Mais avant, il me fallait affronter le traître. Connaître ses motivations. Le regarder droit dans les yeux. Lui rappeler qui détenait le pouvoir.

Gary

On me demanda de remonter par le narguilé. J'obéis, ce qui accentua ma mauvaise humeur. Je n'étais pas tranquille depuis ce matin, je n'avais pas envie de laisser Erin toute seule, une drôle d'impression flottait dans l'atmosphère, totalement irrationnelle, j'en convenais. Je croyais pouvoir me calmer sous l'eau. Et je venais d'apprendre que ma journée était terminée. À la surface, j'eus la confirmation qu'il faisait toujours aussi mauvais, le ciel était noir, une pluie fine tombait, et le vent se levait. Je retirai mon scaphandre.

– Pourquoi je suis là ? demandai-je d'un ton assez désagréable. J'avais encore une heure de boulot en dessous !

– Erin a cherché à te joindre par la radio, m'annonça un de mes collègues.

Je tanguai une demi-seconde et commençai immédiatement à me débattre avec ma combinaison.

– Pourquoi vous ne m'avez pas prévenu ? Si elle vous a appelés, ça ne peut être que pour une urgence ! Merde ! m'énervai-je.

– Justement, quand on voit ton état, on est bien content de ne pas t'avoir donné l'info plus tôt. Tu aurais voulu qu'on te dise par le narguilé qu'elle cherchait à te joindre et qu'on te la passe, tant qu'à faire ? Si c'est grave, tu aurais fait quoi ?

– Fais chier !

Ils avaient raison, j'aurais fait des conneries en dessous. Je me serais mis en danger, et les autres aussi. Je réussis à m'extraire le strict minimum pour attraper mon téléphone. Elle avait essayé de me joindre un nombre incalculable de fois. Je l'appelai sans écouter ses multiples messages.

– Gary ! Où es-tu ?

Sa voix était lourde de sanglots.

– Encore en mer. Que se passe-t-il ?

– Ivan… Ivan…

– Quoi ?

Elle avait du mal à parler, tant sa respiration s'affolait.

– Il est… Il est là… il est venu à *L'Odyssée* ce matin…

Mon corps se redressa, prêt à l'attaque, je regardai autour de moi, comme s'il pouvait apparaître n'importe où, n'importe quand.

– Comment vas-tu ? Où es-tu ? Où sont les enfants ?

Ils étaient en sécurité. Les enfants toujours à l'école. Erin à *L'Odyssée* entourée de Paloma, son père et d'Erwan. Dans son explication paniquée et hachée, je compris qu'il avait surgi quelques heures plus tôt, il avait tenu des propos incohérents et il comptait me voir, me trouver, me parler. Il savait donc que j'étais là, que j'étais avec elle et les enfants. Comment était-ce possible ? Il nous aurait surveillés. Mais depuis quand ?

– Où est-il en ce moment ? lui demandai-je.

– Je n'en sais rien, Gary, mais il doit te chercher.

– Je rentre, ne t'inquiète pas pour moi.

– Viens vite, s'il te plaît. Fais attention… il était vraiment étrange.

Je raccrochai, balançai mon téléphone et gueulai :

– Ramenez-moi à terre, s'il vous plaît ! Erin a besoin de moi.

Ils acceptèrent sans poser de questions. La connaissant, ils savaient qu'elle ne m'aurait pas réclamé pour rien, et ils me faisaient aujourd'hui suffisamment confiance pour comprendre que je ne les abandonnais pas pour une broutille. Ensuite, je perdis pied quelques secondes, je saisis ma tête entre mes mains et me retins de hurler de rage. Il était tout près d'elle, tout près d'eux. Et j'étais en mer. Je n'étais pas là-bas pour eux.

– Grimpe ! me dit un de mes collègues qui avait déjà sauté dans un Zodiac.

Bien que secoué, je me rhabillai dans le bateau, incapable de prononcer un mot. La traversée me sembla durer des heures, pourtant nous avancions plein gaz. Le Zodiac tapait les vagues, des gerbes d'eau s'abattaient sur nous, le vent fouettait nos visages. Le ciel et la mer se déchaînaient autour de moi, à l'image de ce qui me passait par la tête. Que voulait Ivan ? La récupérer, prendre les enfants ? Allait-il tout mettre en œuvre pour retrouver sa place auprès d'eux ? Erin n'en voulait plus, j'en étais certain. En revanche, difficile voire impossible d'occulter qu'ils partageaient dix ans d'histoire commune. Nos deux mois, aussi intenses qu'ils soient, valaient bien peu de choses. Mais je me battrais pour la garder. Elle m'aimait, je le savais. Et je l'aimais plus que ma vie. Je ne renoncerais pas à elle.

Les enfants, qu'allaient ressentir les enfants ? Ulysse était assez radical vis-à-vis de son père, mais en se retrouvant face à lui, sa détermination flancherait, certainement. Et je le comprendrais. Lou était terrifiée à l'idée d'être déçue et de souffrir. Maintenant qu'il était de retour, redécouvrirait-elle son héros disparu ? Il était son père. Et Milo… Milo ne le connaissait pas, n'en avait aucun souvenir. Il partait du principe qu'il n'avait pas de papa, mais il allait enfin pouvoir le rencontrer. L'aimerait-il d'instinct parce qu'il était son père ?

L'infime lien que nous étions en train de tisser aurait peu de valeur. J'étais adulte. Je devrais encaisser sans broncher un rejet, mon éloignement d'eux, et trouver la force d'être heureux pour eux à l'unique condition qu'ils le soient. Je n'avais aucune légitimité, me répétai-je, comme si j'en avais besoin…

Qu'allais-je dire à Ivan ? Qu'il n'avait rien à faire ici. Que c'était trop tard. Que je ne lui devais aucune explication. En réalité, rien de tout ça. Il avait toutes les raisons d'en avoir après moi. Je l'avais toujours su. Je pensais à lui chaque matin en me réveillant aux côtés d'Erin, me demandant si un jour je devrais répondre et payer pour avoir pris sa place sur le champ de ruines qu'il avait laissé derrière lui. Il fallait croire que le moment était venu.

Ivan m'attendait au bout du ponton. Il savait parfaitement où me trouver. Depuis combien de temps nous surveillait-il ? Il avait dû fomenter sa vengeance contre moi. J'envoyai un message à Erin : « Ne t'inquiète pas, je suis avec lui, rassure les enfants, dis-leur que je suis retenu au travail pour une plongée nocturne. Je t'aime. » Je débarquai. Mon collègue lui lança un regard avant de s'adresser à moi :

– C'est qui ce type ?

Il ne l'avait pas reconnu.

– Aucune idée.

– Il n'a pas l'air net. Bon courage, Gary, embrasse Erin pour nous. À demain.

J'attendis que le bateau s'éloigne avant de me retourner. Je voulais m'assurer d'être seul avec Ivan.

Ivan ne bougeait pas, il attendait que je le rejoigne. Il avait changé en un peu plus de deux mois. Il semblait comme vidé de lui-même. Il ne restait de lui qu'une enveloppe charnelle, inquiétante et épuisée. Son charisme était devenu fantomatique, il fallait l'avoir connu pour se rappeler la puissance de son aura. Nous nous défiâmes de longues minutes. Il me détaillait tout autant que je le détaillais. Indéniablement, moi aussi j'avais changé, je me tenais droit, mon regard n'était pas fuyant, mais déterminé, je me sentais fort et à ma place, je ne courberais pas le dos devant lui. D'un signe de tête, il m'invita à le suivre. Sans réfléchir, mais prêt à assumer, je lui emboîtai le pas, aussi silencieux que lui.

Nous marchâmes durant un bon quart d'heure, il m'entraîna vers Intra-Muros, dans des ruelles étroites et sombres par lesquelles je n'étais jamais passé. Il entra dans un bar petit et obscur. J'eus le sentiment de quitter le jour pour pénétrer dans la nuit. Le barman ouvrit les yeux en grand en le reconnaissant, Ivan le cloua d'un regard noir. Plus personne ne fit de commentaires. Rien ne quitterait ce bouge, c'était une certitude. Il s'installa au comptoir, lança un coup d'œil par-dessus son épaule, je m'approchai à mon tour. Il commanda directement une bouteille de rhum.

– Tu te chargeras de la note, je crois que je t'ai payé bien assez de verres comme ça, m'annonça-t-il sans m'accorder la moindre attention.

Je ne répondis pas, assailli par des souvenirs des instants partagés avec Ivan. J'avais ri avec lui, j'avais fait la fête chez lui, j'avais mangé à sa table, j'avais été sombre et triste avec lui, j'avais parlé avec lui, j'avais vécu avec lui. Il me connaissait dans cette ancienne vie que je souhaitais laisser derrière moi. Ce n'était pas son but, mais il me la rappelait. Ce qui me confirmait que j'avais fait les bons choix. Mais impossible, malgré tout, malgré ce que je savais, malgré ce qu'Erin et les enfants avaient enduré par sa faute, impossible de nier que j'avais fini par le considérer comme un ami.

Il était celui, le seul, à qui je m'étais ouvert. Aussi infimes qu'aient été ces confidences.

Il engloutit trois verres coup sur coup, sans grimacer. Puis il m'en servit un qu'il fit glisser devant moi. J'avalai l'alcool d'une gorgée, ça me fouetta le sang. Je buvais moins depuis que j'étais ici, je n'en ressentais plus le besoin.

– Tu retournes sous l'eau ? me demanda-t-il.

– Comme tu as pu le constater.

– Étonnant de nous retrouver tous les deux ici… Découvrir ta présence m'a fait un choc, je dois te l'avouer. Je ne te pensais pas menteur… en même temps, à ta place, j'aurais fait pareil…

Il avait un tel aplomb.

– Ivan, en termes de mensonge, tu n'as rien à m'envier… Me prévenir que tu avais trois enfants, c'était trop pour toi ?

Il partit d'un rire amer.

– Ce que tu penses de moi ne doit pas être bien reluisant, alors maintenant je peux te dire le fond de ma pensée. Ils sont beaux, heureux à première vue, tant mieux…

Il semblait si sûr de lui, il les avait épiés. Il avait rôdé autour d'eux. Personne ne s'était rendu compte de sa présence. La peur m'envahit rétrospectivement.

– Je ne leur souhaite pas de mal, poursuivit-il calmement. Ils sont un détail, mais aussi la pire chose qui me soit arrivée…

Je retins mon poing prêt à partir.

– Ils m'ont volé Erin… bien avant que, toi, tu t'en charges…

Il eut une moue ironique.

– Enfin… peu importe maintenant… C'est étrange. Je vous observe tous les cinq depuis plusieurs jours, et toi, particulièrement. Tu as l'air d'aimer ça la petite vie de famille tranquille. Tu bosses, tu plonges, tu t'occupes des gosses, du chien, chaque soir le même tour, en sifflotant, en confiance… Tu rentres, tu fais l'amour à ma femme… Tu n'as besoin de rien d'autre. En même temps, je ne devrais pas être étonné, la veille de ton départ, tu m'avais dit que c'était ce que tu désirais. Tu as réussi…

Qu'il arrête de dire que c'était sa femme, il en parlait comme si elle était sa propriété. Erin était une femme libre, libre de ses choix, de son corps, de sa vie. Il lui avait rendu sa liberté en la quittant. Je ne supportais pas qu'il jette un voile sale sur mes sentiments pour elle, à croire que je n'étais avec elle que pour le contrarier, pour le déposséder de sa chose, comme si je n'avais attendu que ça. Comme si je ne formais un couple avec elle que pour cette raison.

– Ivan, je ne vais pas chercher à me justifier… mais je tiens quand même à te préciser que je n'aime pas Erin parce que c'était ta femme… tu n'as rien à voir dans notre histoire… J'ai trouvé du boulot ici par hasard… et je l'ai rencontrée avant de savoir qui elle était…

Il haussa un sourcil, indulgent.

– Et tu t'es fait piéger d'un regard… je connais, je suis passé par là, précisa-t-il tristement.

Les parallèles qu'il faisait entre son histoire et la mienne me mettaient profondément mal à l'aise, mais qu'y pouvais-je ? Rien, c'était la pure vérité. Nous partagions ce coup de foudre pour la même femme.

Il but un nouveau verre, et me resservit. J'avais l'impression de revivre la même scène qu'à La Réunion. À la différence que nous étions dans un troquet miteux et que nous parlions sans fard. Nous ne nous dissimulions plus rien. Sans se préoccuper d'une quelconque interdiction, il s'alluma une cigarette, et fixa d'un œil trouble les volutes de fumée. Puis, il se tourna vers moi.

– Ce qui est dingue, Gary, c'est que tu avais la vie dont je rêvais avant que je la rencontre… Et moi, j'avais la vie dont tu rêvais après l'avoir rencontrée… Toi, tu as une seconde chance… pas moi… Pas moi, parce que je ne me remettrai jamais d'Erin que je voulais pour moi tout seul… Tu vois, j'aurais aimé vivre cette vie-là avec elle, mais elle a ses enfants. Erin est une mère, Gary, j'espère que tu en as conscience.

J'acquiesçai en le regardant droit dans les yeux. Il me faisait passer un test. Pour quelles raisons ? Il hocha la tête, satisfait.

– C'est bien… Et puis, les enfants ont enfin un père, il paraît que c'est important… je ne sais pas, je n'en ai jamais eu…

Qu'était-il en train de me dire ? Il me donnait ses enfants ? Je n'étais pas assez égoïste pour ne pas trouver sa démarche sordide. Et abominable pour Ulysse, Lou et Milo.

– Enfin… on s'en fout maintenant… Tout ce que je sais, c'est que je ne peux pas supporter de savoir… alors je vais finir le travail commencé il y a sept ans.

Il se leva, attrapa la bouteille de rhum et prit la direction de la sortie. Sur le seuil, il se retourna vers moi :

– N'oublie pas que c'est grâce à moi que tu la connais… si je ne t'avais pas remonté de l'eau, tu pourrirais derrière la barrière de corail.

Il disparut. Il me fallut plusieurs secondes pour réagir. Je lançai sur le comptoir plusieurs billets et courus dans la rue. Je regardai de tous les côtés, il s'était volatilisé.

1

Ivan

Tout le monde dormait. Sauf moi. Ne me restait plus qu'à marquer les esprits une dernière fois. Un dernier départ. Le plus beau. Le plus impressionnant. Une dernière disparition fatale. L'apothéose. Aller au bout de ce que, par lâcheté, j'avais été incapable d'accomplir sept ans plus tôt.

Je déambulai dans *L'Odyssée* fermé au cœur de la nuit. Pour ne pas éveiller la curiosité d'un promeneur nocturne, j'avais laissé les lumières éteintes. Je connaissais cet endroit par cœur. Pas besoin d'éclairage pour me déplacer. Je buvais pour m'anesthésier, pour tomber dans le sommeil au bon moment. Je souffrais assez, je préférais m'épargner quelques douleurs physiques.

Je ne partirais pas avec Erin. Mais je partirais avec la certitude de la hanter à jamais. Lui aussi, je le hanterais à jamais. Sans moi, ils n'auraient rien. Ils n'auraient pas cette famille. Gary, à chaque instant de sa vie, à chaque fois qu'il regarderait les enfants, me verrait à travers eux. Il aurait beau tout faire, je serais toujours leur père. À jamais. Erin n'oublierait jamais qui était le père de ses enfants. Il ne serait jamais moi.

J'étais l'artisan de leur histoire et ils n'en sauraient jamais rien.

Recevoir le courrier de demande de divorce avait provoqué en moi une onde de choc. J'étais repéré et Erin ne m'attendait plus. Je devais réagir. Découvrir ce qui se passait véritablement là-bas. Et ensuite, lui rappeler qu'elle était à moi et à moi seul, elle devait m'attendre tant que mon Odyssée n'était pas achevée. Tout s'était accéléré, je n'avais pas eu le temps de réfléchir. Gary avait débarqué au restaurant le soir où j'avais reçu cette lettre m'annonçant le souhait d'Erin de me quitter. Il m'avait pris de court en m'annonçant son départ précipité et sa remise en cause, mais cela m'avait donné une idée. Je devais l'envoyer en éclaireur à Saint-Malo. Avec lui, j'avais une opportunité en or pour savoir précisément où en était Erin, pour découvrir la réalité des choses. Je devais comprendre pourquoi elle souhaitait subitement divorcer. Mais comment faire pour qu'il y aille ? Gary et sa confiance en moi m'avaient sauvé. J'avais sauté sur l'occasion lorsqu'il était allé se baigner pour dessoûler avant son vol. Il avait barboté suffisamment longtemps pour que je chope son téléphone, j'avais fouillé son répertoire cherchant une idée, n'importe quoi, et un nom avait retenu mon attention. Je m'étais retenu de rire. Je n'aurais pas dû être étonné. Ces connards de scaphandriers se connaissaient tous. Un de ses contacts avait bossé quelques mois à Saint-Malo pendant que j'y étais, je l'avais régalé à *L'Odyssée*, il avait bu et bouffé chez nous. Je ne les supportais pas, ces mecs, ils se croyaient plus forts que les autres. Avec un peu de chance, il avait encore des liens avec les travaux publics sous-marins du coin et il mordrait à l'hameçon. Il fallait tout tenter, je ne risquais rien. En utilisant le mail de Gary, j'avais envoyé un message annonçant son – mon – retour, et expliqué qu'il cherchait du boulot en France. Gary était remonté vers moi pendant que je priais pour que ma combine fonctionne. Je lui avais rendu son portable soi-disant tombé dans le sable quand il était parti nager. Il m'avait remercié. Pour mettre toutes les chances de mon côté et assurer mes arrières, j'avais tout de même choisi de lui demander de me rendre service en se renseignant sur Erin, ma femme.

Malgré mes efforts, mes tentatives, mon insistance, Gary m'avait fait avaler qu'il n'était pas à Saint-Malo et qu'il ne comptait pas s'y rendre. Mon plan pour qu'il y bosse avait fonctionné, et je n'en avais rien su. Il m'avait berné, je l'avais cru. J'avais une confiance aveugle en lui. Je lui avais accordé *ma* confiance, moi qui ne l'avais jamais offerte à personne. Je ne l'avais jamais envisagé comme un rival. J'étais trop con pour imaginer une seule seconde qu'il puisse se retrouver dans le lit de ma femme. Gary était un adversaire redoutable, bien plus intelligent que je ne le pensais.

Il méritait mon respect.

J'avais donc été contraint de quitter ma tanière et tout s'était écroulé un peu plus pour moi. Je n'avais pas anticipé qu'Erin me considérait déjà comme mort, et qu'elle trouverait en Gary l'homme de sa vie et un père de substitution pour ses enfants. J'aurais dû connaître ma femme pourtant. Un homme comme Gary était un aimant pour elle. Et elle, elle n'avait certainement eu besoin que d'un regard pour l'envoûter, elle était ce qu'il cherchait, ce qu'il attendait. Ils auraient été faits l'un pour l'autre si je n'avais pas été là. Jusqu'à l'instant où j'avais entendu Erin prononcer son prénom et s'inquiéter pour lui, je croyais encore pouvoir gagner contre lui. Je nourrissais l'infime et dérisoire espoir que mon souvenir serait le plus fort.

Je devais être honnête avec moi-même. C'était le moment, je n'aurais plus d'autre chance. Si j'avais dû choisir quelqu'un pour elle, mon choix se serait porté sur lui. Ne l'avais-je pas toujours su ? Gary était parfait. Il était d'une beauté rude, abîmée. En pleine santé. Intelligent. Aimant. Avec du caractère. Mais il n'était pas plat, loin de là. Il avait une faille en lui, une blessure que j'avais bien été incapable de deviner, mais qui le rendait encore plus attirant. Heureusement, elle n'était pas assez profonde pour qu'il devienne fou comme moi. C'était le genre d'homme à qui l'on confierait sa vie, sa famille, son amour, avec la certitude que tous étaient en sécurité à ses côtés.

J'avais joué, j'avais perdu. Peut-être pas tant que ça finalement, ils vivraient désormais sur ma tombe. Ils n'oublieraient pas que leur amour m'avait envoyé dans les flammes de l'enfer. J'existerais toujours entre eux et j'avais la satisfaction d'être à l'origine de leur histoire.

J'avais décidé pour eux. Alors qu'ils seraient éternellement convaincus que le destin les avait réunis.

J'étais leur destin.

En buvant encore et encore, je fis un dernier tour de *L'Odyssée*, je caressai le manteau de la cheminée, puis j'allais rabattre le loquet. Mon loquet. Celui qui avait déclenché dans le regard d'Erin une terrible terreur quelques heures plus tôt. Je m'enfermai. Je commençai à tituber. Ma vue se troublait. L'alcool produisait enfin son effet. Je me raccrochai au comptoir. Je m'y agrippai en poussant un cri de rage. Je ne devais pas tomber avant de lancer mon chaos.

Il était l'heure.

L'heure d'en finir et de m'offrir une sortie digne de ce nom.

Je bus une énorme rasade de rhum. Il dégoulina le long de mon cou.

Je tirai sur ma cigarette.

Je bus encore.

Puis… je ricanai. De dépit. D'amertume. De douleur abyssale.

Je craquai une allumette. Je la lançai dans une des nombreuses flaques d'essence. Les flammes m'entourèrent à une vitesse impressionnante, elles grimpaient déjà le long des murs que j'avais aspergés, elles s'engouffraient dans le foyer de la cheminée. Rien ne m'empêcherait d'aller au bout. Rien ne m'inciterait à m'enfuir.

Avais-je des regrets ? Non. Plus maintenant. J'avais eu raison de renoncer sept ans plus tôt. La chaleur commençait à devenir insoutenable.

Je fermai les yeux un bref instant, et me remémorai le sourire d'Erin, ceux des enfants m'apparurent brusquement. Ils étaient si beaux.

Si beaux sans moi et avec lui.

Je finis ma bouteille et la jetai dans le brasier. Elle explosa.

Le feu rampait vers moi. Tout-puissant. Implacable. Destructeur.

Dans un dernier réflexe, je tapotai ma poche intérieure.

Mon livre.

Mon *Odyssée.*

Une larme roula sur ma joue.

Il était en sécurité. Il ne brûlerait pas avec moi.

Je faisais le sacrifice de partir sans lui. Lui qui m'avait maintenu en vie depuis toujours.

Ce livre qui avait guidé mon existence.

Je partais sans lui.

Pour elle.

Pour Erin.

Mon Odyssée s'achevait enfin.

L'obscurité m'aspira.

E

Erin

Nous nous étions assoupis dans le canapé, épuisés et ébranlés après cette journée. Durant la soirée, j'avais eu le sentiment de repartir sept ans en arrière. Avec mes parents, Erwan et Lucille, nous avions menti aux enfants, je n'étais pas prête à leur annoncer que leur père était de retour, ma famille était restée dîner avec nous « pour le plaisir ». Alors que leur présence n'avait pour but que de nous protéger en attendant que Gary revienne et de m'aider à camoufler mes sursauts d'angoisse à l'idée qu'Ivan lui fasse du mal. À son retour, il m'avait semblé exténué, troublé, comme je ne l'avais jamais vu. Mais il m'avait assuré qu'ils n'avaient pas échangé de mots hauts, de mots forts, de mots de rage et de colère. Tout comme moi, il était incapable de parler davantage de ses retrouvailles avec Ivan.

Je commençai à remuer, à me réveiller. Quelle heure pouvait-il être ? Il faisait nuit noire. Douce grattait comme une folle la porte d'entrée de la maison. Elle finit par aboyer. Gary sursauta en resserrant ses bras sur moi.

– Qu'est-ce qu'elle a ? m'interrogeai-je.

– Ne bouge pas, je vais la sortir.

– Ne traîne pas…

Il embrassa mes cheveux et s'extrait du canapé en grimaçant. Elle grattait de plus en plus le bois de la porte. Ce n'était pas normal. Elle avait senti quelque chose. Gary me lança un regard inquiet et lui ouvrit. Elle fila à toute vitesse en poussant des aboiements déchirants. Je ne réfléchis plus, j'attrapai mon écharpe que je nouai autour de mon cou et la suivis en courant.

– Douce ! Au pied !

À peine avais-je tourné à l'angle qu'un halo rouge se matérialisa sous mes yeux au loin et me tétanisa. Impossible.

– Erin ? m'appela Gary.

– *L'Odyssée* ! Gary ! C'est *L'Odyssée* !

Mes jambes se mirent en marche.

J'étais appelée.

La lumière rougeoyante, chaude, déchirait la nuit noire, et m'appelait.

Le feu m'appelait.

Je courus à en perdre le souffle. Jusqu'à arriver devant. Devant *L'Odyssée*. Mon *Odyssée* dévoré par les flammes. Prise d'un réflexe, je m'approchai. Gary me rattrapa par la taille alors que je m'apprêtai à poser le pied sur la terrasse qui crépitait déjà, il me porta en reculant jusqu'au trottoir d'en face. Il m'étreignit de toutes ses forces. Douce tournait, affolée, autour de nous. Sans Gary, je crois que je me serais délitée, totalement, irrémédiablement.

Les fenêtres et la porte explosèrent sous l'impact de la fournaise, il me couvrit de son corps pour me protéger des flammèches et des débris qui retombaient à nos pieds. Il faisait si chaud, tellement chaud, j'avais le sentiment que nos peaux allaient se dissoudre, fondre. Je sortis mon visage de l'étau de ses bras. Le brasier dévastait tout l'intérieur, j'étouffai un sanglot contre lui. Les bouteilles volaient en éclat les unes après les autres. Ce son de verre qui claque, qui se répand, qui se fracasse, resterait ancré au plus profond de ma mémoire. Le bruit était assourdissant, ça vrombissait. La lutte semblait infernale. La force du feu gagnait les étages supérieurs. Les flammes qui ne cessaient d'enfler s'échappaient par chaque ouverture, elles grimpaient toutes-puissantes le long des murs de la façade. La pierre noircissait à une vitesse impressionnante. La terrasse s'enflamma à son tour. Puis, ce furent les fenêtres de notre ancien appartement qui se brisèrent. Le feu détruisait ce qui avait été chez moi. Chez nous.

Toute mon histoire avec Ivan se consumait sous mes yeux.

Les voisins sortaient de chez eux les uns après les autres. Je les entendais nous assurer que les pompiers allaient bientôt arriver. Quelqu'un les avait appelés. Certains commençaient à descendre sur la plage pour remplir des seaux d'eau de mer. Geste extraordinaire, mais dérisoire. Rien n'arrêterait la dévastation.

– Erin, je vais y aller, me dit Gary à l'oreille.

Sonnée, je me retournai vers lui. Il me souriait tristement. Je m'agrippai à lui.

– On ne peut pas attendre les pompiers, poursuivit-il.

Je secouai frénétiquement la tête de droite à gauche et resserrai ma prise sur son pull.

– Non, Gary, je ne te perdrai pas. Je ne te perdrai pas pour sauver Ivan ! Il est déjà parti !

Il ne pouvait être qu'à l'intérieur. Je le sentais. Gary le sentait. Ivan avait mis le feu à nos souvenirs, à notre vie. Par ce geste terrible, fatal, tragique, il m'avait protégée, il nous avait protégés, les enfants, Gary et moi. Il nous avait protégés de lui.

Gary attrapa mon visage entre ses mains, il luttait entre son amour pour moi et sa loyauté d'ami. Ils avaient été amis, je l'avais compris à son retour un peu plus tôt. Ils partageaient un lien que je ne connaîtrais jamais, que je ne verrais jamais, que je ne comprendrais jamais. Qui leur appartenait.

– Je dois y aller, Erin. Je n'ai pas le choix ! Ivan m'a sauvé il y a peu de temps. Il m'a remonté de l'eau… Sans lui, je serais mort…

– Il te sauve de lui, en ce moment… C'est son choix. Et c'est déjà trop tard !

– Maman ! nous interrompit la voix paniquée d'Ulysse.

Les enfants arrivaient en courant. Milo suspendu au cou de son frère qui tenait Lou de sa main libre. Gary était encore plus déchiré. Il voulait sauver le père de mes enfants, qu'il aimait comme les siens. Je refusais de le perdre. Pas lui. Je le retins plus fort encore contre moi et ancrai mes yeux dans les siens.

– Pense aux enfants… Gary… Tes enfants ! Ne va pas là-dedans… pour eux… pour moi…

Il ne put ni me répondre ni bouger. Lou se propulsa dans ses bras. Il la protégea en la berçant, il enfouit son visage dans ses cheveux. Mais ses yeux remplis de larmes fixaient l'incendie. Il s'accrochait à ma fille de toutes ses forces, en souffrant pour Ivan à l'intérieur. Ulysse se colla à moi et me serra très fort, Milo noua ses bras autour de mon cou. Nos regards à tous étaient tournés vers *L'Odyssée*.

Les pompiers arrivèrent enfin, mais trop tard. Mes parents suivirent de peu. Mon père chancela, ma mère l'empêcha de s'écrouler. Sa vie. Son bistrot. Ce qu'il avait sauvé. Ce qui l'avait sauvé. Le lieu qui avait sauvé et cimenté notre famille finirait en cendres. Nous l'aimions tant ce bar, lui et moi. Il était une extension de nos corps et de nos cœurs. Nous le portions en nous. Erwan et Lucille, prévenus eux aussi, débarquèrent. Mon frère s'accroupit, la tête entre les mains, le visage ravagé par les larmes. Je croisai son regard dévasté. Ce bar était notre histoire. Notre histoire familiale.

Puis Paloma nous rejoignit en criant, ordonnant à tout le monde de se bouger, d'aider, de trouver de l'eau. Je l'appelai, elle m'entendit, je lui tendis la main, elle s'approcha et s'accrocha à moi, en sanglotant.

Les pompiers s'acharnèrent à sauver ce qui ne pouvait l'être. Nous restâmes serrés les uns contre les autres, assis sur le parterre d'en face. Gary et moi au centre, Lou dans ses bras, Milo dans les miens, le visage d'Ulysse niché dans mon cou. Le jour se levait lorsque la dernière escarbille s'éteignit. L'odeur âcre de cendres saturait l'atmosphère du quartier. Les fumées s'envolaient vers le ciel qui serait dégagé aujourd'hui. De *L'Odyssée* et de son immeuble, il ne restait plus que quatre murs noircis et éventrés. La toiture avait rejoint les nuages. Les hommes du feu sortirent des décombres, leur chef s'approcha de nous. Gary et moi nous nous levâmes, les enfants collés à nous, le reste de la famille nous suivit.

– Vous êtes bien la propriétaire ?

– Oui…

– Quelqu'un habitait dans le bar ou dans l'immeuble ?

– Non…

Il secoua la tête, désolé, et murmura comme pour lui-même :

– On pense qu'il y avait quelqu'un…

Je luttai contre un haut-le-cœur. Gary respira plus rapidement. Nous devions nous canaliser pour les enfants. Les regards de mes parents et d'Erwan qui avaient entendu cherchèrent le mien. Ils comprirent.

– On va vous laisser tranquilles pour le moment. On vous contacte rapidement.

Tout le monde se réfugia chez nous. D'une voix mécanique, j'appelai l'école, le collège et le lycée pour avertir de l'absence des enfants, même si je ne doutais pas que la nouvelle ferait le tour de la ville. Gary, après avoir prévenu ses collègues qu'il ne viendrait pas travailler, me confirma qu'elle se répandait déjà. Ma mère, soutenue par Lucille, pour s'occuper et ne surtout pas flancher – Odile tenait la barre, comme elle l'avait toujours tenue –, se chargea du café et de confectionner des tartines à un Milo totalement déboussolé. Ulysse et Lou ne se lâchaient pas, mais ne s'éloignaient pas de Gary non plus. Il était devenu leur boussole. Erwan et mon père étaient tétanisés, ils n'arrivaient ni l'un ni l'autre à reprendre pied.

Le café refroidit. Il y eut beaucoup de silence, de regards désemparés et embués.

La présence des enfants nous empêchait de prononcer son prénom. Comment allais-je leur annoncer que leur père était mort ? Sept ans que je me posais cette question, sept ans que je m'y préparais, sans jamais avoir trouvé la bonne façon, la bonne phrase. J'étais désormais au pied du mur. C'était la réalité. Ivan était mort. Il n'existait plus. Il ne reviendrait plus. Et dire que quelques heures plus tôt, j'avais pensé n'être jamais tranquille tant qu'il serait en vie. Je dissimulai un sanglot lourd dans ma main. Je lui avais dit que pour nous, il était déjà mort… Étais-je responsable de son acte ? Gary comprit que l'angoisse et la culpabilité m'envahissaient. Il m'entraîna dehors à l'abri des enfants.

– Erin, tu n'y es pour rien. N'oublie pas ce que tu m'as dit pour m'empêcher d'aller le chercher. Il nous a sauvés de lui… et je crois même comprendre que ce n'est pas la première fois qu'il te sauve, qu'il vous sauve, les enfants et toi…

Ses yeux se remplirent de larmes. Il m'enferma dans ses bras. Il tremblait, il me berçait de toutes ses forces.

– J'aurais pu ne pas te connaître… ne pas t'aimer… ne pas aimer les enfants…

Un terrible frisson me traversa.

– Il m'a dit qu'il finirait le travail qu'il n'avait pas achevé sept ans plus tôt… quand il a disparu, j'imagine… la nuit de sa disparition… Il voulait… il m'a dit qu'il avait été trop lâche… Il n'a pas pu… Il n'a pas pu vous entraîner avec lui…

Ma respiration s'arrêta un bref instant. Ivan voulait mourir avec nous… À la place, il avait disparu. Disparu sans laisser de traces… Les jerricanes d'essence que mon père avait retrouvés derrière la porte de la cuisine… Nous avions toujours cru qu'Ivan devait les prendre pour rouler le plus loin possible. Nous avions imaginé que, dans la précipitation, il les avait oubliés. En réalité, ils étaient pour nous. Nous devions tous mourir cette nuit-là. J'étouffai un cri douloureux, Gary resserra son étreinte et me berça doucement. Je revoyais les flammes dévorant *L'Odyssée*. Mes enfants, mes enfants auraient dû être dévorés par le feu. Moi à leurs côtés. Je n'aurais pas pu les sauver. La mort nous avait frôlés, nous avait touchés, elle nous avait presque enveloppés. Ivan voulait nous tuer… Il avait renoncé.

Sa lettre m'apparaissait désormais sous un autre jour. Il savait qu'il allait nous faire du mal, nous détruire. Il n'en pouvait plus de notre famille. Il n'avait pas eu le courage de nous entraîner dans sa folie… ou bien, et je préférais le penser, quoi qu'il en ait dit, il nous aimait trop. Il aimait les enfants à sa façon.

– On va vous laisser, nous interrompit ma mère. Vous devez vous reposer, les enfants et vous.

Elle serra affectueusement Gary dans ses bras et lui murmura « merci, merci d'avoir sauvé ma fille ». Mon père s'approcha de moi, déposa un baiser appuyé sur mon front.

– On va reconstruire, ma petite fille… Tu retrouveras ton bar.

– Notre bar, papa…

En début de soirée, Ulysse et Lou sortirent prendre l'air. Je savais très bien qu'ils voulaient se rendre devant les ruines de *L'Odyssée*. Je ne cherchai pas à les en empêcher. Je n'avais pas leur courage. Des jours pénibles m'attendaient. Milo était dans sa chambre. Gary et moi étions blottis l'un contre l'autre, incapables de parler, toujours sous le choc. Nous avions besoin de nous étreindre, de réaliser que nous étions tous en vie, et qu'Ivan avait choisi la mort.

– Maman, m'appela Ulysse d'une voix fragile à leur retour. Où est Milo ?

Je redressai le visage, il était blême.

– Là-haut. Devant un dessin animé.

– Que se passe-t-il ? les interpella Gary, tout aussi inquiet que moi devant leur mine.

D'une main tremblante, mon fils me tendit un livre.

– On l'a trouvé dans la boîte aux lettres…

Mon corps fut traversé par une décharge électrique. Je reconnus à la seconde l'exemplaire d'Ivan. Son *Iliade et L'Odyssée*. Corné, abîmé, taché, déchiré à certains endroits, annoté. À l'intérieur, une lettre. Glissée au Chant XVI. Ulysse et Télémaque se retrouvent. Une lettre adressée aux enfants. Je croisai le regard d'Ulysse qui avait parfaitement compris. Il tressaillit, mais se contint pour sa sœur.

– Maman ? C'est le livre de papa ? me demanda Lou d'une voix chargée de larmes.

Était-elle en train de comprendre elle aussi ? À sa pâleur, je le crus. Je hochai la tête, incapable de prononcer le moindre mot. Puis je cherchai le regard de Gary, il m'encouragea.

– Il y a une lettre pour vous, leur annonçai-je.

– Tu la lis d'abord ? me demanda Ulysse.

– Non… mais je peux la lire avec vous. Elle vous est adressée.

Ils échangèrent un regard et acceptèrent.

– Qu'est-ce qu'on fait pour Milo ? paniqua Lou.

– On attend qu'il soit plus grand, lui répondis-je doucement.

Il fallait l'épargner. Il serait toujours temps de lui expliquer lorsqu'il poserait des questions. Il était trop petit pour tout encaisser la même journée. Je refusais que mon petit dernier soit détruit par le chagrin et l'incompréhension.

– Je vais monter avec lui, nous annonça Gary.

– Non ! s'énerva Lou. Tu dois rester avec nous…

Il lui sourit doucement, tout en se levant.

– Je n'ai rien à faire là…

– Gary, s'il te plaît, le supplia mon fils aîné. Arrête tes conneries !

– Non, Ulysse, non, je ne resterai pas là, lui rétorqua-t-il d'un ton sans appel. Il faut que quelqu'un empêche Milo de descendre. C'est ma place, elle me convient. Et c'est avec votre mère et elle seule que vous devez découvrir la lettre de votre père.

Je ne cherchai pas à le retenir, pourtant, j'étais d'accord avec mes enfants, sa place était à nos côtés. Mais elle était aussi aux côtés de Milo pour le préserver. Il fallait bien nous séparer pour nous occuper de nos enfants. J'avais besoin de lui, mais sa simple présence dans les étages m'était infiniment précieuse. Il aurait pu ne pas être là… Il se pencha vers moi, m'embrassa délicatement.

– Fais signe quand vous êtes prêts. Je suis là…

Il embrassa tendrement Lou et Ulysse en les prenant dans ses bras, et disparut dans l'escalier.

Quelques secondes plus tard, les cris de joie de Milo à la vue de Gary qui venait lui tenir compagnie nous arrachèrent un sourire. Puis, mes deux grands enfants vinrent s'asseoir autour de moi.

– Vas-y, maman.

J'ouvris l'enveloppe en luttant contre mes tremblements et mes larmes. Je dépliai la lettre, inspirai profondément et lus les derniers mots d'Ivan pour ses enfants.

Ulysse, Lou, Milo,

Gary a dû vous donner de mes nouvelles et vous dire que j'allais bien. Je ne vais pas m'étendre sur ma vie, c'est inutile et inintéressant. Gary est un homme bien qui prendra soin de votre mère, et de vous aussi.

Je suis revenu quelques jours dans le coin, sans que personne ne le sache, je voulais donner à votre mère mon exemplaire de L'Iliade et L'Odyssée. Je pars très loin, quelque part où je n'en aurai plus besoin. Il doit être en sécurité entre ses mains, et peut-être un jour entre les vôtres. Si vous en voulez, c'est la seule chose que je peux vous laisser de moi.

Vous êtes très beaux, magnifiques même. Votre beauté me fait peur, elle m'a toujours fait peur. Je vous ai observés, je suis passé tout près de vous, j'ai entendu vos voix. Vous ne m'avez pas vu, vous ne m'avez pas reconnu. Vous m'avez oublié, c'est bien. C'est tout ce que je souhaitais. Je n'ai aucune raison de vous manquer, continuez à vivre sans moi, à être heureux sans moi, c'est le mieux qui puisse vous arriver.

Je ne suis pas un père, encore moins, un papa. Je ne l'aurais jamais été.

En revanche, votre mère est la plus merveilleuse.

Je ne suis qu'un homme qui a aimé une femme à la folie, rien de plus.

Je m'en vais loin en sachant que je lui aurai tout de même offert ce cadeau de vos trois vies.

Ivan

G
Gary

Deux ans plus tard.

La mer m'avait toujours été fidèle, elle ne m'avait jamais trahi. Elle m'avait joué des tours, fait des frayeurs, mais nous nous étions toujours réconciliés. Nous nous étions aimés quarante et un ans en solitaire, alors que je rêvais de la partager avec ceux que j'aimais.

Aujourd'hui, et depuis deux ans, je vivais mon rêve.

Un rêve éveillé.

Un rêve éveillé que je savourais à sa juste valeur, tant nous revenions de loin.

Je restai statique et admirai Ulysse, Lou, et Milo, heureux et magnifiques, se promenant dans les profondeurs et la fraîcheur de notre eau bretonne. Désormais, nous formions notre palanquée. Nous nous protégions les uns les autres. Nous explorions. Nous nous amusions.

Milo était un petit nageur hors pair. Un futur scaphandrier. Il voulait toujours être un poisson comme moi. Et il était bien meilleur que je l'avais été à son âge. Il ondulait, tournoyait dans l'eau, échappait à ma surveillance sans jamais se mettre en danger.

Il était celui qui avait le mieux traversé les mois terribles qui avaient suivi la mort d'Ivan. Sa joie de vivre était encore plus marquée qu'avant. Il avait eu beaucoup de difficultés à comprendre ce que nous lui avions expliqué. N'ayant aucun souvenir de son père et n'attendant pas son retour, il ne voyait pas très bien la différence. Il était triste pour la destruction de *L'Odyssée* et surtout pour son frère et sa sœur qu'il voyait perdus et qu'il avait eu tant de mal à reconnaître durant une interminable période. Pour lui, nous étions tous les cinq, et rien n'était plus important.

Mon regard se dirigea vers Ulysse. Il était très calme en plongée. Il observait, prenait son temps, profitait de chaque seconde de nos immersions, tout en gardant un œil protecteur et attendri sur nous tous. Avec la mort de son père, il était devenu un homme. Les premiers temps, il s'était enfermé dans le silence – un silence assez terrifiant – et consacrait son temps à nous surveiller. Erin, Lou et Milo ne supportaient plus le poids de ses regards anxieux et ses questions incessantes sur ce qu'ils faisaient, où ils allaient. J'avais fini par l'emmener un week-end chez mes parents. Je voulais l'extraire de son quotidien, l'éloigner de sa mère, de son frère et sa sœur. Son inquiétude le rendait malade. Nous avions dû le mettre de force dans la voiture. Durant tout le trajet, il s'était contenu avec beaucoup de difficulté, ne m'adressant la parole que pour m'attaquer, me dire que nous n'aurions jamais dû les laisser tous les trois seuls, sans nous. Mon père et mon frère étaient dans la confidence. Dès notre arrivée, ils l'avaient fait travailler comme un forçat. Je le voyais souffrir, suer, serrer les mâchoires, lutter contre lui-même, contre nous, je me retenais d'intervenir, de l'aider, de le soulager, de le protéger. Et enfin, Ulysse avait craqué. Il avait tout envoyé valdinguer autour de lui en hurlant son chagrin, sa terreur et sa colère. Ma famille s'était éclipsée. Je m'étais approché de lui et l'avais attrapé contre moi. Durant de longues minutes, il avait frappé mon torse de toutes ses forces, avant de s'écrouler dans mes bras et de pleurer toutes les larmes de son corps. Il m'avait supplié de ne jamais l'abandonner. J'avais promis de toute mon âme. Après ça, Ulysse s'était apaisé chaque jour un peu plus. Nous n'avions plus jamais reparlé de ce moment.

Lou, quant à elle, ne partait jamais bien loin sous l'eau. Elle cherchait en permanence mon assurance que tout allait bien. Fréquemment, je sentais sa main qui agrippait la mienne. Je lui souriais à travers le masque. Elle prenait une grande inspiration et dodelinait de la tête, avant de me lâcher. Contrairement à son frère aîné, Lou avait très vite beaucoup parlé, beaucoup pleuré. Erin avait dû rester des nuits entières aux côtés de sa fille pour tenter de calmer ses sanglots. Au-delà du deuil qu'elle devait traverser, elle lui avait expliqué être rongée par la culpabilité de ne pas avoir reconnu son père quand il était passé près d'eux. Elle réalisait douloureusement l'avoir oublié bien avant qu'il meure. Un jour où j'étais seul avec elle à la maison, elle était venue me demander de lire la lettre d'Ivan avec elle. Nous l'avions donc lue ensemble. À la fin, elle avait à nouveau pleuré.

– Tu étais avec lui à La Réunion… c'est toi qui l'as connu en dernier. Tu crois vraiment qu'il ne nous en veut pas de ne pas l'avoir vu ? Il n'a pas écrit ça juste pour nous faire plaisir ?

– J'en suis certain… Ton père n'a jamais été aussi sûr de lui qu'en vous écrivant cette lettre. Il voulait vraiment que vous soyez heureux. Il me l'a dit quand j'étais avec lui quelques heures avant la fin.

Elle s'était blottie dans mes bras, avait poussé un profond soupir de soulagement. J'avais senti la tension quitter peu à peu son corps.

– Moi, je suis certaine qu'il voulait que tu t'occupes de nous, m'avait-elle dit après de longues minutes. Quand est-ce que tu vas retrouver le sourire, Gary ?

– Bientôt, Lou... je te le promets.

J'avais embrassé ses cheveux. Lou en quittant son chagrin avait pointé le mien, mes inquiétudes pour Erin, et mon sentiment d'un manque de légitimité.

Erin nous accompagnait rarement en plongée. Elle nous laissait tous les quatre. Elle nous regardait toujours partir de la maison et nous suivait sur quelques mètres, accompagnée par Douce, riant de nous, chargés de notre matériel et excités à l'idée de notre plongée. Quand l'envie la prenait de m'accompagner, elle nous voulait à deux, et uniquement à deux. Les enfants se faisaient discrets et étaient toujours subitement flemmards à l'idée d'aller à l'eau. Erin avait fait face à la perte d'Ivan sans jamais imposer aux enfants sa douleur et le contrecoup des dernières révélations. Elle était présente à chaque instant, chaque colère, chaque larme. Mais chaque nuit, elle se réveillait en sursaut après des cauchemars dont elle me taisait le contenu. À défaut de se confier à moi, elle parlait dans son sommeil. De temps à autre, elle prononçait mon prénom, je l'entendais surtout gémir après Ivan, parfois, elle lui demandait de revenir, d'autres fois de s'éloigner, mais elle l'appelait toujours. Au matin, elle ouvrait les yeux, éreintée, et me fuyait du regard. En dehors des enfants et des cendres de *L'Odyssée*, nous ne nous parlions plus. Et puis, il y eut la nuit qui nous permit de nous retrouver. La nuit où j'oubliai ma promesse de toujours la réveiller si je quittais notre lit. Erin dormait à peu près calmement, et moi, je traversais une énième insomnie. Je ne me pardonnais pas de ne pas être allé le chercher dans le brasier et de ne pas réussir à la soutenir. Je culpabilisais aussi d'en vouloir à Ivan d'avoir détruit ce que nous essayions de construire. M'avait-il volé ma seconde chance tandis que je volais la vie qu'il avait abandonnée ? Je ruminais dans le séjour lorsque Erin avait poussé un cri déchirant. Je n'avais pas eu le temps de réagir qu'elle dévalait déjà l'escalier en m'appelant de toutes ses forces.

– Gary ! Tu es parti ! Tu m'as laissée toute seule !

Elle s'était jetée dans mes bras, et tout comme son fils aîné, elle m'avait frappé.

– Tu m'as abandonnée !

J'avais retenu ses bras.

– Non ! Je ne t'ai pas abandonnée, j'étais là, tout près. Je n'arrivais pas à dormir…

– Tu n'as pas le droit ! Tu m'avais promis !

J'avais craqué, à mon tour.

– Erin, je n'en peux plus de t'entendre crier après lui chaque nuit !

Elle avait reculé, ses yeux s'étaient remplis de larmes.

– Je sais que ce que tu vis, ce que les enfants vivent est atroce. Vous l'avez perdu ! Moi, je l'ai laissé crever, et je suis là, avec vous.

– Il a choisi de mourir ! Ce n'est pas ta faute !

– Depuis, tu ne me parles plus… je ne sais plus quoi faire… Je suis impuissant à t'aider… Tu me manques. J'ai peur que ce soit lui… que tu l'attendes encore et encore…

– Pardon… pardon… tu te trompes… Je m'éloigne de toi parce que je vis dans la crainte que tu t'en ailles à cause de tout ce qui s'est passé… Tu vis l'enfer depuis des mois à cause de nous… Il me hante dans mes cauchemars parce qu'il aurait pu te tuer… Tu mérites tellement mieux que nous, que moi.

– Je t'interdis de dire une chose pareille ! Je t'aime, j'aime les enfants plus que tout… Je suis prêt à vivre avec le fantôme d'Ivan, il est le père de tes enfants, il a été ton mari, il a été mon ami… à l'unique condition que l'on essaye de reconstruire ce que l'on était en train de créer…

Le lendemain, Erin faisait son baptême de plongée en mer.

Malgré ses appréhensions initiales, elle s'était révélée douée, elle aussi. Elle dansait sous l'eau, m'hypnotisait. Elle oubliait tout en dessous, tout sauf moi. Nous avions notre parade amoureuse. Lorsque nous étions sous l'eau, nous ne cherchions rien d'autre qu'à être engloutis par la mer ensemble. Nous nous tournions autour, nous effleurions, nous cherchions. Nous étions des aimants qui nous amusions à nous éloigner pour mieux nous retrouver et ne plus faire qu'un. Nous nous aimions. Nous nous reposions.

La reconstruction de *L'Odyssée* réclamait toute notre énergie, exigeait de la patience. Lorsque je n'étais pas au travail, je mettais tout en œuvre pour épauler Erin. L'impératif de nous relever de nos cendres décuplait notre envie et nos forces. Le chantier était colossal, mais il avançait. Cela ne l'avait même pas effleurée un seul instant de baisser les bras. Elle voulait écrire la suite de l'histoire en respectant le passé.

Après avoir cherché des mois durant un nouveau nom de bar, elle avait convoqué tout le monde à la maison. Quand je dis tout le monde, c'était nous cinq, ses parents, Erwan et Lucille, et Paloma. Elle nous avait fait asseoir, nous avait servi du champagne, elle avait été à la limite de mimer un roulement de tambour. Quand elle avait estimé que nous étions assez sages et attentifs, elle avait souri, satisfaite. Et puis, ses yeux s'étaient remplis de larmes.

– On revient tous d'un long périple… Une longue Odyssée… Le voyage est terminé… On revient avec des marques et des cicatrices… On a fait des détours…

Là, elle m'avait regardé longuement… elle estimait que j'en avais fait beaucoup pour arriver jusqu'à elle.

– On a perdu des personnes en cours de route… on s'est perdus nous-mêmes… On a cru que tout était fini… qu'il n'y avait plus d'espoir… qu'on ne retrouverait jamais le chemin de la maison… On a cru qu'il n'y avait plus de maison… plus de chez-nous… On s'est trompés… La maison est au bout de la rue… Ou ici, avec ceux qu'on aime… Pour toutes ces raisons, *L'Odyssée* restera *L'Odyssée*.

Ivan n'avait pas détruit *L'Odyssée*, il l'avait rendu plus fort. Plus riche. Plus aimant. Il avait détruit les mauvais souvenirs, pour laisser toute leur place aux plus beaux, les siens, les leurs, les miens, les nôtres. Après les enquêtes de police et l'autopsie du corps retrouvé, aucun élément n'avait pu établir l'identité de « l'inconnu » de *L'Odyssée*. Erin et moi avions réclamé la dépouille. Régis avait œuvré auprès de ses contacts pour que nous n'ayons aucune justification à apporter à cette requête. Je m'étais souvenu d'un cimetière près de chez mes parents, qui donnait sur la mer. J'avais remué ciel et terre pour y obtenir une place. Avec l'appui de mon père et de mon frère, j'avais eu gain de cause. Ivan reposait face au large, sur sa pierre tombale était inscrit « L'Homme des Mille Détours ». Chaque fois que nous rendions visite à ma famille, nous y passions.

Ce jour-là, je fis remonter la troupe du fond de l'eau sans traîner. Erin avait exigé que nous ne rentrions pas trop tard pour préparer nos affaires. Nous partions le lendemain chez mes parents. J'avais organisé une sortie en mer de quelques jours avec mon père. À mon grand étonnement, les enfants ne râlèrent pas. Lorsque l'on arriva à la maison, Erin nous annonça que l'on dînait sur la plage. Effectivement, un pique-nique nous attendait. Ça ne collait pas du tout avec son agacement à l'idée que nous ne soyons pas prêts pour le départ.

– Tu me caches quelque chose ?

Elle picora mes lèvres.

– Pas du tout ! Il fait un temps magnifique… je profite de l'été ! L'année prochaine, je serai sur la terrasse à servir des verres. Je savoure tous les avantages de la pause forcée. File te doucher, tu es plein de sel !

Je n'eus pas l'impression de prendre plus de temps que d'habitude, pourtant, lorsque je redescendis dans le salon, la maison était déserte. Seule Douce m'attendait patiemment. Je la sifflai, elle me suivit. Nous n'avions qu'à descendre la cale pour les rejoindre. Elle gambada vers eux. De mon côté, je m'arrêtai quelques instants pour les admirer. Installés sur la plage, ils formaient une ronde, ils parlaient, riaient, se taquinaient.

Je les aimais. Je les aimais à en mourir. Nous étions tous apaisés désormais, nous savions vivre avec le souvenir d'Ivan. Bien sûr, nous avions nos coups de gueule, nos agacements, nos emportements, mais pas un soir ne se déroulait sans que je leur dise que je les aimais. Je craignais de mourir dans mon sommeil, et de ne pas être certain qu'ils sachent qu'ils étaient désormais toute ma vie.

Ulysse, Lou et Milo seraient de mon sang, je ne les aimerais pas plus. Ils étaient moi. Je n'existais plus sans eux.

Erin. Cette femme qui m'avait empêché de me noyer, son sourire qui me permettait de remonter chaque jour à la surface. Cette femme dont j'aurais tant souhaité dire « ma femme »… Je ne m'y autorisais pas, elle avait trop souffert de cet instinct de propriété. Je ressentais ce sentiment uniquement dans le fond de mon cœur, mais quand elle me regardait, je savais qu'elle ressentait la même chose que moi. Nous étions l'un à l'autre. Pour toujours.

Je quittai mes réflexions d'amour lorsqu'ils m'appelèrent. Je les rejoignis, m'installai dans le sable, et m'apprêtai à me servir un verre.

– Attends, me retint Erin, étonnamment émue. Les enfants ont quelque chose pour toi. Quelque chose à te demander…

Je levai les yeux au ciel, contrarié à l'avance.

– Quoi ? Vous n'allez pas me dire que vous ne voulez pas partir demain… On va se faire une super virée en bateau et on pourra plonger…

– Ah, non, on vient ! Ne t'inquiète pas, m'interrompit Lou, amusée.

– Qu'est-ce que vous voulez alors ?

Ils eurent une de leurs conversations silencieuses entre frère et sœur.

– Vas-y, Ulysse, demande-lui ! s'énerva Milo en tapant son frère.

– O.K. ! O.K. ! Je me lance ! Vous ne m'aidez pas tous les deux ! râla-t-il.

Milo et Lou l'encadrèrent tendrement. Leurs trois regards remplis d'amour – osai-je penser – se posèrent sur moi. J'interrogeai silencieusement Erin qui baissa ses yeux brillants.

– Tiens ! me dit Ulysse en me tendant brusquement un papier.

Je l'attrapai et lus par réflexe. Des papiers officiels.

« Demande d'adoption. »

Le temps s'arrêta.

Mon cœur cessa de battre.

Mon corps se tétanisa.

– On a demandé à Erwan, poursuivit-il d'une voix paniquée face à mon mutisme. Ça va être chaud… avec tout ce qui s'est passé… mais on a une chance d'y arriver… Et nous, c'est tout ce qu'on veut.

J'étais incapable de les regarder.

L'amour.

L'amour était un sentiment extraordinaire. Puissant. Dévastateur. Réparateur. Fondateur.

– Gary ? m'appela Erin d'une toute petite voix. Gary ?

Je pris sur moi pour relever les yeux. Ils me dévisageaient tous les quatre, anxieux. Erin me souriait, le visage baigné de larmes, et me murmurait qu'elle m'aimait. Milo, n'en pouvant plus, se releva et vint s'asseoir près de moi. Je réussis à sourire d'abord à Erin. Puis, longuement, à Ulysse et Lou, avant de plonger mon regard dans celui de Milo.

– Gary… Tu veux bien ?

Merci

L'Homme des Mille Détours m'a fait comprendre que nous avions besoin de temps pour nous rencontrer, nous apprivoiser et ne faire plus qu'un.

Plusieurs personnes ont participé de près ou de loin à ce temps, je tiens à les remercier du plus profond de mon cœur.

Maïté Ferracci, mon éditrice, toi qui me lis entre les lignes, qui veilles sur mes romans et moi. Sur une terrasse de chambre d'hôtel, un soir de septembre, tu m'as écoutée t'annoncer fébrilement que tu devrais attendre six mois de plus pour mon nouveau roman et tu m'as répondu : « C'est toi et eux (mes personnages) qui décidez, vous avez le pouvoir. » Le reste, Maïté, tu le sais, et notre pudeur commune m'empêche d'en dire davantage.

Elsa Lafon… Toi qui me laisses libre de mes décisions, qui embarques les Éditions Michel Lafon avec une énergie folle et entraînante. Elsa, ton élégante patience à mon égard me touche profondément.

Saint-Malo Émeraude Plongée pour mes deux baptêmes. Le premier, un matin de novembre dans la fosse. J'en rêvais depuis si longtemps, j'en rêvais tellement que je craignais d'être déçue. Cela a été au-delà de ce que j'imaginais. Je suis remontée à la surface bouleversée. Je m'entends encore dire « quand est-ce que je recommence ? », un peu comme Milo. Et puis, il y a eu le second baptême en mer, cette fois entourée de mes hommes à qui je n'ai pas laissé le choix. Quelles émotions intenses, folles, surtout lorsque j'ai vu un de mes fils sourire sous l'eau… J'ai su que j'étais au bon endroit.

Le Cancalais… Toi que, petite fille, je savais déjà reconnaître depuis le barrage de La Rance. Toi qui profites chaque jour de la vue sur la Tour Solidor et le rocher de Bizeux. Toi qui m'accueilles si souvent pour un café matinal, un déjeuner estival ou hivernal. Toi qui n'es pas *L'Odyssée*, mais qui me l'as inspiré.

Greg Lecœur, photographe sous-marin, arrivé dans ma vie comme un signe alors que j'écrivais ce roman. Greg, notre rencontre m'est infiniment précieuse. Tu as accepté sans réfléchir lorsque je t'ai demandé si tu serais d'accord pour t'occuper de la couverture du roman. Ce que j'ai vécu avec toi – ta générosité et ton talent durant cette matinée de shooting – est indescriptible.

Guillaume. Tu as dit tout haut ce que *L'Homme des Mille Détours* me murmurait : « Prends le temps, ne te perds pas. » Tu m'as aussi soufflé un soir d'été un prénom, Ulysse. Toi, l'unique, le seul, qui sais tout ce que j'ai mis de moi, de nous, dans ce roman. Sans toi, sans nos détours, je n'écrirais pas ces quelques lignes, et cette histoire – comme toutes les autres – n'aurait pas vu le jour.

Simon-Aderaw et Rémi-Tariku, mes fils, ma chair de cœur, vous comprendrez…

Gary, Erin, Ivan… Je vous aime… Je vous aime tant… Je m'incline devant votre force, vos ruses. Vous vous êtes imposés avec vos failles, vos espoirs, vos colères, vous m'avez marquée pour la vie, vous ne me quitterez jamais…

Playlist

Sans musique, je n'écrirais pas. Elle est indispensable à mon processus créatif. Elle me permet d'aller plus loin, elle crée une alchimie entre mes personnages et moi.

Ne vous étonnez pas de découvrir des doublons, certains morceaux m'ont permis de fusionner avec l'état d'esprit d'Ivan, ses obsessions, un autre correspond aux souvenirs d'Erin qui rejaillissent les uns après les autres.

Je partage donc avec vous la playlist de *L'Homme des Mille Détours*, disponible sur Spotify et Deezer. Elle suit la chronologie du roman. Le premier morceau est celui de la première scène. Le dernier celui du dernier chapitre.

« La Grande Sarabande pour cordes et basse continue », George Frederic Haendel, Karol Teutsch, *Handel : La Grande Sabarabande (et autres chefs-d'œuvre)*.

« Lullaby Love – Single version », Roo Panes, *Lullaby Love Single Version*.

« Different Pulses », Asaf Avidan, *Different Pulses*.

« Darpa », Wim Mertens, *Stratégie de la rupture*.

« Why Does my Heart Feel so Bad? », Moby, *Play*.

« Truth », Balmorhea, *All is Wild, All is Silent*.

« Arrival of the Birds », The Cinematic Orchestra, London Metropolitan Orchestra, *The Crimson Wing: Mystery Of The Flamingos.*

« Why Does my Heart Feel so Bad? », Moby, *Play.*

« Watching You Fade », Will Hanson, *Hope On Top.*

« Should I Stay or Should I Go – Remastered », The Clash, *Hits Back.*

« Smalltown Boy », Bronski Beat, *The Age of Consent.*

« I'm Still Standing », Elton John, *Too Low for Zero.*

« Hold Me Tight », Berlinist, *Landscapes.*

« Owl », She keeps Bees, *Eight House.*

« I'm so Tired », Jennylee, *Heart Tax.*

« Porcelain », Moby, *Play.*

« Mount », The Blaze, *Dancehall.*

« Never Step Back », Evgueni Galperine, Sacha Galperine, *Baron noir* (bande originale des saisons 1 et 2).

« La Celestina », Lhasa De Sela, *La Llorona* (Remastered Edition).

« Popular », Nada Surf, *High/Low.*

« Love Came Here », Lhasa De Sela, *Lhasa.*

« Blue Night », Cocoon, *Blue Night.*

« By this River (Arr. Badzura) », Brian Eno, Roedelius, Moebius, Mari Samuelsen, Konzerthausorchester Berlin, Jonathan Stockhammer, Christian Badzura, *Eno, Roedelius, Moebius: By This River (Arr. Badzura).*

« Autumn Romance », Anne Sophie Versnaeyen, Gabriel Saban, *Soul Stories 2* (Emotional Orchestral Drama Tracks).

« Facing the Past », Anne Sophie Versnaeyen, Gabriel Saban, *Soul Stories* 2 (Emotional Orchestral Drama Tracks).

« Le Vol des Sorcières », Abraham Fogg, *Blåkulla.*

« Two One Four », Fyfe & Iskra Strings, *Extended Play.*

« There's No Place like Home – From "Lost: Season 4" », Michael Giacchino, *Lost: Season 4* (Original Television Soundtrack).

« Why Does my Heart Feel so Bad? », Moby, *Play.*

« Never Step Back », Evgueni Galperine, Sacha Galperine, *Baron noir* (bande originale des saisons 1 et 2).

« Beauty », Love Supreme, *Love Supreme.*

« Reckless », Lost Horizons, Simon Raymonde, Ghostpoet, *Ojalá.*

« One of These Mornings », Moby, *18.*

« Shot in the Back of the Head », Moby, *Wait for Me* (Deluxe Edition).

« Bloodflow », Grandbrothers, *Open.*

« Not Ready Yet », Eels, *Beautiful freak.*

« This Love », Julia Stone, *The Memory Machine.*

« Ouvre », Cecilie Noer, *Train Track Home.*

« Clouds – Theme », Solomon Grey, *The Last Post* (Original Music from The Television Series).

« Peaks », Fyfe & Iskra Strings, *Extended Play.*

« Colours », Hilmar Örn Hilmarsson & Sigus Rós, *Angels of the Universe.*

« Timelapse », Uno Helmersson, Mari Samuelsen, Jesper Söderqvist, Gunnar Flagstad, TrondheimSolistene, *Nordic Noir.*

« I Swore », Denai Moore, *Elsewhere.*

« Feathers », Poppy Ackroyd, *Feathers*.

« Never Step Back », Evgueni Galperine, Sacha Galperine, *Baron noir* (bande originale des saisons 1 et 2).

« A Shallow in the Sun », Eels, *The Cautionary Tales of Mark Oliver Everett*.

« Acts of Man », Mildlake, *The Courage of Others*.

« The Way I Feel », Fotheringay, *Nothing More – The Collected Fotheringay*.

« In and Out », Applause, *Acids*.

« Insight XVIII », Julien Marchal, *Insight II*.

« Vladimir's Blues », Max Richter, *The Blue Notebooks* (15 Years).

« Earnestly Yours (feat. Ren Ford) », Keaton Henson, Ren Ford, *Romantic Works*.

« Keep Running », Yodelice, *Keep Running*.

« Kissing Disease », Melodium, *Cerebro Spin*.

« Fragments of Self », Max Cooper, Tom Hodge, *Fragmented Self*.

« I Lived on the Moon (Accoustic Version) », Kwoon, *The Guillotine Show*.

« This Woman's Work », Kate Bush, *The Sensual World*.

« 5AM », Amber Run, *5AM* (Expanded Edition).

« Blue Crystal Fire », Fire! Orchestra, *Arrival*.

« Never Step Back », Evgueni Galperine, Sacha Galperine, *Baron noir* (bande originale des saisons 1 et 2).

« On a Roll – Sand Castle Tapes », Balthazar, *Sand Castle Tapes*.

« That Look you Give That Guy », Eels, *Hombre Lobo*.

« Some Needs », Rover, *Let It Glow.*

« The Winner is », DeVotchKa, Mychael Danna, *Little Miss Sunshine* (Original Motion Picture Soundtrack).

« Life on Mars? – 2015 Remaster », David Bowie, *Hunky Dory* (2015 Remaster).

« Knockin'on Heaven's Door », Bob Dylan, *Pat Garrett & Billy the Kid* (Soundtrack From The Motion Picture).

« Perfect Day », Lou Reed, *Transformer.*

« Inform 221 bis », Rob, *Le Bureau des légendes – Saison 4* (bande originale de la série).

« Where I Want to Go – Single Version », Roo Panes, *Where I Want to Go.*

« Inform 221 bis », Rob, *Le Bureau des légendes – Saison 4* (bande originale de la série).

« Hypocrite », Jean-Michel Blais & CFCF, *Cascades.*

« Research 2 », Rob, *Le Bureau des légendes* (bande originale de la série).

« Californication », Red Hot Chili Peppers, *Californication* (Deluxe Edition).

« I am a Levi », Ijahman Levi, *Soul Warrior.*

« The Chase », CrawJax, *Puzzles: Year Zero.*

« Waves », Anna Phoebe, Aisling Brouwer, AVAWAVES, *Waves.*

« Inform 221 bis », Rob, *Le Bureau des légendes – Saison 4* (bande originale de la série).

« Home », Will Hanson, *Hope On Top.*

« Inform 5221 », Rob, *Le Bureau des légendes – Saison 5* (bande originale de la série).

« Requiem for a Dream – Main Theme », Jonas Kvarnström, *Requiem for a Dream – Main Theme.*

« Nisi Dominus per chalumeau e B. C, RV 608 "Cum dederit" », Antonio Vivaldi, Giovanni Antonini, II Giardino Armonico, *Vivaldi: Concerti per Flauto.*

« Mom's Got Work », Adma Taylor, *The Handmaid's Tale* (Deluxe Edition) (Original Series Soudtrack).

« Ouverture 1 », Olivia Merilahti, *Sparring* (bande originale du film).

« Research 18, Pt.2 », Rob, *Le Bureau des légendes* (bande originale de la série).

« Ouverture 2 », Olivia Merilahti, *Sparring* (bande originale du film).

« Horizon », Olivia Merilahti, *Sparring* (bande originale du film).

« Requiem for a Dream », Scott Benson Band, *Volume II.*

« Moving On », Michael Giacchino, *Lost: The Final Season* (Original Television Soundtrack).

« Hearing », Sleeping At Last, *Atlas: II.*

Pour suivre l'actualité de l'auteure,
rendez-vous sur

Facebook
Agnès Martin-Lugand auteur

Instagram
agnesmartinlugand.auteur

et sur son site officiel
www.agnesmartinlugand.fr

pcacmb
édition pré-presse
livres numériques

44400 Rezé

Imprimé en Italie
Dépôt légal : novembre 2024
ISBN : 978-2-7499-5934-4
LAF : 3262B